AF177899

Mikael Bergstrand

DER APFELBLÜTEN-GURU

Roman

*Aus dem Schwedischen
von Julia Gschwilm*

btb

Die schwedische Originalausgabe erschien 2015 unter dem Titel
»Gurun i Pomonadalen« bei Norstedts, Stockholm.

Sollte diese Publikation Links auf Webseiten Dritter enthalten,
so übernehmen wir für deren Inhalte keine Haftung,
da wir uns diese nicht zu eigen machen, sondern lediglich auf
deren Stand zum Zeitpunkt der Erstveröffentlichung verweisen.

Die Übersetzung wurde von The Swedish Arts Council gefördert.
Der Verlag bedankt sich dafür.

Verlagsgruppe Random House FSC® N001967

1. Auflage
Deutsche Erstveröffentlichung Juni 2018
Copyright © Mikael Bergstrand 2015
Copyright © der deutschsprachigen Ausgabe 2018 by btb Verlag
in der Verlagsgruppe Random House GmbH,
Neumarkter Str. 28, 81673 München
Covergestaltung: semper smile, München
Covermotiv: © Shutterstock/Neirfy; Orla; GraphiTect; mexrix
Satz: Uhl + Massopust GmbH, Aalen
Druck und Bindung: CPI books GmbH, Leck
AH · Herstellung: sc
Printed in Germany
ISBN 978-3-442-71675-3

www.btb-verlag.de
www.facebook.com/btbverlag

Für Suss

KAPITEL 1

*Look sir! He is coming now! High up on white horse! Very much
north Indian! Very unusual here in south!*«

Diesen exaltierten Worten folgte ein nach oben gerichteter
spitzer Ellenbogen, der zwischen meinen Rippen landete. Wäre
die großzügige Schicht Unterhautfett nicht gewesen, hätte es
richtig wehgetan. So fühlte es sich eher an wie Seitenstechen
bei einer zu schnellen Joggingrunde. Mit gequältem Gesichtsausdruck blickte ich zu dem schmächtigen kleinen Burschen hinunter, der sich früher am Abend als Keeran, Cousin der Braut,
vorgestellt hatte und der aufgrund seiner Fertigkeiten im Englischen aus freien Stücken die Rolle meines Fremdenführers übernommen hatte. Damit war er auch zu einer der zentralen Figu-
ren der Hochzeit geworden, da mein winterlich blasses Gesicht
unangenehmerweise enorme Aufmerksamkeit erregte. Der ange-
heuerte Fotograf hatte sicher schon eine halbe Stunde mit mir
verschwendet.

Keerans weiße Zähne funkelten gegen seine dunkle Haut, als
er vor unserer Traube von Zuschauern in ein breites Lächeln ausbrach und noch einen weiteren spitzen Ellenbogen ablieferte.

»Hören Sie, Sir! Indische Musik mit viel Klang! Aus Norden
und Süden! Gemischt, genau wie das Brautpaar!«

Endlich verschob sich der Fokus. Jetzt brüllte Keeran, um die
dröhnenden Trommeln, schrillenden Zimbeln und schräg klingenden Trompeten zu übertönen, die von einer nahenden Brassband stammten, angestrahlt von zwei großen Lampen, die von

barfüßigen Jungen in Lungis und verblichenen roten Hemden mühsam geschleppt wurden. Die bunt uniformierten Orchestermitglieder waren geschmückt wie Weihnachtsbäume, sie trugen Medaillen, Schulterklappen mit Quasten und Militärmützen mit goldenen Schirmen. Ein blumengeschmückter Wagen mit einer Statue des Elefantengottes Ganesha, umringt von qualmenden Räucherstäbchen, erfüllte die Luft mit einem schweren, süßlichen Duft, und dort, hinter den parfümierten Nebelschwaden, hoch oben auf einem weißen Ross, konnte ich ihn erkennen.

Yogi, meinen besten Freund.

Ich schielte zu der provisorischen, beleuchteten kleinen Tribüne hinauf, von der aus seine Mutter, Mrs Thakur, die Ankunft ihres Sohnes verfolgen konnte, ohne sich mit allen anderen vor dem Eingang des Festplatzes drängen zu müssen. Es war das erste Mal, dass ich die gebrechliche und ständig frierende Alte in etwas anderem als ihrem zerschlissenen Salwar Kameez und ihrer fusseligen Strickjacke sah, die sie immer anhatte, wenn sie in ihrem Haus in Sundar Nagar in dem knarzenden Fernsehsessel saß und ihre Anweisungen an die Bediensteten ausstieß. Jetzt sah sie richtig stilvoll aus, in einem goldbestickten blauen Sari, das ansonsten immer offene graue Haar zu einem Knoten im Nacken zusammengebunden. Sie lächelte sogar milde. Man hätte beinahe meinen können, sie wäre pünktlich zur Hochzeit zu einer sanften, rücksichtsvollen alten Dame geworden, wäre die Lupe nicht gewesen, die sie in regelmäßigen Abständen vor eines ihrer stargeplagten Augen hielt und die ihr ihren charakteristischen Furcht einflößenden Zyklopenblick verlieh, der so gut mit dem wirklichen Wesen der Dame harmonierte.

Mrs Thakur senkte die Lupe und wandte sich mit stolzer Miene dem Brautvater Mr Krishnamurti zu, der neben ihr saß, und rief ihm etwas zu, die Hand wie einen Trichter um den

Mund gelegt. Der ältere, etwas faltige Mann hatte an einem Ohr ein großes altmodisches Hörgerät befestigt, das nach Mrs Thakurs wiederholtem Rufen zu urteilen nicht optimal funktionierte. Aber er nickte höflich und zwirbelte mit ernster Miene seinen grau-weißen Schnurrbart, wie es sich für einen indischen Vater gehört, der im Begriff ist, seine Tochter zu verheiraten und zuzusehen, wie sie das Haus für immer verlässt. Vielleicht war die sorgenvolle Falte, die sich zwischen seinen Augenbrauen gebildet hatte, auch der Tatsache zu verdanken, dass Lakshmi ausgerechnet bei Mrs Thakur einziehen sollte, wenn sie ihrem Mann nach Delhi folgte.

Yogis weißer Sherwani, der mit Halbedelsteinen bestickt war, saß wie eine Wursthaut über seinem rundlichen Bauch. Von seinem roten Turban hing ein kleiner Vorhang aus Blumen herab, der sein Gesicht teilweise verbarg. Ich fühlte ein Ziehen der Rührung, das mir trotz der warmen Abendbrise eine Gänsehaut an den Unterarmen bereitete. Die vorbereitende Hochzeitszeremonie hatte sich drei Tage lang hingezogen, doch jetzt war es endlich Zeit für das große Fest, von dem er so lange gesprochen hatte. Ich konnte kaum fassen, dass ich hier war, allen Erwartungen zum Trotz.

»Jetzt gibt es großen Krach! Sehr großen Krach!«, schrie Keeran und zeigte auf eine Gruppe Männer, die dabei waren, eine ganze Batterie von Feuerwerkskörpern zu zünden.

Heftige Knalle sandten Schockwellen durch meinen Körper. Ich rang nach Atem und spürte den stechenden Geruch von Schwefel und Pulver, als lange Reihen von Krachern auf der Straße genau neben dem weißen Pferd anhaltend knatterten. Sausende Raketen fuhren wie brennende Spieße in den schwarzen Nachthimmel auf und explodierten mit weiterem Dröhnen in einer Orgie von Farben und Lichtern, während die Brassband weiterhin ihre Instrumente misshandelte. Ein kräftiger Herr im tamilischen Sarong Veshti mit nacktem Oberkörper und einer dicken Blumengirlande um den Hals ging herum und warf den Musikanten mit derselben Willkür Zehn-Rupien-Scheine zu, wie ein älterer Rentner mit Sehschwäche im Park Enten füttert. Das Resultat war ein lebhaftes Gerangel um die Almosen, was stark dazu beitrug, die ohnehin schon chaotische Brassband noch unkonzentrierter zu machen.

Junge Männer tanzten in einem immer enger werdenden Ring um den Bräutigam und sein Pferd herum, bis ihnen der Schweiß herunterlief, während junge Frauen ein ziemliches Stück entfernt standen und versuchten, im Takt der arhythmischen Musik zu klatschen. Gerade als ich dachte, wie unglaublich fantastisch es war, dass das arme Pferdchen sich in all dem Lärm und Getobe so ruhig halten konnte, wieherte es erschrocken und stieg auf die Hinterbeine.

Yogis Turban fiel herunter, und sein lockerer Griff um die Zügel löste sich. Er tastete verzweifelt nach etwas, woran er sich festklammern konnte, und schaffte es, einen Teil der Mähne zu fassen, was ihn weiterhin im Sattel hielt, bis das Pferd mit gewaltiger Kraft die Vorderhufe wieder auf den Boden schlug. Ich konnte gerade noch den Schreck in Yogis Augen sehen, bevor die Katapultkraft ihn im hohen Bogen über den Kopf des Pferdes schleuderte. Nach einer Luftfahrt von drei, vier Metern landete er in der dicht gedrängten Menschenmenge, die sich wie Treibsand um ihn schloss. Ich hörte Mrs Thakurs durchdringende Stimme Yogis Namen schreien und kämpfte mich in seine Richtung durch, voller Angst, dass mein Freund in dem entstandenen Tumult zertrampelt würde. Das Orchester hörte auf zu spielen und eine einsame kleine Rakete heulte unheilvoll am Himmel. Das Schreien und Rufen ging in unruhiges Gemurmel über, und als ich es mit

Keerans Hilfe geschafft hatte, mich halbwegs zu der Einschlagstelle durchzuboxen, pochte mein Herz zu gleichen Teilen vor Anstrengung und Angst.

Doch da tauchte plötzlich Yogis runder Kopf wie eine etwas mitgenommene Blütenknospe aus der Menschenmenge auf. Ein dünnes Rinnsal Blut lief ihm von einer kleineren Wunde an der Stirn ins Gesicht, und das eine Auge war deutlich gerötet. Eine resolute ältere Frau sprang mit einer Wasserflasche und einem Leinenstreifen nach vorn, um ihn zu säubern, bevor ein Wald von Armen Yogi auf die Schultern zweier junger Männer hob, sodass alle sehen konnten, dass er so heil geblieben war, wie man es nach einem halsbrecherischen Sturz vom Pferd eben erwarten kann. Ein kollektives erleichtertes Aufatmen durchströmte die Versammlung. Die Brassband fing wieder an zu spielen, der Tanz ging weiter und die pyrotechnischen Übungen wurden wieder aufgenommen, als wäre nichts passiert.

Als ich endlich ganz zu Yogi durchgekommen war und es geschafft hatte, mit seinem einzigen richtig intakten Auge in Blickkontakt zu kommen, war es, als würde der Schock des Unfalls zerschmelzen. Das Erstarrte und Angstvolle in seinem Gesichtsausdruck wurde weich und verwandelte sich in ein strahlendes Lächeln, das eine Zahnlücke entblößte.

»Mr Gora, bist du es wirklich?! Herzlich willkommen!«

KAPITEL 2

Nach dem chaotischen Beginn der Hochzeit sank das Tempo beträchtlich. In dem großen beleuchteten Garten, der für diesen Zweck gemietet worden war und der an das einzige Hotel des Ortes angeschlossen war, das diesen Namen verdiente, herrschte eine deutlich ruhigere Stimmung als draußen auf der Straße. Während Yogi drinnen im Hotelfoyer weiter verarztet wurde, um für das Zusammentreffen mit seiner Frau in einem einigermaßen präsentablen Zustand zu sein, ließen die Leute sich all das Essen schmecken, das serviert wurde.

Gut dreißig Köche und doppelt so viele Küchenhilfen waren vollauf damit beschäftigt, die Gäste an den verschiedenen Ständen zu verpflegen. Außerdem gingen uniformierte Kellner herum und boten indisches Fingerfood und Mocktails an, zu den Klängen einer tamilischen Band, die uns mit etwas unterhielt, das wie eine Mischung aus Bollywoodpop und Balkanmusik klang.

Eine andere Form der allgemeinen Unterhaltung schien zu sein, mich eingehender zu betrachten. Keeran und sein Anhang folgten jedem Schritt, den ich machte, und als ich in ein knuspriges Medu Vada mit Kokoschutney biss, hielt mir der Fotograf seine Kamera so in die Visage, dass alle Gäste auf einer Großbildleinwand, die in einer Ecke des Gartens aufgestellt worden war, im Detail meine Zähne beim Zermalmen des Essens betrachten konnten.

Keeran erklärte mir, dass dies eine sehr spezielle und ungewöhnliche Hochzeit für Südindien war, wo Trauungen meist am

Morgen abgehalten wurden. Eine Abendhochzeit wie diese hatte er noch nie erlebt. Auch keine Hochzeit, bei der der Bräutigam auf einem weißen Pferd eingeritten kam, und erst recht keine, bei der er von demselben abgeworfen wurde.

»Aber sehr großer Krach ist auch hier normal«, versicherte er und stellte für den späteren Abend noch mehr Feuerwerk in Aussicht.

Als ich mich endlich von der intensiven Aufwartung befreien konnte, ließ ich den Blick über den Garten schweifen und blieb bei Mrs Thakurs gebeugter Gestalt hängen, die auf einen Stock gestützt an der Seite einer jüngeren Frau stand. Ich ging zu ihnen und grüßte höflich. Die jüngere Frau stellte sich als Yogis Schwester Neepa vor. Äußerlich war sie das genaue Gegenteil ihres Bruders, groß und kühl und mit einem distanzierten Lächeln. Mrs Thakur sah von dem spektakulären Sturz ihres Sohnes immer noch mitgenommen aus, und deshalb dauerte es eine Weile, bis sie mich erkannte.

»Mr Goran Borg? Aus Schweden?«

»Ja, ich bin doch gekommen.«

»Yogendra sagte, Sie seien wegen eines wichtigen Arbeitsmeetings verhindert.«

»Man kann sagen, ich habe mich disponibel gemacht, Madame. Man muss Prioritäten setzen, und ich habe eingesehen, dass ich es den Rest meines Lebens bereuen würde, Yogis Hochzeit zu verpassen.«

Die Alte lächelte freundlich, bevor sie besorgt den Kopf schüttelte.

»Yogendra, ja, dieser Tollpatsch. Haben Sie gesehen, was passiert ist, als er auf dem Pferd eingeritten kam?«

»Ja, das hätte richtig übel ausgehen können.«

Mrs Thakur zischte irritiert durch den Mundwinkel.

»Dass es für diese Südinder immer so schwer sein muss, eine ganz normale Bestellung ordentlich auszuführen. Ich hatte um ein leicht zu reitendes weißes Pferd gebeten, und sie haben eine Bestie geliefert, diese Stümper! Man könnte beinahe meinen, dass sie im Geheimen meinen einzigen Sohn umbringen wollen, jetzt, wo er endlich heiraten wird.«

Sie zog ihre Lupe heraus und betrachtete mich von Kopf bis Fuß. Als sie sah, dass ich lange Hosen trug, lächelte sie billigend.

»Mr Borg, wirklich schön, dass Sie hier sind. Und es freut mich, dass Sie den guten Geschmack haben, sich wie ein richtiger Mann zu kleiden«, sagte sie und senkte die Stimme. »Ich verstehe mich absolut nicht auf diese tamilische Männermode. Alle laufen sie in Stoffstücke gewickelt herum wie Frauen oder Tagelöhner. Sogar der Vater der Braut hat einen Rock an.«

»Ich habe es so verstanden, dass Lungi und Veshti in Tamil Nadu sowohl im Alltag als auch bei festlichen Anlässen getragen werden«, antwortete ich diplomatisch.

»Na ja, man muss ihre merkwürdigen Eigenheiten wohl im Austausch gegen das erträgliche Wetter hinnehmen. Schön, der beißenden Kälte zu Hause zu entkommen. In Delhi sind es nur gut zwanzig Grad, und es ist schon Anfang März.«

Mrs Thakur winkte genervt einen Kellner weg, der mit einem Tablett auftauchte, bevor sie fortfuhr.

»Aber manchmal frage ich mich, ob man sich wirklich auf die Tamilen verlassen kann.«

»Mama, das kannst du wohl doch nicht sagen? Deine zukünftige Schwiegertochter ist doch Tamilin!«, protestierte Neepa. »Und du verlässt dich ja wohl auf Lavanya und Shanker?«

»Natürlich. Aber das liegt daran, dass ich meine Bediensteten von Grund auf selbst angelernt habe«, sagte Mrs Thakur und schenkte ihrer Tochter ein mildes Lächeln. »Sieh mal, mein Mädchen, du möchtest dir doch bestimmt etwas zu essen holen? Und dann den Rest der Familie sammeln, damit wir fertig sind, wenn es Yogendra beliebt, sich wieder zu zeigen.«

Neepa ließ sich nicht lange bitten und machte sich schnell aus dem Staub, sodass ich mit der Alten allein gelassen wurde. Ich erinnerte mich mit Schrecken an meinen ersten Besuch in Indien, als die Tante Flüche über mich hatte regnen lassen, weil ich mit Yogi zechen gewesen war. Aber nach meinem letzten Aufenthalt, während dessen ich ihrem gleichzeitig geliebten und schikanierten Sohn geholfen hatte, nach einem sowohl finanziellen als auch emotionalen Zusammenbruch wieder auf die Beine zu kommen, stand ich bei Mrs Thakur in verhältnismäßig hohem Kurs. Es war deutlich, dass sie Neepa weggeschickt hatte, um ein vertrauliches Plauderstündchen mit mir zu haben.

»Setzen Sie sich, Mr Borg«, sagte sie und benutzte ihren Stock, um zwei junge Männer zu vertreiben, die die Stühle besetzten, die sie für uns vorgesehen hatte.

Ich half ihr beim Hinsetzen und nahm ihr gegenüber mit dem unangenehmen Gefühl Platz, in einem mentalen Schraubstock gelandet zu sein. Mrs Thakur war berüchtigt für ihre List und ihre verbale Bissigkeit. Wenn man bei ihr nicht in Ungnade fallen wollte, musste man seine Zunge hüten. Ich versuchte, mich mit Yogis Worten zu beruhigen, dass sie eigentlich »ein Herz aus dem goldschimmerndsten Gold hatte, das jemals jemand besaß, der Mutter Indiens Boden betreten hat«.

»Mr Borg, wo Sie doch nicht nur mit Yogendra, sondern auch mit Lakshmi dort oben in den Bergen so viel Zeit verbracht haben, wie würden Sie das Mädchen beschreiben?«

»Ich habe nur Gutes über sie zu sagen«, begann ich defensiv.

»Das freut mich. Und was, würden Sie sagen, sind ihre herausragendsten Eigenschaften?«

»Dass sie ... zuverlässig ist«, sagte ich zögerlich und spürte bereits, wie der Boden unter meinen Füßen zu wanken begann.

»Zuverlässig, das ist etwas vage ausgedrückt, Mr Borg. Ich dachte eher an ihre Art. Ihr Temperament und ihre Fertigkeiten, haben Sie darüber nichts zu sagen?«

»Sie ist auch sehr ... freundlich.«

Mrs Thakur rümpfte die Nase, als würde sie meine Unsicherheit riechen, bevor sie in rasendem Tempo eine neue Frage hinausschleuderte.

»Und ich habe gehört, dass Lakshmi sehr energisch und aktiv war, als ihr diese Teeplantage in Darjeeling in Ordnung gebracht habt, die die havarierte Finanzlage der Familie Krishnamurti gerettet hat.«

»Ähh ... ja.«

»Das klingt, als sei sie eine Frau mit Initiative.«

»Ja, absolut.«

»Frauen, die die Fähigkeit haben, zu schalten und zu walten, sind doch beneidenswert. Oder nicht?«

»Doch.«

»Sie meinen also, dass Lakshmi schaltet und waltet?«

Jetzt hatte sie mich. Ich kramte in meinem Hirn verzweifelt nach einer geeigneten Antwort. Genauso sehr wie das Schweigen mich plagte, schien es die Alte zu triggern.

»Sie finden also, Mr Borg, dass Lakshmi schaltet und waltet?«, wiederholte sie.

»Ähh ... so würde ich es vielleicht nicht ausdrücken, eher, dass sie auf eine sympathische Art bestimmt ist.«

»Wie denn?«

»Na ja ... ein bisschen so wie Sie, Mrs Thakur.«

Die Tante warf mir durch das Vergrößerungsglas einen mörderischen Zyklopenblick zu.

»Das dürfen Sie jetzt gern weiter ausführen, Mr Borg.«

»Sie weiß auf eine sympathische Art, was sie will«, versuchte ich es.

Mrs Thakur lehnte sich im Stuhl zurück, was mich ein wenig aufatmen ließ.

»Weiß sie auch, wann es am besten ist, zufrieden zu sein?«

»O ja!«, rief ich aus.

Dieses Mal kam die Antwort wiederum ein bisschen zu schnell und zu resolut, um richtig glaubwürdig zu klingen. Mrs Thakur lächelte, sah aber immer noch skeptisch aus.

»Sie meinen also, dass diese Ehe sich auf eine harmonische Art entwickeln wird?«, fragte sie, bevor sie sich wieder nach vorn lehnte und mit einer Schärfe in der Stimme, die mir kalte Schauer über den Rücken jagte, hinzufügte: »Für alle Beteiligten?«

Yogi hatte mir viele Male gepredigt, dass eine Ehe in Indien nicht nur eine Allianz zwischen Mann und Frau war, sondern in noch höherem Maße eine Union zwischen den beiden Familien, und daher auch ein sehr enges Verhältnis zwischen der Mutter des Bräutigams und der in die Familie einziehenden Braut voraussetzte. Ich schluckte für Lakshmi einen Kloß im Hals hinunter und sah die Alte mit dem standhaftesten Blick an, der mir möglich war.

»Sie ist genau die richtige Frau für Yogi und außerdem die perfekteste Schwiegertochter, die man im Haus haben kann.«

»Sie kann sich also fügen, wenn es nötig ist?«

»Absolut, Mrs Thakur.«

»Und wie steht es mit ihrem Temperament? Ich habe den Eindruck, dass es Lakshmi manchmal etwas schwerfällt, ihre Laune im Griff zu haben.«

»Absolut nicht. Lakshmi ist die Ruhe selbst.«

Hier hätte meine zittrige Konversation mit Yogis leicht erregbarer Mutter ihren glücklichen Schluss finden können, wäre das lebendige Palaver nicht gewesen, das in einem anderen Teil des Gartens ausbrach und das trotz der Geräuschkulisse der tamilischen Band von Mrs Thakurs empfindlichen Ohren wahrgenommen wurde.

»Was geht da drüben vor?«, fragte die Alte, stand neugierig auf und begann mit kleinen wankenden, aber doch sehr zielbewussten Schritten in Richtung des Aufruhrs zu gehen.

Ich folgte ihr und reichte ihr meinen Arm zur Stütze. Als wir bei der großen Gruppe Menschen anlangten, die sich um das Epizentrum des Streits geschart hatten, kam Mrs Thakurs Stock wieder zum Einsatz, diesmal, um eine Öffnung in dem Ring aus Menschen zu schaffen, der sich gebildet hatte. Beim Anblick der resoluten alten Dame zogen sich die Männer und Frauen zurück wie das Wasser im Roten Meer sich vor Moses' Stab geteilt hatte, sodass die Szene für uns genau zu dem Zeitpunkt sichtbar wurde, als Lakshmis hennaverzierte Handfläche mit einem lauten Klatschen an der Wange eines jüngeren Mannes landete. Mit ihrer aufrechten Haltung und den tränennassen Augen, die trotzdem vor Zorn glühten, machte die Braut einen sowohl stolzen als auch hochgewachsenen Eindruck. Und das, obwohl sie ohne Schuhe nicht mehr als einen Meter fünfzig maß.

Mrs Thakurs Lupe saß wie festgeschweißt in ihrer linken Hand, als sie sich, ohne den Blick von ihrer zukünftigen Schwiegertochter zu lassen, räusperte und mit dem Stock leicht gegen mein Schienbein schlug.

»Was sagten Sie noch, Mr Borg? Dass Lakshmi die Ruhe selbst ist?«

KAPITEL 3

Als Lakshmi Krishnamurti ihre zukünftige Schwiegermutter bemerkte, senkte sie den Blick und hielt sich einen Zipfel ihres dünnen Schals vor den Mund. Die vielen Armbänder um ihre Handgelenke klirrten. Auch wenn die Schminke an den Augen etwas verlaufen war, war sie in ihrem limettengrünen Sari und einem ausgefuchsten Arrangement von weißen Blüten und Perlen in ihrem dichten schwarzen Haar betörend schön. Ein Goldring zierte den einen Nasenflügel, und auf der Stirn zwischen den markanten Augenbrauen saß ein rotes Bindi, eingefasst mit kleinen glitzernden Halbedelsteinen. Sie zog so fest an einem ihrer schweren Ohrringe, dass ich einen Moment lang befürchtete, das Ohrläppchen würde sich spalten. Der Brustkorb hob und senkte sich im Takt der angestrengten Atemzüge.

Keeran hatte sich der wachsenden Schar von Menschen angeschlossen, die sich um das hitzige Schauspiel gesammelt hatten, und nahm schnell die Rolle des Dolmetschers zwischen Mrs Thakur und dem geohrfeigten jungen Mann ein, der offenbar nur Tamilisch sprach.

Die Alte hatte nach einem langen, forschenden Blick auf Lakshmi ihre Lupe auf Keeran gerichtet und schleuderte Fragen auf Englisch und Hindi heraus, die er zuerst ins Tamilische übersetzte, worauf er mit derselben Geschwindigkeit und sprachlichen Mixtur, die Mrs Thakur verwendete, die Antwort zurückwarf.

Im Laufe der für meine Ohren schwer verständlichen Kommunikation wurde die Stimme des jungen Mannes immer kleinlauter, bis er zum Schluss stumm vor der alten Dame stand, den Kopf untertänig gebeugt, und nervös mit den Füßen trampelte. Mrs Thakur hob ihren Stock und stieß ihn gegen seine Brust, bevor sie den Kopf in einer auffordernden Geste Richtung Ausgang zurückwarf, was der junge Mann ohne Probleme verstand und befolgte. Er lief davon und verschwand wie ein begossener Pudel rasch vom Festplatz.

Zu diesem Zeitpunkt hatte Mrs Thakur ihr Publikum so mächtig beeindruckt, dass es andächtig still war und mit Spannung die nächste Standpauke erwartete. Alle glaubten, der Gegenstand ihres Zorns würde Lakshmi sein, kassierten aber stattdessen selbst Schelte. Warum standen sie hier in einem Pulk herum und glotzten, wunderte sie sich, anstatt umherzugehen, wie es die Gäste einer indischen Hochzeit normalerweise taten – zumindest in den zivilisierten Teilen des Landes.

Das reichte, um die Menschenansammlung zu zerstreuen, und als alle außer mir, Keeran und seinem engsten Gefolge verschwunden waren, wandte sich Mrs Thakur mit einem neutralen Gesichtsausdruck erneut an Lakshmi.

»Bist du bereit?«, fragte sie.

»Sofort, Amma. Ich muss nur noch mein Make-up auffrischen und meine Frisur richten.«

»Ja, das würde wahrhaftig nicht schaden.«

Lakshmi ging zusammen mit ihrer großen Schwester, die die ganze Zeit wie eine stille moralische Stütze neben ihr gestanden hatte, in ein kleines Haus neben der beleuchteten Bühne. Mrs Thakur wurde ihrerseits von Neepa abgeholt, um sich mit den übrigen Verwandten aus Delhi zu treffen, was mir die Chance verschaffte, Keeran um eine genauere Erklärung zu bitten, was der Ursprung der aufreibenden Szene gewesen war. Wie er erklärte, war der junge Mann einer der Dorfbewohner gewesen, die

Lakshmi und ihren Vater am emsigsten verleumdet hatten, als die Hochzeit vor gut einem Jahr aufgrund der finanziellen Krise der Familie eingestellt worden war. Der Mann hatte außerdem die Frechheit besessen, ihr gegenüber an diesem heiligen Tag die böswillige Bemerkung zu machen, dass sie sich nicht wie eine jungfräuliche Braut kleiden sollte, wenn sie schon benutzt war.

»Sehr hässliche Worte! Und sehr falsche Worte!«, donnerte Keeran.

Ich nickte zustimmend, auch wenn ich wusste, dass Yogi und Lakshmi ihre ehelichen Privilegien während des halben Jahres, das ich mit ihnen in Darjeeling verbracht hatte, schon im Voraus genossen hatten.

Eine Viertelstunde später begann die lärmende Brassband auf der Straße wieder zu spielen, und ein Scheinwerfer wurde auf das Tor zum Festplatz gerichtet. Herein kamen die Musikanten. Sobald sie den Garten betreten hatten, wichen sie zur Seite, um Platz zu machen, damit die Hauptperson von Neuem eintreten konnte.

Yogi kam zusammen mit seinen beiden Schwestern und einem Onkel. Majestätisch schritten sie nach vorne, in einer Prozession, die noch zwei weitere männliche Verwandte umfasste, die einen großen Bogen aus Rosenblättern über den Bräutigam hielten. Yogi hatte den kleinen Vorhang abgelegt, der von seinem Turban herabgegangen hatte, und strahlte über das ganze verpflasterte Gesicht wie eine Sonne. Das Veilchen um das eine Auge und die Zahnlücke konnten keinen Deut von dem Glück trüben, das sein Lächeln vermittelte. Ich glaube, ich hatte ihn noch niemals so voller Freude und Stolz gesehen wie jetzt, als er durch den Garten zu der beleuchteten Bühne ging, wo Lakshmi auf einem weißen Sofa saß, von einem Blumenmeer umgeben. Als sie zusammentrafen, detonierten mehrere Konfettikanonen, die einen Regen von kleinen Goldstreifen über das Paar sprühten.

»Das war der Bollywoodteil!«, rief Keeran. »Jetzt kommt sehr, sehr großer Krach!«

Noch ein Feuerwerk mit noch größeren Knallern als vorher prasselte los, falls das überhaupt möglich war. Erst eine Viertelstunde später verstummten die Raketen und Kracher und wurden von einem klingelnden Geräusch in den Ohren abgelöst, das ich erst nicht zuordnen konnte, das jedoch, wie ich bald merkte, aus meinem eigenen Schädel kam. Wenn ich irgendwann in Zukunft Tinnitus bekommen würde, konnte ich wohl ziemlich sicher sein, wo die Krankheit ihren Ursprung hatte.

Nach der farbenprächtigen und ohrenbetäubenden Kanonade kam eine lange Fotosession, bei der das Brautpaar sich mit allen möglichen und unmöglichen Konstellationen von Verwandten und wichtigen Freunden aufstellte. Nachdem ich zu Letzteren gezählt wurde, musste ich so viele Male »Cheese« sagen, dass ich mir fast den Kiefer ausrenkte. Danach ging die Hochzeit in ihre ruhige, religiöse Phase, die, wie ich aus Keerans Erklärungen verstand, hauptsächlich tamilisch geprägt war. Das Brautpaar wechselte in einen abgelegenen Teil des Gartens, der hinter einer Hecke von kleinen Ashokabäumen lag, wo ein Brahmane mit nacktem Oberkörper Gebete auf Sanskrit über sie zu sprechen begann. Es folgten unzählige Zeremonien mit Austausch von Armbändern und Blumengirlanden und Reis, der in verschiedene Schalen gefüllt wurde. Yogis entspanntes Lächeln war einem tief konzentrierten Gesichtsausdruck gewichen. Während der Durchführung aller Elemente, die der Akt der Eheschließung beinhaltete, fuhr seine Zunge im Mund vor und zurück wie bei einer Eidechse.

22

Mrs Thakur war auf einem Stuhl mit weicher Unterlage vor dem Priester und dem Brautpaar platziert worden. Die Aufregungen des früheren Abends hatten merklich an ihren Kräften gezehrt, und hier und da nickte die Alte ein.

Nach einenhalb Stunden ununterbrochener Zeremonien spürte ich selbst, wie mich die Müdigkeit überfiel. Ich war fünf Stunden zuvor nach einer fast vierundzwanzigstündigen und weitgehend schlaflosen Flugreise mit zwei Zwischenstationen in Madurai gelandet und dann das letzte Stück auf holprigen indischen Straßen Auto gefahren. Es war schon nach Mitternacht, und ich dachte an das Bett, das frisch gemacht für mich in genau diesem Hotel bereitstand.

»Schauen Sie jetzt genau, Sir. Es ist Zeit für Saptapadi!«, zischte Keeran und rammte mir den dritten wohlplatzierten Ellenbogen des Abends in die Seite.

Saptapadi war der wichtigste Teil der Eheschließung, bei dem die Braut und der Bräutigam einander Treue und Liebe schwören sollten. Ein Feuer war angezündet worden, und während Yogi und Lakshmi Hand in Hand darum herumgingen, verlasen sie ihre Versprechen. Nach sieben Runden blieben sie stehen und beteten zusammen. Dann gaben sie einander jeweils eine Süßigkeit. Yogi leckte sich zufrieden die Lippen, bevor er die Finger in ein rotes Pulver tauchte, das er direkt am Haaransatz auf Lakshmis Stirn strich.

»Jetzt sind sie Mann und Frau«, flüsterte Keeran, und ich konnte mich gerade noch zur Seite bewegen, um einer weiteren Ellenbogenattacke auszuweichen.

Nach ein paar weiteren Prozeduren war der Akt vorüber, und ich ging nach vorn, um das Brautpaar zu umarmen.

»Mr Gora! Ich bin so glücklich, wie es ein Mann nur sein kann!«, strahlte Yogi. »Und jetzt, wo du auch hier bist, bin ich noch glücklicher! Ich habe wirklich den bitteren Geschmack der Enttäuschung im Mund gespürt, als du sagtest, dass dein überaus wichtiges Meeting in Schweden dich hindern würde. Aber du bist trotzdem gekommen!«

Yogi hielt Lakshmi im Arm und strahlte wie ein Kind am Heiligabend.

»Ist sie nicht absolut betörend, meine wunderbarste und schönste Frau?«

Lakshmi warf ihrem Mann einen zärtlichen Blick zu und strich mit der Hand über seine runde Wange.

»Und du bist richtig elegant, mein Prinz. Dieses Veilchen steht dir eigentlich, es sieht aus, als hättest du dich für deine Braut geschlagen«, zog sie ihn auf.

»Genau! So wie Rama es tat, als er mit der Hilfe Hanumans den gefürchteten Dämon Ravan besiegte, der seine geliebte Gemahlin Sita nach Sri Lanka entführt hatte!«

Plötzlich hörte man, wie sich Mrs Thakur räusperte. Sie hatte sich unbemerkt neben Lakshmi geschlichen und mit ihrer zittrigen Hand den Arm ihrer Schwiegertochter ergriffen.

»Meines Wissens nach hat nur einer von euch sich heute Abend geschlagen, und das warst nicht du, Yogendra.«

Eine unangenehme Stille erfüllte die Luft. Doch dann zog die Alte ein Taschentuch heraus und trocknete sich eine Träne im Augenwinkel.

»Und daran hast du recht getan, Lakshmi. Niemand spricht ungestraft schlecht über eine Thakur, denk daran! Denn jetzt bist du eine Thakur.«

Das war eine Willkommensgeste, die in Bezug auf den Absender alle Erwartungen übertraf. Yogi ging hinüber und berührte respektvoll die Füße seiner Mutter, bevor er sie umarmte.

»Jaja, Yogendra, das reicht jetzt«, brummte sie nach einer Weile.

»Kümmere dich nun um deine Frau und sieh zu, dass es an diesem Abend nicht noch mehr Vorfälle gibt.«

Ich spürte, wie meine eigenen Augen sich mit Tränen füllten. Ich war Zeuge einer Hochzeit, bei der der Bräutigam kopfüber von einem Pferd gefallen war, die Braut eine schallende Ohrfeige ausgeteilt und die Schwiegermutter mithilfe ihres Stocks und ihrer scharfen Zunge für Ordnung gesorgt hatte. Und trotzdem war es die schönste Hochzeit, die ich je erlebt hatte.

»Was für ein Abend«, sagte ich zu Yogi, als seine Mutter sich entfernt hatte. »Ich glaube, jetzt muss ich gehen und mich aufs Ohr legen. Ich habe ein Zimmer hier im Hotel gebucht.«

»Das kommt nicht infrage!«, protestierte Yogi.

Ich war zwar vertraut mit der indischen Gastfreundlichkeit, hatte aber keine Lust, so spät noch bei irgendeinem Verwandten einquartiert zu werden.

»Bitte, Yogi, lass mich nur heute Nacht im Hotel schlafen, dann kann ich morgen umziehen.«

»Natürlich.«

»Okay, dann sage ich jetzt Gute Nacht.«

»Mr Gora, hast du nicht gehört, was ich gesagt habe? Das kommt nicht infrage!«

»Jetzt verstehe ich nicht ganz.«

»Es ist vollkommen in Ordnung, dass du heute Nacht in diesem exzellenten Hotel schläfst, aber es kommt nicht infrage, dass du jetzt schon ins Bett gehst! Zuerst musst du essen, denn mit leerem Magen schläft man nicht besonders gut.«

Es gibt einen Mitternachtssnack, dachte ich und überlegte, wie ein solcher indischer Imbiss aussehen könnte.

»Ich weiß nicht, Yogi, ich bin schon pappsatt von dem großen Abendessen.«

»Abendessen? Du meinst die Snacks?«

»Snacks?«

»Ja, die kleinen Appetithäppchen, die ihr Gäste während des Wartens auf die Eheschließung serviert bekommen habt. Komm jetzt mit, dann bekommst du endlich etwas Richtiges zu essen!«

Er nahm mich bei der Hand und führte mich zurück zu dem großen offenen Festplatz, wo die Köche und Kellner sich inzwischen verdoppelt hatten. Ein gigantisches Büfett aus ausschließlich vegetarischen Gerichten war in einem offenen Rechteck um den ganzen Garten angerichtet worden. Von den Hunderten von Hochzeitsgästen saßen viele im Schneidersitz auf dem getrimmten Rasen und aßen ihr Essen mit den Händen von Bananenblättern, während andere sich auf weiß bezogene Stühle um weiß gedeckte Tische gesetzt hatten.

»Das hier, Mr Gora, ist, was ich eine würdige Auswahl dessen nenne, was die südindische Küche zu bieten hat. Greif jetzt ordentlich zu, dann sehen wir uns morgen!«

Ich tat, was mein Freund gesagt hatte, wohl wissend, dass er sich nicht mit weniger zufriedengeben würde. Eine Stunde später, nachdem ich das letzte Stückchen eines Dosa in meinen bereits prall gefüllten Bauch gepresst hatte, lehnte ich mich erschöpft in einem Stuhl zurück und atmete aus. Ich warf einen Blick zu Yogi und Lakshmi hinüber, die am Eingang standen und sich von den Gästen verabschiedeten. Die meisten hatten den Festplatz bereits verlassen und waren nach Hause gegangen. Und ich saß hier und genoss die laue tamilische Nacht, anstatt mich zu Hause in Schweden meinem Arbeitsmeeting zu widmen. Das Meeting war eine Lüge, die genauso weiß war wie das Blumenarrangement in Lakshmis Haar. Das einzige Treffen, das ich im Terminkalender gehabt hatte und dem ich aufgrund meiner Reise nach Indien ferngeblieben war, war das mit meiner Arbeitsvermittlerin.

KAPITEL 4

Als meine Lebensgefährtin Karin Vallberg Torstensson bei unserem zweiten richtigen Streit neulich behauptet hatte, ich sei konfliktscheu, tat ich das als ein Zeichen ihrer Berufskrankheit ab, alles zu psychologisieren. Außerdem warf ich ihr vor, dass sie ihre Stellung ausnutzte.

Bevor wir ein Paar wurden, war sie nämlich meine Therapeutin. Es ist nicht ganz unkompliziert, eine Beziehung auf einer solchen Basis aufzubauen. Ich hatte zwar als Patient bei ihr aufgehört, als wir zusammenkamen, aber das änderte ja nichts an der Tatsache, dass wir die Beziehung mit völlig unterschiedlichen Voraussetzungen eingingen. Sie hatte, was Einsichten und Wissen über das Seelenleben des anderen anging, einen gigantischen Vorsprung mir gegenüber.

In den ersten Monaten störte mich dieses Ungleichgewicht nicht nennenswert. Ich fand es manchmal sogar ein bisschen süß, wenn sie mich ihren »kleinen Grübler« nannte oder mich daran erinnerte, dass ich in den Bauch atmen solle, wenn ihr Adlerauge sah, dass ich in Gedanken an einem unangenehmen Ort war. Aber dann schlich sich etwas in den Subtext, das mich irritierte. Wenn ich während eines Gesprächs mit meiner Mutter etwas kurz angebunden war, deutete Karin an, ich hätte einen nicht aufgearbeiteten Konflikt mit ihr. Und obwohl ich im letzten halben Jahr daran gearbeitet hatte, meinem Sohn John näherzukommen, und versucht hatte, eine Beziehung zu ihm aufzubauen, die annähernd so herzlich war wie die zu meiner Tochter Linda, sprach sie in einer Art und Weise von »mental abwesenden Vätern«, dass ich das als indirekte Spitze interpretierte. Sie drückte sich subtil aus, und vermutlich war ich überempfindlich, aber in unsere Kommunikation hatten sich Missverständnisse eingeschlichen, die an mir nagten.

Dass ich arbeitslos war, machte die Sache nicht besser. Seit ich von meiner vorigen Indienreise vor fast einem Jahr nach Malmö zurückgekehrt war, hatte ich mich erfolglos um mehrere Jobs als Texter beworben. Mein Alter sprach in Kombination mit der herrschenden Zeitungskrise ganz einfach nicht für mich. Die größte Zeitung der Stadt, *Sydsvenskan*, war dabei, ihre eigene Redaktion zu schlachten, und von den Gratiszeitungen bekam ich freundliche, aber ablehnende Antworten auf die Mails, in denen ich meinen Stift anbot. Meine bisherigen Einkünfte als Journalist beschränkten sich auf die dreitausend Kronen, die ich vom *Skånska Dagbladet* für ein Feature über den goldenen Tempel der Sikh in Amritsar bekommen hatte, das ich mithilfe alter Fotos von dort zusammengeschustert hatte. Nicht einmal als ich in dem Tümpel namens »Malmös Werbeszene« zu fischen versuchte (obwohl ich mir einmal hoch und heilig geschworen hatte, dort nie wieder zu planschen), biss einer an. Es gab ganz einfach keine Nachfrage nach einem vierundfünfzigjährigen Texter mit Lücken im Lebenslauf, mittelmäßigem Wortwitz und allzu vielen Feinden in der Branche.

Finanziell begann es auch ein wenig eng zu werden. Meine Teilhaberschaft an der Teeplantage in Darjeeling zusammen mit Yogi, Lakshmi und ihrem Vater warf noch keine größeren Summen ab, und das Sparkonto auf der Bank versiegte ein wenig zu schnell, als dass es sich für den Blutdruck wirklich gesund anfühlte. Ein paar Fonds hatte ich natürlich noch übrig, aber die sollte ich plangemäß eigentlich vor der Pensionierung nicht anrühren.

Ich hatte mich lange Zeit davor gedrückt, aufs Arbeitsamt zu gehen, aber zum Schluss doch angerufen und einen Termin bei einer Arbeitsvermittlerin vereinbart. Es war eine Frau um die dreißig, mit Zöpfen, die mich genauso nervten wie ihr nassforsches Auftreten. Den Großteil unseres ersten Treffens brachte sie damit zu, mir, einem Texter mit dreißig Jahren Berufserfahrung, Tipps zu geben, wie man am besten eine Bewerbung schrieb, und mit einer Menge Floskeln um sich zu werfen, wie dass man manchmal »außerhalb der Norm denken« müsse und dass »tägliche Routinen auch wichtig sind, wenn man arbeitslos ist«. Als ich in einem unbedachten Moment die Augen verdrehte, bekam ich zu hören, wie entscheidend eine »offene und positive Einstellung« sei. Nachdem ich kein Anrecht auf normales Arbeitslosengeld hatte, war ich gezwungen, mich bei etwas anzumelden, das »Alfa-Kasse« hieß, aber trotz seines testosteronstrotzenden Namens nicht sonderlich potent wirkte. Durch sie sollte ich lediglich eine bescheidene Versorgungsstütze bekommen, doch die Voraussetzung war, dass ich zu allen abgesprochenen Treffen erschien und dem Arbeitsmarkt ständig zur Verfügung stand.

»Das heißt unter anderem, dass Sie nicht ins Ausland reisen dürfen«, sagte sie und lächelte fröhlich, als sie mir eine Broschüre mit den Regeln reichte.

Danach hatte ich weitere drei sinnlose Treffen durchlitten und sollte gestern eigentlich bei meinem vierten gewesen sein, um nicht nur Fräulein Nassforsch mit den Zöpfen, sondern auch einen Jobcoach zu treffen, der mir helfen sollte, »versteckte Jobs« zu finden.

»Soll ich Privatdetektiv werden?«, hatte ich die Zöpfe gefragt, und sie hatte mit einer plötzlichen überraschenden Ironie in der Stimme gesagt, dass ich mit meinem gut entwickelten Humor stattdessen vielleicht eine Stelle als Stand-up-Comedian bekommen könnte. Sogar aus diesem Match ging sie also als Siegerin hervor, und das war wohl der Tropfen, der mein Fass zum Überlaufen brachte – dass ich gerade beim Thema Humor gegen sie verlor.

So zog ich mich in meine Junggesellenwohnung am Davidshallstorg zurück und setzte mich aufs Fernsehsofa, um zur Wiederholung eines deutschen Bundesligamatches auf Eurosport zu schmollen und mir dabei einen Becher Ben & Jerry's mit der Geschmacksrichtung Chunky Monkey und eine halbe Flasche klebrigen Amaretto (den einzigen Schnaps, den ich zu Hause hatte) einzuverleiben. Der Mandellikör versetzte mich in einen kombinierten Zustand aus Alkoholrausch und Zuckerschock, was dazu beigetragen haben könnte, dass ich direkt nach dem Abpfiff von Bayer Leverkusen gegen Dortmund, das übrigens auch in der Wiederholung mit 1:3 endete, ins Internet ging und den Flug nach Madurai ohne Reiserücktrittversicherung buchte. Obwohl ich es mir eigentlich nicht leisten konnte und obwohl ich die kleine Unterstützung, die ich bekam, aufs Spiel setzte.

Aber als ich nach Yogis Hochzeit in einem bequemen Gartenstuhl saß und zum sternklaren Nachthimmel aufblickte, fühlte es sich trotzdem richtig an, dass ich hierhergekommen war. Das Einzige, was schmerzte, waren Karin Vallberg Torstenssons harte Worte, ich sei »ein konfliktscheuer Mann mit Bindungsproblemen, der ständig auf der Flucht ist«.

Als ich sie dann gefragt hatte, ob sie mit ihren Diagnosen fertig war, hatte sie einen Teller genommen, ihn auf den Boden geworfen und geschrien: »So mache ich das, wenn ich wütend bin!« Dann hatte sie mich einen Waschlappen genannt, der weder den Mut hatte, zu ihr ehrlich zu sein noch zu sich selbst, und auch wenn sie sich später beruhigt und das Ganze mit Versöhnungssex geendet hatte, war alles, was sie gesagt hatte, an mir hängen geblieben wie Federn an einem geteerten Körper. Die Sache war nämlich die, dass KVT, wie ich sie im Hinblick auf ihren Beruf und ihre Initialen manchmal nenne, in allem Wesentlichen recht hatte. Ich war nicht ehrlich zu ihr gewesen, und vielleicht auch nicht zu mir selbst.

Es war ja keineswegs so, dass sie es mir nicht gönnen würde, zu Yogis Hochzeit zu fahren. Im Gegenteil, als es zum ersten Mal zur Sprache kam, hatte sie vorgeschlagen, dass wir beide nach Indien fliegen sollten. Damals hatte ich gesagt, dass ich wohl in Schweden bleiben und mit meiner Jobsuche weitermachen sollte, und auch wenn sie etwas enttäuscht gewesen war, hatte sie es akzeptiert. Völlig klar, dass sie wütend wurde, als ich später eine Kehrtwende gemacht und die Reise gebucht hatte, ohne sie miteinzubeziehen.

Bindungsprobleme. Sie hätte auch noch Minderwertigkeitskomplexe und ein hohes Bedürfnis nach Bestätigung hinzufügen können. Denn natürlich war etwas Pathetisches und Jämmerliches an einem erwachsenen Mann, der vor seinem besten Freund vertuschte, dass er arbeitslos war, und hier und dort wichtige Meetings vortäuschte, und der aus irgendwelchen Gründen die Frau, die er vielleicht liebte, nicht richtig in sein Leben zu lassen wagte. Und trotzdem war Karin weit von einem bloßen Trostpflaster entfernt. Sie hatte keinerlei Versprechen von mir eingefordert oder davon gesprochen, dass wir zusammenziehen sollten. Da sie vor nicht allzu langer Zeit eine Scheidung hinter sich gebracht hatte, hatte sie selbst betont, dass wir es langsam angehen lassen sollten. Sie hatte auch einen Sohn und ein Enkelkind in Östersund, die sie gerne besuchte, es bestand also kaum ein Risiko, dass wir einander völlig abnutzen würden.

»Die Party ist jetzt vorbei, Sir.«

Keerans Worte weckten mich aus meinen Gedanken, und ich

dankte ihm mit einem freundlichen Lächeln dafür, dass er seinen Ellenbogen diesmal nicht verwendet hatte. Einige wenige Gäste waren immer noch da, aber Yogi, Lakshmi und alle ihre Verwandten hatten den Festplatz schon verlassen. Ein Blick auf meine Armbanduhr verriet, dass es Viertel vor drei war. Ich sagte Gute Nacht zu Keeran, ging hinauf und legte mich in mein steinhartes Hotelbett.

Obwohl ich todmüde war, lag ich lange wach und wälzte mich hin und her. Als ich endlich einschlafen konnte, hatte ich einen Alptraum, in dem ich in einen großen Käfig eingeschlossen war und eine Hundeleine um den Hals trug. Draußen stand Karin Vallberg Torstensson und klimperte mit einem Schlüsselbund um den Zeigefinger. Man musste nicht psychologisch versiert sein, um die überdeutliche Botschaft meines Unterbewusstseins zu verstehen. Nach gut zehn Jahren als Junggeselle hatte ich schreckliche Angst davor, mich zu binden.

KAPITEL 5

Am nächsten Tag wurde ich um halb neun Uhr morgens von boshaftem Klopfen an meiner Tür geweckt. Als ich mich dazu aufraffte, aufzustehen und zu öffnen, traf mein trüber Blick Keerans muntere Augen. Er erklärte, dass Yogi ihn geschickt hatte, um mich abzuholen, weil es zu Hause bei Lakshmis Vater ein südindisches Frühstück gab. Wie sich zeigte, war Keeran Autorikschafahrer, und eine Viertelstunde später saß ich hinter ihm in seinem knatternden Fahrzeug und sah, wie die Stadt zum Leben erwachte.

Die Stahlrollläden der Geschäfte rasselten beim Hochziehen, und am Straßenrand standen Männer in Trauben um die rollenden Teestände und stärkten sich mit frisch gebrühtem Masala Chai für die tägliche Arbeit. Die Frauen waren schon vollauf damit beschäftigt, vor den Geschäften zu putzen, Wasser in großen Gefäßen auf dem Kopf zu tragen, Kuhdung zu runden Briketts zu formen, um sie zu trocknen und dann Feuer damit zu machen, rotznasige Kinder zu schleppen und all die Dinge zu tun, die indische Frauen ständig auf Trab hielten, wo auch immer im Land man sich befand.

Motorräder und Roller schlängelten sich gemächlich zwischen Kühen und Ziegen hindurch. Die Hupe eines farbenfrohen Lastwagens spielte eine aufdringliche Melodieschleife, als wolle sie das Publikum vor einem Cricketspiel aufheizen. Trotz all der lärmenden Betriebsamkeit fand ich die Stimmung hier deutlich entspannter als in und um Delhi. Sowohl die Menschen als auch ihre

Fahrzeuge bewegten sich etwas langsamer und schienen nicht ganz so erpicht darauf, immer der Erste zu sein, was den Vorteil hatte, dass der Verkehr zwar träge, aber gleichmäßig floss und ohne heftige Bremsmanöver auskam.

Als wir die kleine Stadt verlassen hatten, öffnete sich die schöne Landschaft in ausgedehnten Reisfeldern und großen Plantagen mit Kokospalmen, Avocadobäumen und Bananenpflanzen vor einem majestätischen Bergpanorama. Der warme Wind streichelte meine Haut, und ich spürte, wie ich langsam, aber sicher auch mental aufzutauen begann. Die anstrengenden Gedanken um meine Arbeitslosigkeit und den aufreibenden Streit mit Karin zu Hause in Schweden rückten in den Hintergrund, und mich erfüllte die angenehme Gewissheit, dass sich alles letztendlich zum Guten wenden würde, jetzt, wo ich endlich hier war. Denn obwohl ich während meiner früheren Aufenthalte in Indien mehrere ernsthafte Probleme durchlitten hatte, hatte ich das Land immer mit dem Gefühl verlassen, durch neue Einsichten und Erfahrungen etwas Wertvolles mit nach Hause genommen zu haben.

Nach guten zehn Kilometern Fahrt rollten wir ins Heimatdorf der Familie Krishnamurti. An der asphaltierten Hauptstraße lagen ein paar kleine, einfache Geschäfte, eine Straßenküche, ein gut besuchter Obst- und Gemüsemarkt, ein Rasiersalon und eine kleine Schule. Keeran ging vom Gas und fuhr im Schneckentempo durch den Ort, wodurch wir bald einen kleinen Tross von Kindern im Schlepptau hatten, die hinter uns herrannten, als wir links auf einen Schotterweg abbogen.

»Du bist hier ein sehr besonderer Mann mit deiner weißen Haut!«, brüllte er mir zu und lächelte triumphierend, bevor er den Kindern fröhlich zuwinkte und wieder an Tempo zulegte.

Einige Jungen versuchten die Verfolgung aufzunehmen, gaben aber bald auf und verschwanden in einer Staubwolke aus unserem Blickfeld. Die herumscharrenden Hühner, die uns in den Weg kamen, mussten ob Keerans markanter Tempoerhöhung um ihr Leben rennen, und nach ein paar scharfen Kurven durch eine Mischbebauung von niedrigen Steinhäusern und einfachen Hütten mit Strohdach kamen wir auf einen einsamen und erstaunlich ebenen Weg, der zu einer großen, weiß getünchten Villa führte. Das Haus hatte eine Terrasse mit runden Wassertanks auf dem Dach und war von einem gepflegten Garten mit großen Bougainvilleabüschen umgeben. Vor dem verschnörkelten Eisentor standen Yogi und Mr Krishnamurti und warteten auf uns.

Mein Freund klopfte mir auf den Rücken, als ich aus der Rikscha stieg, und stellte mich seinem Schwiegervater vor. Ich hatte ihn während der Hochzeit nur kurz begrüßt und war bereits da von seiner ruhigen und zurückhaltenden Art fasziniert gewesen. Vielleicht hatte das etwas mit der Qualität seines Hörgeräts zu tun. Yogi schrie mehr oder weniger, wenn er mit ihm sprach.

»Mr Gora kommt aus Schweden!«

»Wie interessant. Ich war selbst nie in der Schweiz, aber es soll ja ein sehr schönes Land sein«, antwortete Mr Krishnamurti.

»Mein Schwiegervater ist auf seine alten Tage etwas schwerhörig geworden«, flüsterte Yogi.

»Wie alt ist er?«

»Das weiß er nicht. Hier draußen auf dem wunderbaren Land maß man solchen Nichtigkeiten wie Jahreszahlen keine Bedeutung zu, als er geboren wurde. Das Einzige, was mein Schwiegervater weiß, ist, dass er während eines exzeptionell starken Monsuns zur Welt kam, der beinahe das Haus der Familie fortschwemmte. Das hat ihm seine liebe Mutter in seliger Erinnerung erzählt.«

Yogi wandte sich an Mr Krishnamurti und rief laut in dessen Hörgerät.

»Nicht wahr, lieber Schwiegervater?«

Der Mann lächelte und nickte, und ich verstand bald, dass das Mr Krishnamurtis üblichste Art der Kommunikation war. Sein ausgezeichnetes Englisch verriet ein hohes Bildungsniveau, aber er verwendete die Sprache sehr sparsam, und im Hinblick darauf, dass er die letzten Tage in der Gesellschaft Mrs Thakurs verbracht hatte, war das vermutlich eine kluge Strategie.

Seine ruhige und etwas weltferne Art konnte einen dazu verleiten, zu glauben, Mr Krishnamurti wäre auf dem Weg zur Senilität, aber der Blick hinter der Brille war aufmerksam, und Yogi hatte beteuert, dass sein scharfer Verstand noch immer völlig intakt war.

Dafür, dass er als einfacher Bauernjunge in dieser entlegenen Gegend Südindiens aufgewachsen war, hatte er im Leben einiges erreicht. Mr Krishnamurtis Finanzen waren wieder im Gleichgewicht, seit die Teeplantage in Darjeeling, die Yogi von seinem Geld gekauft hatte, kein Verlustgeschäft mehr war, sondern inzwischen sogar einen bescheidenen Gewinn abwarf. Lakshmis Hochzeit hatte ihn zwar viel Geld gekostet, sowohl für die Mitgift als auch für die Feierlichkeiten, aber seine Textilfabrik in Madras lief wieder ausgezeichnet und er hatte keine Schulden.

Wir gingen mit Cousin Keeran im Schlepptau durch die Diele und landeten direkt im großen Wohnzimmer, in dem das überbordende Frühstück aufgetischt stand. Am einen Tischende saß Mrs Thakur mit einer Decke um die Schultern und einem gequälten Ausdruck in dem rosinenartig verschrumpelten Gesicht. Ich ging zu ihr und begrüßte sie.

»Mr Borg, sagen Sie, ist es nicht verwunderlich, dass man nun endlich herunter in die Wärme gekommen ist, und dann stecken sie einen in einen Kühlschrank?«

Die Alte nickte genervt zur Klimaanlage hinauf, die eine angenehme Kühle im Raum verbreitete. Lakshmi zwinkerte mir zu und lächelte. Sie hatte sich neben ihren Vater an die andere Seite des Tisches gesetzt, während der Rest der Verwandtschaft die Plätze dazwischen füllte.

Ich schaffte es, neben Yogi zu landen, und hatte so etwas Zeit, mich ein bisschen mit meinem Freund zu unterhalten. Er fragte nach meinem Arbeitsmeeting zu Hause in Schweden, und ich log ihn an und sagte, dass es um einen ganz neuen Auftrag als Texter bei einem von Schwedens größten Immobilienmaklern ging. Er erzählte seinerseits, dass sich die bevorstehenden Flitterwochen auf einen Besuch in der heiligen Stadt Varanasi und in Agra beschränken würden, wo sie das Taj Mahal besichtigen wollten.

»Wann fahrt ihr?«, fragte ich.

»Übermorgen geht der Flug von Madurai mit mehreren Zwischenstopps nach Varanasi, und nach ein paar Nächten dort geht es nach Agra, in die Stadt der Mogulkaiser. Es wird ein wunderbarer kleiner Trip im Zeichen der Liebe, bevor wir bei meiner geliebten Amma in Delhi einziehen!«

Ich konnte meine Enttäuschung nicht verbergen, als mir die Tragweite seiner Worte bewusst wurde. Das bedeutete, dass ich nur zwei Tage zusammen mit Yogi haben würde, bevor sie fuhren, und ganze acht Tage allein verbringen musste, bevor mein Flug zurück nach Schweden ging. Aber was hatte ich auch erwartet, nachdem ich zuerst mitgeteilt hatte, dass ich nicht zu seiner Hochzeit kommen konnte, und dann unangemeldet aufgetaucht war? Dass er seine eigenen Flitterwochen wegen mir verschieben würde?

»Mr Gora, warum siehst du aus, als wäre dir dein letztes Stück Chapati auf dem staubigsten aller staubigen Wege heruntergefallen?«, fragte Yogi, der immer ein Meister darin gewesen war, aus meinem Gesicht zu lesen.

»Es ist nichts, mein Freund. Ich überlege nur, was ich hier unten im Süden machen soll. Aber da kannst du mir bestimmt Tipps geben.«

»Sicher! Wir werden natürlich den fantastischen Minakshi-Tempel in Madurai besuchen.«

»Das kann ja nicht mehr als einen Tag dauern?«

»Nein! Denn dann geht es ja nach Varanasi!«

»Ja, und wenn ihr dorthin geflogen seid, was soll ich dann anfangen?«

Es lag ein etwas genervter Unterton in meiner Stimme, den ich sofort mit einem freundlichen Lächeln zu übertünchen versuchte. Yogi sah mich mit Verwunderung in seinen großen runden Augen an.

»Wovon redest du, Mr Gora? Du kommst natürlich mit!«

KAPITEL 6

Auch wenn Yogis Angebot mich zutiefst rührte, gab es ein paar Einwände. Was würde Lakshmi sagen? Auch wenn ich mich während der Reise etwas auf Abstand zu den Frischvermählten hielt, könnte sie meine bloße Anwesenheit natürlich als Eindringen sehen. Und wie sollte ich mir die Flugtickets leisten können? Doch bevor ich die Sache überhaupt mit Yogi besprechen konnte, tätschelte er mir kameradschaftlich das Knie und versicherte, dass seine frischgebackene Ehefrau einverstanden war. Sie hatten am Morgen über die Sache gesprochen und hatten sich geeinigt, mich mitzunehmen, wenn ich mir schon die Umstände gemacht hatte, ein wichtiges Arbeitsmeeting abzusagen und den ganzen Weg hierherzukommen, um mit ihnen ihre Hochzeit zu feiern.

»Wir haben ja, wenn ich ehrlich bin, schon oben in Darjeeling ein bisschen von unseren Flitterwochen gehabt«, flüsterte Yogi und zwinkerte mir zu. »Und weil ich auch dich liebe, kann man mit jedem Recht der Welt sagen, dass es in doppelter Hinsicht eine Reise im Zeichen der Liebe wird.«

Ich sah Lakshmi an, die meinen Blick mit einem kurzen Nicken erwiderte. Zu Beginn unserer Bekanntschaft war ich mehrmals mit ihrem feurigen Temperament konfrontiert worden. Aber sie hatte ein gutes Herz, und mit der Zeit hatte sich auch zwischen uns beiden eine Freundschaft entwickelt.

»Das klingt ganz fantastisch, Yogi. Aber werde ich euch nicht im Weg sein?«

Er sah mich an und atmete angestrengt aus.

»Ihr Westlichen habt eine merkwürdige Art zu denken. Hier in Indien sind wir es gewohnt, dass auf unseren Wegen Dinge auftauchen, und wir sehen das überhaupt nicht als Problem, im Gegenteil. Nehmen wir zum Beispiel das kleine indische Lastauto mit Ladefläche von der Marke Tata, das alle unsere Straßen befährt. Wenn ihm etwas in den Weg kommt, kann es würdevoll darum herumfahren, wenn es eine heilige Kuh ist, oder hupen, wenn es ein anderer Autofahrer ist, der über die Existenz des Fahrzeugs informiert werden muss, oder das, was im Weg steht, einfach auf die Ladefläche aufspringen lassen, zu allen anderen, die dort schon sitzen, wenn es ein Bekannter des Chauffeurs oder einfach ein normaler sympathischer Mensch ist, der mitfahren möchte. So funktioniert das bei uns!«

Er brach ein Stück Uttapam ab, das er in die Gemüsesauce Sambar tunkte, und verschlang es mit einer Bestimmtheit, die keinen Platz für Einwände von meiner Seite ließ.

»Und was die Kosten betrifft«, schmatzte Yogi, »brauchst du dir keine einzige Sekunde Sorgen zu machen. Die Teeplantage hat ein wenig eingebracht, also sollst du deinen Anteil bekommen. Es handelt sich um ungefähr ein Lakh, und das deckt alle Ausgaben mehr als gut!«

Es gab zwar sicherlich andere Löcher, die ich mit den circa zwölftausend Kronen hätte stopfen können. Trotzdem sagte ich Ja, ohne auch nur eine Sekunde zu zweifeln.

Yogi kümmerte sich um alle Details meiner Mitreise. Nachdem ich auf meinem Heimflug nach Schweden ja sowieso in Delhi zwischengelandet wäre, buchte er das Ticket um, sodass ich dort anstatt in Madurai einchecken konnte. So würde ich auch noch ein paar gemütliche Tage in der indischen Hauptstadt verbringen können, wo ich ja fast ein Jahr gewohnt hatte. Dann bestellte er Tickets für den Inlandsflug und buchte Hotelzimmer für mich.

Am nächsten Tag waren wir eine ganze Gruppe, die einen etwas in die Jahre gekommenen weißen Reisebus enterte, um die Flitterwochen einzuläuten. Auf der ersten Etappe nach Madurai waren nicht nur Yogi, Lakshmi und ich, sondern auch Mrs Thakur, Mr Krishnamurti und sämtliche Geschwister des Brautpaars inklusive Familien und Bediensteten mit von der Partie. Ich zählte vierundzwanzig Erwachsene und vier Kinder. Das Gepäck, das neben allen Koffern noch den sperrigen Rollstuhl enthielt, in dem Mrs Thakur herumgefahren wurde, wurde vom Assistenten des Busfahrers mit einer bedächtigen Sorgfalt auf dem Dach festgezurrt, die die Alte ungeduldig machte. Sie wedelte mit ihrem Stock und schrie: »Jetzt muss es aber wirklich reichen mit den Seilen, Sie da oben!? Wir wollen doch keine Weltumsegelung machen!«

Cousin Keeran hätte sich mit Sicherheit auch gern angeschlossen, musste sich aber damit zufriedengeben, uns vor der weißen Villa zum Abschied zu winken. Obwohl ich vorbereitet war, gelang es mir nicht, seinen scharfen Ellenbogen zu parieren, der diesmal als Abschiedsgruß fungierte und den er mit einer blitzschnellen Bewegung ausführte, als ich gerade in den Bus steigen wollte.

»Gute Reise, Sir! Ich werde Sie nie vergessen!«

»Ich auch nicht«, grimassierte ich. »Weder seelisch noch körperlich.«

Mrs Thakur zischte genervt, als der Assistent des Chauffeurs einen Käfig mit Hühnern herbeitrug, der offenbar auch im Bus mitfahren sollte.

»Sollen wir jetzt wie Vieh in einem Tiertransporter befördert werden? Was ist denn das nun wieder für ein tamilischer Wahnwitz?«

Nach einer Woche am Ende der Welt hatte die Alte offenbar genug von der südindischen Landluft und dem ruhigen Dorfleben. Mr Krishnamurti lächelte sein nachdenkliches Lächeln, in seligem Unwissen über Mrs Thakurs harte Worte, und hob einen von Yogis Neffen auf seinen Schoß. Es war ein kleiner Junge von ungefähr drei Jahren, der sich bei dem freundlichen alten Mann offensichtlich wohlfühlte.

»Wie wundervoll es sein muss, Enkelkinder zu haben«, sagte er mit sehnsüchtiger Stimme zu Mrs Thakur.

»Meistens«, räumte die Alte ein und tätschelte einer Enkeltochter die Wange.

Der verwunderte Blick des Mädchens entlarvte, dass sie diese Art von Zärtlichkeitsbekundung von ihrer Großmutter nicht gewöhnt war. Aber das hieß nicht, dass Mrs Thakur ihre Enkelkinder nicht liebte. Sie hatte große gerahmte Fotografien von ihnen in der Vitrine zu Hause in Sundar Nagar und vergaß Yogi zufolge niemals ihre Geburtstage. Wenn sie zu Besuch kamen, widmete sie ihnen ein gewisses Interesse und spielte zwischen dem Lesen im *Dainik Jagran* und den Wiederholungen alter Bollywoodfilme mit ihrem Lieblingsschauspieler Amitabh Bachchan hin und wieder mit den ältesten beiden Enkeln Karten. Aber eine gemütliche Großmutter, auf deren Schoß man kroch, um Märchen zu hören, würde sie niemals werden.

Sie setzte eine ungewöhnlich milde Miene auf und wandte sich an Lakshmis Vater.

»Bester Mr Krishnamurti, bald werden auch Sie diese Freude haben. Dann kann Ihr Enkelkind *Sie besuchen kommen*.«

Sie hatte die Stimme erhoben und zog den Schluss des Satzes in die Länge, um zu betonen, dass Yogis und Lakshmis Nachkommen bei ihr in Sundar Nagar aufwachsen würden. Anschließend lehnte die Alte sich im Sitz zurück und schlief ein. Sie öffnete die Augen nicht eher als fünf Stunden später, als der Bus in Madurai auf einer breiten, von Juweliergeschäften gesäumten Straße stehen blieb.

»Amma, ist es nicht absolut fabelhaft, wie viel Glitzer und Gold es in dieser Stadt gibt?«, strahlte Yogi und zeigte eifrig auf ein Geschäft mit einem blinkenden Schild davor.

»Genau da habe ich den Schmuck für meine geliebte Lakshmi gekauft.«

Mrs Thakur gähnte und hob ihre Lupe.

»Ich hoffe, du wurdest nicht betrogen, Yogendra. Es wäre besser gewesen, du hättest das Gold zu Hause in Delhi gekauft.«

Als sie den Strom von Mopeds und Motorrädern sah, die auf der Straße hervorquollen, und die fast alle mit mindestens drei Personen bestückt waren, schüttelte die Alte den Kopf.

»Und das ist also die zivilisierte Großstadt? Eine Hauptstraße mit Unmengen von Zweirädern, auf denen Männer in Röcken sitzen.«

Mitten in dem wimmelnden Verkehr stiegen wir alle aus dem Bus. Yogis Mutter wurde in ihren Rollstuhl gesetzt, und dann ging das ganze Gefolge in einem langsamen Fußmarsch weiter, durch einen Elektronikmarkt und schließlich zum Hauptziel des Ausflugs, der großen Tempelstadt mit tausendjähriger Geschichte, die im Herzen von Madurai lag und zur Ehre der hinduistischen Göttin Minakshi erbaut worden war.

»Minakshi ist Parvatis Avatar und die wichtigste Göttin hier in Südindien«, erklärte Lakshmi. »Sie repräsentiert das Leben und die Schönheit.«

»Da habt ihr beide viel gemeinsam«, sagte Yogi und sah seine Frau liebevoll an.

Als wir zu einem der Eingänge kamen, verschlug es mir vor Begeisterung die Sprache. Wie eine Pyramide aus zierlich geschnitzten Götterstatuen erhob sich das Tor fast fünfzig Meter in die Höhe. Sogar Mrs Thakur wirkte beeindruckt und ließ sich willig von ihren Schuhen befreien und aus dem Rollstuhl helfen, sodass auch sie mit hineingehen konnte, auf ihren Stock und das Dienstmädchen Lavanya gestützt.

Innerhalb der äußeren Mauer breitete sich das große Gelände mit mehreren Tempeln und Türmen aus. Die Sonne stand hoch am Himmel, und die heißen Steinplatten brannten unter meinen nackten Fußsohlen. Wir gingen an einem Stall mit Kühen vorbei, die die Aufgabe hatten, die heilige Stadt mit Milch für all die religiösen Zeremonien zu versorgen, die dort vor sich gingen, und weiter in den Komplex hinein. Ausgezehrte Männer und Frauen trugen schwere Körbe mit Stein und Ton auf ihren Köpfen die Treppe vor einem abgesenkten Brunnen herauf, der gerade restauriert wurde. An einem großen Shiva Lingam, dem Phallussymbol, das Shiva, den Gott der Zerstörung und des Neubeginns ehrte, stand eine Schlange betender Menschen. Mit Lakshmi als kundigem Guide verbrachten wir ein paar Stunden damit, durch die schön beleuchteten Tempel mit prächtig verzierten Pfeilern und detailreich bemalten Decken zu wandern. Der Räucherduft und der flackernde Kerzenschein flossen mit den Messen der Brahmanen zu einem suggestiven Sud von Spiritualität zusammen, der sogar mein atheistisches Herz berührte.

»Das ist es, was mein höchst geliebtes Indien eher zu einem Universum macht als zu einem Kontinent«, verkündete Yogi feierlich, bevor seine Nase etwas Essbares witterte, was ihn schnell dazu brachte, die Richtung zu ändern.

Er eilte aus dem Tempel und landete bei einem kleinen Stand außerhalb, der frisch frittierte Pakoras verkaufte. Yogi kaufte drei eingerollte Zeitungen voll mit dem fettigen Gemüse im Teigmantel und aß rasch selbst ein paar Stück, bevor er uns davon

anbot. Als Mrs Thakur sich über seine ständige Nahrungsaufnahme beklagte, verteidigte Yogi sich damit, dass man nach so
viel geistiger Nahrung, wie wir sie während der Wanderung durch
die Tempelstadt zu uns genommen hatten, auch den Hunger des
Magens stillen mussten.

»Das weißt du doch, liebe Amma, dass Körper und Seele eins
sind, und wenn keine völlige Harmonie zwischen ihnen herrscht,
stört man die universelle Balance, und das gefällt den Göttern
nicht.«

Die Alte, die an die selbst geschnitzten religiösen Sentenzen
ihres Sohnes gewöhnt war, die so oft einen kleinen kulinarischen
Ringelschwanz hatten, gab sich diesmal mit einem Schnauben
zufrieden. Dagegen war sie sehr bestimmt, als sie die ganze Gesellschaft zu einem heiligen Baum herüberbeorderte, wo sie für
fünfzig Rupien eine kleine Holzkiste mit einer einfachen Statue
von Shiva aus bemaltem Pappmaschee kaufte. Sie reichte sie ihrer
Schwiegertochter mit den Worten »nun mach sowohl mich als
auch deinen Vater glücklich«.

»Dazu gehören ja wohl zwei«, murmelte Lakshmi und bat Yogi
um Hilfe, als sie die kleine Holzkiste mit einer Schnur an einem
Ast festband. Es hingen bereits mehrere ähnliche Kisten mit
Shivastatuen im Baum, um den viele andere Paare herumstanden.

»Hierher kommt man mit dem demütigen Wunsch der Seg-
nung des mächtigen Fruchtbarkeitsgottes Shiva«, flüsterte Yogi
mir zu.

Mrs Thakur hatte ihren Zyklopenblick aufgesetzt, der noch
grotesker aussah als gewöhnlich, weil sie gleichzeitig ein breites
Lächeln im Gesicht hatte.

»Kinder sind Gottesgaben. Und der Familie Thakur gegenüber
sind die Götter diesbezüglich immer freundlich gewesen.«

45

KAPITEL 7

Auch wenn Mrs Thakur während des restlichen Besuchs in Madurai den Ball erstaunlich flach hielt, war die Erleichterung nicht zu übersehen, die Yogi erfüllte, als er der Mutter und dem Rest der Familie am Flughafen zum Abschied winkte. Das Heimweh der Alten nach Delhi war so stark, dass sie ein paar Stunden zuvor, als Mr Krishnamurti ihr angeboten hatte, in dem weißen Bus mit zurück zu dem Dorf in Tamil Nadu zu fahren, um sich noch ein paar Tage auszuruhen, eine Grimasse nicht hatte zurückhalten können. Ihr Gesicht war dadurch noch schrumpeliger geworden, sofern das überhaupt möglich war.

»Und in ihrem Kühlhaus sitzen und langsam erfrieren?«, flüsterte sie mir zu, als sie ihre Mimik wieder einigermaßen in den Griff bekommen hatte, worauf sie Lakshmis halb taubem Vater verbindlich zulächelte.

»Tu nichts, das Schande über die Familie bringt, Yogendra! Halt deine schlüpfrige Zunge im Zaum und benimm dich wie der verheiratete Mann, der du jetzt bist, mit Respekt und Verstand!«, war das Letzte, was wir von Mrs Thakur hörten, bevor sie auf das Dienstmädchen Lavanya gestützt in der Gangway zum Flugzeug verschwand.

Nachdem Lakshmi tränenreich Abschied von ihrem Vater und den übrigen Verwandten genommen hatte, war die große Reisegesellschaft auf drei Leute zusammengeschrumpft: das Brautpaar mit mir als Anhang. Unser nächstes Reiseziel war die heilige Stadt Varanasi. Der erste Flug auf dem langen Weg dorthin sollte

46

in einer Stunde gehen, und so lange konnte Yogi nicht damit warten, seinen allgegenwärtigen Hunger zu stillen. Euphorisch leichten Schrittes hielt er Kurs auf einen der vielen Kioske am Flughafenterminal, die Tee und Snacks verkauften. Bevor Lakshmi ihn aufhalten konnte, hatte er drei Samosas mit Chilisoße gekauft.

»Und womit wollt ihr beide euren Gaumen verwöhnen?«, fragte er uns und ließ sich sein Lieblingsessen schmecken.

»Die willst du doch wohl nicht alle selbst essen?«, protestierte Lakshmi und stahl rasch eine Samosa von seinem Papierteller, um ihn danach liebevoll in den Hüftspeck zu kneifen, sodass ihre vielen Armbänder klimperten.

»Aber meine schöne Lakshmi! Bedenke, dass du jetzt nicht nur meine wundervollste, sondern auch meine wirklich echte Ehefrau bist, und als solche musst du deinen Ehemann mit den schönsten aller schönen respektvollen Respektabilitäten behandeln!«

»Und du solltest auf deine Mutter hören! Sprich so, dass man versteht, was du sagst, und iss mit Verstand«, stichelte Lakshmi, zwickte ihn noch einmal in die Seite und reichte mir die letzte Samosa.

»Na gut«, seufzte Yogi und fuhr mit der Zunge in seine Zahnlücke, wo sich ein Stückchen Samosa festgesetzt hatte. »Im Flugzeug gibt es sicher mehr.«

Er hatte recht. Vierzehn Stunden, drei Zwischenstopps, vier feste Mahlzeiten und mindestens ein Dutzend Samosas später landeten wir sehr müde und sehr satt am Flughafen von Varanasi. Als wir unser Gepäck bekommen hatten, führte Yogi uns durch ein wimmelndes Menschenmeer zum Taxistand und schaffte es nach einigem Palaver, sich mit dem Chauffeur über den Preis zu einigen.

Eine Stunde später checkten wir im Hotel Hindustan International ein, einem netten, aber etwas in die Jahre gekommenen Touristenhotel mitten in der pulsierenden Stadt. Dort bekam ich noch einmal den Beweis dafür, wie klein das riesige Indien wirken kann, wenn man sich längs der ausgetretenen Touristenpfade bewegt. Denn im Restaurant, zusammen mit einer Gruppe schwedischer Reisender des Modells Pensionär, saß niemand anderes als Erik und aß zu Abend. Mein alter Kindheitsfreund Erik Petterson, der, wenn er nicht in Malmö als Aushilfsmusiklehrer arbeitete, seine Brötchen als Reiseleiter verdiente, mit Asien als hauptsächliches Territorium. Er hatte mir einmal Mia ausgespannt, zwar lange bevor wir verheiratet waren, aber trotzdem. Auf dem Pluskonto konnte man dagegen anführen, dass er derjenige gewesen war, der Yogi und mich zusammengeführt hatte: Erik hatte mich während meines ersten Indienaufenthalts akut magenkrank und allgemein elend in einem schäbigen Hotelzimmer in Jaipur zurückgelassen, und drei Tage später seinen alten Bekannten Yogi dorthin geschickt, um sich um das zu kümmern, was von mir noch übrig war.

Obwohl Erik ein Stück über fünfzig war, hatte er noch immer einen dunkelblonden Lockenkopf ohne den geringsten Einschlag von grau. Und das war nicht das Einzige an ihm, das mit den Gesetzen des menschlichen Alterns in Konflikt stand. Er war drahtig, schlank und muskulös wie ein junger Iggy Pop und hatte das Gesicht eines Fünfunddreißigjährigen, mit nur einigen charmanten Lachfältchen um die intensiv blauen Augen, mit denen er normalerweise alle Frauen verzauberte, die ihm in den Weg kamen. Diesmal schien er jedoch herzlich wenig Erfolg in seinem Versuch zu haben, eine exzentrische Schwedin um die fünfundsechzig zu beruhigen, die einen Curryfleck auf ihre beige Strickjacke bekommen hatte. Und weil es schließlich eine echte Odd-

Molly-Strickjacke war, musste sie in kaltem Wasser mit Seife gewaschen werden, und das sollte verdammt noch mal das Hotel übernehmen, weil ja der tollpatschige Kellner das Kleidungsstück verschmutzt hatte.

»Aber es ist doch nur ein kleiner Fleck, man sieht ihn kaum«, versuchte Erik zu beschwichtigen, worauf der Mann der Frau wütend wurde und drohend mit einer großen Flasche Kingfisher-Bier herumfuchtelte.

»You give me auch gratis beer!«, brüllte er Erik und den Kellner an.

Letzterer schüttelte freundlich den Kopf. Seine Schwedischkenntnisse waren nicht vorhanden, und sein Englisch war offensichtlich stark begrenzt, doch aus den Gesten und dem Geifer verstand er, dass die hochroten und lautstarken Gäste offensichtlich extrem aufgebracht waren. Und nachdem er ein lösungsorientierter junger Mann war, zog er sein schmuddeliges Taschentuch aus der Hosentasche und rieb den Fleck weg. Oder genauer gesagt: verschmierte ihn. Und dann lächelte er.

Die Odd-Molly-Frau rang nach Atem und sah aus, als würde sie jede Sekunde in Ohnmacht fallen. Ihr bereits bierseliger Ehemann gurgelte ein paar unverständliche Laute und schob das Kinn vor, was ihm in Kombination mit seiner fliehenden Stirn ein neandertalerartiges Aussehen verlieh. Erik versuchte, die Wogen zu glätten, indem er dem Mann sein eigenes Bier anbot, und dann etwas pflichtbewusst auf den verständnislosen Kellner schimpfte.

»Mr Erik! Let me help you«, sagte Yogi und legte seinen Arm schützend um die Schulter des Kellners.

Er begann, freundlich auf Hindi mit ihm zu sprechen, und nachdem er sich den Handlungsverlauf aus der Sicht des jungen Mannes angehört hatte, rieb er sich die Hände und wandte sich mit einer eleganten Bewegung der Odd-Molly-Frau und ihrem Mann zu.

»Verstehen Sie mich nicht falsch, hochverehrte schwedische Herrschaften, aber mir scheint, dieser kleine Zwischenfall, der zufällig Madames wunderschön kreiertes Oberteil befleckt hat, beinhaltet eine lehrreiche Botschaft.«

»Wer ist denn dieser Clown?«, fragte der Neandertaler Erik auf Schwedisch und fuhr dann zu Yogi gewandt fort: »*Are you hotel chef? I speak nur mit hotel chef! This big…*«

Er hielt inne und fragte Erik genervt, was Skandal auf Englisch hieß.

»Dasselbe.«

»*This big Skandaaaal!*«, brüllte er.

»Nein, mein Herr«, antwortete Yogi freundlich, aber bestimmt. »Der Fleck ist keineswegs ein Resultat von verkleckertem Dal, was im Übrigen ein außerordentlich schmackhaftes Linsengericht ist. Es ist vielmehr ein Fleck von einem würzigen Kartoffelcurry. Außerdem ist er nicht groß, sondern klein, oder, nach dem flinken Einsatz des Kellners, zumindest sehr unscharf in den Konturen. Und worauf ich Sie hinweisen wollte, bevor Sie mich so brüsk unterbrachen, mein Herr, war, dass in diesem Zwischenfall eine Moral verborgen liegt.«

Dem Neandertaler waren inzwischen die Gesichtszüge entgleist, und er sah aus, als hätte er keinerlei Absicht, sie wieder auf Spur zu bringen.

»Die Moral ist, dass man nicht nach Indien im Allgemeinen und nicht nach Varanasi im Besonderen reisen sollte, wenn man kleine Curryflecken auf seinem wunderschön kreierten Oberteil vermeiden will. Eine Alternative wäre natürlich auch, besagtes Oberteil während der Zeit, die es braucht, in einem etwas einfacheren Restaurant wie diesem ein Currygericht zu essen, im

Zimmer liegen zu lassen. Und die dritte Alternative ist, dass man sich mit dem Curryfleck auf dem wunderschön kreierten Oberteil abfindet und ihn als unvergessliche Erinnerung an den Ort sieht, den man besucht hat. Ich selbst wende immer diese Taktik an«, sagte Yogi und zeigte einen Fleck auf seinem Tweedjackett.

»Dieser hier, zum Beispiel, ist von einem wunderbaren Vindaloo in Hyderabad, und der etwas größere Fleck, den Sie auf meinem Ärmel sehen, hat seinen Ursprung in einem etwas zu säuerlichen, aber höchst genießbaren Kokoschutney aus einem Restaurant in Madurai, das in Tamil Nadu liegt, woher übrigens meine geliebte Ehefrau Lakshmi kommt«, sagte Yogi mit einem Lächeln.

Zu diesem Zeitpunkt hatten der Neandertaler und seine Frau eingesehen, dass die Schlacht hoffnungslos verloren war. Der Mann schüttelte resigniert den Kopf, nahm seine Frau am Arm und verließ das Restaurant.

»Wie schön, dich wiederzutreffen, Mr Erik! Es sieht aus, als hättest du diesmal eine besonders entzückende Gruppe Schweden mit nach Indien genommen«, sagte Yogi und zwinkerte zufrieden.

KAPITEL 8

Beim zeitigen Frühstück am Morgen darauf trafen wir Erik und seine schwedische Gruppe unter den fettverschmutzten Ventilatoren im Hotelrestaurant wieder. Obwohl es nicht später als halb sechs war, war das Lokal gut besucht. Alle Touristen von sowohl einheimischem als auch ausländischem Schlag hatten sich dafür entschieden, ein paar Stunden Schlaf zu opfern, um zeitig zum Ganges zu kommen und zusammen mit den vielen Pilgern den Sonnenaufgang zu sehen.

Diesmal hielten der Neandertaler und seine Frau sich zurück, was Erik die Möglichkeit verschaffte, zuerst Yogi und mich ordentlich zu begrüßen und dann ungehemmt mit einem weiblichen Guide einer konkurrierenden Reisegesellschaft zu flirten. Es war eine sommersprossige dänische Frühaufsteherin mit rot gelocktem Haar, deren Grübchen sich parallel zu Eriks immer intensiveren Blicken und Flüstereien zunehmend vertieften. Nach einer Weile wurde sogar eine hübsche Röte auf ihren Wangen sichtbar, und irgendwo da übermannte mich die Erkenntnis: Die Frau konnte nicht mehr als drei, vier Jahre älter als meine eigene einundzwanzigjährige Tochter Linda sein. Wenn ich zuvor von Eriks eingeübtem Balzverhalten noch ein wenig beeindruckt gewesen war, befiel mich nun ein leichtes Ekelgefühl. Wahrscheinlich weil ich selbst in meinem Leben schon den ein oder anderen Gedanken an den zweiten Frühling gehabt hatte, aber so tief, mit einer derart jungen Frau zu flirten, würde ich niemals sinken.

»Jetzt muss es aber wirklich genug sein!«, zischte ich Erik irritiert zu, als die Dänin mit ihren munter plaudernden Landsleuten das Restaurant verlassen hatte, gestärkt nicht nur vom Frühstück, sondern auch von einer Flasche Gammeldansk, die zwischen den Tischen herumgewandert war.

»Was meinst du?«, fragte er mit einer Verwunderung, die vollkommen echt klang.

»Dieses Mädchen ist höchstens fünfundzwanzig. Du könntest ihr Vater sein!«

Erik musterte mich mit einem Blick, als würde er das Skelett eines Dinosauriers aus der Kreidezeit inspizieren.

»Aber ich bin nun mal nicht ihr Vater. Und ganz zufällig bist du es auch nicht! Also würde ich vorschlagen, dass du deine Moralpredigten hinunterschluckst und den Mund richtig gut zumachst. Dann kannst du ihn bei einer passenderen Gelegenheit wieder aufmachen, wenn du wieder in Schweden bei deinen eigenen Kindern bist.«

»Du bist armselig«, sagte ich.

»Ist das alles, was du zu sagen hast? Weißt du, was ich glaube, worum es hier wirklich geht?«

»Nein, und ich will es auch gar nicht wissen!«

»Ich glaube, dein Ärger gründet in deinem eigenen Unvermögen, auf eine natürliche Art mit Frauen umzugehen.«

Es lag ein Fünkchen Wahrheit in dem, was er sagte, und das machte mich noch ärgerlicher. Immer dieser Erik mit seinem selbstsicheren, ja geradezu selbstverliebten Auftreten und seiner sorglosen Lebenseinstellung. Aber so einfach würde er dieses Mal nicht davonkommen.

»Als wenn du wüsstest, wie man mit Frauen umgeht. Bei deinem Verschleiß! Wie lange warst du noch mal mit diesem türkischen Model verheiratet? Sechs Wochen?«

»Fünf«, berichtete Erik mit einem Grinsen. »Im Gegensatz zu

dir habe ich die Fähigkeit, einzusehen, wann es Zeit ist, etwas abzuhaken und weiterzugehen.«

»Sicher, wie der König, oder?«

Erik lächelte sarkastisch und markierte einen geräuschlosen Applaus mit den Handflächen.

»Bravo, Göran! Der war wirklich gut. Wie läuft es übrigens mit deiner Neuen, dieser Psychologin?«

»Gut«, log ich und verspürte auf einmal nicht mehr die geringste Lust, mit meinem alten Jugendfreund und Antagonisten zu reden. »Sehr gut.«

»Großartig. Wir sehen uns heute Abend beim Essen«, schloss er mit einem schelmischen Lächeln ab, bevor er seine Gruppe für den Weitertransport mit dem Bus zum heiligen Fluss einsammelte.

Yogi hatte während meines kleinen Disputs mit Erik nichts gesagt, und das hätte mich in höchstem Maße verwundert, wäre er nicht gleichzeitig vollauf damit beschäftigt gewesen, sich durch das Frühstücksbuffet zu essen. Aber jetzt war er satt und zufrieden. Er rülpste, entschuldigte sich dafür, zündete sich eine kleine Bidi an, nahm ein paar genussvolle Züge, blies den Rauch in kleinen Kringeln aus und sah mich mit echter Teilnahme an.

»Mr Erik ist, wie er ist, im Guten wie im Schlechten.«

Yogi senkte die Stimme und warf einen ängstlichen Blick über seine Schulter, um sich zu vergewissern, dass Lakshmi nicht im Anmarsch war.

»Äußerlich ist Erik wie der schönste Ashokabaum, immer mit hübschen grünen Blättern an seinen Zweigen und einer geraden und stattlichen Haltung im Stamm. Ein Baum, der den Betrachter wirklich mit seinem Glanz und seiner ewigen Jugend anzieht. Aber wenn man die Rinde abschält, sieht man, dass er nicht die magischen Kräfte besitzt, die dieser heilige Baum hat. Innen gleicht Mr Erik in seiner Konsistenz eher einer Weintraube, süß, aber ein ach so flüchtiger Genuss. Verstehst du, was ich meine?«

Ich schüttelte den Kopf, vor allem darum, weil ich es liebte, Yogis eigenhändig zusammengezimmerte Metaphern zu hören.

»Ja, Mr Gora, das bedeutet, dass ihm das Allerwichtigste nicht gelingt, nämlich den Genuss sowohl für sich als auch für andere zu verlängern.«

Er formte die Hand zum Sprachrohr und flüsterte mir ins Ohr: »Und mit ›andere‹ meine ich in diesem Zusammenhang all die Frauen, mit denen er sich umgibt.«

Er blickte mich mit seinen großen, hervortretenden Augen, die ihn manchmal wie einen rundlichen Bruder von Mr Bean aussehen ließen, erwartungsvoll an.

»Verstehst du jetzt?«

»Meinst du, Erik ist schlecht im Bett?«, fragte ich mit schlecht verstecktem Entzücken.

»Schhhh!«, zischte Yogi. »Es ist wirklich erstaunlich, dass ihr Westländer immer genau da landet, im Bett. Ihr solltet versuchen, wie wir Inder zwischendurch mal auf dem Boden zu liegen, das stärkt sowohl den Rücken als auch die Moral.«

Er nahm seinen Kamm aus der Innentasche seines Jacketts und zog ihn in einer exakten Bewegung von der Schläfe über den Scheitel durch das pomadige Haar.

»Was ich meine, ist, dass Mr Erik die Ungeduld und den Willen der jungen Weintraube hat, ihre Umgebung mit ihrer unmittelbaren Süße zu verführen. Hätte er sich stattdessen vom äußeren Druck des Lebens pressen lassen und wäre dann in einem Eichenfass herangereift, hätte er sich allmählich zu einem charakterstarken Wein mit vollem Körper entwickelt. Genau wie wir beide, Mr Gora!«

»Du meinst, er hätte übergewichtig werden sollen?«

»Überhaupt nicht! Nur ein bisschen gesundrund. Aber vor allem hätten ihn die Stöße, die man sowohl als gärende Traube als auch als einigermaßen auf die Probe gestellter Mensch bekommt, weiser gemacht. Und darüber hinaus sollte er irgendwann die wunderbare Befriedigung erleben dürfen, die man von dem langen Nachgeschmack eines gelagerten Weines wie von einer zusammengewachsenen Liebe erhält, die uns beide ja in der Tatsache eint, dass wir in Lakshmi beziehungsweise Corinne die echten und wahren Göttinnen unserer klopfenden Herzen gefunden haben!«

Yogi atmete tief ein, bevor er einen neuen Zug von der Bidi nahm. Im Hinblick auf seinen begrenzten Weinkonsum – Yogi zog an allen Wochentagen Whisky mit Sodawasser vor – waren seine Kenntnisse auf diesem Gebiet beeindruckend.

»Du meinst Karin?«, fragte ich.

»Exakt! Genau die meine ich, Miss Corinne! Ich bin so glücklich, dass du dich nach all der Mühsal von der Liebe dieser fantastischen Frau hast umfangen lassen, die ich zwar noch nicht kennengelernt, von der ich aber verstanden habe, wie unfassbar viel sie dir bedeutet, und die ich mich über alle Maßen freue, in nicht allzu ferner Zukunft persönlich zu treffen.«

Ich hatte Karin Yogi gegenüber bei einigen Gelegenheiten erwähnt, nicht ohne Wärme in der Stimme. Das reichte für ihn offenbar, um sie in seiner Neigung, alles zu überinterpretieren, zur großen Liebe meines Lebens zu ernennen.

Ich fühlte mich nicht weiter aufgelegt, mich noch mehr in den yogianischen Sprachlabyrinthen zu verstricken, und begrüßte daher mehr als gewöhnlich Lakshmis Erscheinen. Sie war frisch geduscht und hatte sich mit einem Rosenwasser parfümiert, das einen befreienden Duftkontrast zu dem öligen Dunst des Restaurants nach frittiertem Vera Medu und fetttriefendem Papadam bildete.

»Guten Morgen, mein lieber Ehemann«, sagte sie und nahm Yogis Hand.

Er zog sie zu sich und spitzte seine runden Lippen, was ihn für einen Moment einem nach Luft schnappenden Fisch ähneln ließ.

»Nicht in der heiligen Stadt«, flüsterte Lakshmi und schenkte ihrem Mann ein kurzes, aber ausreichend schelmisches Lächeln, dass seine Mundwinkel sich wieder nach oben zogen.

Wir fuhren mit einer Fahrradrikscha durch die Stadt, mussten aber das letzte Stück zum Ganges hinunter zu Fuß gehen, um durch die kompakte Menschenmasse zu kommen, die sich in der Morgendämmerung in Bewegung gesetzt hatte. Der monotone Gesang der Pilger vermischte sich mit dem Geruch von Räucherwerk, Kuhdung und frisch gebrühtem Masala Chai.

Als wir zu einem der vielen Ghats des heiligen Flusses kamen, den alten religiösen Treppenstufen, die zum Wasser hinunterführten, wurden wir nicht nur von den normalen Bettlern und Postkartenverkäufern umringt, sondern auch von diversen selbst ernannten heiligen Frauen und Männern, die uns Tilakas auf die Stirn tupften, um uns gutes Karma zu verleihen und sich ein paar Groschen zu verdienen.

Yogi setzte eine für ihn ungewöhnlich skeptische Miene auf, belohnte aber trotzdem die Aufdringlichsten jeweils mit ein paar Rupien, bevor er uns rasch an Bord eines der länglichen Ruderboote führte, die am Kai vertäut lagen. Ein kleines barfüßiges Mädchen sprang behände auf das Boot und schoss mit einem Korb voller kleiner schmaler Holzfässchen mit Blumen und Kerzen hin und her, die es uns Passagieren mit großem Erfolg verkaufte, bevor wir ablegten. Zwei junge Ruderer teilten die Wasserfläche mit synchronisierten knarzenden Ruderzügen, und langsam, aber sicher glitt das Boot auf den heiligen Fluss hinaus.

Der Gesang der Pilger vermischte sich mit den taktfesten Schlägen der Wäscher gegen das Flussbett, und als die Sonne mit einem matten Licht ihren Aufgang ankündigte, wurde ich von einem unwirklichen Gefühl erfüllt. Wenn man von den Logos der Handyfirmen, die als Werbung auf den Rumpf der Ruderboote gemalt waren, und den klickenden Kameras der Touristen absah, hätte die Szene auch aus einer ganz anderen Zeit stammen können. Yogi begegnete meinem verwunderten Blick mit einem feierlichen Lächeln.

»Dies ist die Wiege aller Dinge. Hier verlobte sich Shiva mit Parvati, und hier wurde das Universum geschaffen, von dem die Götter auch uns jämmerlichen kleinen Menschen eine kleine Ecke zum Bevölkern zur Verfügung gestellt haben. Aus dem Ganges wurden wir geboren, und zum Ganges kehren wir zurück, wenn das Erdenleben vorbei ist. Zumindest ein Teil von uns«, sagte Yogi und zeigte auf einen der Kremationsplätze, an denen der Rauch von den immerwährenden nächtlichen Leichenverbrennungen zum Himmel emporstieg.

Wir ließen unsere brennenden kleinen Blumenfässchen auf den Fluss hinausgleiten. Sie bildeten einen schaukelnden Teppich von Licht, der den weichen Wellenbewegungen der Boote folgte. Pilger wuschen sich im trüben Wasser von ihren Sünden frei, das Yogi zufolge eigentlich so sauber war, dass man es trinken konnte, ohne krank zu werden. Als die Reste eines zur Hälfte verbrannten Kuhkadavers vorbeitrieben, äußerte ich diesbezüglich meine Zweifel, was Yogi dazu veranlasste, eine hohle Hand mit Wasser zum Mund zu führen und daraus zu trinken.

»Du verstehst, Mr Gora«, sagte er und wischte sich mit dem Handrücken über den Mund, »…oder besser gesagt, du verstehst *nicht*, wie es so sein kann, weil du leider alle Ungeheuerlichkeiten und Mysterien durch deinen Filter der sterilisiertesten aller sterilen Sterilitäten siebst.«

Ein japanischer Tourist mit Mundschutz und weißen Handschuhen, der in unserem Boot saß, starrte meinen Freund entsetzt an, als er die Prozedur wiederholte und noch einen Schluck Wasser aus dem Ganges nahm.

»Man kann nicht alles verstehen, Mr Gora. Wann wirst du das nur verstehen?«

KAPITEL 9

Vier Stunden später meldete sich der Ganges in Yogis Darmsystem. Er wurde ganz bleich, kalter Schweiß brach ihm aus, und er war gezwungen, fleißig die Toilette des kleinen vegetarischen Restaurants zu frequentieren, in dem wir unser Mittagessen einnahmen. Als ich die Sache ansprach, schüttelte er jedoch entschieden den Kopf.

»Nein, nein! Mein eventuelles Unwohlsein hat nichts mit dem Ganges zu tun! Im Gegenteil würde ich sagen, dass ich dank des heiligen Wassers die bakteriellen Konsequenzen dieses schlecht zubereiteten Gemüsecurrys begrenzen konnte.«

Yogi hielt ein allem Anschein nach vollkommen unschuldiges Stück Blumenkohl zwischen seinen soßigen Fingern hoch. Lakshmi ließ ihren Mann gewähren und wischte ihm mit einer Papierserviette die Schweißperlen von der Stirn. Als er von Neuem die Toilette aufsuchen musste, lächelte sie mich nachsichtig an.

»Der Glaube ist wichtig für Yogi. Mit seiner Hilfe konnte er sich im Leben immer vorannavigieren. Und was man auch von seinem ständigen Geschwätz halten mag, hat er doch recht damit, dass man nicht alles verstehen kann, zumindest nicht nur auf eine einzige Art.«

Als Yogi zum Tisch zurückkehrte, hatte er nicht nur seine Gesichtsfarbe wiedergewonnen, sondern als geeignete Illustration zu Lakshmis Worten sogar noch eine weitere Erklärung für sein plötzlich hereingebrochenes Unwohlsein gefunden.

»Jetzt habe ich alle bösen Geister aus mir herausbekommen und fühle mich auf die allerbeste Art wieder gut! Auf eine Art gebe ich dir vielleicht doch ein bisschen recht, Mr Gora. Dank des reinigenden Wassers von Mutter Ganga bin ich jetzt auch innerlich vollkommen leer und rein!«

Ob ihn nun sein Glaube oder sein unerschütterlicher Optimismus so schnell kuriert hatte, kann ich nicht sagen, doch seine Schritte waren wieder voller Energie, als wir nach draußen in das Gewimmel von Varanasi zurückkehrten und uns von diesem Hexenkessel von Stadt verschlucken ließen. Die Märzsonne hatte sich hoch in den Himmel hinaufgearbeitet, und ihre glühend heißen Strahlen zwangen uns allmählich in die alten labyrinthischen Viertel aus schmalen, verwinkelten Gassen, wo der bedeutend angenehmere Schatten regierte.

Ich rutschte auf einem frischen Fladen aus, den eine träge Kuh gerade fallen gelassen hatte, und wurde von einem jungen Mann vor dem Sturz bewahrt, indem er in letzter Sekunde meinen Arm ergriff. Das war eine starke Leistung, nicht nur aufgrund meines beträchtlichen Gewichts, sondern auch, weil er in der anderen Hand einen Vogelkäfig hielt.

»*Only two hundred rupies, sir*«, sagte der junge Mann und wies auf den Inhalt des Vogelkäfigs, eine zerzauste kleine Eule, die verschreckt durch das Holzgitter blickte.

Nach einem kleineren Meinungsaustausch zwischen uns stellte sich heraus, dass er mir die Eule nicht verkaufen, sondern sie nur gegen ein geringes Entgelt freilassen wollte. Die Geschäftsidee sagte mir nicht zu, aber nachdem mir das kleine Kerlchen wirklich leidtat und ich außerdem meinem Retter gegenüber in einer Art Dankbarkeitsschuld stand, ließ ich mich auf einen Handel ein, der darin resultierte, dass der junge Mann sich zum Schluss mit hundert Rupien für das Freilassen der Geisel zufriedengab.

Ich dachte an mein eigenes Verhältnis zu Karin Vallberg Torstensson und fühlte einen gewissen Neid gegenüber der Eule, als der Käfig geöffnet wurde und sie hinausflatterte. Was für eine Erleichterung sie fühlen musste, wieder Luft unter den Flügeln zu haben und nichts mehr, was ihrer Freiheit Grenzen setzte.

Doch dann beobachtete ich, dass die Eule auf einem kleinen Tisch mit irgendeiner Art von Futter landete, das in einem Gestell aus einem Fenster hing, was mein Misstrauen erregte. Es wurde noch verstärkt, als ich mich umwandte, um den Burschen anzusprechen, und merkte, dass er verschwunden war. Was mich zum Schluss davon überzeugte, betrogen worden zu sein, war, dass die Eule, nachdem sie eine Weile dort gegessen hatte, von einer Hand eingefangen wurde, die sich aus dem Fenster streckte und mit demselben roten Armband geschmückt war, das der junge Mann getragen hatte.

»Hello there!«, rief ich, worauf das Gesicht des jungen Mannes hastig im Fenster auftauchte, um genauso hastig wieder zu verschwinden.

Als ich genervt wieder nach ihm rief, legte Yogi seine Hand auf meine Schulter.

»Ruhig, Mr Gora. Es ist nie gesund, aufbrausend zu sein, und erst recht nicht an einem heiligen Ort wie diesem«, ermahnte er.

»Hast du noch nie von heiligem Zorn gehört?«, fragte ich.

»Doch, aber diesen Zorn sollte man sich für die seltenen Fälle aufheben, in denen er wirklich berechtigt ist. Jetzt solltest du dich eher über das gute Karma freuen, das du dir anrechnen kannst, es war schließlich dein Geld, das den Käfig der Eule geöffnet hat.«

»Aber die Eule wurde ja sofort wieder eingefangen! Der Junge nutzt sie nur für seine eigenen Zwecke aus.«

»So würde ich das überhaupt nicht ausdrücken«, protestierte Yogi. »Ich meine jedenfalls auch im Gesicht der Eule ein kleines

Lächeln gesehen zu haben, als Zeichen dafür, dass sie mit ihrem Eigentümer zusammenarbeitete. Wie ich die Sache sehe, gibt es deshalb in dieser Situation nur Gewinner. Der Junge hat ein paar Rupien verdient, die er zu seiner vermutlich bedürftigen Familie nach Hause tragen kann, die Eule konnte sich ordentlich satt fressen, bevor sie sich willig wieder einfangen ließ, und du selbst hast etwas für dein Karma getan.«

»Win-win-win?«, fragte ich mit einem gereizten Unterton in der Stimme.

»Exakt, Mr Gora! Und jetzt, wo der Tag für uns beide einen so gelungenen spirituellen Start hatte, wäre es unklug, nicht die Wanderungen der günstigen Art auszunutzen, die die Sterne offenbar am Himmelszelt vorgenommen haben.«

Er sah auf seine Armbanduhr, und auf seinem Gesicht breitete sich ein strahlendes Lächeln aus, das seine Zahnlücke entblößte.

»Es ist höchste Zeit für uns, Madame Mistry aufzusuchen!«

Yogi übernahm die Führung in eine enge Gasse, die uns zu einem mit einer Mauer umgebenen Haus führte, das in der blauen Farbe der hinduistischen Götter Shiva und Vishnu gestrichen war. Über dem kräftigen Tor aus massivem Holz hing ein Schild mit dem Bild einer Handfläche, die von zwei Texten eingerahmt war, einem auf Hindi und einem auf Englisch. Letzterer verkündete:

»*Madame Mistry's Palmistry – learn about your future.*«

Eine mystische Wahrsagerin. Hatten wir heute nicht schon genug Mysterien und Bluffs gehabt?

Der Name Mistry hatte allerdings ursprünglich überhaupt nichts mit Mysterien zu tun, betonte Yogi, sondern wies nur darauf hin, dass Madame aus einem Geschlecht stammte, deren männliche Mitglieder sich seit Generationen der Schreinerei und Bauarbeit widmeten. Aber durch der Götter göttliche Vorsorge konnte sie nun diesen auf Englisch durchaus mystisch klingenden Familiennamen nutzen, um ihrem eigenen prophetischen Geschäft Gewicht zu verleihen. Yogi zufolge gab es nämlich niemanden in ganz Indien, und vermutlich auch in der ganzen Welt, der die Zukunft besser voraussagen konnte als Madame Mistry. Sie war der wichtigste Grund dafür, dass er und Lakshmi sich gerade Varanasi als eine der Stationen auf ihrer Hochzeitsreise ausgesucht hatten.

»Hier waren meine zwei entzückendsten Schwestern mit ihren Männern, als sie frischverheiratet waren, und stell dir vor, wie glücklich ihre Ehen geworden sind!«, strahlte Yogi.

Er hatte einen Termin bei der vielbeschäftigten Madame Mistry gemacht, die nicht nur die Zukunft voraussagte, sondern auch junge Paare beriet, wie sie zusammen ein so harmonisches Leben wie möglich führen und die Gefahren meiden konnten, die am Wegesrand lauerten.

»Klingt ... ääh ... interessant«, sagte ich.

Yogi senkte die Stimme und ging mit zögernden Schritten zum Tor, als wollte er die Haltbarkeit von frisch gefrorenem Eis testen. Er klopfte vorsichtig an die Luke in der Tür und wich demütig ein paar Schritte zurück, als sie sich öffnete. Ein paar wässrige Augen trafen seine, was Yogi dazu veranlasste, sich höflich zu verbeugen und irgendetwas auf Hindi zu murmeln.

Mit einem knarzenden Geräusch öffnete sich das Tor, und ein magerer älterer Mann mit nacktem Oberkörper und einem safrangelben Lendenschurz zeigte sich. Er hatte einen langen, grau gesprenkelten Bart und langes Haar, das in rastaartigen Strähnen herunterhing. Seine Stirn war mit senkrechten weißen Streifen bestrichen, die ihm in Kombination mit der Asche, mit der er sein Gesicht beschmiert hatte, eine skelettartige Erscheinung verliehen. Die übrige Charakteristik wurde von einem etwas hinkenden

Gang und einem Atem bestimmt, der einen fleißigen Gebrauch von Cannabis verriet.

Yogi verbeugte sich und berührte in Wertschätzung die Füße des Mannes. Der nickte uns allen dreien kurz zu und bedeutete dann mit den Händen, dass wir ihm folgen sollten. Wir gingen durch ein weiteres Tor und landeten in einem Garten, der vor grünen Pflanzen und farbenfrohen Blumen strotzte. Ein kleiner Springbrunnen mitten auf dem Rasen verbreitete eine angenehme Kühle und ein beruhigendes Plätschern. Zwei Pfauenmännchen schritten mit ihren langen Schwanzfedern im Schlepptau hochmütig über den Rasen. Alle lärmenden Geräusche wurden von den Gewächsen und der dicken Ziegelmauer effektiv ausgesperrt, was dem Ort eine für Varanasi leicht unwirkliche Atmosphäre der Stille verlieh.

Ein junges Paar saß im Schatten unter einer Baumgruppe. Der Mann wies sie an, ihm zu folgen, und forderte uns anschließend auf, am Tisch zu warten. Wir setzten uns, und ein junges Dienstmädchen servierte uns Tee.

»Wer ist der Alte in Gelb?«, flüsterte ich.

»Das ist kein Alter«, zischte Yogi irritiert. »Er ist ein Sadhu, oder mit anderen Worten, ein Guru. Ein heiliger Mann, der in Askese lebt und sein Leben der Ehre Shivas und der anderen Götter geweiht hat.«

»Was macht er hier?«

»Er hilft Madame Mistry bei Bedarf. Denn auch wenn Chiromantie, also die Kunst, aus der Hand zu lesen, eine außerordentlich wissenschaftliche und akademisierte geprüfte Methode ist, hat sie ihren Ursprung in der Religion, und manchmal müssen die höheren Mächte um Rat gefragt werden. Der Sadhu hat die Gabe, die Götter anrufen und dann Antworten in Form von inneren Erscheinungen bekommen zu können.«

Das klang im Hinblick auf seinen Haschkonsum logisch. Ich sah an Lakshmis Gesichtsausdruck, dass auch sie nicht ganz davon überzeugt war, dass der Guru einen direkten Draht zu den Göttern hatte, aber als der Mann zurückkehrte, straffte sie trotzdem ihre Gesichtszüge und setzte eine ernste Miene auf.

»Jetzt kann Madame Mistry uns empfangen«, flüsterte Yogi. »Erst wir und dann du.«

»Was meinst du? Ich will nicht wahrgesagt bekommen!«

»Natürlich wirst du das, Mr Gora! Wenn du schon den ganzen Weg hierhergekommen bist, wärst du ja ein Dummkopf, wenn du zu der außerordentlichen Möglichkeit, in die Zukunft zu sehen, die sich jetzt bietet, Nein sagen würdest! Obwohl sie eigentlich absolut ausgebucht ist, hat Madame Mistry sich bereit erklärt, sich auch deiner anzunehmen.«

Die Frischverheirateten erhoben sich und folgten dem Mann andächtig ins Haus. Ich blieb im Korbstuhl sitzen und wandte mich so verlegen hin und her, dass sein Knarren die schöne Geräuschkulisse zerstörte. Was um Himmels willen tat ich nur bei diesen Quacksalbern?

KAPITEL 10

Ich verschließe vor meinen eigenen Defekten nicht die Augen, weder vor den physischen noch vor den psychischen. Im Gegenteil, hin und wieder finde ich eine gewisse masochistische Befriedigung darin, Fehler an mir zu entdecken. Es ist immer einfacher, vor etwas zu kapitulieren, als es zu ändern zu versuchen, egal ob es sich um einen wachsenden Bauchumfang oder einen groben Mangel an Initiative handelt. Aber der Schritt von dort bis zu dem Punkt, an dem man sich gerne von einer Wahrsagerin in Varanasi seine Schwachpunkte zerpflücken lässt, ist ein sehr großer.

»I can see that something is missing. You need to fill that empty space in your soul«, sagte sie und zog mit ihrem schmalen, kühlen Zeigefinger eine der Linien in meiner rechten Handfläche nach.

Madame Mistrys Englisch hatte die typisch indische Aussprache, aber nicht dessen Tempo. Ihre Stimme war vielmehr ruhig, beinahe schleppend, was den Worten eine Schwere verlieh, die ich anfangs nicht angemessen fand. Die stolze Haltung, der elegant geknotete Sari, die runde Brille und das zurückgekämmte schwarze Haar mit den grauen Strähnen trugen ebenfalls dazu bei, ihre Autorität zu unterstreichen. Die Wahrsagerin hatte etwas von Indira Gandhi an sich.

Doch den Großteil dessen, was sie sagte, empfand ich als floskelhaft. Yogi und Lakshmi hatten vor Glück gestrahlt, als sie aus ihrer Sitzung herauskamen, offensichtlich zufrieden mit dem, was sie gehört hatten. Um ihr Erlebnis nicht zu zerstören, ließ ich

Madame Mistry also weiter wahrsagen und versuchte, so zu tun, als nähme ich sie ernst. Sie berichtete, *es sehe so aus*, als sollte ich bald eine Reise machen, die mich verändern *könnte*, und dass es *schien*, als würde mein Leben *relativ* lang und frei von ernsthaften Krankheiten werden. Ich hatte *möglicherweise* finanzielle Probleme, die sich *vielleicht* in *relativ* naher Zukunft lösen würden. All ihre Voraussagen wurden in mehrere Schichten Vorbehalte und Vagheiten eingewickelt, die bewirkten, dass sie ein bisschen so interpretiert werden *konnten*, wie man selbst wollte. Ich lächelte ein angestrengtes Lächeln, und da passierte es. Sie ließ meine Hand los, schob die Brille auf ihre Nasenspitze hinunter und starrte mir mit dunklem Blick in die Augen: »Sie können jetzt gehen, Sir.«

Ich war vollkommen überrumpelt und wusste nicht, was ich tun sollte. Das hatte zur Folge, dass mein einschmeichelndes Lächeln zu einer lang gezogenen Grimasse erstarrte, die mich *eventuell* einem gestrandeten Seeteufel (ein besonders hässlicher Fisch mit besonders breitem Maul) ähneln ließ.

»Sir, es ist sinnlos, fortzufahren. Sie brauchen natürlich nichts zu bezahlen.«

»Aber Madame …«

Mehr brachte ich außer diesem peinlichen Erröten, das immer kam, wenn ich von dem Gefühl befallen wurde, mit heruntergelassener Hose ertappt zu werden, nicht heraus.

»Es ist jedem selbst überlassen, sein Vertrauen in meine Fähigkeiten zu setzen. Aber wenn man es überhaupt nicht tut, sollte man auch nicht meine Zeit in Anspruch nehmen«, sagte Madame Mistry mit eiskalter Stimme.

»Aber …«

»Sie glauben, ich bin eine Schwindlerin, Sie umgeben sich mit dieser Aura von verächtlicher Skepsis, die ich bei vielen der Westlichen spüre, die mich trotz allem aufsuchen. Es ist nicht falsch, eine kritische Haltung zu haben, aber hier bei mir muss man loslassen und seine Sinne öffnen, ansonsten habe ich keine Möglichkeit, durch die bittere Schale zu dringen.«

»Ich dachte, Sie lesen aus den Händen«, piepste ich mit meinen letzten Resten von Trotz.

»Das tue ich auch. Aber nicht nur die Hände spiegeln die Seele und die Zukunft eines Menschen. Es geht um die Ganzheit.«

»Ich bitte um Entschuldigung, Madame, es war nicht meine Absicht, desinteressiert zu wirken.«

Nun saß ich also wieder einmal gesenkten Kopfes da, einer weiteren starken und charismatischen Frau gegenüber, die mich durchschaut hatte. Unfähig, meinen Mann zu stehen und einen eigenen Standpunkt zu behaupten.

»Madame, ich bitte Sie weiterzumachen. Bitte.«

Mit eingezogenem Schwanz und jämmerlich winselnd. Zum wievielten Mal? Ihre verkniffene Miene wurde ein wenig weicher, und sie nahm meine Hand wieder, die inzwischen schweißnass war.

»Wollen Sie wirklich?«, fragte sie streng.

Ich nickte und blinzelte nervös.

»Gibt es etwas Spezielles, was Sie sich fragen?«

»Jaaa … diese Leere, die Sie vorhin erwähnt haben … werde ich sie mit etwas füllen können?«

Madame Mistry atmete tief ein und ließ die Luft in einem angestrengten Puster wieder heraus, als würde sie sich darauf vorbereiten, einem Dorftrottel Einsteins Relativitätstheorie zu erklären.

»Das liegt ganz an Ihnen. Ihre Liebeslinie, die hier zwischen Zeigefinger und Mittelfinger beginnt und über die Handfläche verläuft, ist lang und kräftig, was bedeutet, dass Ihre Fähigkeit zu lieben eigentlich stark ist. Das ist ein gutes Zeichen, aber …«

Madame Mistry verstummte und legte die Stirn in tiefe Falten. »Aber?«

»Es gibt Brüche in der Liebeslinie, die von mindestens einer zerbrochenen Beziehung zeugen. Sind Sie geschieden?«

»Ja, aber das ist schon lange her.«

»Und jetzt leben Sie allein?«

»Nicht so richtig.«

Madame Mistry schüttelte den Kopf, sodass ihre großen Ohrringe schicksalsträchtig klimperten.

»Das ist Ihr grundlegendes Problem, dass Sie nicht wissen, auf welchem Fuß Sie stehen sollen. Entscheidungen treffen zu können ist eine der wichtigsten Fähigkeiten des Menschen. Diese Fähigkeit müssen Sie trainieren, denn ich sehe, dass Sie vor zwei sehr wichtigen Entscheidungen in Ihrem Leben stehen.«

Sie zeigte auf zwei kleine Striche an der Daumenwurzel.

»Liebe und Karriere, diese beiden Gebiete sind es, auf denen Sie Ihren Weg wählen müssen.«

Danke für diese Information, dachte ich. Das klang ja völlig glasklar.

»Wenn Sie hierhergekommen sind, um einfache Antworten zu bekommen, sind Sie hier falsch«, sagte die Wahrsagerin, als könnte sie wirklich meine Gedanken lesen. »Das Leben ist schwer, und die Antworten auf die Fragen findet man erst, wenn man sich anstrengt und wirklich danach sucht. Die Zeichen in den Händen fungieren nur als Hinweise.«

Der Griff der Wahrsagerin um meine Hand wurde fester, als wollte sie mir die Bedeutung dessen einschärfen, was sie gesagt hatte.

»Es ist wie damals, als Ihre Kinder aufgewachsen sind. Sie bekamen gute Ratschläge von Eltern und Verwandten, aber zum Schluss waren es doch Sie selbst, Sie und Ihre Frau, die entschieden haben, wie Sie sie erziehen wollten. Und das ist Ihnen ja richtig gut gelungen, Ihre Kinder sind gute Menschen.«

Mein Puls begann sofort schneller zu schlagen. Wie konnte sie das wissen? Ich hatte ihr nicht einmal erzählt, dass ich Kinder hatte. Aber dann fiel mir ein, dass Madame Mistry vielleicht Yogi gefragt hatte. Und auch wenn das nicht der Fall gewesen wäre, hätte sie es schließlich auch erraten können. Dass ein Mann in meinem Alter Kinder hatte, die er als gelungen betrachtete, war nicht gerade ein Geheimtipp.

»Ihre Tochter steht Ihnen nahe«, fuhr sie fort.

Jetzt wurde es aber doch ein bisschen unheimlich.

»Sie geht ihren eigenen Weg. Sie hat eine starke Persönlichkeit und weiß, was sie will. Wie heißt sie?«

»Linda.«

»Ein schöner Name. Und wie heißt Ihr Sohn?«

»Woher wissen Sie, dass ich einen Sohn habe?«

»Alles kann man nicht erklären, Sir.«

»John.«

»Er ist enttäuscht von Ihnen«, fuhr Madame Mistry fort, und jetzt explodierte mein Herz wie die Kurbelwelle einer überhitzten Dampfmaschine.

»Er fühlt sich im Stich gelassen.«

Als der nach Cannabis duftende Sadhu ins Zimmer kam und eine Art Ritual durchführte, in dem er mich wie ein katholischer Priester mit Wasser besprengte und gleichzeitig etwas auf Hindi herunterbetete, wurde ich von leichter Übelkeit befallen. Madame Mistry wechselte ein paar Worte mit ihrem heiligen Assistenten und wandte sich wieder zu mir.

»Hören Sie auf Ihr Herz, Sir. Und hören Sie auf die Götter, wenn Sie vor Ihrer Karrierewahl stehen.«

»Madame, Sie müssen entschuldigen, aber ich teile Ihre Religion nicht. Wenn ich ganz ehrlich bin, glaube ich an überhaupt keine Götter«, sagte ich schuldbewusst.

Zum ersten Mal in unserem Gespräch lächelte Madame Mistry.

»Aber die Götter glauben an Sie«, sagte sie. »Und sie werden sich Ihnen in Erinnerung rufen, wenn Sie vor Ihrer Karrierewahl stehen. Dann gilt es, auf sie zu hören.«

»Und die Liebe?«

»Ja, die ist noch wichtiger. Die Liebe kommt immer zuerst.«

»Der Bruch in meiner Liebeslinie? Was wird…? Und mein Sohn, wie soll ich…?«

Plötzlich gab es hundert Fragen, die ich ihr stellen wollte. Aber sie machte nur eine abwehrende Handbewegung.

»Jetzt beginnt Ihre eigene Arbeit, Sir. Sie werden die Antworten finden, wenn Sie sich erlauben, zu lieben. Nicht nur andere zu lieben, sondern auch sich selbst zu lieben.«

Am späten Nachmittag dieses Tages machten wir eine weitere Bootstour auf dem Ganges. Ich saß im Bug des Bootes und blickte zum Land hin, wo die religiösen Aktivitäten einander in einem immerwährenden Strom ablösten.

Obwohl ich meine Gedanken zu zerstreuen versuchte, ging mir Madame Mistry nicht mehr aus dem Kopf. Sie hatte zwar ein bisschen geklungen wie die Hobbyastrologen im Horoskop der Boulevardzeitungen, und es gab wohl mehr als einen esoterischen Spaßvogel, der wie sie das Gesetz der Liebe predigte. Liebe dich selbst – klang das nicht wie aus einem banalen Selbsthilfebuch?

Aber sosehr ich es auch versuchte, ich konnte mich nicht gegen die Worte der Wahrsagerin wehren. Yogi beteuerte, dass er nicht mit ihr über mich oder meine Kinder gesprochen hatte. Er war vollauf damit beschäftigt gewesen, alle Aussagen darüber aufzusaugen, wie viele Kinder er selbst bekommen würde, und wie glücklich Lakshmi und er werden sollten, wenn sie nur lernten, mit der Person umzugehen, die ein Teil ihrer gemeinsamen Zukunft geworden war. Man musste nicht besonders fantasievoll sein, um zu verstehen, um wen es ging.

Außerdem hatte Madame Mistry mit etwas gruseliger Präzision sowohl mein schlechtes Verhältnis zu John als auch mein gutes zu Linda eingekreist. Und auch wenn sie das knirschende Verhältnis zu Karin Vallberg Torstensson nicht erwähnt hatte, so lag doch der Bruch in der Liebeslinie sozusagen auf einer Linie mit dem Knäuel im Faden, der sich zwischen mir und meiner Freundin gebildet hatte.

Klänge es nicht so floskelhaft, würde ich sagen, Madame Mistry hätte meine Seele gefangen, denn genau so fühlte ich mich. Auf die gleiche Art, wie Varanasi es getan hatte. Die Stadt, in die die Menschen kamen, um zu leben. Und um zu sterben.

Die Abenddämmerung senkte sich, und die Leichenverbrenner begannen, die prasselnden Feuer mit in farbenfrohe, glänzende Stoffe eingehüllten Leichen zu füttern. Es lag nichts Beängstigendes mehr darin, es fühlte sich ganz natürlich an. Und als die Ganga Aarti wieder begann, das suggestive Gebet mit Musik, Rauch und Feuer, das von den jungen Brahmanen an der Uferkante ausgeführt wurde, bekam ich eine Gänsehaut.

»Hört nur, wie schön«, sagte Yogi, als die klingende Musik sich steigerte und die Feuerschale in der Luft herumgewirbelt wurde.

»Es ist, als würden die Götter direkt zu uns sprechen.«

KAPITEL 11

Es gibt wohl keinen anderen Ort in Indien, an dem die Grenze zwischen Magie und Misere so fließend ist wie in Varanasi. Ich hatte es kaum geschafft, in die verzaubernde Stimmung draußen auf dem Ganges einzuschmelzen, als wir auf dem Weg zurück zum Hotel an einem elenden Slumviertel mit Wohnungen aus Planken und kaputten Planen vorbeikamen, die genau neben einem stinkenden Wasserlauf lagen. Grunzende Schweine wühlten im Dreck, während halb nackte kleine Kinder mit Stöcken in der Hand herumliefen und schrien, was ich zuerst für ein etwas wildes Spiel hielt, bis ich merkte, dass es eine Jagd auf die fetten Ratten war, die es hier im Überfluss zu geben schien.

Während meines Jahres in Delhi hatte ich selbst neben einem verrufenen Slum gewohnt, aber im Vergleich zu diesem hier erschien es als die reinste Idylle. Das Gesurre der Fliegen vermischte sich mit dem ekelhaften Dunst von einem verrottenden Müllberg, auf dem ältere Männer und Frauen saßen und nach Dingen suchten, die man wiederverwerten, ja vielleicht sogar essen konnte. Ein junger Mann, gezeichnet von offenem Rücken, Polio oder beidem, kroch auf allen vieren unserer Rikscha nach wie ein angeschossenes Tier, mit einer Stimme nach Almosen wimmernd, die andeutete, dass er vermutlich auch taub war. Ich warf ihm einen Zwanzig-Rupien-Schein zu und wurde von einer Mischung aus Schuld und Unmut erfüllt. Hier saß ich und grämte mich über meine banalen Beziehungsprobleme zu Hause in Schweden, während Menschen in einer Umgebung lebten, von der Dante sich hätte inspirieren lassen können, als er sein Inferno schilderte. Was war Indien eigentlich für ein Land? Man schlug sich ob seines ökonomischen Wachstums und seiner IT-Kompetenz auf die Brust, während ein großer Teil der Bevölkerung unterhalb der Armutsgrenze lebte und niemals ein Teil der Erfolgsgeschichte werden würde.

Räuberkapitalismus, Korruption, Nepotismus, Diskriminierung, Umweltzerstörung und Frauenunterdrückung. Aber auch Fürsorglichkeit, Neugierde, Kulturreichtum, Freude und ein blühendes Unternehmertum. Ich würde wohl nie richtig schlau aus diesem schönen, hässlichen Land werden, das ich gleichzeitig liebte und verabscheute. Hier hatte ich die schlimmsten Ungerechtigkeiten erlebt, die man sich vorstellen konnte, aber auch die besten Menschen meines Lebens getroffen.

Zwei von ihnen saßen mir gegenüber auf dem Rikschasitz und hielten sich vorsichtig an den Händen. Lakshmi war kein weicher Typ, ich erinnerte mich zum Beispiel daran, wie hart sie die Lohnverhandlungen mit den Teepflückerinnen in Darjeeling geführt hatte, aber wenn es um Fragen der Ehre und Gerechtigkeit ging, war sie Klassenbeste. Und Yogi, wie sollte man ihn beschreiben? Wie ein einziges großes schlagendes Herz im Tweedjackett? Ich sah meinen Freund an, der wehmütig zurücklächelte, noch immer mit Zahnlücke nach dem Sturz vom Pferd.

»Ich weiß, was du denkst, Mr Gora«, sagte er.

»Was denn?«

»Du denkst, dass all mein Gerede von Karma nicht stimmt, und dass die Götter, wenn es sie gibt, herzlos sind, wenn sie Menschen auf diese Art leben lassen. Aber so einfach ist es nicht, es gibt keine einfachen Antworten auf die rätselhaftesten Fragen des Lebens.«

»Ich glaube, das kommt mir von Madame Mistry bekannt vor«,

sagte ich etwas spitz. »Aber wozu haben wir denn dann überhaupt Karma? Glaubst du, der behinderte Mann hat in einem früheren Leben in Sünde gelebt? Ist er darum in Armut in der dreckigsten aller Welten geboren worden, ohne aufrecht auf seinen Beinen gehen zu können? Ist es nicht Zeit, dass Mutter Indien sich selbst um ihre Kinder kümmert, anstatt die ganze Zeit auf die Götter zu verweisen?«

Es lag ein anklagender Ton in meiner Stimme, der Lakshmi zu einer Verteidigungsrede anheben ließ.

»Weißt du, wie Indien unter den Briten aussah?«, fragte sie. »Frauen konnten nicht lesen, das Kastensystem war stärker als je zuvor, die Leute starben auf der Straße wie die Fliegen an Krankheit und Armut, indische Kleinbauern durften kein Land besitzen, Kinder verhungerten, und es gab fast keine einheimische Produktion, alles wurde aus England importiert. Und vor den Briten waren es andere Kolonialherren und Despoten, die uns lenkten und unterdrückten und verarmen ließen. Ja, wir haben immer noch viele große Probleme, mit denen wir uns auseinandersetzen müssen, aber auf vielen Gebieten wird es langsam besser. Die Mittelklasse wächst, immer mehr arme Kinder gehen zur Schule und die Diskriminierung von Menschen aus niedrigeren Kasten hat sich radikal vermindert. Indien ist noch nicht lange eine selbstständige Nation, es ist zu früh, das Abschlusszeugnis auszustellen.«

Sie verstummte und ließ ihre angespannten Schultern sinken. Ich hätte mich vielleicht dumm und vorurteilsvoll fühlen sollen, aber mein Unmut wollte nicht verschwinden.

»Denk einmal so«, sagte Yogi und hielt seine rechte Hand hoch. Er öffnete und schloss sie mehrere Male und sah mich auffordernd an.

»Na, verstehst du?«

»Nicht wirklich.«

»Es ist schwer, aber trotzdem einfach, Mr Gora. So wie die Hand sich öffnet und schließt, sind die Götter zu uns Menschen. Sie geben und nehmen, und es gibt keine absolute Gerechtigkeit darin. Weil das nicht die allmächtige Aufgabe der Götter ist! Sie haben uns unsere Hände gegeben, aber wir entscheiden selbst, wie wir sie verwenden wollen. Ob wir sie zur Faust ballen und schlagen oder öffnen, um zu geben und zu empfangen.«

»Was denn geben, Ohrfeigen?«

Ich dachte daran, mit welchem Schmiss Lakshmi diesen Kerl auf der Hochzeit geohrfeigt hatte, und lachte innerlich über meine gut ausgedachte Antwort.

»Jetzt versuchst du, auf die beste Weise smart zu spielen, aber es klingt nur auf die schlechteste Weise dumm«, sagte Yogi irritiert. »Hast du noch nie von *bildlich gesprochen* gehört?«

»Klar, entschuldige, Yogi. Sprich weiter.«

»Natürlich, der Mensch hat Verantwortung für seine eigenen Handlungen. Das bedeutet nicht, dass der Mann, der nicht aufrecht gehen kann, gesündigt hat. Aber man kann nicht auf die zornigste Weise die Götter für alle Ungerechtigkeiten anklagen, gegen die man selbst nichts tut. Damit meine ich nicht, dass zum Beispiel du, Mr Gora, mehr als andere dasitzt und deine besten Arme verschränkst, wenn du verstehst, was ich meine. Wir können nicht alles Elend beenden, aber wir sollten uns immer fragen, was gerade wir tun könnten.«

Er hatte recht. Wer war ich, um über Indiens Unvermögen, seine großen Armutsprobleme zu lösen, zu moralisieren, wo ich doch selbst ein Teil der Weltordnung war, in der die Erste Welt so lange die Ressourcen der Dritten Welt ausgesaugt hatte, egal ob es um Bodenschätze ging oder um lächerlich niedrig entlohnte Arbeitskräfte. Und was hatte ich mein ganzes Leben lang dagegen getan, außer hier und da während TV-Wohltätigkeitsgalas einen schlappen Hunderter zu spenden? Nichts, während Yogi selbst die personifizierte Freigiebigkeit war und kontinuierlich Geld für sowohl eine Textilkooperative für Witwen in der Umgebung von Delhi als auch eine Organisation zur Rettung von Straßenkindern spendete.

»Aber«, sagte Yogi und hob einen Zeigefinger, »wir wollen einander nicht verfluchen. Wir wollen auf unsere beste Art Gutes tun und untertänig den Göttern dafür danken, dass sie uns leiten. Und gerade jetzt scheint es mir so, als ob Annapurna ruft«, sagte Yogi.

»Wer ist das?«

»Die göttliche Göttin des Essens und der Nahrung. Sie ist Parvatis Avatar und hat Geschmack für die guten Dinge des Lebens. Annapurna spricht durch den hier zu mir«, sagte Yogi und tätschelte seinen knurrenden Magen.

Yogis Worte hätten nach unserer Fahrt durch den Slum als gefühllos erscheinen können, hätte mein Freund nicht die Neigung gehabt, sich immer quer durch verschiedene Themen zu werfen. Seine Wege nahmen manchmal völlig unerwartete Kehrtwendungen, aber gerade jetzt zeigte die Kompassnadel in eine erwartete Richtung, wenn man bedachte, dass es sieben Stunden her war, seit wir zu Mittag gegessen hatten: zum Restaurant des Hotel Hindustan.

KAPITEL 12

Die dänischen und schwedischen Touristen waren schon da, als wir den Speisesaal betraten. Der Neandertaler und seine Frau hatten neue Kraft geschöpft und führten an einem der Tische eine Diskussion, in der es den sehr missbilligenden Blicken nach zu urteilen, die in Richtung eines anderen Tisches geworfen wurden – wo Erik erneut saß und seine dänische Kollegin umschwärmte –, um irgendeine Form von Kritik an dem blonden Reiseleiter ging. Während Yogi und Lakshmi am Buffet Essen holten, schlich ich mich näher an den Neandertaler heran, um aufzuschnappen, was er und seine Frau zwischen den Bissen erörterten.

»Diese Nonchalance!«, zischte er und nahm einen tiefen Schluck aus seiner Kingfisher-Flasche. »Als ich um ein neues Zimmer gebeten habe, weil unser warmes Wasser kaum lauwarm ist, hat er versprochen, sich darum zu kümmern, aber das hat er nicht getan! Und jetzt sitzt er da und spielt Casanova! Man sollte eigentlich das Geld für die Reise zurückfordern.«

Dem Neandertaler und seiner Frau gegenüber saßen zwei Freundinnen im jüngeren Pensionsalter. Der einen war es trotz eines gewissen Sonnenbrands nicht geglückt, die ursprüngliche aschgraue Nuance ihrer Haut zu verbergen. Sie hatte ein feinmaschiges Netz von Falten um den Mund und fingerte nervös an einem Päckchen Zigaretten herum.

»Ja, wirklich. Habt ihr gesehen, wie er faul am Pool herumlag? Und als ich zu ihm gesagt habe, er solle eine Bedienung holen, damit wir Cola bestellen können und einen neuen Aschenbecher bekommen, hat er behauptet, das läge nicht in seinem Aufgabenbereich. Was für eine Frechheit!«

Ich konnte mir ein kleines Lächeln über diese bizarren Anklagen nicht verkneifen. Es war ja irgendwie auch eine Winwin-Situation. Erik bekam sein Fett weg, was ihm nach dem hemmungslosen Geflirte mit der jungen Dänin wirklich recht geschah, und der widerwärtige Neandertaler und seine ebenso widerwärtige Frau zerstörten sich selbst weiterhin den Urlaub. Aber als der Mann einen Kugelschreiber und einen kleinen Notizblock aus der Brusttasche holte und begann, die Anklagen niederzuschreiben, fand ich, das ging doch zu weit. Erik war trotz allem mein Freund und kein hartgesottener Verbrecher. Ich ging also zu ihm, um ihn vor der aufkeimenden Unzufriedenheit zu warnen. Als er mich sah, lächelte er steif.

»Hallo, Göran. Wie war dein Tag?«

Ohne meine Antwort abzuwarten, legte er seine Hand auf die Schulter der Dänin.

»Das ist Trine, sie ist auch Reiseleiterin. Und das ist mein Freund Göran aus Schweden.«

Ich begrüßte sie.

»Schön, dich kennenzulernen … also, du Erik, ich muss mit dir reden.«

»Na, dann tu das doch.«

»Können wir …?«

Ich zeigte mit dem Daumen in Richtung des großen Lichthofs mit Rezeption und kleinen Läden, der neben dem Restaurant lag. Erik entfuhr ein kleiner Seufzer, bevor er sich zu Trine wandte.

»Warte hier, ich bin gleich zurück.«

Auf dem Weg aus dem Speisesaal starrte er mich genervt an.

»Wenn mich jetzt noch mehr steinerne Moralpredigten des

selbst ernannten Säulenheiligen Göran Borg erwarten, bin ich nicht interessiert.«

»Beruhig dich, ich will dir nur helfen. Du hast Probleme in deiner Gruppe.«

Wir setzten uns auf eines der Sofas in der Lobby. Erik blickte fragend drein.

»Dieser Typ mit der fliehenden Stirn und seine Frau mit dem Fleck auf dem Oberteil machen dich bei den anderen schlecht«, sagte ich. »Das Risiko ist groß, dass sich das verbreitet, du musst deinen Reisenden wohl etwas mehr Interesse widmen.«

Eine bekümmerte Falte zeigte sich zwischen Eriks Augenbrauen, als ich berichtete, was sie über ihn gesagt hatten. Doch nach einer Weile breitete sich wieder Ruhe in seinem Gesicht aus.

»Danke für die Warnung, mein Freund. Ja, ich hab schon gemerkt, dass nicht gerade alles wie geschmiert läuft. Aber dagegen können wir wohl etwas tun. Es ist höchste Zeit, den alten Mönch wieder zu konsultieren, oder was meinst du?«

Erik lächelte sein schelmischstes Lächeln und drückte meine Schulter. Ich erinnerte mich an seine Show in Jaipur vor den leichtgläubigen schwedischen Touristen vor ein paar Jahren, als er während meiner indischen Jungfernfahrt die ganze Gruppe mit Old Munk, dem einheimischen Zuckerrohrrum, abgefüllt hatte, der auch dem Halsstarrigsten die Widerstandskraft aussaugen konnte.

Eine halbe Stunde später, genau als die Kellner den schwedischen und dänischen Touristen ein Dessert in Form von sirupgetränktem Gulab Jamun mit – der Konsistenz nach zu urteilen – aufgetautem und erneut gefrorenem Vanilleeis der Marke Mother Dairy servierten, schlug Erik mit dem Messer gegen sein Glas, räusperte sich und stand auf.

»Liebe Mitreisende! Ich bin so dankbar, wie ein Reiseleiter nur sein kann, die Gesellschaft einer so durchweg sympathischen Gruppe zu haben!«

Es wurde totenstill im Speisesaal. Die Leute sahen einander erstaunt an.

»Wir haben nicht immer die Gelegenheit, alte Brudervölker zusammenzubringen«, fuhr Erik fort. »Aber gerade hier und jetzt scheint es eine großartige Idee zu sein. Deshalb wollen Trine, die sich auch sehr über ihre wundervollen Mitreisenden freut, und ich gemeinsam das Glas auf alle Schweden und Dänen erheben, die mit uns nach Indien gereist sind!«

Die beiden Reiseleiter erhoben ihre Gläser. Die unmittelbare Reaktion blieb jedoch aus. Ein paar nahmen pflichtschuldig ihre Gläser, doch lediglich ein angetrunkener dänischer Rentner in Hawaiihemd und Bermudashorts, die Sandalenriemen fest über seine Socken gespannt, prostete fröhlich zurück. Trine sah betrübt aus, aber Erik behielt sein Lächeln und feuerte dann die erlösenden Worte ab: »Jetzt wollen wir feiern, und das wird euch keine einzige Rupie kosten! Für den Rest des Abends sind die Getränke frei!«

Aus dem erwartungsvollen Gemurmel konnte man bereits schließen, dass er auf die richtige Schiene gekommen war. Der Wind hatte sich gedreht.

»Hier gibt es Rum und Gin und sogar Whisky, alles von den besten einheimischen Marken. Es ist ein sehr spannendes Angebot, das ihr nirgendwo auf der ganzen Welt bekommt außer in *Incredible India*! Ich will außerdem die Gelegenheit nutzen, um euch allen dafür zu danken, dass ihr so flexibel und aus dem rechten Holz geschnitzt seid. Ihr habt wirklich verstanden, dass man die indische Brille aufsetzen muss, wenn man in Indien ist. Es funktioniert nicht alles wie zu Hause in Skandinavien, aber wenn man wie ihr die Landessitten nimmt, wie sie kommen, und eventuelle kleine Missgeschicke als etwas sieht, worüber man später lächeln kann, ist viel gewonnen. Bedient euch nun, meine Freunde! Aller Schnaps ist frei, ihr müsst nur für Bier und Wein zahlen.«

Erik wies mit der ganzen Hand auf die Bar, wo der junge Mann mit dem schmutzigen Taschentuch stand, jetzt mit einer kleinen Fliege zu seinem zu diesem Zeitpunkt ebenfalls relativ schmutzigen weißen Hemd, die offenbar signalisieren sollte, dass er sich in einen Barkeeper verwandelt hatte. Er hatte alle einheimischen Schnapsmarken auf dem Tresen aufgereiht, und auch wenn die Qualität, war man ehrlich, von höchst zweifelhaftem Charakter war, ließen die Touristen es sich gut schmecken. Die Stimmung stieg mit dem Alkoholkonsum um die Wette, und als Erik, genau wie in Jaipur, eine Gitarre hervorzauberte und sein eingeübtes Repertoire von schmierigen Elvis-Balladen zu spielen begann, waren der Neandertaler und seine Frau die Einzigen, die noch ablehnend aussahen.

»*You were always on my mind*«, sang er mit schmeichelnder Stimme und ließ seine samtblauen Augen von Frau zu Frau wandern, wobei sowohl diese als auch deren Männer verlegen kicherten. Es war, als versuchten die Typen zu verbergen, dass sie sich ein wenig schämten, weil sie nicht selbst auf die brillante Idee gekommen waren, ihren Frauen mit schmachtenden Liebesliedern aufzuwarten. In dem Moment, als Eriks Blick an der Frau des Neandertalers hängen blieb, kamen zwei barfüßige Mädchen mit zerzaustem Haar ins Zimmer und teilten leicht verwelkte Rosen an alle Damen aus. Da wurde sogar Frau Neandertaler weich und lächelte, kurz, aber doch.

Mit so selbstverständlichem Charme so geschickt zwischen Herzergreifendem und scherzhaft Ironischem zu balancieren war eine Fertigkeit, die Erik nur mit wenigen teilte. Man konnte über den alten Hallodri sagen, was man wollte, aber er wusste zweifellos, welche Knöpfe man drücken musste. Ich dachte an Karin Vallberg Torstensson und fühlte, wie mich eine Mischung aus Sehnsucht und Irritation überrollte. Ich hatte ihr zwei SMS geschickt, auf die sie nicht geantwortet hatte. Das konnte mit dem zeitweise unzuverlässigen Mobilfunknetz zu tun haben, aber ich hatte den Verdacht, dass es ein Zeichen von ihrer Seite war. Warum zur glutheißen Hölle musste Liebe so verdammt schwer sein? Warum konnte sie nicht einfach sein wie in einer von Eriks sorglosen Balladen?

KAPITEL 13

Dies ist das berühmteste aller berühmten Symbole der Welt für die unglaubliche Kraft der Liebe!«

Obwohl uns eine lange Reise in einem ratternden indischen Nachtzug von Varanasi nach Agra in den Gliedern steckte, zwitscherte Yogi mit den Beos um die Wette, die von einem großen Banyanbaum aus auf uns herunterblickten. Er hatte zur Feier des Tages seine Zahnlücke bei einem Zahnarzt in der Stadt provisorisch füllen lassen und sich seinen feinsten Kurta Pyjama mit Silberstickereien angezogen. Lakshmi trug einen neuen seidenen Hochzeitssari aus Varanasi, während ich mich für beige Baumwollhosen und ein gut gebügeltes, kurzärmeliges weißes Hemd entschieden hatte.

Wir standen vor dem Eingang zum Taj Mahal, wo ich mich gegen Agras boshafte Souvenirverkäufer zu wehren versuchte, die sich ausschließlich auf ausländische Touristen zu konzentrieren schienen. Nur wir Goras wurden als leichtgläubig genug angesehen, um Fantasiepreise für Raubkopien von Reiseführern und kleine Nachbildungen des weißen Mausoleums in einer Art Marmor zu bezahlen, der Speckstein verblüffend ähnlich sah.

Um den Unterschied zwischen Leuten und Leuten zu unterstreichen, wurden ich und alle anderen Bleichgesichter zum sogenannten VIP-Eingang verwiesen, was bedeutete, dass wir einen Eintrittspreis hinlegen mussten, der vierzigmal höher war als der der Inder, gegen eine Kompensation in Form einer plombierten

Flasche Trinkwasser samt einem Paar Papierüberschuhen, sodass wir uns nicht die Schuhe ausziehen mussten, wenn wir den Boden des Taj Mahal besudelten.

Als ich durch die rigorose Sicherheitskontrolle mit Körperdurchsuchung gekommen war, trafen wir uns im äußeren Garten wieder, wo Yogi mir eine kleine Unterrichtsstunde über das Monument gab.

»Das Taj Mahal ist eines der sieben neuen Weltwunder, aber wenn du mich fragst, ist es die Nummer eins, und darüber hinaus ein Beweis für das religiöse Einvernehmen, das in seinen allerbesten Stunden Indien zu einem Land der Liebe und Schönheit macht, das alle umschließt. Du musst nämlich wissen, Mr Gora, dass dieses muslimische Heiligtum auch für uns Hindus heilig ist!«

Er setzte seine pädagogischste Miene auf und begann, von dem muslimischen Großmogul Shah Jahan zu erzählen, der in der Mitte des siebzehnten Jahrhunderts das Taj Mahal zur Erinnerung an seine Lieblingsehefrau Mumtaz Mahal erbaute.

»Es ist so eine traurig schöne Liebesgeschichte, dass man so etwas braucht, wenn man sie hört«, sagte Yogi und hielt sein benutztes Taschentuch hoch. »Willst du es ausleihen?«

»Ich glaube, ich komme ohne aus.«

»Selbst schuld«, sagte er und zwinkerte mit den Augen, die bereits blank geworden waren.

»Sie heirateten jung, und auch wenn Shah Jahan, wie es zu dieser Zeit im Mogulreich die Sitte vorschrieb, sich mit der Zeit noch mehr Ehefrauen zulegte, war doch Mumtaz Mahal die einzige, die seine vorbehaltloseste Liebe empfing. Die beiden waren genauso unzertrennlich wie Kardamom und Ingwer in einem richtig herrlichen Glas Masala Chai!«

Yogis malerischem Resümee über das Leben des Paares zufolge

machten sie praktisch alles zusammen. Wenn Shah Jahan in den Krieg zog, um sein Reich zu verteidigen oder auszuweiten, kam Mumtaz weiter hinten im Tross mit, und wenn er Rat brauchte, wie er das Land regieren sollte, war sie die Erste, die er fragte. Dass sie sich wirklich auch im physischen Sinne liebten, wurde dadurch unterstrichen, dass Mumtaz im Prinzip immer schwanger war. Als sie jedoch zum vierzehnten Mal gebären sollte, wurde sie krank, und es ging ihr so schlecht, dass die Ärzte ihr nur noch ein paar Stunden zu leben gaben. Shah Jahan eilte zum Totenbett seiner Frau, fiel vor ihr auf die Knie, nahm ihre Hände und fragte, ob es nicht doch etwas gab, was er tun konnte.

Bis zu diesem Punkt der Geschichte hatte Yogi eine extrem traurige Miene aufgesetzt. Er zeigte auf eine Träne, die seine Wange herunterlief, nahm sie vorsichtig mit seinem karierten Baumwolltaschentuch auf und zeigte anschließend den kleinen nassen Fleck, während seine Unterlippe theatralisch zitterte.

»Das hier, Mr Gora, ist der Ursprung der großartigen Architektur des Taj Mahal.«

»Ein feuchtes Taschentuch?«

»Nein, eher der Ursprung des feuchten Taschentuchs.«

»Baumwolle?«

»Nein!«

»Karomuster?«

»Ach!«

»Der Ursprung des Ursprungs? Du musst entschuldigen, Yogi, bei allem Respekt und dem Ganzen, aber es fällt mir gerade sehr schwer, deinen Gedankengängen zu folgen.«

Mein indischer Freund schniefte und sah mich mit einem weinerlichen Lächeln an.

»Das liegt daran, dass es dir manchmal am besten Einfühlungsvermögen der Geduld fehlt.«

Er machte eine seiner patentierten Kunstpausen und zeigte dann auf die Kuppel des Taj Mahal, die über die Mauer des inneren Gartens ragte.

»Du verstehst, Mr Gora, dass Mumtaz auf dem Totenbett ihrem Gatten zuflüsterte, es gäbe wirklich eine Sache, die er tun könnte, um ihr Leiden zu vermindern. Er sollte ihr versprechen, ein Monument ihrer Liebe zu bauen, das die Welt niemals vergessen würde, und hier kommt der Ursprung des feuchten Taschentuchs ins Bild! Shah Jahan konnte nämlich die Träne nicht vergessen, die Mumtaz' Wange hinuntergelaufen war, bevor sie ihren letzten Atemzug machte. Und als er viele schwere Jahre lang um sie getrauert hatte und dabei ganz grauhaarig geworden war, entschloss er sich, diese unvergessliche Erinnerung an ihre Liebe zu bauen. Ein Mausoleum mit einer Kuppel, die in ihrer Form von Mumtaz' letzter Träne inspiriert war! Ist das nicht gleichzeitig ganz fantastisch traurig und romantisch, sag?«, schniefte Yogi und legte den Arm um Lakshmis Schultern.

»Es gibt nichts auf der Welt, das sich an Perfektion und Schönheit mit dem Taj Mahal messen kann, außer meiner allergeliebtesten Ehefrau natürlich.«

Lakshmi drückte Yogis Hand und warf ihm einen zärtlichen Blick zu. Ich sah auf meine Schuhe hinunter und konstatierte, dass sie trotz der frühen Stunde in dem trockenen Wind bereits staubig geworden waren.

Ein Eichhörnchen, das auf der Wiese vorbeilief, rief einen Flashback hervor, der mich zwei Jahre in der Zeit zurücktrug, zu dem Augenblick, als die hübsche Schönheitssalons-Geschäftsführerin Preeti Malhotra während unseres ersten Dates im Lodi Garden Eichhörnchen mit Pistazien fütterte. Damals war ich von meinen eigenen Gefühlen berauscht und unfähig gewesen, logisch zu denken, gefangen in dem unrealistischen Traum, dass

Preeti mein werden würde, obwohl sie verheiratet war. Heute war das Problem das Umgekehrte, es fiel mir schwer, loszulassen und mich von dem berauschen zu lassen, was ich für Karin Vallberg Torstensson fühlte.

Ich lauschte weiter Yogis schicksalsträchtiger Erzählung und merkte, dass ich im Vergleich zu diesem Shah Jahan wirklich noch gut dran war. Nicht genug damit, dass er seine Geliebte verloren hatte. Hinterher hatte er zwanzig Jahre gebraucht, um mithilfe von zwanzigtausend Bauarbeitern und Handwerkern aus nah und fern das perfekt symmetrische Gebäude zu errichten. Weißer Marmor war auf Elefanten vom Makranabergwerk außerhalb von Jaipur über zweihundert Kilometer hierher nach Agra geliefert worden, und Edelsteine waren in den rigoros feingeschliffenen Steinblöcken eingefasst worden, bevor Mumtaz' Körper aus ihrem zeitweiligen Grab ausgegraben wurde, um endlich seinen Platz unter dem großartigen Mausoleum einzunehmen. All diese Trauer und Mühe durchlebte Shah Jahan nur, um kurz darauf einem Militärputsch seines eigenen Sohnes Aurangzeb zum Opfer zu fallen, der ihn in Agra Fort in Hausarrest setzte, ein kleines Stück stromaufwärts am Fluss Yamuna.

»Aus welchem Grund?«, fragte ich.

»Es missfiel ihm, dass Shah Jahan anderen Religionen als dem Islam gegenüber eine tolerante Einstellung hatte. Aurangzeb war der fundamentalistischste aller Fundamentalisten.«

Yogi senkte die Stimme.

»Wenn du wirklich die ganze Wahrheit wissen willst, muss man wohl trotz allem zugeben, dass Shah Jahans Gewohnheiten vom extravaganten Schlag waren. Er liebte Glanz und Schönheit und gab möglicherweise etwas zu viel Geld für diese Interessen aus. Das war Aurangzeb ein Dorn im Auge, der noch dazu ein besonders machtgieriger Nachkomme war.«

»Klingt nicht nach der besten Vater-Sohn-Beziehung, die die Welt je gesehen hat«, sagte ich.

»Da hast du mehr als recht. Und denk nur, Mr Gora, da saß Shah Jahan dann für den Rest seines Lebens auf einem Balkon in dem kleinen Teil des Forts, in dem er sich aufhalten durfte, und blickte auf den Fluss Yamuna und das Taj Mahal hinaus, wo sein Ein und Alles ruhte. Erst als er selbst starb, wurden die beiden Liebenden wieder vereint, indem sein gemeiner Sohn etwas Milde zeigte und Shah Jahan neben Mumtaz begraben ließ.«

Yogi schnäuzte sich in sein Taschentuch, als Zeichen, dass die Lektion nun beendet war, worauf er mich ermahnte, den Blick streng geradeaus zu richten, als ich durch das gewölbte Tor zum inneren Garten des Komplexes ging, in dem das Mausoleum lag. Ich folgte seinem Rat und wurde von einem mächtigen Gefühl übermannt, als sich das ganze Gebäude mit seinen vier Minaretten vor meinen Augen offenbarte. Es war, als schwebte das Taj Mahal in seinem blendend weißen Schimmer, wie eine paradiesische Luftspiegelung. Das kuppelförmige Mausoleum spiegelte sich in dem Kanal, der durch den Garten führte, und trotz des eigensinnigen Gegackers lauter Touristen und mindestens ebenso lauter einheimischer Fotografen, die sich erboten, gegen eine nicht verhandelbare Gebühr Fotos vor dem Taj Mahal zu machen, fühlte ich, dass die Ruhe endlich in mir eingekehrt war.

»Göran Borg«, flüsterte ich mir selbst zu. »Wenn du noch ein bisschen Grips und Verstand in deinem eingewachsenen Hirn hast, musst du sie genau hierher bringen. Zum Monument der Liebe.«

KAPITEL 14

Das, was eine Verzauberung ausmacht – über das angenehme Gefühl hinaus, das sie hervorruft –, ist ihre Flüchtigkeit. Erfüllt von der Kraft der Romantik hatte ich am selben Tag zur Mittagszeit Karin Vallberg Torstensson angerufen und sie sogar erreicht. Ich erzählte ihr lyrisch von der Schönheit und Magie des Taj Mahal und der romantischen Geschichte von Shah Jahan und Mumtaz Mahal, worauf sie mit eiskalter Stimme antwortete, sie habe keine Zeit zum Reden, weil sie auf dem Weg in die Arbeit war. Bevor ich etwas mehr aus ihr herausbringen konnte, hatte sie schon aufgelegt, und vier Tage später, an meinem letzten Abend in Indien, zu Hause bei Yogi in Sundar Nagar, hatte sie die SMS immer noch nicht beantwortet, die ich ihr direkt nach dem Gespräch geschrieben hatte.

Ich saß mit meinem Freund in dem prunkvollen Garten, während Lakshmi von Mrs Thakur in die Küche geschickt worden war, wo sie zusammen mit dem Koch Shanker ein prächtiges südindisches Abendessen zubereiten sollte. Die Hitze war nun mit voller Wucht über Delhi hereingebrochen, was den Vorteil hatte, dass die Dunstglocke sich lüftete und die Abgase in der ansonsten stark verschmutzten Luft der Hauptstadt damit etwas weniger wurden. Das neue Angsthobby der Mittelklasse, auf dem Heimweg von der Arbeit in den trostlosen langen Autoschlangen die Smartphone-Apps zu konsultieren, die die grauenvolle Luftqualität enthüllten, hatte im Vergleich zum Vormonat ein wenig von seinem Schrecken verloren.

Yogi und ich hatten uns in die weichen Korbstühle an den runden Tisch mit der Mosaikplatte gesetzt, wo wir schon so viele Male gesessen, heimlich Blenders Pride getrunken und im flackernden Schein der Petroleumlampe die Rätsel des Lebens gelöst hatten.

An diesem Abend war jedoch genauso wenig Whisky in meinem Glas wie Vokabeln in meinem Wortschatz. Es war das erste Mal in diesem Indienaufenthalt, dass Yogi und ich eine Zeit lang ganz für uns waren, und typischerweise brachte ich genau dann keinen Ton heraus. Das abgelegene Brausen des Delhier Verkehrs von den großen Straßen außerhalb der eingegrenzten Mittelklassen-Enklave Sundar Nagar mischte sich mit den schwachen Tönen dramatischer Messerstechermusik von einem alten Bollywoodfilm, den sich Yogis Mutter in ihrem knarzenden Sessel im Wohnzimmer ansah.

Ich schauderte trotz der angenehmen Außentemperatur, als ich einsah, dass Indien diesmal nicht die Wunder bei mir bewirkt hatte, wie es das Land sonst zu tun pflegte. Trotz der einzelnen fantastischen Erlebnisse auf dem Ganges und beim Taj Mahal fühlte ich mich leer. Meine naive Hoffnung, die Dinge würden im Licht der Reise klarer werden, hatte sich nicht erfüllt. Nicht einmal das Wiedersehen mit Delhi konnte mir Hoffnung und Mut geben. Die Stadt gab sich schwieriger und chaotischer, als ich sie in Erinnerung hatte, weniger charmant und nicht so persönlich. Die neuen Wolkenkratzer schossen in den Villenvierteln in die Höhe, und der ständig wachsende Fuhrpark verstopfte die Straßen mehr und mehr, während gleichzeitig die Anzahl der Bettler an den roten Ampeln wuchs.

Yogi verwandte sein gut geöltes Mundwerk darauf, in einem nie enden wollenden Strom von Worten sein Glück darüber auszudrücken, dass ich während ihrer ersten offiziellen Reise als

Mann und Frau mit ihm und Lakshmi zusammen gewesen war. Ich nickte und lächelte und ließ seinen Wortschwall langsam mit den anderen Hintergrundgeräuschen zu einem unbestimmten Brausen verschmelzen und dachte, dass es immerhin recht schön war, nicht selbst reden zu müssen, als Yogi plötzlich verstummte und mich mit auffordernder Miene ansah.

»Warum hörst du nicht zu?«, fragte er genervt, zog eine Bidi aus der Brusttasche seines Tweedjacketts und zündete sie mit einem scharfen Ruck mit dem Streichholz auf der Schwefelfläche der Streichholzschachtel an. Der spezielle Geruch der kleinen handgemachten Zigarette nach verbranntem Laub schlug mir entgegen, und ich nahm die Gelegenheit wahr, in einem Ablenkungsmanöver zu husten.

»Hast du wirklich nicht mehr zu sagen als das?«, fuhr Yogi streng fort.

Wie ein Trottel saß ich mit einem steifen Lächeln im Gesicht vor ihm und suchte nach einer geeigneten Antwort, als etwas in meiner Fassade zerbrach. Ich spürte, wie meine Gesichtsmuskeln vor der unbeirrbaren Kraft der Gravitation kapitulierten. Wenn der Ausdruck »es gibt etwas, was mich bedrückt« ein Gesicht hätte, würde es genau so aussehen wie meines in diesem Moment.

»Was ist los, Mr Gora?«, fragte Yogi mit plötzlichem Mitgefühl in der Stimme.

»Ääh … nichts Besonderes. Ich finde es nur traurig, dass ich morgen zurück nach Schweden muss.«

Yogi studierte mein Gesicht eingehend, und nachdem er ungewöhnlicherweise bestimmt eine halbe Minute nichts sagte, entstand eine bedrückende Stille. Meine Augen flackerten zwischen Yogis Doppelkinn und dem kleinen Lusthaus im Garten hin und her, bis ich diesen hoffnungslosen Fluchtversuch aufgab und seinem Blick begegnete.

»Erzähl jetzt, was los ist«, sagte er ruhig.

»Ich … ich weiß nicht, wie ich anfangen soll. Es ist so peinlich.«

Er schüttelte kurz seinen runden Kopf, bevor er erneut meinen Blick fixierte.

»Mr Gora, bitte hör mir jetzt ganz genau zu. Das Leben beinhaltet ein wirklich reiches Maß an Peinlichkeiten. Man könnte sogar sagen, dass es die Peinlichkeiten sind, die uns zu Menschen machen. Die Götter haben uns mit all unseren Fehlern und Mängeln auf diese Erde gesetzt, und wir müssen ganz einfach damit leben. Ich weiß nicht, was für eine besondere Peinlichkeit dein blasses Gesicht beschwert, aber bedenke – wenn jemand gerade vor deinen Augen eine ganze Menge äußerst peinlicher Peinlichkeiten zustande gebracht hat, dann bin ich es. Erinnere dich zum Beispiel daran, wie du mich unter Drogen und mit meinen Unterhosen in einem extrem peinlich großen Abstand von dem Ort, den sie eigentlich bedecken sollten, ertappt hast, als ich mit den beiden leicht bekleideten Blumenmädchen in Sikkim im Bett mit dem roten Laken lag. Und erinnere dich daran, dass ich durch den Kauf der heruntergewirtschafteten Teeplantage in Darjeeling Schande sowohl über meine eigene Familie als auch über die meiner inzwischen höchst verehrten Ehefrau gebracht habe und dass nie etwas aus ihr geworden wäre, wenn du und Lakshmi nicht eingegriffen hättet. Also sprich dich aus, Mr Gora! Ich bin dein bester Freund, und mir fällt nicht eine einzige Peinlichkeit ein, die unsere teure und überaus fantastische Freundschaft auch nur irgendwie beeinflussen könnte. Also, nur raus damit!«

»Ich habe gelogen«, sagte ich leise.

Yogi zog die Augenbrauen nach oben, sodass sich seine Stirn zu einem Waschbrett zusammenschob.

»Meinst du, so gelogen, dass du nicht die ganze Wahrheit gesagt hast, oder meinst du eine Lüge, die beinhaltet, dass wirklich eine echte Unwahrheit ins Spiel kommt?«

»Es ist wohl etwas von beidem, könnte man sagen. Du weißt noch, dieses wichtige Meeting, von dem ich erzählt hatte, das beinahe meine Reise hierher verhindert hätte?«

»Natürlich! In deiner neuen Firma, in der du darauf spezialisiert bist, die schönsten Texte für Immobilienmakler zu schreiben, sodass sie auch eine Menge hässlicher Häuser verkaufen? So etwas ist doch keine Lüge! Das bedeutet nur, die Wahrheit ein wenig mit den schönsten Worten auszuschmücken. Wie in jeder Werbung, Mr Gora! Denn du glaubst doch wohl nicht, dass indische Frauen sich wirklich einbilden, dass sie genauso wunderschön hübsch wie Priyanka Chopra werden, nur weil sie das Schönheitsmittel kaufen, für das sie im Fernsehen Werbung macht? Das ist Theater, mein bester Freund, genauso wie du das hervorhebst, was auch die etwas hässlichen Häuser ein kleines bisschen schöner macht!«

»Aber das ist es nicht, Yogi! Ich habe bei der ganzen Sache gelogen. Ich habe gar keinen Job, bei dem ich verkaufskräftige Immobilienanzeigen schreibe. Ich habe überhaupt keinen Job! Ich bin ein arbeitsloser und missglückter Mann, der es zu allem Überfluss auch noch geschafft hat, seine Frau zu verscheuchen.«

»Du meinst Miss Corinne?«

»Ja, ich meine Karin.«

»Und was ist das Problem zwischen dir und Miss Corinne?«

»Dass ich sie nicht wirklich in mein Leben gelassen habe. Und jetzt scheint es so, als ob sie mein ausweichendes Verhalten leid ist. Sie antwortet nicht einmal mehr auf meine SMS.«

Yogi holte tief Luft und fing an, seine Schläfen zu massieren, als ob all die neuen Informationen ihm eine akute Migräneattacke beschert hätten. Aber dann blies er die Luft mit einem flatterigen Atemzug wieder aus und lächelte schelmisch.

»Du weißt, wie Frauen sein können, Mr Gora. Du musst nur etwas mehr Puderzucker mit ihnen reden, dann wirst du sehen, dass sich alles löst! Und was deine Arbeit betrifft, gibt es auch keinen wirklichen Grund zu verzweifeln. Du weißt doch, das Leben ist ungefähr so wie die Börse in Bombay! Manchmal geht es aufwärts, und manchmal geht es abwärts. Es wird sich regeln, du wirst sehen. Du wirst bald einen Job in Schweden finden! Aber eine Sache musst du mir doch beantworten, Mr Gora. Warum hast du mich angelogen?«

»Weil ich mich geschämt habe. Weil ich mich vor dir nicht als das gescheiterte Individuum zeigen wollte, das ich bin. Es gibt in Schweden keine Arbeit für einen abgehalfterten alten Werbefuzzi, so ist es einfach.«

»Jetzt musst du aber mit dem dummen Gerede aufhören!«, antwortete Yogi streng. »Und außerdem weißt du, dass der beste Job hier in Indien auf dich wartet. Du kannst Verwalter auf unserer Teeplantage in Darjeeling werden, wann immer du willst. Also warum nicht dorthin ziehen? Und Miss Corinne mitnehmen! Sie wird die wunderbare Natur lieben und dahinschmelzen wie Butter auf einem frisch gebackenen Naan-Brot.«

Ich schüttelte resigniert den Kopf.

»So funktioniert das nicht, Yogi. Karin hat einen guten Job in Schweden, den sie nicht aufgeben kann. Und ich will auch dort wohnen, sodass ich nicht so weit weg von meinen Kindern bin.«

Yogi drückte seine Bidi aus und kräuselte die Nase.

»Dann werden wir das auf irgendeine andere Art lösen. Vielleicht kannst du mein skandinavischer Weiterverkäufer der allerschönsten indischen Textilien werden?«

»Das ist nicht meine Branche.«

»Aber vielleicht kannst du zumindest ein paar Warenproben mit nach Hause nehmen, um sie Miss Corinne zu schenken? Das gibt doppelten Nutzen! Du erweichst ihren eingeschnappten Geist mit einem hübschen Sari und untersuchst gleichzeitig den Markt für schön kreierte indische Textilien in Schweden.«

»Win-win?«

»Win-win!«

Ich konnte mir ein Lächeln über Yogis unbeirrbaren Optimismus nicht verkneifen. Und auch wenn meine Probleme einer Lösung keinen Millimeter näher gekommen waren, fühlte es sich auf jeden Fall gut an, mein Herz erleichtert zu haben.

Als das Dienstmädchen Lavanya mit seinen klimpernden Glöckchen um die Fußgelenke leichtfüßig zu uns in den Garten getrippelt kam und mitteilte, dass das Abendessen serviert wurde, merkte ich, wie die Wärme meinen Körper wiedereroberte. Ich war hungrig wie ein Wolf und aus der Küche roch es wundervoll nach südindisch gewürzten Gemüsegerichten. Mrs Thakur hatte sich schon an ihr Tischende gesetzt und folgte mir mit scharfem Zyklopenblick durch ihr Vergrößerungsglas beim Betreten des Speisesaals, bevor sie mit demselben Hilfsmittel genauestens die dampfenden Schüsseln studierte, die aufgedeckt wurden.

Im Hinblick auf Lakshmis begrenzte Fähigkeiten im Kochen hatte ich den Verdacht, dass sie sich in der Küche hauptsächlich als Assistentin von Shanker betätigt hatte. Aber der ständig lächelnde Tamile verriet nichts, als die Alte fragte, wer das ganz märchenhafte Kuzhambu mit knusprigem Papadam zubereitet hatte, das buchstäblich auf der Zunge zerging.

»Das hat die junge Madame gemacht«, sagte er mit einem milden Lächeln.

Lakshmi nahm eine unterwürfige Miene an und verneigte sich schüchtern, so wie es sich nach indischer Sitte für eine frischgebackene Schwiegertochter gehörte. Mrs Thakur war nicht gerade dafür bekannt, Superlative zu verwenden, im Gegenteil. Als sie also nach dem Abendessen ihre gebrechliche rechte Hand auf Lakshmis linke legte und sie mit den Worten »Das hast du gut gemacht, mein Mädchen« freundlich drückte, fühlte es sich an, als seien wir Zeugen eines kleinen Wunders geworden.

Yogi strahlte über das ganze rundliche Gesicht und fuhr fort, Lakshmi für all ihre Fertigkeiten sowohl im Haushalt als auch in ökonomischen Dingen zu preisen. Als er in seinem Eifer, sie auch noch als eine Art Putzgöttin hervorzuheben, behauptete, dass Lakshmi ihr früheres Haus in Tamil Nadu nach Monsunregen und Überschwemmungen immer glänzend sauber geputzt hatte, folgte diesen Ausführungen ein plötzliches und lautes »Aaaauuu!« und eine gequälte Grimasse in Yogis Gesicht. Danach entstand eine Stille, die als peinlich beschrieben werden konnte. Ich verstand, dass Lakshmi ihrem Mann unter dem Tisch ans Schienbein getreten hatte, und das kapierte Mrs Thakur bestimmt auch. Sie nahm ihre Lupe und richtete sie auf ihre Schwiegertochter. Lakshmi begegnete dem Zyklopenblick ohne sichtbare Angst, und das machte offensichtlich Eindruck auf die Alte.

»Das ist richtig, mein Mädchen. Du bist jetzt eine Thakur und keine Haushälterin! Dass du hier und da Essen zubereiten sollst, bedeutet nicht, dass ich möchte, dass du das Haus putzt. Für so etwas haben wir schließlich Bedienstete, nicht wahr, Lavanya?«

»*Yes, madam!*«, rief das Dienstmädchen aus und schüttelte den Kopf, sodass ihr langer dicker Zopf mit dem Pendel der Wanduhr um die Wette schaukelte.

Mrs Thakur starrte Yogi wütend an.

»Wenn du endlich einmal aufhören könntest, Unsinn zu plappern, wäre das Dasein richtig angenehm.«

Viel mehr als das wurde an diesem Abend am Esstisch nicht

mehr gesagt. Als ich ein paar Stunden später im Flur auf dem Weg ins Gästezimmer Yogi Gute Nacht sagte, hinkte er noch immer eine Spur nach Lakshmis Tritt. Aber sein Gesicht strahlte vor Glück.

»Da siehst du, Mr Gora«, flüsterte er. »Wie peinlich es auch schien, als meine geliebte Frau mich darauf aufmerksam gemacht hat, dass sie hier im Haus keine Putzarbeiten auszuführen gedenkt, so ist doch alles gut ausgegangen! Amma schätzt ihren Stolz, und ich vergöttere ihn! Das mit den beschwerlichen Peinlichkeiten ist wohl also sehr übertrieben. Wenn ich meine Meinung sagen darf, gibt es sogar keine einzige Peinlichkeit auf der ganzen Welt, aus der man nicht etwas Nützliches lernen kann!«

KAPITEL 15

Dann holt ihr tief Luft und presst die Handflächen zusammen. Behaltet die Luft eine Weile in der Lunge und konzentriert euch auf die Energie! Fühlt, wie die Kraft durch eure Adern, Glieder und Muskeln strahlt, aus dem Boden durch die Fußsohlen und weiter nach oben in den ganzen Körper! Und dann atmen wir aaaaaaus!«

Die Frau mittleren Alters vor mir sah aus wie eine Kreuzung zwischen einer TV-Gymnastiktrainerin aus den Achtzigern und einem überwinterten Hippie. Sie trug ein lockeres, großgeblümtes Gudrun-Sjödén-Kleid, das überhaupt nicht zu den sportlichen Schweißbändern in Kobaltblau mit Nike-Logo passte, die um die wilde Frisur und die Handgelenke saßen. Diese bissen sich wiederum mit den Zehennägeln, die in einem Hennaton lackiert waren, den großen klimpernden Ohrringen aus afrikanischen Samenkapseln und der schamanischen Musik voller Wehklagen und dumpfen Trommeln, die aus den Lautsprechern des kleinen Trainingsraums im Keller von Ann-Margretes Siebzigerjahre-Einfamilienhaus strömte.

So hieß sie, unser Job- und Lebenscoach. Und weil sie die Augen schloss, während sie Energie sammelte, nutzte ich die Gelegenheit, zu beobachten, wie meine Kurskameraden, mit denen ich mich früher am Tag durch Kreisspiele bekannt gemacht hatte, sich der Aufgabe annahmen. Links von mir stand ein extrem übergewichtiger Lastwagenfahrer aus Staffanstorp namens Lasse in Trainingshosen mit extrem elastischem Bund und einem zeltartigen weißen T-Shirt mit dem Aufdruck »Jönssons Transportfirma«. Er schnaufte angestrengt, während er äußerst erfolglos Ann-Margretes Bewegungsmuster und Körperstellungen zu imitieren versuchte. Dabei sah er so aus, wie ich mir einen migränegeplagten Sumoringer vorstellte. Auf meiner anderen Seite hatte sich ein junges, stark geschminktes Mädchen namens Fatima im Schneidersitz auf den Boden gesetzt und angefangen, gelangweilt auf ihrem Handy herumzutippen, während der junge Mann gegenüber, ein hagerer Typ mit umgedrehter Schirmmütze, dessen Namen ich bereits vergessen hatte, den Blick wie versteinert auf Fatimas Ausschnitt fixiert hielt. Eine Mathematiklehrerin nahe dem Pensionsalter, die Gunilla hieß, vollendete die illustre Runde. Sie war die Einzige von uns, die sich Sportkleidung angezogen hatte, und auch die Einzige, der es halbwegs gelang, Ann-Margretes Anweisungen richtig umzusetzen. Ich selbst stand mit gebeugten Knien da, die Hände stützend über dem Bauch gefaltet. Ich dachte an Yogis Worte, dass alle Peinlichkeiten etwas Lehrreiches zu vermitteln hatten, und fragte mich, wie in Jesu Namen ich erst Energie und dann auch noch eine Lehre aus dieser extrem peinlichen Stunde ziehen sollte.

So war ich also schließlich in einer Ecke des sozialen Netzes gefangen worden, das eher einem hinterhältigen Spinnennetz ähnelte und das das Geschenk der Regierung an uns arbeitslose arme Schlucker war: das Recht auf einen Arbeitscoach. Ich hatte mich lange genug gewehrt, konnte aber zum Schluss nicht mehr Nein sagen, als meine Arbeitsvermittlerin, Fräulein Nassforsch mit den Zöpfen, mir einen Platz in einem Motivationskurs bei »einem spannenden Coach, der etwas außerhalb der Norm denkt« zuwies. Jetzt befand ich mich also bei besagtem Coach, und alle meine schlimmsten Vorurteile über diese stark wachsende Berufsgruppe sowie über alles derartige Ideengut, das in irgendeiner Form außerhalb der Norm denkt, bestätigten sich.

Es waren zehn Tage vergangen, seit ich von meiner Indienreise zurückgekommen war, und während dieser Zeit hatte Karin Vallberg Torstensson zwar meine drei SMS beantwortet, aber sehr kurz gefasst und kühl. Ich hatte eines Abends an ihrer Tür geklingelt, und auch wenn ich mir ziemlich sicher war, dass ich Geräusche aus der Wohnung gehört hatte, wurde die Tür nicht geöffnet. Nur ein Verrückter konnte sich einbilden, dass es immer noch Hoffnung gab, unsere Beziehung zu retten, und manchmal gab es Stunden, in denen ich mir einbildete, genau das sei meine einzige Hoffnung: dass ich irgendwie ein Verrückter war.

Nach der Energieübung, deren Wirkung darin bestand, dass ich Wadenkrämpfe bekam, gingen wir in Ann-Margretes geräumige Küche hinauf und setzten uns mit Stiften, Pinseln, Wasserfarben und Papier um einen großen rechteckigen Tisch aus Kiefernholz.

»Ich denke, wir sollten uns während dieses ersten Treffens darauf konzentrieren, die rationalen Gedanken loszulassen und stattdessen zu versuchen, mit unserer Intuition in Kontakt zu kommen und uns in ihren Kern hineinzubohren. Wir haben bereits unseren Körper sprechen und uns vermitteln lassen, dass das eine Ressource ist, die wahr ist, die niemals lügt. Jetzt wollen wir dieses Wissen implementieren, sodass der Teil unseres Gehirns berührt wird, in dem die Gefühle wohnen.«

»Also, ich kapier nich richtig, was das alles bedeutet«, klagte der magere Jüngling.

Für einen Moment sah Ann-Margrete etwas hilflos aus, als hätte sie es mit einem gefährlichen Skeptiker zu tun. Doch nachdem der verwunderte Gesichtsausdruck des jungen Mannes nie die Form änderte, hatte sie offenbar den Schluss gezogen, dass er nur allgemein ein bisschen dämlich war.

»Intuition bedeutet so etwas wie Gefühl«, sagte sie und lächelte. »Und implementieren ist dasselbe wie verwirklichen.«

»Und womit sollen wir bohren?«, fragte er verschreckt. »Wenn das wehtut, mache ich nicht mit!«

Gunilla verdrehte die Augen, Fatima gähnte, Lasse scheiterte in seinem Versuch, einen unbemerkten Furz zu lassen, und Ann-Margrete sah den dämlichen jungen Mann mütterlich an.

»Wir wollen nicht im buchstäblichen Sinne bohren, das ist nur ein Ausdruck. Und wir wollen uns auch nicht auf das Gefühl einlassen, sondern auf unsere *Gefühle*. Verstehst du?«

»Nein.«

»Okay, dann denk einmal so. Wir wollen jetzt malen und dann wollen wir über die Gemälde sprechen. Okay?«

Der Dummkopf nickte schwach, und ich wurde rot. Eine meiner vielen sozialen Untugenden, dass ich mich so leicht für die Dummheit anderer schämte, wo es doch reichen würde, meine eigene in den Griff zu kriegen.

»Um in die Tiefe durchzudringen, wollen wir uns einer Technik bedienen, die Mandalamalen genannt wird«, sagte Ann-Margrete. »Sie wird in vielen verschiedenen Kulturen bereits seit Urzeiten genutzt, um die Verbindung des Menschen mit der heiligen Welt auszudrücken.«

»Ich bin Atheist«, entfuhr es mir reflexartig mit einem sarkastischen Unterton, der Ann-Margrete wohl nicht entging.

»Was ist ein Athletist?«, fragte der junge Mann.

»Atheist. Jemand, der an keine Götter glaubt«, sagte ich.

»Aber ich glaube an einen Gott«, sagte er. »Ich glaube an Zlatan!«

Darüber sollten wir anderen wohl lachen. Aber Ann-Margrete nahm die Situation sofort in die Hand und erklärte, dass man absolut nicht gläubig sein musste, um von den magischen Kräften des Mandalamalens zu profitieren.

»Es geht darum, seine eigene innere Kraft zu finden«, sagte sie und lächelte mir zu, bevor sie, nun zu dem dämlichen Jungen gewandt, fortfuhr.

»Einfach ausgedrückt«, sagte sie und sah ihm fest in die Augen, »einfach ausgedrückt ist ein Mandala der Mittelpunkt in einem Kreis in einem Quadrat. Den Kreis könnt ihr frei Hand oder mithilfe der geometrischen Schablonen, die ich auf den Tisch gelegt habe, füllen und ausmalen.«

Ann-Margrete ließ uns eine Reihe mehr oder weniger sorgfältig ausgeführter Beispiele von Mandalabildern betrachten, die ihre früheren Adepten angefertigt hatten.

Das soll uns also motivieren, den Schlüssel zu finden, der uns die Tür zum Arbeitsmarkt öffnet, dachte ich und erwiderte freundlich das Lächeln des Jobcoachs.

»Mit Mandalas zu arbeiten verschafft uns eine Zeit der Konzentration und der Anwesenheit, sodass wir mit unserem kreativen Fluss in Kontakt kommen«, unterstrich sie.

»Wann dürfen wir nach Hause gehen?«, fragte Fatima.

»Wenn wir fertig sind«, antwortete Ann-Margrete. »Gebt jetzt zuerst dieser Sache eine Chance. Mandalamalen kann auch zu erhöhter Selbsterkenntnis führen. Und es erfordert weder ein spezielles Talent noch Erfahrung. Absolut jeder kann es. Toll, was!?«

Und nun sollten wir alle von der verzaubernden Kraft des kollektiven Schaffens erfüllt werden.

»Es ist schon zwei Uhr, ich muss jetzt los«, sagte Fatima.

»Warum?«

»Weil es zwei Uhr ist, hab ich doch gesagt«, stöhnte sie.

»Kannst du sie nicht gehen lassen, sodass wir anderen uns auf die Aufgabe konzentrieren können«, sagte Gunilla, die wahrscheinlich die geometrische Komponente interessant fand.

Ann-Margrete folgte schließlich ihrem Rat. Als Fatima uns verlassen hatte, widmeten wir anderen eine Stunde unserer wertlosen Erwachsenenzeit dem Malen mit Stiften und Wasserfarben, und als wir endlich ein paar mehr oder weniger sorgfältig ausgeführte Mandalagemälde produziert hatten, widmeten wir eine weitere Stunde unserer wertlosen Erwachsenenzeit dem Analysieren derselben.

Und dann radelte ich nach Hause in meine Junggesellenwohnung am Davidshallstorg, schaufelte eine ganze kreisrunde Eispackung Ben & Jerry's mit »Karamel Sutra«-Geschmack in mich hinein und rief Karin Vallberg Torstensson an, die nicht abhob. Danach putzte ich mir die Zähne, und dann ging ich ins Bett, und allmählich schlief ich ein, und wie immer träumte ich. Diesmal von Kreisen und anderen geometrischen Formen. Und von Nelson Mandela. Er hatte ein geblümtes Gudrun-Sjödén-Kleid an und ein kobaltblaues Stirnband mit Nike-Logo, das überhaupt nicht zu seinem kreisrunden, nachdenklichen Gesicht und dem weichen, lächelnden Mund passte, der, obwohl er geschlossen war, ein »Aaaaausatmen!« von sich gab.

KAPITEL 16

Meine Mutter heißt Ingrid Borg und ist vierundachtzig Jahre alt. Das ist ein respektables Alter, das sie jedoch nicht daran hindert, ihre Zeit mit feuriger Leidenschaft, lateinamerikanischem Tanz und Golfreisen zu verbringen.

Das mit der feurigen Leidenschaft weiß ich natürlich nicht hundertprozentig sicher, aber ihr fünf Jahre jüngerer Verlobter Gert-Inge warf immer wieder außerordentlich virile Blicke in ihre Richtung, die sie ihrerseits mit einem lüsternen Lächeln beantwortete. Sie versuchten das so zu tun, dass man es nicht allzu deutlich sah, aber dieser Vorsatz misslang ihnen in der Regel. Diesen Paarungssignalen zuzusehen war für mich als Sohn jedes Mal grauenvoll peinlich, und an diesem Sonntag im April wurden sie über ein mittelmäßiges Steak im Restaurant Mando in der Skomakaregatan in Malmö hinweg gewechselt.

»Wie schmeckt das Steak?«, fragte ich, um den Peinlichkeiten ein Ende zu setzen. »Ist es nicht zu zäh?«

Gert-Inge ließ den Blick von meiner Mutter und sah mich mit einem nachsichtigen Lächeln an.

»Überhaupt nicht, ich hatte *rare* bestellt, also ist meines in der Mitte herrlich blutig und zart. Genau so, wie es sein soll.«

Mama nickte zustimmend und kaute unbekümmert ein großes Stück Fleisch, das sie mit einem Schluck Rotwein hinunterspülte.

»Ja, meins ist auch perfekt. Ich verstehe nicht, warum du es immer *well done* willst, Göran. Da kann man ja gleich auf einer alten Schuhsohle herumkauen.«

Mama lachte und entblößte ihre Zähne, die aus irgendeinem unerfindlichen Grund immun gegen Rotweinangriffe waren und immer noch frisch und weiß glänzten, obwohl sie schon bei Glas Nummer zwei war. Ihre Zähne waren wirklich perfekt, sowohl im Aussehen als auch in ihrer Funktion. Keinerlei Brücken oder Prothesen.

Gemessen an ihrem Alter war fast alles an Mama perfekt. Zwar war ihr Rücken eine Spur krumm geworden und ihre Brüste hatten nicht mehr dieselbe Spannkraft wie früher, aber sie hielt ihr Gewicht auf hundert Gramm genau und hatte außerdem die Fähigkeit, ihre kleinen Makel durch die richtige Kleiderwahl zu verbergen. Das lila gemusterte Oberteil und die schwarzen ausgestellten Hosen, die sie an diesem Tag trug, saßen wirklich einwandfrei. Und die wenigen Schönheitsfehler, die doch existierten, wirkten an meiner Mutter wie charmant abweichende Details, die ihrem Aussehen einen interessanten Charakter verliehen, wie die Ohren, denen beinahe gänzlich die Ohrläppchen fehlten, und der etwas schiefe rechte Mundwinkel, der bewirkte, dass sie immer eine Art subtiles Mona-Lisa-Lächeln auf den Lippen hatte. Sogar ihre Falten trug sie mit Eleganz, und das dicke graue Haar war immer perfekt geschnitten, in einer Frisur, die weder zu jugendlich noch zu altbacken war. Hätten wir beide nicht dieselben identisch grünen Augen, würde niemand glauben, dass ich ihr Nachkomme war.

Als Kind hatte ich Mama als streng, aber gerecht erlebt. Ich bewunderte sie für ihre Schönheit, vermisste aber die vorbehaltlose Liebe, die ich stattdessen in Urlauben und an Wochenenden von Papa bekam, und bei den seltenen Gelegenheiten, an denen er an Werktagen vor dem Schlafengehen zu Hause war. Dann war immer er derjenige, der mich auf den Schoß nahm und tröstete, wenn ich traurig war, und wenn es ihm gelang, sich von seiner Ar-

beit als südschwedischer Repräsentant für ein japanisches Foto-
unternehmen loszueisen, war er auch derjenige, der bei meinen
halbherzigen Fußballversuchen als Rechtsaußen in der Jugend-
mannschaft des IF Limhamn zu meinen Spielen kam.

Natürlich umarmte auch Mama mich hin und wieder, und
ich bin mir ziemlich sicher, dass sie mich immer geliebt hat, aber
eine zärtliche Mutter war sie nicht. Mein Vater starb Knall auf
Fall an einem stressbedingten Herzinfarkt, als ich um die dreißig
war, und danach verschlechterte sich mein Verhältnis zu Mama
schrittweise. Mit Papa verschwand der poröse Kitt, der unsere
kleine Familie halbwegs zusammengehalten hatte, und nachdem
meine damalige Frau Mia so starke Bande zu ihren Eltern hatte,
waren wir meistens mit ihnen zusammen.

Wäre Mama eine normale, nette Rentnerin gewesen, die sich
damit zufriedengab, zur Wassergymnastik zu gehen, Plätzchen zu
backen und mit ihren Enkelkindern zu kuscheln, oder wäre ich
selbst ein unkomplizierter Erwachsener ohne ständiges Bedürfnis
nach Bestätigung gewesen, hätten wir möglicherweise ein innige-
res Verhältnis aufbauen können. Aber nach Papas Tod zeigte sich
ziemlich schnell, dass sie sich viel mehr für andere Männer interessierte als für mich, und sie verschliss in schnellem Takt eine
ganze Armee von Kavalieren, bevor sie sich für Gert-Inge entschied. Dass er nach einem langen und sehr erfolgreichen Ge-
schäftsleben als Selbstständiger in der Event- und Reisebranche
über ein beträchtliches Vermögen verfügte, erleichterte eventuell
Mamas Entscheidung, aber ich hatte den deutlichen Eindruck,
dass sie ihn wirklich mochte und dass ihr Selbstwertgefühl in
seiner Gesellschaft gewachsen war. Gert-Inge ließ nämlich nicht
nur Geld und diverse Reisen über sie regnen, sondern war ihr gegenüber auch sehr großzügig mit Komplimenten.

In der Gewissheit, dass Mama im Herbst ihres Lebens sowohl finanziell als auch gefühlsmäßig so gut umsorgt wurde und außerdem kontinuierlich Bewegung auf dem Salsa-Tanzboden und dem Golfplatz bekam, hätte ich Gert-Inge gegenüber natürlich eine gewisse Dankbarkeit empfinden müssen. Aber ich ertrug den selbstgefälligen Idioten einfach nicht, der zu allem Überfluss jede Gelegenheit wahrnahm, mir ein Messer in den Rücken zu stechen. Er sah für sein Alter natürlich gut aus und hatte trotz früherer Herzprobleme eine großartige Physis und ein Ballgefühl, das ihn mit dem beeindruckenden Golf-Handicap 8 belohnt hatte, eine Leistung, die er seiner Umgebung bei jeder sich bietenden Gelegenheit unter die Nase rieb. Aber an seiner Stelle wäre ich zumindest so vernünftig gewesen, mir diese langen, dünnen Strähnen abzurasieren, die wie klebriges Seegras über seinem Schädel lagen und die nur dazu gedacht waren, seine Glatze zu verbergen. Der alberne kleine Pferdeschwanz, den ich selbst trotz meines schütteren Haares eine Zeit lang getragen hatte, wirkte im Vergleich mit der Hässlichkeit auf Gert-Inges Kopf wie ein Wunder an Friseurkunst. Aber er war zu selbstverliebt, um sich die kleinen Sticheleien zu Herzen zu nehmen, mit denen ich ab und zu konterte, wenn er mir seine Beleidigungen hinterherwarf. Ich bekam es nur doppelt und dreifach zurück.

»Dass du dich so für mein Aussehen interessierst! Bist du schwul, oder was?«, konnte er herausschleudern und noch einen Hieb in die Rippen hinterherschieben mit der Bemerkung, dass meine Figur sich besser machen würde, wenn ich anfangen würde, einen BH zu tragen.

»Hast du dir einen neuen Job zugelegt, oder?«, fragte er nach dem Sonntagssteak und ließ mich nicht antworten, bevor er fortfuhr: »Ich kenne den Chef von Lilla Vik und kann dir da morgen einen Job als Rasenpfleger verschaffen, wenn du willst. Ansonsten kannst du natürlich auch mein Caddie werden.«

Gert-Inge lachte und schlug mir viel zu fest auf den Rücken, als hätte er gerade die lustigste Geschichte der Welt erzählt. Der bloße Gedanke daran, als Gert-Inges Sklave auf seinem Lieblingsgolfplatz in Österlen Golfbahnen zu mähen und Bälle aufzusammeln, erfüllte mich mit einem so starken Ekel, dass das *Well-done*-Steak einen ernsthaften Versuch unternahm, aus dem Dunkel des Magens aufzusteigen.

»Ich habe ein paar andere Alternativen am Laufen«, sagte ich.

»Welche denn?«, fragte Gert-Inge.

»Ein paar unterschiedliche Sachen«, antwortete ich, worauf meine Mutter, und das rechnete ich ihr hoch an, unseren Dialog unterbrach, indem sie über Desserts sprach.

»Was sagt ihr zu Moltebeer-Parfait, wäre das nicht lecker?«

»Du kleiner Süßschnabel«, sagte Gert-Inge und drückte ihre Hand. »Du verstehst es wirklich, das Leben zu genießen.«

Er hatte wieder diesen lüsternen Blick angenommen, und das war das allererste Mal, dass ich ihn guthieß, nachdem Mama in der nächsten Sekunde einen kleinen Ruck mit dem Kopf machte, der zu verstehen gab, dass es jetzt vorläufig mit dem Flirten reichte. Ha! Da hatte er's, dachte ich, und dann dachte ich, dass Karin Vallberg Torstensson sicher etwas Ödipales aus meiner freudigen Reaktion analysieren konnte. Aber sie war ja nicht hier, und Gert-Inge schien sich Mamas vorübergehende Kühle nicht zu Herzen zu nehmen, sondern gab mir nur einen neuen festen Hieb in den Rücken, nachdem er zuerst gefragt hatte, wie es meiner »Dame« ginge. Er hatte Karin einmal getroffen, als wir einander in der Stadt in die Arme gelaufen waren, und sofort angefangen, uns ohne jegliches Taktgefühl über unser Verhältnis auszufragen.

»Es geht ihr wohl gut«, sagte ich.

»Wohl gut? Weißt du es nicht?«

»Natürlich weiß ich es, aber ich habe vielleicht keine Lust, mein Privatleben zu diskutieren.«

Das war eine Grenzmarkierung, die vermutlich die meisten verstanden hätten, aber Gert-Inge lächelte mich nur schadenfroh an und schlug vor, dass ich Karin zum nächsten gemeinsamen Essen mitbringen sollte.

Nach dem Moltebeer-Parfait knuffte Mama ihren Freund leicht in den Arm, was bedeutete, dass er sich um die Rechnung kümmern sollte. Im Hinblick auf meine pekuniären Beschränkungen protestierte ich nicht. Aber als meine Mutter und ich aus dem Restaurant gingen, während Gert-Inge bezahlte, und sie versuchte, mir einen Tausender zuzustecken, sagte ich Nein.

»Du sollst mir kein Geld geben, Mama. Ich komme schon klar.«

»Dann kannst du das Scheinchen ja auch einfach als kleines Frühlingsgeschenk sehen und dir vielleicht ein neues Hemd kaufen. Das wäre doch nicht schlecht?«

»An meinen Rollkragenpullovern ist doch nichts auszusetzen.«

»Das habe ich auch nicht gesagt. Aber manchmal ist etwas Neues doch auch ganz schön? Also, nimm das jetzt«, flüsterte sie und steckte den Tausender in meine Jackentasche, Sekunden bevor Gert-Inge aus dem Restaurant kam.

Es war ein schöner Frühlingstag mit vielen Leuten in der Stadt, und ich fühlte mich recht zufrieden nach dem Sonntagsessen. Vor allem, weil ich es überstanden hatte, ohne mich zu sehr zu entblößen. Mama gab mir zwei Wangenküsse mit minimalem Hautkontakt, und Gert-Inge stieß mich in den Rücken, und dann war ich frei, über den restlichen Sonntag zu disponieren, wie ich wollte, und bei näherem Nachdenken auch über den ganzen Montag und Dienstag, bevor die Pflicht mich am Mittwoch wieder zu Ann-Margrete rief.

Sie hatte für unser nächstes Treffen afrikanischen Tanz in Aussicht gestellt, und was war da naheliegender, als dieses Wissen mithilfe eines kühlen Biers auf irgendeiner Restaurantterrasse am Lilla Torg zu verdrängen. Ich fand einen freien Tisch im Victors und bestellte ein Staropramen vom Fass, das ich in weniger als fünf Minuten herunterkippte. Der leichte, angenehme Rausch bewirkte, dass ich mich wie einer von allen anderen Malmöern fühlte, die das schöne Frühlingswetter am freien Wochenende in Kombination mit der Wärme der Heizstrahler auf den Restaurantterrassen genossen.

Das muss ein billiges Hemd werden, überlegte ich mir, und bestellte noch ein Bier, das innerhalb von zehn Minuten ausgetrunken war. Glas Nummer drei widmete ich etwas mehr Zeit, sodass der Schaum sinken und die malzige Bitterkeit etwas deutlicher hervortreten konnte. Das Leben hat doch seine hellen Stunden, dachte ich, hob langsam mein Glas und genoss, wie sich das angenehm prickelnde Bier im Gaumen verteilte. In diesem Moment sah ich sie, zuerst nur aus dem Augenwinkel, doch als ich den Kopf wandte, in voller Schärfe: KVT.

KAPITEL 17

Sie saß in einer größeren Gruppe auf der Terrasse des Nachbarrestaurants Mooseheads, in ein Gespräch mit einer anderen Frau vertieft. Als ich ihr rundes, weich gereiftes Gesicht sah, schlug mein Herz einen Purzelbaum und meine Wangen wurden sofort heiß. Ich nahm instinktiv die Speisekarte und hielt sie vor mein Gesicht. Vorsichtig schielte ich über den Rand und registrierte ein flüchtiges Lächeln, das um Karins Lippen spielte, als der leichte Wind in ihr braunes, welliges Haar mit den hübschen grauen Strähnen fuhr. Sie fing eine Locke ein, die ihr über die Stirn gefallen war, und strich sie hinter das eine Ohr.

Gestärkt von meinen drei Staropramen beschloss ich, zu ihr zu gehen und sie zu umarmen. Aber schon als ich aufgestanden war und von dem schnellen Alkoholkonsum eine Spur schwankte, begann ich daran zu zweifeln, dass das die richtige Taktik war. Was sollte ich sagen? Hallo? Ich habe dich vermisst? Verzeih mir? Und wie sollte ich mich den anderen am Tisch gegenüber verhalten?

Ich setzte mich wieder hin. Vielleicht war es besser, sich weiter hinter der Speisekarte zu verstecken und zu warten, bis die Runde sich auflöste, um mich neben sie zu schleichen, wenn sie allein auf dem Heimweg war? Oder langsam am Tisch vorbeizugehen und ihre Miene abzuwarten, wenn sie mich entdeckte?

Bevor ich die Alternativen abwägen konnte, stand Karin auf, zog ihren Mantel an, den sie über die Stuhllehne gehängt hatte, und steckte ihre Hand unter den Arm eines etwas jüngeren Mannes. Er musste in den Vierzigern sein. Vielleicht ist das ihr arbeitsloser kleiner Bruder aus Uddevalla, von dem sie mir erzählt hat, fuhr mir durch den Kopf, bevor mein Herz beim Anblick des zärtlichen Kusses, den KVT ihm auf die Wange gab, einen weiteren Purzelbaum schlug.

Die Welt geht nicht innerhalb eines einzigen Augenblicks unter. Die Apokalypse kommt nicht über Nacht. Zerstörung braucht Zeit und kündigt sich durch Vorzeichen an. Ein sogenannter »Blitz aus heiterem Himmel« erfordert ein Vorspiel, bei dem warme Luft auf kalte trifft. Vielleicht war es also doch logisch, was vor meinen Augen geschah, wenn man KVTs kühle Antworten, kryptische Antworten und ausgebliebene Antworten bedachte. Ich hätte verstehen müssen, dass Karins Desinteresse für mich nicht nur in meinem enttäuschenden Verhalten gründete, als ich ohne sie nach Indien fuhr. Sie hatte natürlich einen anderen kennengelernt.

In meinem Handbuch kann man Liebeskummer auf zwei Arten behandeln. Die eine ist, sich in seine Wohnung einzusperren, das Telefon auszuschalten, alle Bremsen zu lösen, die Tränen fließen zu lassen und schluchzend vor Wiederholungen deutscher Bundesligaspiele auf Eurosport zu sitzen, unter konstantem Frustessen von Ben & Jerry's kalorienreichem Eis in variierenden Geschmacksrichtungen. Diese Methode hat zwei Vorteile: Erstens tendieren die Tränen dazu, zu versiegen, wenn man lange genug geweint hat, zweitens muss man sich nicht mit anderen Menschen konfrontieren, kann also ganz in seinem eigenen Unglück aufgehen und sich selbst so richtig leidtun, ohne zu riskieren, vernünftige Ratschläge von Freunden und Bekannten zu bekommen. Die Nachteile sind, dass man auf seine ohnehin schon zu üppigen Kilos noch ein paar drauflegt und dass man sich früher oder später trotzdem nach draußen begeben und seiner Umwelt stellen muss, dann in Erklärungsnot gerät, warum man nicht ans Telefon gegangen ist, und gezwungenermaßen schlechte Lügen erfindet, die im tiefsten Inneren sowieso keiner glaubt.

Die andere Methode läuft darauf hinaus, dass man seinen Ärger mobilisiert. Man kehrt die Trauer in Wut um, indem man sein eigenes Verhalten verteidigt und das des anderen verflucht. Die Vorteile sind, dass man auf jeden Fall eine Menge Gefühle loswird, ohne heulen zu müssen, dass man nicht zunimmt und dass man sich Freunden und Bekannten gegenüber nicht schwach zeigt. Das kann als unreife und verleugnende Art erscheinen, seine Probleme zu behandeln, aber ich finde, man muss nicht so kleinkariert sein, wenn es um Krisen auf Leben und Tod geht. Die Nachteile, dass man dazu tendiert, empfindlich zu werden, und ein unrealistisch unschuldiges Bild von sich selbst bekommt, sind Rückschläge, die man in Kauf nehmen muss.

Ich entschied mich also für die Wutvariante und fühlte, wie die Kraft in meine Adern, Glieder und Muskeln strahlte, aus dem Boden durch die Fußsohlen und weiter nach oben in den ganzen Körper. Ann-Margrete wäre stolz gewesen, wenn sie mich gesehen hätte.

In meinem Inneren zeichnete ich ein Mandalabild von Karins kreisrundem Gesicht, das ich mit erniedrigenden geometrischen Formen ergänzte. Wie konnte sie es wagen, mich als konfliktscheu und ausweichend zu bezeichnen, wenn sie selbst so feige war, dass sie sich nicht einmal traute, offen mit mir Schluss zu machen? Und war es im Übrigen nicht typisch für Psychologen, die ganze Zeit ihre eigenen Unzulänglichkeiten auf andere zu projizieren? Vor allem für Psychologinnen! Genau deshalb wählten sie ja diesen Beruf, um ihrem eigenen schwankenden Innenleben etwas Stütze zu geben.

Und wie seriös war Karin eigentlich, wenn sie eine Beziehung mit mir anfing, ihrem Klienten, und mich dann einfach wegen irgendeiner diffusen Annahme, ich sei nicht ehrlich zu ihr, absägte? Wer war sie, um von Ehrlichkeit zu sprechen? Und wie konnte eine erwachsene Frau so engstirnig sein, dass sie nicht verstand, dass der erwachsene Mann, mit dem sie eine Beziehung eingegangen war und der die letzten zehn Jahre mehr oder weniger als Junggeselle gelebt hatte, ein Bedürfnis nach etwas Zeit für sich hat? Indien war ja von Anfang bis Ende meine Sache! Karin war nie dort gewesen, und sie hätte die besondere Freundschaft zwischen Yogi und mir nie verstehen können. Sie wäre bestimmt nur eifersüchtig geworden!

Und dann last, but wahrlich not least: Wie konnte eine Frau, die behauptete, Expertin für Gefühle zu sein, eine Beziehung mit einem jüngeren Mann eingehen, ohne davor zumindest mit dem vorigen Schluss gemacht zu haben? Aber das brauchte mich ja eigentlich nicht zu überraschen, sie hatte ja schon angefangen, mich zu treffen, bevor die Tinte ihrer Unterschrift auf der Scheidungsurkunde überhaupt getrocknet war. Würde ich nicht diese Art feministenfeindliche Wörter grundsätzlich nie in den Mund nehmen, hätte ich gesagt, sie wäre liederlich, ja fast eine Schlampe. Aber so etwas kommt mir wie gesagt nicht über die Lippen. Ich will nicht auf ihr niedriges Niveau sinken.

Puh! Das hatte gesessen.

Jetzt könnte ein Freund der Ordnung vorsichtig fragen, wie ich denn überhaupt so sicher sein konnte, dass Karin Vallberg Torstensson mich wirklich für einen anderen verlassen hatte. Vielleicht war der Mann wirklich ihr arbeitsloser jüngerer Bruder aus Uddevalla oder irgendein anderer naher Verwandter? Nein, ich glaube nicht. Als KVT das Restaurant Moosehead in Gesellschaft des jüngeren Mannes verließ, folgte ich ihr nämlich in einigem Abstand. Die beiden gingen geradewegs zu ihrer Wohnung im Tessins Väg in Slottsstaden, eng umschlungen. Er hatte auch einen kleinen Koffer dabei, den er hinter sich durch die Haustür zog.

Das tötete meine letzten Zweifel. Karin hatte ein einziges großes Bett, kein Schlafsofa oder Feldbett, nein, nicht einmal ein normales Sofa. Nur vier Sessel. Daraus konnte man, ohne jeden Zweifel, den Schluss ziehen, dass KVT und der etwas jüngere Mann, der also nicht ihr arbeitsloser Bruder aus Uddevalla war, die Nacht zusammen im selben Bett zu verbringen gedachten.

Hier hörten meine Nachforschungen auf, aus reinem Selbsterhaltungstrieb. Ich ging nach Hause in meine Junggesellenbude am Davidshallstorg und rief Erik an, der ein paar Tage zuvor von seiner Indientour zurückgekommen war, um ihn zu fragen, ob er Lust hätte, mit in den Bullen zu gehen und einen oder zwei zu heben.

»Es ist Sonntag, ich weiß nicht«, antwortete er zögerlich.

»Bist du Mann oder Memme?«, fragte ich.

Das war Eriks eigener Lieblingsausdruck, also biss er an.

»Okay, ich komme. Sagen wir um acht, ich will nur zuerst noch mit Trine telefonieren.«

»Bist du immer noch mit ihr zusammen?«

»Ja, ist das ein Problem für dich?«

»Überhaupt nicht, entschuldige meine Überreaktion in Indien. Du darfst natürlich daten, wen du willst, ohne dass ich dich mit Moralpredigten zutexte.«

»Schön, dass du es so aufnimmst, mein Freund. Ich mag sie nämlich wirklich und glaube, es könnte diesmal etwas Ernstes sein. Ich meine, etwas richtig Ernstes!«

Ich weiß nicht, wie oft Erik das schon gesagt hatte, nur um ein paar Wochen später mit einer neuen Frau an seiner Seite aufzutauchen. Aber, Herrgott, was war schon daran auszusetzen? Er beherrschte die Kunst, das Leben zu genießen, mein alter Jugendfreund, und das war noch nie strafbar gewesen.

»Wie geht es dir denn mit Karin? Wollt ihr nicht bald zusammenziehen?«, fragte er.

»Warum meinst du?«

»Weil du mir immer der Typ zu sein schienst, der sich eigentlich in trauter Zweisamkeit am wohlsten fühlt.«

»Das wird überbewertet«, sagte ich.

»Was?«

»Zweisamkeit. Und übrigens hab ich mit Karin Schluss gemacht, wir haben nicht besonders gut zusammengepasst. Sie ist ein abgeschlossenes Kapitel.«

Ich war selbst verwundert, wie leicht es war, das zu sagen. Noch vor ein paar Stunden hatte ich an die Apokalypse gedacht, und jetzt saß ich da und redete über Karin, als hätte sie kaum existiert. Meine Verteidigung hatte diesmal mit einer unheimlichen Stärke und Geschwindigkeit eingesetzt.

»Ach, du Scheiße«, sagte Erik. »Das hätte ich nicht von dir gedacht.«

»Es gibt vieles, was du nicht von mir weißt. Im Bullen in einer halben Stunde?«

»Ein Mann, ein Wort«, sagte Erik.

KAPITEL 18

Der Bullen in der Storgatan ist meine Stammkneipe. Hier habe ich mehr Zeit verbracht als mit meinen erwachsenen Kindern. Das ist nichts, worauf ich stolz bin, aber es ist nun einmal so, und ich hätte mir schlechtere Lokale in Malmö aussuchen können.

Der Bullen, der nur einen Steinwurf von meiner Wohnung entfernt liegt, hat etwas sehr Heimeliges. Die dunkel gemusterte Tapete und die Holztische mit wein- und bierfleckiger Patina schaffen, vielleicht speziell bei Männern mittleren Alters, ein Gefühl der Zugehörigkeit. Hier ist es okay zu altern, hier braucht man sich nicht übertrieben darum zu kümmern, wie man aussieht, und hier kann ein schlecht formulierter Gedanke im allgemeinen Gemurmel untergehen.

Wenn der Ausdruck »ungezwungen« jemals relevant ist, dann im Bullen. Hier ist ganz einfach niemand besser als der andere. In all den Jahren, in denen ich den Laden besucht habe, ist er für mich auch eine befreiend »unerogene Zone« gewesen. Keine Aufrisse, keine undeutlichen Komplimente am Tresen und keine weinselig schmachtenden Blicke über den Tisch hinweg. Es ist nicht so, dass der Bullen völlig frei von Flirts ist, im Gegenteil. Viele sowohl vorübergehende als auch zweifelhafte Verhältnisse wurden hier begonnen, aber *ich* war nie ein Teil davon. Zumindest nicht bis zu diesem Sonntagabend im April.

Ich spürte es bereits, als ich zur Tür hineinging, dass etwas anderes in der Luft lag als die normale Sehnsucht nach ein paar

Stunden alkoholunterstützter Realitätsflucht. Ein deutliches Gefühl, das in der Nase kitzelte. Unser Stammplatz war von zwei Frauen ungefähr unseres Alters belegt, und ich nahm das als weiteres Zeichen. Erik schien nur mittelmäßig interessiert, sich neben ihnen niederzulassen, entweder fand er wohl, dass sie nicht in seiner Liga spielten, oder seine Gedanken waren wirklich von dieser Trine besetzt. Aber ich pochte darauf, dass wir uns genau dorthin setzten, anstatt an der Bar herumzuhängen.

Wir bestellten uns eine Flasche Rotwein, und Erik erkundigte sich mit leiser Stimme nach meiner Trennung von Karin. Jetzt, wo ich in meiner gefühlsmäßigen Verleugnung schon so weit gekommen war, war es nicht mehr besonders schwer, weiter Lügen mit Halbwahrheiten zu vermischen. Ich berichtete, auch mit leiser Stimme, dass wir uns auseinandergelebt hatten und dass ich es ziemlich leid war, an sie zu denken, wenn es so viele andere nette Frauen gab, mit denen man sich ablenken konnte.

»Du hast recht«, flüsterte Erik und blinzelte kurz in die Richtung der Frauen an unserem Tisch. »Es gibt wohl doch noch Seiten an dir, die ich nicht kenne.«

Schon bevor ich das erste Glas geleert hatte, fragte ich die Frau, die mir am nächsten saß, ob sie öfter herkam. Abgesehen davon, dass das einer der üblichsten und gleichzeitig schlechtesten Anmachsprüche war, die die Welt je gesehen hatte, war es eine vollkommen überflüssige Frage. Sie kam natürlich nicht öfter her, nachdem ich sie heute zum ersten Mal gesehen hatte.

»Nein, ich bin nicht aus Malmö«, sagte sie in einem ziemlich netten småländischen Dialekt. Es klang, als käme sie aus dem Gebiet um Kalmar, eine Annahme, die ich auch gleich kundtat.

»Nein, ich bin aus Jönköping. Das Zentrum des Bibelgürtels, weißt du.«

Sie lachte charmant und schien mir überhaupt eine ziemlich

charmante Person zu sein. Ihr blondiertes und pudelartig dauer-
gewelltes Haar war vielleicht nicht ganz *up to date*, aber wenn man
wie ich die Achtzigerjahre aus der Nähe erlebt hat, lag ein gewisser nostalgischer Wert darin. Etwas mollig war sie, aber dagegen
hatte ich noch nie etwas gehabt. Für ihr Gesicht musste sie sich
auch nicht schämen, trotz einer schwachen Tendenz zum Unter-
biss. Als ich so dasaß und ihr Aussehen inventarisierte, fiel mir
plötzlich auf, dass das genau die Gedanken waren, die man nicht
haben sollte, wenn man selbst ein ausrangierter Typ war, der seine
besten Jahre schon hinter sich hatte. Vor allem sollte man im Bullen nicht solche Gedanken haben.

»Entschuldige«, sagte ich.

»Wie bitte?«

»Äh… ich meine, ich sitze hier und trinke und habe noch
nicht einmal daran gedacht, dir und deiner Freundin etwas anzu-
bieten. Soll ich euch etwas Wein einschenken?«

Nachdem beide ein kleines Glas Bier vor sich stehen hatten,
war auch das eine ausgesprochen dumme Frage. Aber Berit, wie
die Jönköping-Frau sich später vorstellte, fand sie offenbar lustig.
Sie lachte jedenfalls sehr herzlich. Ihre Freundin kräuselte nur die
Lippen und wandte sich ab, um einen Kontaktversuch mit jemandem am Tisch nebenan zu starten. Nachdem sich Erik genauso
feinfühlig wie routiniert mit seinem Glas an die Bar zurückgezogen hatte und dort ein Gespräch mit einem alten Bekannten anfing, hatte ich Berit ganz für mich allein. Sie war Narkoseschwester im Krankenhaus von Jönköping, stellte sich heraus, genau wie
ihre zugeknöpfte Freundin. Sie waren beide in Malmö, um einen
Kurs für Anästhesie- und Betäubungslehre zu besuchen.

»Und was machst du?«, fragte sie.

»Arbeite in der Werbebranche«, sagte ich und füllte mein
Weinglas auf.

»Mach mal Pause.«

»Äh ...?«

»Nicht so hastig mit dem Wein, du musst ihn genießen. Diese alte Cola-Werbung, weißt du? Mach mal Pause. Ach, war bloß ein Scherz. Aber jetzt ehrlich, für welche Art von Werbung arbeitest du? Fernsehen?«

Ich strich mit den Fingerspitzen am Aufschlag meines braunen Cordsakkos entlang und kalkulierte schnell. Wie groß war die Wahrscheinlichkeit, dass Berit und ich eine Beziehung eingingen, die sich weiter als bis zum nächsten Tag erstreckte?

»Ja, genau«, sagte ich. »Wie konntest du wissen, dass ich Fernsehwerbung mache?«

»Weil das die verlogenste Art von Werbung ist, die es gibt, und du siehst aus wie einer, der den Leuten das Blaue vom Himmel herunter versprechen könnte.«

Ich lachte gezwungen und dachte, dass ihre Antworten bisher etwas zu gut durchdacht gewesen waren, um sie als leichte Beute erscheinen zu lassen. Besonders viel Durst schien sie auch nicht zu haben. Als ich eine neue Flasche Wein bestellte, sagte sie, sie sei zufrieden, und da hätte ich die Hoffnung beinahe aufgegeben. Aber nachdem Berit nett bei mir sitzen blieb und lächelte und Wasser trank und mit ihrem charmanten Jönköpingdialekt weiterredete, auch als ihre zugeknöpfte Arbeitskollegin gegangen war, nahm ich an, dass meine Chancen, die Nacht mit ihr zu verbringen, doch einigermaßen gut standen. Gegen halb elf verschwand auch Erik, und bald waren wir im Bullen nicht mehr sehr viele. Als ich die Weinflasche hob, um den letzten Schluck in mein Glas zu gießen, legte Berit ihre weiche Hand auf meinen Sakkoärmel.

»Lass es stehen. Wollen wir nicht lieber zu dir gehen und uns deine Briefmarkensammlung anschauen?«

KAPITEL 19

Zuerst dachte ich, sie würde mich veräppeln. 1:1 im Wettbewerb um den schlechtesten Anmachspruch, so was in der Art. Aber auch wenn Berit es in einem scherzhaften Ton sagte, verstand ich durch die Hand, die sie auf meinem Arm liegen ließ, dass sie es ernst meinte. Meine Güte, das war ja fast zu schön, um wahr zu sein!

Wir zogen unsere Mäntel an und gingen in den etwas kühlen Abend hinaus. Berit hakte sich sofort bei mir unter, und ich führte sie kavaliersmäßig durch die Fußgängerzone am Kino vorbei, wo die letzten Kinobesucher des Abends aus den Sälen tröpfelten. Ein junger Mann mit irgendeiner Art von Kampfhund riss seinen unberechenbaren Köter hart an der Leine, als wir am Marktplatz an ihm vorbeigingen. Berit zuckte durch das plötzliche Manöver zusammen und drückte sich näher an mich. Durch meinen leichten Sommermantel konnte ich die Wärme ihres Körpers spüren.

»Ich habe Angst vor diesen Hunden«, flüsterte sie. »Sie kommen mir so vor, als wollten sie ihre Zähne ins erstbeste Opfer schlagen. Aber vielleicht habe ich auch nur Vorurteile.«

Als wir in meine Wohnung hinaufkamen, half ich Berit aus dem Mantel und führte sie ins Wohnzimmer. Sie setzte sich vorsichtig aufs Sofa, und ich fragte, ob sie etwas zu trinken haben wollte, während ich gleichzeitig Spotify einschaltete, »Little Willie John« von Peter LeMarc.

»Nur ein bisschen Tee«, sagte sie. »Kamille, wenn du hast.«

»Willst du nicht lieber richtigen Darjeeling probieren, von meiner eigenen Plantage?«

Ich merkte selbst, wie unglaubwürdig das klang, und es war wohl typisch, dass die erste richtige Wahrheit sich so falsch anhörte.

»Hast du eine Teeplantage?«, fragte Berit, natürlich mit einem sehr zweifelnden Unterton in der Stimme.

»Das ist wirklich wahr«, sagte ich. »Ich bin Teilhaber einer Plantage namens East Green Estate.«

Berit sah immer noch eine Spur skeptisch aus, lächelte aber süß und sagte, dass sie den Tee sehr gern probieren würde. Ich ging in die Küche, brühte uns jedem eine Tasse und nahm zur Sicherheit die Packung mit zurück ins Wohnzimmer. Sie nippte am Tee, sah sich die Packung an und nickte freundlich.

»Der ist richtig gut. Wie kommt es, dass du eine Teeplantage hast?«

Ich erzählte ihr in kurzen Zügen, wie es zugegangen war, als ich das Eigentum in Darjeeling zusammen mit Yogi erworben hatte, und obwohl ich den Großteil der Ereignisse ausließ, die während des dramatischen Weges dorthin und wieder zurück stattgefunden hatten, klang es immer noch wie eine Lüge. Das hatte sicher auch mit meiner zunehmenden Betrunkenheit zu tun. Auch wenn ich mich nicht sonderlich besoffen fühlte, sprach ich doch mit etwas schwerer Zunge, und das verstärkt nun nicht gerade die Glaubwürdigkeit.

Aber Berit schien trotzdem zu dem Entschluss gekommen zu sein, dass Göran Borg genau der im richtigen Maß runde und im richtigen Maß abenteuerliche Mann mittleren Alters war, um mit ihm während einer wilden Stippvisite in Malmö in sicherem Abstand von zu Hause zu flirten, und vielleicht noch etwas mehr als das. Ich glaubte nicht, dass sie verheiratet war, sie trug zu-

mindest keinen Ehering und hatte auch keine deutlichen Spuren
eines solchen am linken Ringfinger, aber es fühlte sich trotzdem
so an, als würde sie sich auf einem für sie sehr wilden und unbekannten Terrain bewegen.

Ich setzte mich neben sie, so nahe, dass unsere Beine sich be-
rührten. Berit wandte sich zu mir und saß ganz still da, ihr Gesicht nur etwa zwanzig Zentimeter von meinem Gesicht entfernt.
Sie öffnete ihre rot geschminkten Lippen ein bisschen, und ich
konnte der Versuchung nicht widerstehen, mich noch näher zu
ihr hinzulehnen. Ihr Atem roch schwach und gut nach Tee. Die
Augen glänzten sehnsüchtig, während »Little Willie John« ver-
klang. Als Peter LeMarcs wehmütige Stimme zur Einleitung des
nächsten Tracks ansetzte, »Tess«, spürte ich, dass der Moment gekommen war. Ich schob mein Gesicht noch näher an ihres heran,
in der Intention, dass sich unsere Lippen in einem Kuss treffen
sollten, als sie auf einmal ruckartig zurückwich und laut gähnte.
Das kam so unerwartet, dass ich nicht wusste, was ich tun sollte.
War vielleicht mit meinem Atem etwas nicht in Ordnung?

»Entschuldigung«, sagte Berit mit einem verlegenen Lächeln
auf den Lippen. »Es war ein sehr langer Tag mit der Zugfahrt
und allem, und ich bin plötzlich so wahnsinnig müde geworden.«

Die Gelegenheit fürs Gähnen war außerordentlich schlecht ge-
wählt. Erstens zwang es mich dazu, die Stimmung für einen neuen
Kussversuch wieder aufzubauen, ohne dabei notgeil zu wirken.
Zweitens weckte das Gähnen unvermeidlich Zweifel, inwieweit
Berit wirklich Lust hatte, diese Schritte mit mir weiterzugehen.

Sie musste meine Gedanken gelesen haben, denn so plötzlich, wie sie zuvor gegähnt hatte, legte sie jetzt ihre Hand auf
mein Knie und schob sie langsam in Richtung Schritt. Es war, als
wollte sie uns beide überzeugen, dass wir auf dem richtigen Weg
waren.

Es kribbelte vor Wohlbehagen, als sie ihr Ziel erreichte, und ich ließ meine Hand unter ihre Bluse gleiten und legte sie um eine ihrer schweren, aber wohlgeformten Brüste. Mit ihrer freien Hand umfasste sie mit weichem, aber bestimmtem Griff meinen Nacken und zog meinen Mund an ihren. Wir küssten uns intensiv, und ihr Atem wurde immer heftiger. Ich versuchte, sie aus der Bluse zu schälen, schaffte es aber nicht richtig und blieb mit meinem Uhrenarmband an einem ihrer Knöpfe hängen. Berit kicherte und half mir, loszukommen.

»Warte kurz«, flüsterte sie. »Wir können doch in deinem Schlafzimmer weitermachen. Dort hast du ja deine Briefmarkensammlung, oder?«

Bevor ich antworten konnte, stand sie vom Sofa auf und fragte, wo das Badezimmer sei. Ich zeigte es ihr, und sie bat mich um ein sauberes Handtuch, das sie benutzen konnte. Einen Moment lang überlegte ich, ob ich nicht mit ihr hineingehen sollte, damit wir zusammen duschen konnten. Aber irgendetwas an Berits ständigen Unterbrechungen begann mich zu erregen, als wäre es ein Teil des Vorspiels.

Ich gab ihr also ein großes Handtuch, ging zurück ins Wohnzimmer und wartete. Das brausende Geräusch der Dusche erfüllte mich noch mehr mit Erwartung und weckte gleichzeitig eine gewisse Unruhe vor den bevorstehenden Übungen. Ich hatte normalerweise zwar keine größeren Potenzprobleme, aber ganz sicher konnte man sich beim ersten Mal mit jemand Neuem nie sein. Außerdem hatte ich einiges getrunken.

Um meine Nerven zu beruhigen, schenkte ich mir einen kleinen Whisky ein, den ich schnell leerte. Den negativen Einfluss von Alkohol auf die sexuellen Fähigkeiten gegen seinen positiven Einfluss auf den sexuellen Mut abzuwägen ist eine delikate Gleichung. Aber es fühlte sich so an, als ob gerade der Mut einen kleinen Extraschub brauchte, und als Berit ein paar Minuten später in das große Badetuch gewickelt aus dem Badezimmer kam, die Kleider in der einen Hand und die blonde Dauerwelle in etwas sinnlicher geformte feuchte Locken gelegt, waren all meine Zweifel verflogen. Ich war bereit. Mit großem B.

»Willst du nicht auch duschen?«, fragte sie. Da begriff ich, dass ich ein Fräulein Reinlich mit nach Hause genommen hatte, und das machte die Sache kaum schlechter.

»Klar, geh schon mal ins Schlafzimmer, ich komme gleich«, sagte ich.

Berit lächelte, und ich duschte in herrlich lauwarmem Wasser und massierte meinen ganzen Körper mit einem duftenden Shampoo ein. Als ich allen Schaum abgespült, mich gekämmt und ordentlich abgetrocknet sowie etwas Deodorant unter die Achseln gerollt hatte, warf ich einen letzten Blick in den Spiegel. Nicht schlecht. Gar nicht schlecht. Und als Krönung stand meine Erektion steif wie ein Hammerstiel unter dem Handtuch.

Die Tür zum Schlafzimmer war geschlossen, was mich nur noch mehr erregte. Als ich sie jedoch langsam öffnete, boten sich mir ein Anblick und ein Geräusch, die ich beim besten Willen nicht als pikanten Teil des Vorspiels betrachten konnte.

Auf meinem breiten Bett lag Berit vollkommen ausgeknockt auf dem Rücken, den Körper mit dem Badetuch bedeckt und die Arme entspannt zur Seite ausgebreitet, sodass sie die ganze Fläche der Matratze einnahm. Sie schlief nicht nur, sie schnarchte auch. Extrem laut. Mein Ständer kam vollkommen aus dem Konzept, aber es gab noch immer einen kleinen Teufel in mir, der sich von der Hoffnung nährte. Das Gähnen hatten wir ja auch zu etwas Positivem wenden können, trotz und alledem. Ich ging zum Bett und setzte mich auf den Rand.

»Berit, bist du wach?«, flüsterte ich.

Keine Reaktion.

»Berit, bist du wach?«, fuhr ich in normaler Tonlage fort, eine gewisse Verzweiflung in der Stimme.

Keine Reaktion.

»Berit, bist du wach?!«, rief ich und rüttelte an ihr.

Nein, Berit war nicht wach und zeigte auch keine Tendenz, es in näherer Zukunft werden zu wollen. Sie brummte nur, zog das Badetuch zu sich und drehte sich auf die Seite, sodass sich ihr Hintern entblößte.

Da lag er, rund und einladend wie der Umschlag eines Per-Olov-Enquist-Romans, aber vollkommen unbrauchbar. Ich machte das Licht aus, wand die Bettdecke los, kroch neben ihr darunter und fragte mich, wie ich mich verhalten sollte, um

1. auf wundersame Weise doch noch Leben in Berit zu bekommen.
2. wenn das nicht ging, einschlafen zu können.

Berits Schnarchen war so stark, dass das Bett zu vibrieren schien, und als sie sich wieder auf den Rücken drehte und ihren schlaffen linken Arm über mein Gesicht warf, sah ich ein, dass es keine Hoffnung mehr gab.

Ich stand auf und fand im Schrank eine Decke, schloss die Schlafzimmertür und legte mich im Wohnzimmer aufs Sofa. Und all das, während die Narkoseschwester Berit aus Jönköping mit Emphase unterstrich, dass sie eins mit ihrem Beruf war.

KAPITEL 20

Natürlich kann man von Ironie des Schicksals sprechen, wenn ein merklich betrunkener Mann es schafft, eine völlig nüchterne Frau aufzureißen, die ihm dann einschläft. Aber ich hatte nach einer vollkommen schlaflosen Nacht keine Kraft mehr, mein müdes Gehirn mit derartigen Spitzfindigkeiten zu beschäftigen.

Berits Schnarchen schlug einfach alles, was ich in diesem Genre bisher erlebt hatte, trotz der geschlossenen Tür, die uns trennte. Und das, obwohl ich schon unzählige Nächte neben Yogi und Gaga, diesem Sägewerk von Chauffeur aus Darjeeling, verbracht hatte. Dazu kam noch, dass Berit wie eine Zeitschaltuhr in Intervallen mit einer Minute Unterbrechung schnarchte, was bewirkte, dass man während der Stille die ganze Zeit gespannt dalag und auf die Fortsetzung wartete. Das Problem mit dieser Art von Schnarchen ist, dass sie einem nie die Chance gibt, zur Ruhe zu kommen. Die Pausen sind ganz einfach zu kurz, als dass man währenddessen einschlafen könnte. Wie sehr man seine Gedanken auch abzulenken versucht, es ist unmöglich, nicht bis zur nächsten Attacke herunterzuzählen.

Aus demselben Grund war es einfach festzustellen, wann Berit aufgewacht war. Zwei Minuten anhaltende Stille sagte alles. Ich sah auf meine Armbanduhr und konstatierte, dass es Viertel nach sieben war. Mein Kopf hämmerte frenetisch, und mein Mund war staubtrocken, als die Stille eine weitere Minute später von einem dumpfen Geräusch unterbrochen wurde, gefolgt von vorsichtigen Schritten über den Boden.

Die Schlafzimmertür knarzte vertraut, als sie geöffnet wurde, und ich überlegte hin und her, ob ich mich im Sofa aufsetzen oder liegen bleiben und so tun sollte, als würde ich schlafen. Berits leises Trippeln am Sofa vorbei ins Badezimmer überzeugte mich. Sie hatte keine Lust, dem Morgen mit mir zu begegnen, und so tat ich wohl gut daran, derselben Taktik zu folgen.

Ich hörte sie auf der Toilette pinkeln, ohne herunterzuspülen, und danach ins Schlafzimmer zurückschleichen, um sich anzuziehen. Weniger als drei Minuten beobachtete ich aus dem Augenwinkel, wie Berit mit der Vorsicht eines Ladendiebs die Wohnungstür öffnete und meine Wohnung mit einem kaum hörbaren Klick verließ.

Zu diesem Zeitpunkt hätte ich einen großen, dicken Strich unter diese peinliche Begebenheit ziehen, aufstehen und frühstücken können, im Bewusstsein, dass niemand jemals erfahren musste, was passiert war. Aber das ging nicht, weil ich gleichzeitig von dem vernichtenden Gefühl erfüllt wurde, dass alles, was das Hauptziel dieses Flirts gewesen war, zunichtegemacht worden war. Ich hatte mich an Karin Vallberg Torstensson rächen wollen, ihr zeigen, dass sie in meinem Leben nichts bedeutete und dass die Frau, die mit Göran Borgs Gefühlen spielte, auf jeden Fall damit rechnen musste, dass er zurückschlug. Albern, natürlich, nachdem KVT keine Ahnung von dem hatte, was passiert war, aber nichtsdestoweniger wichtig für mein Selbstwertgefühl.

Ich rappelte mich langsam hoch und trank in der Küche ein großes Glas Wasser, bevor ich die Zeitung holte. Die Titelseite, die berichtete, dass Malmö FF die Saison meisterlich mit einem weiteren Sieg in der ersten Liga eröffnet hatte, diesmal in einem Auswärtsspiel gegen IFK Göteborg, linderte mein Leiden etwas. Ich überzeugte mich selbst davon, dass das Dasein schlimmer sein könnte, und kehrte in die Küche zurück, um die Kaffeemaschine einzuschalten.

Zwei Tassen später hatte ich Berit so weit aus meinen Gedanken verjagt, dass ich vorsichtig anfing, den Tag als etwas zu betrachten, das in irgendeiner Form dem Erträglichen ähnelte. Ein Kater der Art, wie ich ihn erlebte, erfordert doch etwas Besonderes, und ich beschloss, ihn mit einem Besuch im Kaltbadehaus Ribersborg zu heilen. Aber zuerst würde ich die Wohnung ordentlich putzen und meinen verarmten Kühlschrank auffüllen.

Irgendwie hat ein Wohnungsputz einen sehr beruhigenden Effekt, so als würde das Ausrotten von Staubmäusen und Fettflecken auch alle verschmutzten Winkel der Seele säubern. Als ich mit Staubsaugen fertig war und sämtliche Fußböden gewischt hatte, stellte sich auch tatsächlich eine gewisse Versöhnung mit meiner Situation ein. Von den Kopfschmerzen war nur noch eine kleine Schwere über der Stirn übrig, als hätte ich mich in eine zu fest gestrickte Mütze gezwängt, und der Magen knurrte erwartungsvoll, als ich über irgendetwas Nahrhaftes nachdachte, womit ich ihn füllen konnte.

Ich weiß nicht, wie das Kaugummi kauende Mädchen heißt, das in dem kleinen Lebensmittelladen in der einen Ecke des Davidshallstorgs an der Kasse sitzt, aber im Lauf der Jahre ist eine gewisse Vertraulichkeit zwischen uns entstanden. Ich habe den Verdacht, dass sie weiß, welche Stunde geschlagen hat, wenn meine Einkäufe von Ben & Jerry's dominiert werden, und auch wenn wir nie direkt irgendwelche Tiefsinnigkeiten miteinander ausgetauscht haben, habe ich verstanden, dass sie eigentlich an einem ganz anderen Ort als in diesem ordinären Laden im zentralen Malmö sein möchte. Sie saß immer da und las, wenn nur wenige Kunden im Laden waren, oft avancierte Literatur. An diesem Vormittag beschäftigte sie sich mit *Medea* von Euripides.

Ich füllte meinen Korb mit Milch, Käse, Aufschnitt, Brötchen, Toilettenpapier, etwas Obst und Gemüse, WC-Ente, einem Sixpack Cola light, einem Sixpack leichtem Bier, einer tiefgefrorenen Fertiglasagne und einem Nougatriegel, bevor ich zur Kasse ging und die Waren auf das Band stapelte.

»Wollen Sie kein Rubbellos kaufen?«, fragte das Kaugummi kauende Mädchen, weil ich das sonst manchmal tat.

»Sie glauben, heute ist mein Glückstag?«, fragte ich und lächelte matt.

»Keine Ahnung. Aber auf jeden Fall schafft es ein bisschen Spannung.«

Es lag keine Ironie in ihrer monotonen Stimme, und das war eines der Dinge, die ich an ihr mochte, dass sie sich nie verstellte. Es kamen keine nassforschen Scherze oder unverbindlichen Wünsche für einen schönen Tag über ihre Lippen. Ich glaube, ich habe sie noch nie lächeln gesehen, und das war auch eine Art von Sicherheit. Besonders an Tagen wie diesem.

»Wie ist es?«, fragte ich und zeigte auf das Buch, das neben ihr lag.

»Altmodisch und hochtrabend wie alle griechischen Dramen, in Versen geschrieben. Aber der Inhalt ist grausam wie in einem Splatterfilm.«

»Wovon handelt es?«

»Kindermord und Bösartigkeit. Rache über alle Konventionen hinaus und unglückliche Liebe. Viel Blut.«

»Ich nehme ein Rubbellos«, sagte ich.

Es war wirklich mein Glückstag. Als ich die Waren in der Wohnung ausgepackt und alles an seinen Platz in Vorrats-, Kühl- und

Putzschrank gestellt hatte, setzte ich mich an meinen kleinen Küchentisch und rubbelte das Los auf. Ich hatte fünfzig Kronen gewonnen. Wenn man die Kosten für das Los und für den Nougatriegel, den ich an der Kasse liegen gelassen hatte, abzog, war das insgesamt ein Gewinn von sechzehn Kronen. Plus ein bisschen Spannung natürlich.

KAPITEL 21

Nach einem späten Brunch bestehend aus Mikrowellenlasagne, zwei Dosen Cola light und zwei Brötchenhälften mit Käse und labbrigen Paprikascheiben war ich bereit für das nächste Ziel des Tages. Während meines Spaziergangs zum Ribersborgstrand durch den frühlingshaft grünen und vogelzwitschernden Kungspark ereilte mich noch einmal ein bisschen Spannung. Auf der Höhe von Carl Milles' Pegasusstatue kam ich einer Graugansfamilie mit Jungen etwas zu nahe, was dazu führte, dass das Weibchen einen Angriff auf mich startete. Ihr wütendes Zischen und Flügelschlagen ließ mich jäh innehalten und dann in schnellen Schritten davonlaufen, zur allgemeinen Erheiterung einiger Arbeitsloser, die auf einer Parkbank Bier tranken.

»Ja, man muss sich vor den Frauenzimmern in Acht nehmen«, gluckste der Nüchternste von ihnen und erhob seine Dose, um mir zuzuprosten.

Ich starrte ihn wütend an und hätte beinahe etwas Gemeines über die Tagediebe herausgelassen, aber ich entschied mich in letzter Minute um. Inzwischen war ich ja selbst ein Teil dieser Schar, und anstatt im Glashaus mit Steinen zu werfen, sollte ich mich an der Fähigkeit dieser Herren freuen, den schönen Frühlingstag zu nutzen, wenn auch mithilfe von ein wenig Treibstoff.

»Prost«, sagte ich und kratzte die Schicht Gänsekacke, die sich unter meinem Schuh angesammelt hatte, an einer Baumwurzel ab.

Die Sonne wärmte richtig stark, und als ich schnellen Schrittes den ganzen Weg bis zum Steg des Kaltbadehauses gegangen war, schwitzte ich unter meinen allzu dicken Kleidern. Ich zog den Sommermantel aus und ließ mich von dem leichten Wind abkühlen. Am Strand lag noch ein dicker Streifen Tang von den Herbststürmen und verbreitete seinen nicht gänzlich unangenehmen sauren Geruch. Ich nahm einen tiefen Atemzug und wanderte weiter auf das Badehaus zu, das wie eine alte Ritterburg aus Holz hundert Meter den Steg hinaus auf seinen Pfählen im seichten Wasser thronte. Das Geschrei der Möwen vermischte sich mit dem Gemurmel von den windgeschützten Caféterrassen, die auf beiden Seiten des Eingangs zum Badehaus lagen.

Latte-macchiato-Mütter und -Väter labten sich an Kaffee und Sonne, wenn sie nicht versuchten, ihre Kinder unter Kontrolle zu halten, die sich nicht damit begnügten, süß in ihren Wagen zu schlafen, sondern zwischen den Tischen herumtobten. Man sagt, der Frühling lockt das Beste aus den Malmöern heraus, und im Hinblick auf die Ereignisse der letzten vierundzwanzig Stunden musste ich wohl zugeben, dass es sogar mir verhältnismäßig gut ging. Ich bezahlte den Eintritt, schloss meine Wertsachen ein und machte mich auf die Suche nach einer freien Umkleide.

Die Nacktheit in einem Badehaus ist merkwürdig demokratisch. Alte Herren mit gewölbten Bäuchen und junge durchtrainierte Männer mit Sixpack sind hier gleich viel wert. Insofern könnte man sagen, dass die Männerabteilung im Kaltbadehaus Ribersborg in vielem dem Bullen ähnelte.

Das heißt aber nicht, dass die Badeanstalt ein konfliktfreies Gebiet ist. An diesem Nachmittag, wie an allen anderen Nachmittagen, an denen ich dort war, saß der sehnige, zaundürre Stammgast Conny in der Holzofensauna und beschwerte sich über die neue Leitung der Badeanstalt. In der guten alten Zeit, unter der vorigen Leitung, war Conny der ungekrönte König der Sauna gewesen. Er stopfte kontinuierlich Holzscheite in den Kamin, sodass dieser immer glühend heiß war, und goss in regelmäßigen Abständen seine eigene Spezialmischung aus Wasser und Eukalyptusessenz über die Steine, sodass sie zischten wie wütende Katzen und einen Dunst von sich gaben, der so mit starkem, beinahe stechendem Geruch gesättigt war, dass man es nicht besonders lange in der Sauna aushielt.

Es gab den einen oder anderen Gast, der der Meinung war, dass Conny seine Rolle als selbst ernannter Bademeister etwas übertrieb, aber die meisten betrachteten ihn als willkommenen und pittoresken Teil des Kaltbadehauses. Das heißt, bis die neue Leitung übernommen und Conny über Nacht all seiner Privilegien beraubt hatte. Eine feuerpolizeiliche Untersuchung hatte nämlich ergeben, dass das Rohr durch das allzu fleißige Befeuern zu heiß wurde, und irgendein nörgeliger Allergiker hatte sich beklagt, dass Connys Duftmischungen die Augen reizten. Fortan sollte alles Schüren des Kamins von dem angestellten Personal ausgeführt werden, und es wurde auch strengstens verboten, ätherische Öle auf die Steine zu gießen.

Seit diesem Tag teilte Conny all seine Verbitterung *der neuen Leitung* gegenüber, die zu diesem Zeitpunkt fast drei Jahre alt war, jedem mit, der ihm zuhörte, und eigentlich auch allen, die ihm nicht zuhörten. Obwohl es in der Sauna manchmal hundert Grad hatte, beklagte er sich, dass die Bademeister die Hitze nicht aufrechterhielten, und dann erging er sich in langen und umständlichen Ausführungen darüber, dass es an der mangelhaften Deckenisolierung lag, die *die neue Leitung* eingesetzt hatte, dass man den Kamin nicht auf eine anständige Temperatur heizen konnte, besonders dann nicht, wenn der Wind landeinwärts wehte und viele Leute in der Sauna waren, die die Tür auf- und zumachten.

»Der Nordwind ist heute ziemlich stark, also müssen sie ja jetzt wohl zum Geier noch mal noch ein paar Scheite drauflegen, sonst frieren wir uns hier noch zu Tode. Oder was?«

Mit diesen Worten hieß mich Conny in der transpirierenden Gemeinschaft willkommen.

Ich warf einen Blick auf das Thermometer, das achtundneunzig Grad zeigte, und nickte Conny aus Höflichkeit zu, bevor ich mich neben ihn auf die oberste Stufe setzte. Dort oben war es eigentlich etwas zu heiß für mich, aber ich sah meine Platzwahl als Sympathiebekundung. Ein Mann, der so viel Energie darauf verwendet, seine These über die großen Vorteile des fleißigen Saunabeheizens gegenüber dem selbstbetrügerisch sparsamen voranzutreiben, das *die neue Leitung* ausübte, hat wohl einen gewissen Respekt verdient.

Nach nur wenigen Minuten fühlte ich, wie die Hitze unter meine Haut drang. Eine angenehme Schwere verbreitete sich in meinem Körper, und ich hörte zerstreut Conny zu, der mir erklärte, um wie viel Grad jeder Sekundenmeter Wind, der vom Meer herkam, die Temperatur in der Sauna senkte.

»Man muss das mit genügend Holzscheiten kompensieren, damit die erhöhte Sauerstoffzufuhr die Energie nicht zu schnell verbraucht. Das kapieren diese Deppen von *der neuen Leitung* einfach nicht, dass eine geringere Menge Holz einfach mehr Energie verbraucht! Dieses ganze Gelaber, dass man nicht für die Krähen heizen soll, zeigt nur ihre ganze Dummheit. Da kannst du jeden Wärmeingenieur fragen!«

Nachdem die drei übrigen Herren, die sich zu diesem Zeitpunkt mit uns in der Sauna befanden, in eine hitzige Diskussion über »die Verarmung des schwedischen Wohlfahrtsstaats durch die Masseneinwanderung« verwickelt waren, entschied ich mich dafür, mich an Conny zu halten. Und seine Theorien ein wenig herauszufordern, um ihm die Möglichkeit zu geben, seine Argumente weiter zu verfeinern.

»Aber du, wenn das Rohr im Kamin zu heiß wird, muss man sich doch wohl mit dem Heizen trotzdem etwas zurückhalten? Das Brandrisiko kann man ja nicht einfach verleugnen.«

Conny sah mich mit Augen an, die vor Streitlust glühten. Er nahm einen großen Schluck Wasser aus seiner mitgebrachten Plastikflasche und strich mit der anderen Hand über seine schmächtigen Schenkel, dass es nur so auf die Männer vor uns herunterspritzte. Der Schweiß rann an ihm herunter wie Kondenswasser an einem Glas eiskaltem Bier.

»Hast du noch nie von Sauna-Satu gehört?«, fragte er siegessicher.

»Nein.«

»Das ist die beste hitzebeständige Isolierung, die der Markt zu bieten hat. Wenn *die neue Leitung* das Hirn gehabt hätte, diese anstatt diesen billigen Mists einzubauen, den sie sich ausgesucht haben, müssten wir uns nie um einen Brand in der Sauna sorgen, egal wie viel wir heizen würden. Aber Geiz ist ja bekanntlich geil, und jetzt sitzen wir eben, wo wir sitzen.«

»Ja, jetzt sitzen wir, wo wir sitzen«, sagte ich, stand aber trotzdem auf und verließ die Sauna. Der Schweiß rann mir wasserfallartig am Körper herunter, als ich auf den äußeren Badesteg ging und in den Öresund eintauchte, um mich vom Meer umfangen zu lassen. Die Wassertemperatur kann nicht mehr als höchstens zwölf Grad betragen haben, also kam ich ziemlich schnell wieder heraus. Ich setzte mich auf eine Bank in die Sonne und ließ meine inneren Organe aus eigener Kraft arbeiten. Das hier war das Allerbeste am Saunieren, wenn die Kälte des Meerwassers langsam abklang und von der energiespendenden Wärme des Blutkreislaufs abgelöst wurde. Man fühlte sich entspannt und gleichzeitig beschwingt in Körper und Seele. Die Endorphine schossen ins Gehirn, und innerhalb von wenigen Minuten verwandelten sich alle meine Probleme in belanglose Bagatellen. Eine bessere Droge als diese gab es ganz einfach nicht.

Das Kaltbadehaus Ribersborg hat auch eine gemeinsame Dampfsauna für Männer und Frauen. Sie hat ein nicht ganz so heißes elektrisches Aggregat, das die Bademeister zu bestimmten Uhrzeiten mit unterschiedlichen ätherischen Ölen begießen, worauf einer der Gäste die Aufgabe übernimmt, bei dem sogenannten Aufguss mit einem Handtuch zu wedeln, sodass tatsächlich ein ähnlicher Effekt erzielt wurde wie der, den Conny mit seinen Eukalyptusschocks angestrebt hatte. Aber trotzdem würde es Conny im Traum nicht einfallen, in die Dampfsauna zu gehen. Das würde ja bedeuten, seine Prinzipien zu verraten und damit indirekt *der neuen Leitung* Anerkennung zu zollen.

»Gehst du jetzt in diese lauwarme kleine Hütte da?«, fragte er mich jäh, als ich im Duschbereich an ihm vorbeiging.

»Ja, aber nur für einen kurzen Besuch. Es geht doch nichts über die Holzofensauna. Und am besten war sie, als du noch für Feuer und Aufguss zuständig warst. Das hat schön auf der Haut gebrannt.«

Conny grummelte etwas Unverständliches und füllte seine Plastikflasche am Waschbecken mit Wasser, bevor er wieder in seinem zweiten Zuhause verschwand. Conny liebte die Holzofensauna noch immer. Wenn die Glut im Ofen verglomm und es ihn so richtig in den Fingern juckte, konnte er sich mit bittersüßer Sehnsucht an die vergangenen großen Zeiten erinnern, in denen sein Name noch geheiligt wurde.

Ich ging in die Dampfsauna und ließ mich von der speziellen Atmosphäre einnehmen, die dort herrschte. Die Befürchtungen, die vor der Eröffnung der gemischten Sauna verbreitet worden waren, dass sie etwas zu viele lüsterne Typen anziehen und damit die Frauen vertreiben würde, hatten sich nicht bestätigt. Die Männer waren zwar in der Überzahl, und es wurde auch die ein oder andere Frivolität geäußert, aber im Großen und Ganzen benahmen sich die Herren gut, von denen ein Teil auch der etwas jüngeren Generation angehörte.

Ich zwängte mich zwischen einen breitschultrigen Dänen und eine breithüftige Finnin, genoss die feuchte Hitze und dachte, wie nett es war, dass Männer und Frauen in all ihrer Nacktheit so unkompliziert miteinander umgehen konnten.

Doch nach einer Weile wurden die internen Witze etwas zu zahlreich und der vermeintliche Nettigkeitsfaktor etwas zu hoch. Oh, wie witzig alle waren, und oh, wie viel Spaß sie da zusammen in ihrer kleinen Blase hatten, und hey ho, wie toll es sich anfühlte, wenn sie einen Anfänger zurechtweisen konnten, der etwas zu lange in der Tür herumhing, sodass die Hitze hinaussickerte. Nicht gemein, natürlich, nein mit einem coolen Spruch und einem Augenzwinkern. Ich ertappte mich dabei, wie ich Connys bittere Kommentare vermisste, aber vielleicht noch mehr sein konsequentes Leiden. Diese Prinzipientreue, die sich in einen Einmannkrieg verwandelt hatte, den er nie gewinnen würde. Also ging ich wieder in die Holzofensauna und sagte zu ihm, dass es in der kleinen Hütte einfach etwas zu lauwarm war, und da lächelte er kurz und nickte mir zu.

Nach einem weiteren kurzen Bad im Meer, gefolgt von einer sorgfältigen Körperreinigung und Rasur, fühlte ich mich wieder wie ein richtiger Mensch. Ich zog mich an, holte meine Wertsachen aus dem Schließfach und ging ins Café, wo ich mir ein Bier bestellte, das ich mit hinaus auf die noch immer sonnendurchflutete Terrasse nahm. Ich nahm einen genüsslichen

Schluck und blickte auf das glitzernde Meer mit den beeindruckenden Pfeilern der Öresundbrücke und der Silhouette Kopenhagens hinaus. Wenn Malmö sich von dieser Seite zeigte, gab es wenige Orte auf der Welt, die sich mit der Stadt messen konnten.

Ich schaltete mein iPhone ein, das nach einer Weile ein Brummen von sich gab. Zurzeit war mein Erhalt von Mails und SMS so begrenzt, dass diese kleinen brummenden und plingenden Geräusche immer eine gewisse Neugierde bei mir weckten.

Ich schaute auf das Display und sah, dass ich drei neue SMS bekommen hatte. Die erste war von einem Unternehmen, das ein viagraähnliches rezeptfreies Mittel verkaufte, die andere von einem Onlineshop, der eine bestimmte Art von weichen Strümpfen aus einer speziellen Textilfaser verkaufte, die sich auf natürliche Weise der Wade anpasste, sodass man nicht diese hässlichen Abdrücke von den Bündchen bekam, die bei Männern etwas fortgeschrittenen Alters und Gewichts so verbreitet waren. Die dritte SMS war von KVT: »Wir sollten vielleicht reden?«

KAPITEL 22

Am nächsten Morgen wachte ich um halb sechs auf. Ich hatte nicht mehr als zwei Stunden geschlafen, und wenn man die totale Schlaflosigkeit der vorherigen Nacht während Berits Blasebalgkonzert dazuzählte, hätte ich mich aller Vernunft nach fühlen müssen wie ein ausgepowerter Sportnerd nach der Qualifikationsrunde im Einerrudern bei Olympischen Spielen in einer völlig anderen Zeitzone. Aber in dem Moment, in dem ich die Augen aufschlug, war ich hellwach. Mein Herz klopfte wie verrückt, und kalter Schweiß drang aus meinen Poren.

Als ich Karins SMS auf der Terrasse des Ribersborgbads zum ersten Mal gelesen hatte, war meine spontane Eingebung gewesen, sie sofort mit einem lautstarken »Ja!« zu beantworten. Doch dann besann ich mich, dachte an Connys Prinzipienfestigkeit und kam zu dem Entschluss, dass es wohl am besten war, sie zuerst ein bisschen zappeln zu lassen.

Und je mehr ich überlegte, desto stärker überkam mich dieser Zorn wieder. Jetzt passte es ihr also. Nach all meinen trostlosen Versuchen, Kontakt zu ihr aufzunehmen, bildete sie sich ein, ich würde angerannt kommen wie ein Hund aus der Agility-Schule und mit dem Schwanz wedeln, sobald sie rief. Wozu? Um ausweichende und feige Ausführungen darüber zu hören, dass es wohl das Beste war, definitiv Schluss zu machen, weil wir ja nicht mehr miteinander redeten? War es nicht eigentlich ein unfassbarer Widerspruch, zuerst mit einem deutlichen Unterton von Schuldzuweisung vorzuschlagen, dass wir miteinander reden sollten, wo das doch das Einzige war, was ich in den letzten Wochen ständig zu erreichen versucht hatte, um dann gerade die schlechte Kommunikation zwischen uns als entscheidenden Trennungsgrund anzugeben?

So in der Art ging ich vor und konstruierte mit der Zeit immer fantasievollere und verworrenere Szenarien darum, was Karin Vallberg Torstensson mir sagen wollte, falls ich ihr nun überhaupt die Chance dazu geben würde. Ich verbrachte auch eine ansehnliche Zeitspanne damit, ihre kurz gefasste SMS zu analysieren und dabei jedes Wort auf die Goldwaage zu legen.

»Wir sollten vielleicht reden?«

Wenn sie mit Worten wie *vielleicht* und *sollten* die Anforderungen eines geradlinigen und ehrlichen Gesprächstons zu erfüllen glaubte, sollte sie einen Rhetorikkurs belegen. Den ganzen Abend und bis in die Nacht hinein grübelte ich darüber nach, wie ich reagieren sollte, bevor ich zum Schluss einschlief und davon träumte.

Am nächsten Morgen leitete ich Phase zwei ein. Der etwas jüngere Mann, der also nicht ihr arbeitsloser kleiner Bruder aus Uddevalla war – hatte er etwas mit der Formulierung von Karins SMS zu tun? War es vielleicht sogar diese schattenhafte Figur, die dahinterstand? Hatte dieser Typ seinem neuen Date vorgeschlagen, alle Verbindungen zu dem Mann zu kappen, den sie zuerst nur in einem Nebensatz erwähnt hatte, um dann, als der Schatten nicht nachgab, zuzugeben, dass er mehr als ein halbes Jahr ihr Freund gewesen war?

Ohne ans Frühstücken zu denken oder mir wenigstens eine Tasse Kaffee zu machen, fuhr ich den ganzen Vormittag lang fort, mein Gehirn mit derartigen Überlegungen zu quälen. Was mich zum Schluss davor bewahrte, völlig in den Wahnsinn abzurutschen, war ein überraschender Anruf von meinem Sohn John. Er ließ äußerst selten von sich hören, die paar Male, in denen wir inzwischen telefonierten, war es fast immer auf meine Initiative gewesen, doch als er jetzt anrief, hatte er ein ebenso überraschendes Anliegen.

John fragte mich, ob ich Lust hätte, heute bei ihm und seiner Freundin Hanna zu Abend zu essen. Hannas Eltern aus Uppsala sollten zu Besuch kommen, und nachdem ich sie nie kennengelernt hatte, wäre das vielleicht eine gute Gelegenheit, diesen Zustand zu ändern.

»Hanna will das unbedingt«, betonte John, damit ich nicht in der irrigen Vorstellung schwebte, das Ganze sei sein Vorschlag gewesen.

»Aber das klingt ja fantastisch«, sagte ich. »Soll ich irgendwas mitbringen?«

»Nein, das ist nicht nötig. Also doch, Karin sollst du natürlich mitbringen.«

»Äh ... das geht nicht. Sie hat heute keine Zeit«, sagte ich.

Einem kleinen, kaum hörbaren Seufzer aus dem Hörer folgten ein paar Sekunden Stille.

»Okay, wie schade. Aber du, Papa?«

»Ja?«

»Du musst doch nicht mehr trinken als wir anderen? Und wenn Hannas Eltern fragen, was du arbeitest, kannst du ja einfach sagen, dass du immer noch in der Werbeagentur bist, also vor allem, weil das am einfachsten ist.«

Er schämte sich nicht nur für meine Arbeitslosigkeit, er glaubte außerdem auch nicht, dass ich mich ohne Karin an meiner Seite benehmen konnte. Wäre ich ein Vater gewesen, der seinem Sohn eine Kindheit voller Zuwendung und Nähe gegeben hatte, hätten mich seine Worte tief verletzt. Aber das war ich nun einmal nicht, und allein die Tatsache, dass er mich als Abendessensgast haben wollte, auch wenn es auf die Initiative seiner Freundin hin geschah, ließ mir warm ums Herz werden.

»Aber natürlich werde ich mich zurückhalten, John. Glaub um Gottes willen nichts anderes!«

»Gut, Papa, dann sehen wir uns um Punkt sieben. Und du brauchst wie gesagt keinen Wein mitzubringen. Wir haben genügend.«

Als das Gespräch beendet war, öffnete ich eine Dose Leichtbier und trank sie in unwesentlich mehr als zwei Minuten aus. Dann öffnete ich noch eine, die ich mindestens ebenso schnell hinunterkippte.

Es erfordert eine gewisse Routine, in so kurzer Zeit zwei Bier zu schaffen. Johns Ermahnungen hatten also eine gewisse Berechtigung, musste ich widerwillig zugeben, aber das bedeutete ja nicht, dass ich wie ein Mönch leben musste, bis wir uns am Abend sahen.

In bestimmten Situationen ist Nüchternheit eine stark überschätzte Tugend. Wenn man zum Ziel hat, den Verrat einer Frau zu verdrängen und gleichzeitig seine Nerven auf ein alkoholmäßig maßvolles Abendessen mit VIP-Gästen aus Uppsala vorzubereiten, konnten ein paar 3,5-Prozentige als Grundlage nicht schaden.

Ich erweiterte meinen Konsum auf noch zwei normale Bier zu Schnitzel mit Zwiebelsauce bei einem späten Mittagessen im Bullen. Meiner Ansicht nach hat fette Hausmannskost den Vorteil, dass sie einem Rausch entgegenwirkt. Es wäre natürlich einfacher gewesen, die beiden Bier wegzulassen, aber ich fand meine eigene Theorie humaner.

Ohne mein Gehirn mehr als insgesamt eine halbe Stunde mit Grübeleien über KVT belastet zu haben, stand ich um zehn vor sieben frisch geduscht und fertig im Flur, zusätzlich gestärkt

durch einen kleinen Whisky, in einem hübschen schwarzen Roll-
kragenpullover aus Kaschmir und meinem einzigen richtig schicken leichten Anzug – einem grauen Armani-Imitat, das ich mir
in Indien während eines früheren Besuches hatte schneidern lassen.

Es war wichtig, dass ich pünktlich kam, hatte John hervorge-
hoben, also eilte ich die Treppe hinunter in den Hof, wo mein
altes Damenrad ohne Gangschaltung geparkt war. Ich schaffte es
mit gewisser Mühe, es durch das Tor hinauszubugsieren, vorbei
an den nervigen Kinderwagen, die immer im Weg standen, und
wollte gerade in die Pedale treten, als ich merkte, dass ich meine
Hosenklammern vergessen hatte. Normalerweise benutzte ich
sie nicht, weil sie nerdig aussahen, aber um diesen Anzug hatte
ich besonders Angst, und die Gelegenheit war zweifellos eine besondere. Es war so wichtig, vollständig und sauber anzukommen,
ohne Ölflecken an den Hosenbeinen, dass ich kein Risiko eingehen durfte. Ich rannte also noch einmal die Treppe rauf und runter, bevor ich endlich loskam, bereits stark außer Atem.

John und Hanna wohnten in einer hübschen, funktionalen
Wohnung am Rönneholmspark. Das war nicht sonderlich weit
vom Davidshallstorg entfernt, ich würde es also vielleicht noch
rechtzeitig schaffen. Doch als ich gerade im Begriff war, in die
Auffahrt einzubiegen, fiel mir ein, dass ich gar kein Geschenk für
die Gastgeber dabeihatte. Es würde nicht gut aussehen, wenn ich
mit leeren Händen ankam, vor Hannas Eltern und allem.

Es musste eine Notlösung in Form einer Packung Pralinen
vom nächsten Supermarkt werden, dachte ich, bevor mir auffiel,
dass ich meinen Geldbeutel nicht dabeihatte. Der hätte ja eine so
unschöne Beule in den Anzug gemacht.

Ich war bereits ein paar Minuten verspätet und von einer leichten Panik befallen, als sich Notlösung Nummer zwei offenbarte,

direkt vor meinen Augen. Genau am Eingang zum Rönneholmspark lag ein kreisförmiges Beet, das mit stattlichen Tulpen in verschiedenen Farben bewachsen war.

Ich stieg vom Fahrrad und blickte mich rasch um. Keine Menschen in der Nähe. Um meinen Anzug nicht schmutzig zu machen, stellte ich mich mit breit gespreizten Beinen hin, sodass ich
an die Blumen herankam, indem ich mich halb in einen Spagat
herunterließ, ohne dabei die Knie zu beugen.

Als ich um die fünfzehn Tulpen gepflückt hatte, entschied ich
mich dafür, noch einmal so viele zu klauen. Ich wollte schließlich
nicht geizig wirken. Also fuhr ich mit meinem frenetischen Pflü-
cken fort, als ganz plötzlich wie aus dem Nichts auf dem Gehsteig
vor dem Park ein Mann auftauchte. Er hatte durch eine Lücke
im Gebüsch freie Sicht auf mich und beobachtete mein Vorhaben angeekelt.

»Ich will nur ein paar ausleihen«, entfuhr es mir.

Ich stand unbeholfen auf, die Wangen zu gleichen Teilen vor
Anstrengung und Peinlichkeit gerötet. Der Mann schüttelte entschieden den Kopf und öffnete den Mund, um etwas zu sagen.
Aber dann überlegte er es sich anders, schüttelte noch einmal den
Kopf und ging fort. Wenigstens schön, dass er nicht angefangen
hat, mich zu maßregeln, dachte ich und wartete, bis er außer Sichtweite war, bevor ich noch eine Handvoll Tulpen ausriss, sodass es
ein ungewöhnlich fülliger Strauß wurde. Es war erst zehn nach
sieben, und Hannas Eltern kamen aus Uppsala. Dann mussten sie
an das akademische Viertel gewöhnt sein, beruhigte ich mich.

Vier Minuten später klingelte ich an der Tür zu Johns und
Hannas Wohnung im dritten Stock. Als sie aufging, wurde ich
von Hannas freundlichem Lächeln empfangen.

»Entschuldigung, dass ich ein paar Minuten zu spät bin«, sagte
ich.

»Das macht überhaupt nichts«, antwortete sie fröhlich. »Willkommen!«

Ich trat ein paar Schritte in den Flur und reichte ihr die Blumen.

»Ich dachte, ein paar Tulpen würden jetzt in der Frühlingszeit gut passen.«

»Ein paar? Was für ein riesiger Strauß! Der ist ja ganz wundervoll, vielen, vielen Dank!«, zwitscherte Hanna und gab mir zwei leichte Küsse auf die Wange, bevor sie sich zu einer schicken Frau mit strengem Pagenschnitt umwandte, die hinter ihr aufgetaucht war.

»Schau, was für schöne Blumen, Mama«, sagte sie und glitt geschmeidig zur Seite, sodass wir Platz hatten, uns in dem engen Flur zu begrüßen.

»Das ist meine Mutter Alice, und das ist Johns Vater Göran«, sagte Hanna.

»Wie schön, dass wir uns endlich kennenlernen«, lächelte Alice beherrscht und streckte die Hand aus.

Ich nahm sie und war überrascht, wie trocken und kühl sie sich gegen meine schweißige Handfläche anfühlte.

»Angenehm, sehr angenehm«, sagte ich und merkte selbst, wie lächerlich altmodisch das klang.

»Kommt, wir stoßen mit den anderen an«, sagte Hanna und führte uns ins Wohnzimmer, wo der ellipsenförmige dänische Designertisch aus Walnussholz bereits mit viereckigen schwarzen Tellern, geöltem Eisenbesteck mit trendigen Rostflecken am Schaft, weißen Leinenservietten, formvollendeten Weingläsern und kleinen Wassergläsern mit subtil geeistem Rand gedeckt war.

Hanna hatte schon immer eine Schwäche für strenge Formen und Design gehabt, sowohl in Einrichtungs- als auch in Kleidungsfragen, und man sah wirklich, dass sie die Tochter ihrer

Mutter war. Abgesehen von Hannas schulterlangem Haar und ihrem bedeutend herzlicheren Auftreten wirkte sie wie eine jüngere Kopie von Alice. Sie hatten die gleichen hohen Wangenknochen und die gleiche elegante Haltung. Beide trugen außerdem dunkle knielange, ärmellose Kleider in klassischem Schnitt.

Am offenen Kamin, wo ein einsames Holzscheit mit demselben gleichmäßigen und kontrollierten Temperament brannte, das auch alles andere in der Wohnung ausstrahlte, stand John mit einem Glas Sekt in der Hand und unterhielt sich mit Hannas Vater.

Ich hielt einen Moment inne und spürte, wie mein Vaterherz vor Stolz schneller zu schlagen begann. John sah so weltgewandt und unbeschwert aus in seinem aufgeknöpften Hemd und seinen dunkelbraunen Hosen mit blank glänzenden Schuhen in derselben Farbe. Zufrieden konstatierte ich, dass Hannas Vater ziemlich klein war und dass er wie ich oben auf dem Kopf eine kleine kahle Stelle hatte. Wenn man ihn so von hinten betrachtete, hatte man fast den Eindruck, dass er in doppelter Hinsicht zu John aufsah. Mein Sohn wandte sich mit einem Lächeln zu mir um.

»Hallo Papa«, sagte er und umarmte mich kurz und etwas steif, bevor er mir ein Glas moussierenden Weißwein reichte, das am Kaminsims gestanden und auf mich gewartet hatte.

»Das ist Hannas Vater Martin.«

Ich streckte dem klein gewachsenen Mann die rechte Hand hin und begegnete, wie ich annahm, zum ersten Mal seinem Blick. Die Annahme war falsch. Der Blick gehörte nämlich demselben Mann, der nur wenige Minuten zuvor meinen Tulpendiebstahl im Rönneholmspark beobachtet hatte.

KAPITEL 23

Göran«, sagte ich kleinlaut. »Angenehm, sehr angenehm.«
»Martin«, sagte Martin mit einem Gesicht, das sowohl Erstaunen als auch eine Spur Arroganz widerspiegelte.

»Schau mal, Papa! Hast du schon jemals einen so fantastischen Tulpenstrauß gesehen? Der ist von Göran!«

Hanna wieder, gab es denn keine Grenzen für die kindische Freude dieses Mädchens über ein paar Blumen?

Martin lächelte seiner Tochter neutral zu.

»Ja, die sind wirklich schön.«

Dann wandte er sich zu mir, immer noch mit intaktem Lächeln.

»Fantastisch, wie die hier unten in Skåne gedeihen.«

»Ja«, sagte ich und versuchte verzweifelt, mein Erröten zu stoppen, was es nur noch intensiver machte.

»Und die Tulpen aus Malmö sind wirklich großartig. Ich habe gerade eben genau die Sorte aus diesem Strauß hier unten im Park gesehen, als ich das Auto ein paar Häuserblocks weiter geparkt habe, sogar in derselben Farbschattierung«, fuhr Martin fort, dessen Lächeln inzwischen einen leicht sadistischen Ausdruck angenommen hatte.

»Ach so, Sie haben keinen näheren Parkplatz gefunden? Ist es nicht nervig, dass man das Auto eine halbe Ewigkeit entfernt abstellen muss, wenn man jemanden in dieser Stadt besucht? Haben Sie in Uppsala dieselben Parkplatzprobleme? Aber natürlich, Uppsala ist ja nicht so groß.«

Das war ein plötzlicher Gegenzug von meiner Seite, nach der Devise »Angriff ist die beste Verteidigung«. Ein Manöver, das mir Martin wohl nicht zugetraut hatte. Uppsalas Kommunalpolitiker pflegten in regelmäßigen Abständen ihre Stadt als Schwedens nächste Großstadt darzustellen. Ich hatte sogar neulich in einem Zeitungsartikel gelesen, dass der leitende Stadtrat behauptete, Uppsala würde Malmö 2020 in Bezug auf die Einwohnerzahl überholen. Auch wenn ich keinerlei Belege dafür hatte, dass Martin am selben Minderwertigkeitskomplex litt, konnte ich doch zufrieden konstatieren, dass meine Attacke ihn zum Rückzug gebracht hatte. Sein selbstsicheres Lächeln versteinerte jedenfalls eine Spur.

Ich war noch immer hochrot im Gesicht, hatte aber nach dem raschen Leeren des Sektglases meinen Puls auf ein erträgliches Niveau heruntergebracht. Auf eine Art konnte man natürlich sagen, dass der Schaden bereits passiert war. Martin würde selbstverständlich seiner Frau Alice von meinem Tulpendiebstahl erzählen, und dann würden beide zuerst in gemeinsames Gelächter über Johns merkwürdigen Vater ausbrechen und dann etwas besorgter anfangen, meine allgemeine Ehrenhaftigkeit zu diskutieren, und ob vielleicht etwas davon in den Genen lag. Das Risiko, dass das Ganze irgendwann auch John zu Ohren kommen würde, war groß, aber wenn ich mich während des restlichen Abends gut benahm, würde diese Episode vielleicht als zwar peinlicher, aber ziemlich harmloser Vorfall verblassen.

»Sollen wir zu Tisch gehen?«, schlug Hanna vor und nahm ihren Vater am Arm.

John passte gleichzeitig den Moment ab, mich am Jackettärmel zu ziehen und zu flüstern: »Papa!«

Ich sah ihn verständnislos an. Hatte er mein Verbrechen aufgrund von Martins Insinuationen bereits erraten?

151

»Deine Hose!«, fuhr er zischend fort.

Einen Moment überlegte ich, ob ich vor Schreck in die Hose gepinkelt hatte, aber als ich einen beunruhigten Blick nach unten warf, sah ich, wo der Schuh drückte. Genauer gesagt taten das die Fahrradklemmen. Sie saßen noch immer an den Hosenbeinen. Mit einer hastigen Bewegung, die man auch als Einleitung für einen Aufnahmeantrag bei Monthy Pythons »Ministerium für alberne Gänge« interpretieren hätte können, zog ich sie ab.

»Ich dachte, du solltest Mamas Tischherr sein«, sagte Hanna und zeigte mit ihrer manikürten Hand auf meinen Platz.

Es gelang mir, ohne weitere Intermezzi Alices Stuhl herauszuziehen und sie zum Platz zu geleiten, während ich aus dem Augenwinkel Martin beobachtete. Er wirkte vorerst ruhig und nett, keine verächtlichen Blicke und kein Ansatz zu neuen Sticheleien. Gut. Vielleicht war eine Art Waffenstillstand zwischen uns entstanden, dachte ich. Er hielt den Mund über meinen Blumendiebstahl, wenn ich mich mit meinen erniedrigenden Witzen über Uppsala zurückhielt.

Ich setzte mich neben Hannas Mutter und begann mit ihr eine Konversation über trockenen Weißwein, die richtig gut zu laufen schien. Uns war ein staubtrockener Chablis serviert worden, und ich erzählte ihr von einer Weinreise in Frankreich vor vielen Jahren, bei der ich nicht weniger als achtzehn verschiedene trockene Weine probiert hatte.

»Man lässt sie ja nur ihr Aroma im Mund verbreiten und spuckt sie dann aus«, versicherte ich, und da konterte sie mit einer kleinen Geschichte, wie sie und Martin kürzlich auf einem Weinseminar gewesen waren und an einem Blindtest mit verbundenen Augen teilgenommen hatten, bei dem man versuchen musste, rote und weiße Weine voneinander zu unterscheiden.

»Das ist viel schwieriger, als man denkt«, sagte sie. »Wenn man

152

die Weine in derselben Temperatur serviert bekommt und die Farbe nicht sehen kann, erfordert es wirklich einen feinen Gaumen, um den Unterschied zu erkennen.«

»Wie ist es denn gelaufen?«, fragte ich interessiert.

Alice lachte auf und sah ihren Mann an.

»Darf ich erzählen, Martin?«

»Natürlich, Liebling«, antwortete er mit angestrengtem Lächeln.

»Ja, stell dir vor, wie es manchmal sein kann. Ich als Novize habe es irgendwie geschafft, bei acht von zehn Weinen richtig zu tippen. Während Martin, der Mitglied im Weinclub ist, alle falsch hatte. Das ist offenbar genauso schwer, wie bei Sportwetten alles falsch zu haben!«

Super, Alice, triumphierte ich innerlich und füllte den Mund mit dem herrlich staubtrockenen Wein, als John mit der Vorspeise hereinkam.

»Wir haben ein bisschen außerhalb der Norm gedacht«, sagte Hanna, und schon da begannen meine Geschmacksknospen sich in Qualen zu verdrehen. »Das hier ist knusprig gebratene Wachtel mit Sashimi.«

Wir bekamen Zwergvögel an japanischem Seetang und rohem Fisch in einem Gericht, das den dänischen Koch aus der Muppet-Show mit Stolz erfüllt hätte. Aber ich machte gute Miene zum bösen Spiel und rühmte das »innovative Gericht«, worauf Hanna verriet, dass sie und John es in ähnlicher Art bei einem Sieben-Gänge-Menü im Snobrestaurant Bloom in the Park zur Feier ihres zweiten Jahrestags gegessen hatten.

»Es hat für uns also eine ganz besondere Bedeutung«, sagte sie und sah meinen Sohn liebevoll an.

Hanna war wirklich in jeder Hinsicht eine liebenswerte Person, und es herrschte kein Zweifel daran, dass sie und John gut miteinander auskamen. Beide studierten in Lund Medizin und hatten nur noch ein Jahr bis zum PJ. Als Paar gesehen waren sie wie füreinander gemacht, mit den gleichen hohen Ambitionen und der gleichen Disziplin. Trotzdem konnte ich mich des Gedankens nicht erwehren, dass sie diejenige war, die das große Los gezogen hatte. Ich meine, mein Sohn war nicht nur der Beste seines Jahrgangs, er hatte auch den ersten Preis im landesweiten Schüler-Allgemeinwissenstest gewonnen und sah aus wie ein griechischer Gott. Hanna war ein süßes und intelligentes kleines Wesen, aber neben John wirkte sie dennoch wie ein ziemlich normales Mädchen. Über die Tatsache hinaus, dass das eine leicht sexistische Haltung war, wusste ich sehr gut, dass sich hauptsächlich Johns Mutter Mia rühmen konnte, ihre guten Anlagen an ihren Sohn weitergegeben zu haben, aber das hinderte mich nicht daran, mich im Eltern-Wettlauf in der *Pole Position* zu fühlen.

»Das hier hat John gekocht. Kalbsbries mit Pilzrisotto«, sagte Hanna liebevoll, als sie uns das Hauptgericht servierte.

»Ganz wunderbar!«, rief ich aus, nachdem ich einen ersten Bissen des in Butter gebratenen Abwehrorgans genommen hatte und schämte mich keine Sekunde für meine Notlüge.

John sah mich mit einer Spur Skepsis an, doch als ich seinen Blick mit Augen voller unverstellter Vaterliebe erwiderte, meinte ich doch ein schwaches, aber echtes Lächeln in seinem Gesicht ausmachen zu können. Es schien, als wäre er einigermaßen zufrieden mit meinem Verhalten als Vater, *so far*.

Eine weniger willkommene Entwicklung war jedoch, dass Martin wieder Mut gefasst zu haben schien. Der subtil verächtliche Ton in seiner Stimme war zurück, und das selbstgefällige Lächeln auf den Lippen schlug in voller Blüte aus, als ich auf seine Frage, in welcher Branche ich arbeitete, mit »Werbung« antwortete.

»Als Austräger von Werbeblättern, oder was?«

Das Lachen, das ausdrücken sollte, dass er einen Witz machte, kam etwas zu spät und fiel etwas zu laut aus, um den Satz nicht als gemeinen Seitenhieb aufzufassen. John wand sich etwas gequält in dem Schweigen, das entstand, bevor ich mich räusperte und berichtete, dass ich in einer angesehenen Werbefirma namens Östros und Freunde arbeitete, die vor einiger Zeit einen Preis in der Kategorie Zeitungsannoncen gewonnen hatte (obwohl es sich nur um eine Nominierung handelte, und obwohl ich formal gesehen nicht in der Gruppe gewesen war, die mit genau dieser Annoncenkampagne gearbeitet hatte).

»Papa und meine kleine Schwester Linda sind die Kreativen in der Familie«, sagte John und lächelte Martin von Naturwissenschaftler zu Naturwissenschaftler etwas nachsichtig zu.

Martin war selbst Oberarzt in Orthopädie am Universitätskrankenhaus in Uppsala und erzählte in epischer Breite davon, welche Entwicklungsmöglichkeiten es gerade dort für das junge Ärztepaar gab.

»Und es schadet ja auch nicht, dass du mit mir verwandt bist«, fuhr er pompös fort und spülte den letzten Bissen Kalbsbries mit einem Schluck Amarone aus dem Valpolicella-Gebiet herunter.

»War der rot oder weiß?«, fragte ich Martin, und da brach Alice wieder in ihr kontrolliertes Gelächter aus.

Als das Dessert serviert wurde, ein Granatapfelsorbet mit kandiertem Ingwer, das nach Putzmittel schmeckte, sah ich meine Chance, noch einmal das Gegenfeuer zu eröffnen.

»Uppsala in allen Ehren, aber Lund ist wohl doch noch eine Nasenlänge voraus? Schließlich sind dort einige der besten Herzchirurgen des Landes, und im Hinblick auf Johns überragende Noten wäre es schade, wenn er seine ersten Karriereschritte nicht in Lund machen würde. Ich bin sicher, dass auch Hanna dort etwas Passendes finden kann«, sagte ich und nippte an dem gut gekühlten Sauternes-Wein, der etwas *außerhalb der Norm* in den kleinen Wassergläsern mit subtil geeisten Rändern aufgetischt worden war.

Falls John der Ansicht war, ich hätte die Anstandsgrenze in der Kategorie »Prahlerei mit dem eigenen Nachwuchs« überschritten, zeigte er es zumindest nicht. Er drückte nur Hannas Hand und murmelte irgendetwas, dass sie sehen müssten, was die Zeit brachte, und die fortgeschrittenen Studien abwarten, bevor sie sich entschieden, wo sie ihre Zelte aufschlagen würden.

Zum Kaffee bekamen wir einen guten alten Grönstedts Monopole-Cognac. Als Hanna fragte, ob ich noch einen wolle, lehnte ich dankend ab und sah noch einmal zu John hinüber. Er nickte mir kurz anerkennend zu.

Ich hatte mich den Abend über fast beispielhaft benommen, was mich – abgesehen von Martins Abschiedsbemerkung darüber, dass die Tulpen in Malmö wirklich stattlich waren – mit einem Gefühl des Triumphs erfüllte, das sich so lange hielt, bis mein Handy auf dem Fahrradweg kurz vor meiner Haustür brummte.

Eine neue SMS. Eine neue Nachricht von KVT: »Warum zum Teufel antwortest du nicht!!!???«

KAPITEL 24

Jemanden, der eine SMS-Frage mit drei Ausrufezeichen gefolgt von drei Fragezeichen abschließt, sollte man normalerweise gar nicht beachten. Aber das hier war kein normaler Fall. Karin Vallberg Torstensson tat so etwas nicht alle Tage. Dies war erst ihr dritter Wutausbruch, seit wir uns kennengelernt hatten, und außerdem das allererste Mal, dass sie einen Fluch verwendete. So wütend würde sie wohl nicht ohne Grund werden, wie undurchsichtig die Wut auch sein mochte.

Als ich in meiner Wohnung angekommen war und innerhalb von eineinhalb Minuten ein leichtes Bier heruntergekippt hatte, beschloss ich, mich ohne weitere Verzögerungen der Sache anzunehmen. Jetzt konnte man die Konfrontation nicht mehr weiter aufschieben.

Ich versuchte, mein eigenes verletztes Ich zum Leben zu erwecken, hatte es aber nur halbwegs geschafft, als ich eine halbe Stunde später die quälende Warterei nicht mehr aushielt und Karin anrief. Ich spürte meinen Puls im Kiefer, ausgerechnet, und meine Zunge fühlte sich in meinem staubtrockenen Mund wie Sandpapier an, als sie mit ihrer weichen, aber etwas nasalen Stimme antwortete.

»Ja, ich bin's.«

»Du wolltest reden«, brachte ich heraus.

»Willst du's denn nicht?«

»Ich weiß nicht.«

»Und was zum Teufel meinst du damit?«

Noch ein Fluch, notierte ich, während die letzten Reste von Selbstbeherrschung in meiner Stimme von meinem angestrengten Atem effektiv erdrückt wurden.

»Ich weiß nicht«, piepste ich im Falsett.

»Bist du zu Hause?«, fragte sie.

»Ja.«

»Bleib da, ich komme!«

»Jetzt?«

»Ja, jetzt! Diesmal kommst du mir nicht davon, Göran Borg!«, rief Karin aufgebracht, bevor sie das Gespräch wegdrückte.

Ich konnte sie vor mir sehen, wie sie auf ihrem Fahrrad angebraust kam, das graubraune Haar im Wind flatternd wie bei einer wütenden und kampfbereiten Amazone. Eine Mischung aus Sehnsucht und Angst ergriff mich, und ich fühlte, wie meine Wangen nass von Tränen wurden, die herunterkullerten.

Es war lange her, dass ich auf diese Art geweint hatte, stumm, aber so intensiv, dass die Tränen einfach flossen und flossen, bis sie schließlich auf mein graues Armani-Imitat tropften und zwei große nasse Flecken auf dem Jackettaufschlag hinterließen. Ich zog das Jackett aus und verbrachte dann drei Minuten damit, das Weinen zu stoppen und noch weitere fünf, die Augenrötung mit kaltem Wasser wegzuspülen, bevor ich, nach einem weiteren leichten Bier, das ich in weniger als zwei Minuten leerte, meine Gedanken auf den etwas jüngeren Mann lenkte, mit dem sich Karin Vallberg Torstensson zusammen gezeigt hatte, Arm in Arm, und der nicht ihr arbeitsloser kleiner Bruder aus Uddevalla war.

Nach circa fünf Minuten hatte ich es endlich geschafft, etwas mehr von dieser eifersüchtigen Wut aufzubieten, die mich in den letzten Tagen am Leben gehalten hatte, und das war gerade noch rechtzeitig, denn da klingelte es auch schon an der Tür. Ich drückte auf den Türöffner und stellte mich in den Flur, um weiteren Mut zu sammeln. Aus dem aggressiven Echo ihrer Absätze im Treppenhaus konnte ich ableiten, dass Karin mindestens genauso wütend war wie ich. Als der anhaltende Klingelton an der Tür zehn Sekunden lang erklungen war, musste ich öffnen.

»Hallo«, sagte Karin mit geröteten Wangen und Sturmfrisur nach der Fahrradfahrt.

Ihr Brustkorb hob und senkte sich. Ich war nicht der Einzige, der Probleme mit dem Atem hatte.

»Komm rein«, sagte ich und machte ihr Platz.

Karin zog sich den Mantel aus und hängte ihn artig an den Haken unter dem Hutregal, bevor sie sich ohne weitere Worte die Schuhe abschüttelte, auf direktem Weg in die Küche ging und den Wasserhahn aufdrehte. Sie nahm ein Glas mit Kalkflecken, das im Spülbecken stand, füllte es mit Wasser und leerte es in zwei Zügen. Ich war nicht der Einzige, der durstig war.

»Warum hast du nicht auf meine Nachrichten geantwortet?«, fragte sie mit einer Stimme, die versuchte, kontrolliert zu klingen.

»Und das fragst du mich? Zwei Wochen lang habe ich versucht, dich zu erreichen! Zwei Wochen, und das Einzige, was ich bekommen habe, waren ein paar abweisende Antworten, bevor du jetzt ganz plötzlich meinst, es wäre so verdammt wichtig, dass wir reden!«, antwortete ich mit einer Glut, die mich innerlich mit Connys Saunaofen konkurrieren ließ.

Karin rang nach Atem. Ihre Lunge lebte jetzt ihr eigenes Leben, wie ein Erdbeben unter den Hügeln von Brösarp.

»Und davor?!«, schrie sie zurück. »Zuerst bist du einfach nach Indien gefahren, ohne dich zu verabschieden, und dann warst du fast zwei Wochen dort, bevor ich ein Lebenszeichen von dir bekommen habe. Aber nichts davon, dass du mich vermisst, nur ein unverständliches Telefongespräch vom Taj Mahal über irgendeinen alten muslimischen König und seine tote Frau!«

Sie machte einen Schritt auf mich zu und ich wich reflexartig zurück.

»War es da so verdammt seltsam, dass ich etwas kurz angebunden war?«

Der dritte Fluch. Ich war überrascht von der Kraft ihrer Attacke und der Stärke ihrer Argumentation. Hatte sie möglicherweise ein kleines bisschen recht?

»Aber du hast mir ja keine Chance gegeben, mehr zu sagen, bevor du den Hörer hingeknallt hast«, konterte ich. »Und wenn dir nun so viel daran gelegen war, dass wir reden, wie du jetzt behauptest, wie kommt es dann, dass du die Tür nicht aufgemacht hast, als ich bei dir geklingelt habe?«

»Wovon redest du?«

»Ich habe an einem Abend vor knapp einer Woche bei dir geklingelt, und da hast du nicht aufgemacht.«

»Dann war ich wohl nicht zu Hause!«

»Aber ich habe gehört, dass jemand in der Wohnung war.«

»Dann solltest du dir mal dein Ohrenschmalz entfernen lassen! Komm nicht mit lauter Lügen, um deine eigene Selbstbezogenheit zu rechtfertigen. Warum kannst du nicht einfach zugeben, dass du dich wie ein Stück Scheiße benommen hast?«

Der vierte Fluch. Das Gespräch begann plötzlich zu kippen. Vielleicht stimmte es ja, dass sie nicht zu Hause gewesen war. Ich war ja nur *fast* sicher, dass ich Geräusche aus der Wohnung gehört hatte. Aber von dort bis zu der Behauptung, ich hätte in allen Punkten unrecht, war der Weg immer noch weit. Zeit, die Waffe mit der größten Sprengkraft abzufeuern.

»Karin, ich bin mir sehr wohl bewusst, dass ich nicht der perfekte Mann bin«, begann ich versöhnlich. »Es gibt Teile meiner Persönlichkeit, für die ich mich selbst schäme. Es stimmt zum Beispiel, dass ich manchmal vor meiner Verantwortung fliehe.

Und ja, ich hätte wegen der Indienreise offener zu dir sein sollen.«

Karin atmete jetzt etwas ruhiger. Ich schlug vor, ins Wohnzimmer zu gehen. Sie nickte, folgte mir und nahm auf dem Sofa Platz, während ich selbst mich in einen der großen Ohrensessel setzte.

»Willst du etwas zu trinken?«, fragte ich. »Whisky oder Likör vielleicht?«

Karin winkte nur ab.

»Sprich weiter«, sagte sie. »Was wolltest du noch sagen?«

»Dass du ein bisschen recht hast: Ich habe mich in gewisser Hinsicht wie ein Stück Scheiße benommen.«

Ich machte einen tiefen Atemzug und ließ die Luft von selbst aus der Lunge entweichen.

»Aber ich habe dennoch gedacht, dass wir uns trotz aller Probleme, die in der letzten Zeit aufgetaucht sind, aufeinander verlassen können.«

Ihr Blick flackerte eine Sekunde, als hätten die Worte ihren Zorn noch ein bisschen mehr entwaffnet.

»Du sprichst viel von Ehrlichkeit, Karin, und da frage ich mich, warum du selbst nicht ehrlich zu mir bist.«

»Was meinst du damit?«, fragte sie.

»Was hast du am Sonntagnachmittag gemacht?«

»Und warum um alles in der Welt willst du das wissen?«

»Weil es wichtig ist.«

Karins Augen blitzten auf, und sie fuhr sich mit der Hand durchs Haar.

»Ich habe mit ein paar Freunden am Marktplatz etwas getrunken.«

»Ja, und danach?«

»Worum geht es jetzt? Hast du mir nachspioniert?«

»Antworte einfach, Karin. Es ist wichtig.«

Ein schicksalsschwangeres Schweigen senkte sich über den Raum. Niemand von uns sagte etwas. Ich spürte, wie meine Augen wieder feucht zu werden begannen.

»Ich bin nach Hause gegangen«, sagte Karin.

»Allein?«

»Nein.«

»Mit einem Mann?«

»Ja.«

Jetzt lief eine Träne an meiner Wange herunter.

»Und wie heißt er?«

»Bengt.«

»Wie lange kennt ihr euch?«

»Lange.«

»Kanntet ihr euch schon, bevor ich nach Indien gefahren bin?«

»Ja.«

»Wer ist dieser Bengt?

»Mein Bruder«, sagte Karin. »Mein kleiner Bruder aus Uddevalla.«

KAPITEL 25

Es erfordert Selbstanalyse, die korrekte Schlussfolgerung aus dieser Art von Information zu ziehen. War ich ein pathetischer, eifersüchtiger Mann, der am helllichten Tag Gespenster sah? Oder war Karin Vallberg Torstensson eine schwedische Variante des irakischen Informationsministers Bagdad-Bob, des Mannes, der während des USA-Irak-Kriegs dem unheilbaren Mythomanen ein Gesicht gab?

»Nein«, sagte ich, ohne richtig zu wissen, warum ich das sagte.

»Doch«, sagte KVT. »Bengt ist mein kleiner Bruder aus Uddevalla.«

»Aber du hast doch nur ein Bett!«

»Und?«

»Dieser Bengt hatte einen Koffer dabei, als ihr in deine Wohnung gegangen seid.«

»Und?«

»Er hat übernachtet.«

»Und?«

Ich saß still da und dachte darüber nach, was eigentlich gerade passierte, als sie ihren Geldbeutel aus der Handtasche holte und ein Foto herausnahm, das sie mir zeigte. Darauf waren Karin und ein Mann zu sehen, der so aussah wie der Mann, mit dem ich sie zusammen durch die Eingangstür hatte gehen sehen. Sie hielten einander im Arm und lächelten in die Kamera. Auf ungefähr die gleiche Art hatte Karin ihren Exmann auf dem Foto in ihrer KVT-Praxis im Arm gehalten, als ich Patient bei ihr gewesen war, aber mit dem entscheidenden Unterschied, dass diesmal etwas sehr Geschwisterliches zwischen den Personen auf dem Foto lag.

»Ist das Bengt?«, fragte ich.

»Ja. Aber jetzt musst du dich erklären. Hast du gedacht, es wäre jemand anders?«

»Das Bett«, sagte ich. »Du hast nur ein Doppelbett und kein Sofa, und wo sollte er dann schlafen?«

KVT runzelte die Stirn und schüttelte den Kopf.

»Ja, er könnte ja zum Beispiel neben mir im Bett schlafen.«

»Aber wie ... ihr seid doch ...?«

»Was sind das für perverse Gedanken, die in deinem Gehirn herumschwirren? Natürlich hätten wir uns mein großes Bett teilen können, als Geschwister! Aber du weißt ja selbst, wie viel ich mich im Schlaf bewege, und das weiß Bengt auch, also musste er auf meinem Air-Bed pennen.«

»Deinem was?«

»Meinem Air-Bed. Luftmatratze. Ich habe eine sehr gute, die man in die Steckdose steckt. Dann bläst sie sich selbst auf.«

Wie aus einem Air-Bed, das ein Loch bekommen hat, entwich langsam die Luft aus mir, bis ich so platt und ausgewrungen in meinem großen Ohrensessel lag, dass ich beinahe aufs Parkett hinuntergerutscht wäre. Wie konnte ich bei ein und derselben Gelegenheit so oft unrecht haben? Das hier war ja sogar noch schlimmer als Martins Havarie bei der Weinprobe. Sein Fehler wurde im Zusammenhang mit einer Art Spiel begangen – meiner im tiefsten Ernst des Lebens. Gleichzeitig konnte ich es jedoch nicht lassen, in meinem tiefsten Inneren auch ein sprießendes Gefühl von Glück zu spüren. Denn all das musste ja vernünftigerweise bedeuten, dass es zwischen uns nicht mehr aus war, ja sogar, dass es zwischen uns nie aus gewesen war!?

»Es ist vielleicht besser, wenn wir Schluss machen«, sagte Karin leise.

»Nein!«

Sie zuckte bei meinem plötzlichen Ausruf zusammen und sah mit Wehmut in meine flehenden Augen.

»Ich weiß nicht, ob ich diese Beziehung weiter aushalte«, sagte sie. »Du glaubst so viele Dinge, und ich…«

Karin wandte sich um und trat versehentlich gegen eine leere Bierdose, die unter dem Sofa hervorlugte.

»Hast du viel getrunken?«

»Nur ein paar Bier.«

»Das ist auch so eine Sache, Göran, dass du so ein ungesundes Verhältnis zum Alkohol hast. Man sollte manchmal in Maßen trinken, um Spaß zu haben, nicht um seine Gefühle zu manipulieren.«

»Wenn es nur ums Trinken geht, kann ich hier und jetzt damit aufhören. So! Finito!«

Ich schnipste mit den Fingern, um meine Entschlossenheit zu unterstreichen, was Karins Grimasse nach zu urteilen kein besonders gutes Timing war.

»Das ist nicht witzig«, sagte sie und sah plötzlich sehr müde aus.

»Was willst du denn dann, dass ich tue?«, fragte ich. »Ich habe mich wie ein Stück Scheiße benommen, und dafür bitte ich wirklich um Entschuldigung. Aber wir müssen doch trotzdem weitergehen können? Ich muss eine Chance haben, dir zu beweisen, dass ich es so viel besser kann!«

Sie lächelte und gab mir mit ihrer warmen, weichen Hand einen Klaps auf die Wange. Ich nahm sie und hielt sie ganz fest, als wäre sie das Seil eines Rettungsrings.

»Wir haben etwas Besonderes zusammen, du und ich.«

»Haben wir das?«, fragte sie.

»Natürlich haben wir das!«

Das klang überzeugend, aber auch wenn es von Herzen kam, hätte ich eine bessere Gelegenheit wählen können. Und vor allem hätte meine Stimme etwas weniger verzweifelt klingen können. Ich habe irgendwo gelesen, dass verzweifelte Männer mit das Abtörnendste sind, was es in den Augen einer Frau gibt.

Karins Verhalten widersprach dieser These jedenfalls nicht. Sie wand ihre Hand aus meinem Griff und wischte sich die Handfläche am Knie ab, als wäre sie schmutzig geworden.

»Ich glaube, wir sollten zumindest eine Pause machen«, sagte sie.

»Aber haben wir nicht genau das getan? Wir haben uns ja seit über einem Monat nicht mehr gesehen!«

»Ich muss nachdenken«, sagte Karin. »Und ich glaube, du müsstest das eigentlich auch.«

»Worüber?«

»Darüber, was du mit uns beiden wirklich willst. Und ich glaube, es gibt eine ganze Menge Dinge bei dir selbst, die du zuerst klären musst. Wir sind diese Beziehung wohl etwas zu schnell eingegangen.«

Ich seufzte tief.

»Haben wir das nicht schon abgehandelt? Können wir nicht einfach davon ausgehen, dass wir ein Paar mit ein paar Problemen sind, und dann versuchen, dabei die Details hinzukriegen, ohne die ganze Zeit alles zu psychologisieren? Ich verspreche dir, dass ich mich zusammenreißen werde, Ehrenwort.«

Sie stand vom Sofa auf und richtete ihr Kleid.

»Du willst nicht auf eine Tasse Tee bleiben?«, fragte ich. »Von meiner eigenen Plantage.«

Karin lächelte, schüttelte aber den Kopf.

»Ich muss nach Hause zu Bengt.«

»Ist er noch da?«

»Ja, er hat einen Job in Lund bekommen, kann aber erst in einer Woche in seine Wohnung. Also leihe ich ihm bis dahin mein Air-Bed. Und jetzt will er sich für meine Gastfreundschaft bedanken, indem er mich zum Essen einlädt.«

»Wie alt ist Bengt?«

»Sieben Jahre jünger als ich, aber schon alt genug, um heilfroh zu sein, einen Job bekommen zu haben. Habe ich dir nicht erzählt, dass er ein arbeitsloser Ingenieur ist?«

»Doch, ich glaube schon.«

»Er hat lange in einer kleineren Firma gearbeitet, die in Uddevalla Wärmepumpen entwickelt hat, aber die ist vor einem Jahr pleitegegangen. Seitdem hat er sich bestimmt für hundert Jobs beworben und hatte die Hoffnung fast aufgegeben, als er vor einem Monat zu einem Vorstellungsgespräch bei Tetra Pak in Lund eingeladen wurde. Es lief so gut, dass er den Job bekommen hat, und am Montag konnte er dort anfangen.«

»Beharrlichkeit führt zum Ziel«, sagte ich und lächelte.

»Genau, man darf nicht aufgeben!«

Sie sagte das mit einem Nachdruck, der wenig Zweifel daran ließ, dass ich mir von Bengts Fleiß eine Scheibe abschneiden sollte.

»Aber du, Karin, diese Pause in unserer Beziehung, die du erwähnt hast, muss die besonders lang werden, meinst du?«

Sie begann in Richtung Flur zu gehen, und ich folgte ihr wie ein schmeichelnder Hofnarr. Als sie sich den Mantel und die Schuhe angezogen hatte, legte sie ihre warme Hand auf meine Schulter und sah mir tief in die Augen.

»Göran, wir können einander doch erst mal einen Monat geben? Keine SMS und keine Telefongespräche, dann können wir sehen, wie sich das anfühlt.«

Ich nickte dümmlich, dankbar, dass sie einen Streifen Hoffnung am Horizont gelassen hatte.

Karin legte einen Zeigefinger an ihren Mund und gab ihm einen Kuss, bevor sie ihn auf meine Lippen drückte. Das war so eine Geste von weiblicher erotischer Macht, wie sie manchmal in amerikanischen Romantic Comedies vorkommt, von der ich aber keine Ahnung hatte, was sie eigentlich bedeutete.

Dann öffnete sie die Wohnungstür und verschwand die Treppe hinunter.

Ich öffnete den Kühlschrank und nahm das letzte Bier heraus. Ich killte es in weniger als einer Minute. Neuer Rekord.

KAPITEL 26

Ich versuchte, Karins sogenannte Pause mit so vielen Routinebeschäftigungen wie möglich zu füllen, nachdem ich unzählige Male gehört hatte, dass gerade Routinen Depressionen entgegenwirken.

Nach dem Frühstück fuhr ich mit dem Rad ins Kaltbadehaus Ribersborg und ging in die Sauna, und nach dem Mittagessen begab ich mich auf die Joggingstrecke im Pildammspark. Alkohol trank ich nur am Wochenende (und nur im Bullen, keine asozialen Alleinbesäufnisse mehr). Zwischendurch putzte ich meine Wohnung, tanzte bei Jobcoach Ann-Margrete in ihrer Siebzigerjahrevilla afrikanische Tänze, las *Medea* von Euripides, was das blutigste und grausamste Drama war, in das ich mich jemals vertieft hatte, sah mir in der Swedbank Arena eines von Malmö FFs siegreichen Spielen in der ersten Liga gegen Elfsborg an und dachte darüber nach, was es sein konnte, worüber ich laut Karin während unserer Pause nachdenken sollte.

Mein Sich-Zusammenreißen, das auch einigermaßen gesunde und regelmäßige Mahlzeiten umfasste, hatte wirklich einen positiven Einfluss auf mein Wohlbefinden, darin musste ich den Experten wohl oder übel recht geben. Ich schlief nachts besser und träumte verhältnismäßig nette Träume. Ganz allgemein fühlte ich mich etwas munterer. Das Leben hätte schlechter, aber natürlich auch besser sein können.

»Ich glaube, Karin meint, du bist ein Slacker«, sagte Linda und zog sich die Decke über die Schultern. »Und damit hat sie ja teilweise recht.«

Wir lagen jeder in einem Liegestuhl auf der Terrasse vom Espresso House im Westhafen und genossen Frühlingssonne und Cappuccino. Meine brutal ehrliche Tochter war eine der wenigen Personen, mit der ich über fast alles offen reden konnte.

»Ich bin aber doch kein Slacker«, protestierte ich milde.

Linda nahm ihr iPhone und begann, darauf herumzutippen.

»Hör zu, was Wikipedia schreibt: ›Charakteristisch für einen typischen Slacker ist ein statisches, unenthusiastisches Auftreten, das sich in einem offenbaren Unvermögen manifestiert, Dinge anzugehen. Dieser Mangel an Motivation wird oft durch Arbeitslosigkeit oder einen Job repräsentiert, der nur minimale Anstrengung erfordert.‹ Auf den Punkt! Das klingt wie eine perfekte Beschreibung von dir!«

Ich lächelte schief.

»Es ist nicht meine Schuld, dass ich arbeitslos bin.«

»Wessen Schuld ist es dann?«

»Die Schuld dieser schlechten Konjunktur und der verbreiteten Altersdiskriminierung.«

Linda verdrehte die Augen.

»Okay, ist die Konjunktur auch schuld daran, dass du den gut bezahlten Werbejob gekündigt hast, den du hattest? Und kann man die Altersdiskriminierung auch dafür verantwortlich machen, dass deine hauptsächliche Ernährung aus leichtem Bier, Mikrowellengerichten und chinesischem Fast Food besteht?«

»Da liegst du falsch, Linda. Ich habe jetzt ein neues Leben angefangen, bewege mich und esse bessere Sachen. In diesem Punkt kann Karin also nichts mehr zu bemängeln haben.«

Linda strampelte sich die Decke weg und setzte sich im Liegestuhl auf, die Füße auf den Boden gestemmt. Sie steckten wie immer in den hohen geschnürten Lederboots, die sie nie auszog, während der Mantel neu und gleichzeitig alt aussah. Ich glaubte ihn als den alten schwarzen Mantel ihrer Mutter Mia mit dem falschen Pelzkragen im Leopardenmuster wiederzuerkennen. Ganz neu war dagegen Lindas Frisur, wenn man den asymmetrischen Schnitt als solche bezeichnen konnte. Das lange blonde Haar war nur ein paar Zentimeter gekürzt, außer in der Gegend um die linke Schläfe, die kahl rasiert war wie bei einem Skinhead.

»Wie gut, Papa. Und wie viele Stunden ist es her, dass du mit dem Trinken aufgehört hast?«

»Es handelt sich um Tage. Und übrigens finde ich, dass du dich zurückhalten solltest, was das Gerede über Slacker angeht. Ich werde nie vergessen, in welchen Schweinestall du meine Wohnung verwandelt hattest, als ich von meiner ersten Indienreise zurückgekommen bin.«

Linda lachte auf und nahm einen Schluck Kaffee aus dem grotesk großen Pappbecher mit Plastikdeckel.

»Ich war damals jung und unverständig. Jetzt bin ich reif und zielbewusst.«

»Und was ist dein Ziel?«

»Berghs. Ich habe gerade meine Arbeitsproben abgegeben. Ich rechne damit, im Herbst reinzukommen. Sollte ich das wider Erwarten nicht tun, studiere ich noch ein Jahr Kunstgeschichte und bewerbe mich nächstes Jahr wieder bei Berghs.«

Im Hinblick darauf, dass die renommierte Werbeschule in Stockholm der feuchte Traum aller jungen Kreativen war, konnte man sich bei meiner Tochter jedenfalls nicht über mangelndes Selbstvertrauen beklagen. Etwas geschmeichelt fühlte ich mich schon, dass sie in meine Werbefußstapfen treten wollte, aber ich war auch ein bisschen besorgt.

»Du weißt, dass das eine Branche ist, die einen am Ende auffrisst, oder?«

»Nein, das weiß ich nicht, Mr Dreambreaker. Willst du nicht fragen, worum es in der Arbeitsprobe ging?«

»Ich versuche nur, dir einen kleinen Rat zu geben. Worum ging es in der Arbeitsprobe?«

Lindas intensiv grüne Augen strahlten vor Enthusiasmus, als sie von der Aufgabe erzählte, die die Bewerber von der Schule bekommen hatten: den Vorentscheid zum Eurovision Song Contest zu relaunchen und seine Marke zu stärken.

Sie hatte, mit ihren Worten, »das Livekonzept auf ein ganz neues Niveau gehoben«. Lindas Vorschlag beinhaltete unter anderem ein Zusatzmodul, das zwischen den Teilwettbewerben das Interesse erhöhen sollte, in Form von heimlichen Konzerten, bei denen das Publikum den Austragungsort mithilfe von Hinweisen in einer speziellen App herausfinden musste. Es war nicht nur alles gut verpackt, sondern auch in einem Kommunikationsplan minutiös präsentiert. Ich war von ihrem Talent aufrichtig beeindruckt.

»Ich glaube, du wirst angenommen«, sagte ich.

»Ich auch. Und du, Papa, ich hoffe wirklich, dass du das mit Karin wieder hinkriegst. Sie ist toll, und das bist du auch, eigentlich. Ihr passt gut zusammen. Du musst nur zuerst deine eigene Marke ein bisschen stärken.«

»Zum Friseur gehen und mir einen Job zulegen?«

»So in der Art, aber du solltest vielleicht nicht an diesem Ende anfangen. Was macht dir richtig Spaß?«

»Mich mit dir zu treffen.«

»Klar, aber ansonsten?«

»Fußball. Malmö FF.«

»Kannst du dann nicht da anfangen?«

»Als was, Rechtsaußen?«

»Ernsthaft, Papa, MFF hat doch wohl eine Marketingabteilung wie alle anderen großen Unternehmen und Organisationen? Schick ihnen einfach eine gut ausgedachte Arbeitsprobe: ›So will ich die Marke Malmö FF stärken.‹«

»Das fehlte noch: Eine Menge Arbeit und Zeit in eine Idee zu stecken, die sie dann einfach klauen, ohne mir einen Pfennig dafür zu bezahlen. Du ahnst nicht, wie scheiße die Menschen in dieser Branche sein können.«

Sie warf mir diesen speziellen Blick zu, der nicht durch Kommentare verstärkt zu werden brauchte.

»Ich weiß, jetzt klang ich wie ein richtiger verbitterter alter Mann«, gab ich zu.

»Mhmm, stimmt. Oder vielleicht eher wie ein Slacker. Findet schnell eine Entschuldigung dafür, um Dinge nicht angehen zu müssen. Manchmal bist du viel zu vorhersehbar, Papa. Du solltest versuchen, etwas öfter zu überraschen, sowohl dich selbst als auch andere.«

»Nur wenn du versprichst, dass ich nicht außerhalb der Norm denken muss«, sagte ich.

Wir kabbelten uns eine Weile weiter in unserem speziellen Jargon, bevor wir auf das Thema Familie zu sprechen kamen. Ich erzählte von dem Abendessen bei John (ließ aber den Teil mit den Tulpen weg), und sie offenbarte mir, dass meine Exfrau Mia derzeit zusammen mit ihrem Mann Max auf Auslandsreise war. New York, zwei Wochen. Er hatte einen lukrativen Consulting-Auftrag für irgendeinen dortigen Pharmakonzern bekommen, und sie konnte dank all seiner Bonusmeilen umsonst mitkommen.

»Arbeitet Mama zurzeit nicht?«, fragte ich.

»Natürlich arbeitet sie«, sagte Linda. »Ihre neue Firma läuft richtig gut. Vorigen Monat war eine große Reportage darüber in *Sport & Gesundheit*. Total wertvolle Gratiswerbung!«

Seit ein paar Jahren betrieb Mia, die ausgebildete Krankengymnastin war, zusammen mit einem Osteopathen, einem Fitnesstrainer und einem Sportpsychologen ein kleines Unternehmen im Bereich Gesundheitsprävention. Es nannte sich Körpercheck AG und bot eine sogenannte ganzheitliche Lösung für Körper und Seele an. Als ich zum ersten Mal von Namen und Konzept gehört hatte, tat ich das Ganze als noch eines dieser großkotzigen und oft kurzlebigen neuen Erfindungen ab, die den Wellnessmarkt derzeit überschwemmten. Aber sie hatten es geschafft, mehrere Geschäftskunden an sich zu binden, und jetzt übertraf das Unternehmen offenbar alle Erwartungen. Wenn ich selbst nicht arbeitslos gewesen wäre, hätte ich mich vielleicht ein kleines bisschen für Mia freuen können.

»Wie schön für sie«, sagte ich.

Linda nickte, stand auf und umarmte mich.

»Pass auf dich auf, Papa, und mach weiter so, iss gesund und trink weniger«, sagte sie auf die gleiche Art, wie ein Sozialarbeiter sich einem Klienten gegenüber ausdrücken würde.

»Ich muss los, fahre mit ein paar Freunden nach Kopenhagen. Erst irgendwo essen und dann auf ein Konzert ins Loppen.«

»Ist das nicht in der Freistadt Christiania?«, fragte ich entsetzt.

»Doch, aber ich habe nicht vor zu kiffen.«

»Mach keine Dummheiten«, sagte ich.

»Warum sollte ich Dummheiten machen?«, antwortete Linda mit einem nicht ganz überzeugenden Unterton in der Stimme.

»Weil du meine Tochter bist. Du hast meine Gene, und ein Teil davon ist prädestiniert dafür, dumme Dinge zu tun.«

»Es ist gut, dass du deine Fehler erkennst, Papa. Aber du vergisst eines.«

»Was denn?«

»Dass ich nur die Hälfte meiner Gene von dir habe, und so, wie

174

es aussieht, scheint es die bessere Hälfte davon zu sein. Mach's gut!«

Sie schlenderte am Kai entlang davon und hob eine Hand zum Gruß, ohne den Kopf zu wenden. Ich blieb sitzen und sah ihr nach, als sie davonhüpfte. Das lange blonde Haar wippte an ihrem Rücken auf und ab, und in ihren Schritten lag so viel Kraft und Hoffnung, dass mir ganz warm ums Herz wurde. Es gibt doch ein paar Dinge in meinem Leben, die ich richtig gut gemacht habe, konstatierte ich mit einem Lächeln.

Als sie am Restaurant Salt & Brygga um die Ecke verschwand, stand ich gemächlich aus dem Liegestuhl auf und streckte die Arme und Beine. Es blies ein frischer Wind vom Meer, was eine Gruppe Kitesurfer in das seichte, aufgewühlte Wasser gelockt hatte. Todesmutig fuhren sie mit rasender Fahrt in der Brandung dahin, um ganz plötzlich auf einer Welle einen Satz zu machen und mithilfe des Windes und der Schirme langsam ungefähr zehn Meter in die Luft zu schweben wie Heißluftballons, bevor sie wieder abwärtsglitten und erstaunlich weich auf der brausenden Wasserfläche landeten. Welche Eleganz und welcher Mut, dachte ich – sie waren die furchtlosen Trapezkünstler des Meeres.

Ich ging langsam durch den Kungspark nach Hause und hielt einen Sicherheitsabstand zu allen Graugansmüttern, die alles anfauchten, was in die Nähe ihrer Jungen kam. Ein neugieriger kleiner Terrier bekam einen Schnabelkneifer in die Nase und jaulte verschreckt, als er zu seinem Herrchen zurückrannte. Dumme Gans, heißt es ja, aber wenn es galt, ihren Nachwuchs zu schützen, waren die anderen diejenigen, die Federn lassen mussten.

Absolut kein schlechter Nachmittag, resümierte ich, als ich die Treppe zu meiner Wohnung hinaufging.

Als ich den zweiten Stock erreicht hatte, hörte ich einen

schwach pfeifenden Laut, der mein eigenes Keuchen begleitete. Ich blieb stehen und spitzte die Ohren. Kein Zweifel, da stand jemand einen Treppenabsatz weiter oben vor meiner Wohnung. Und ich erkannte das Pfeifen!

Als es von einem noch bekannteren Räuspern unterbrochen wurde, zuckte ich zusammen. Konnte das wirklich wahr sein?! Ich witterte in der Luft wie ein Jagdhund. Der sehr spezielle Geruch, der meine Nasenlöcher erreichte, ließ mein Herz schneller schlagen.

Ich rannte die letzten Treppenstufen zu meinem Stockwerk hinauf und wurde von einem Anblick empfangen, der mir die Tränen in die Augen trieb. Auf einem großen Koffer saß ein wohlbekannter kleiner rundlicher Inder im Tweedjackett und rauchte eine Bidi. Als er mich sah, breitete sich ein strahlendes Lächeln auf seinem Gesicht aus.

»Mr Gora, das wurde aber auch wirklich Zeit! Du ahnst nicht, wie ausgehungert ich bin, nachdem ich eine ewige Ewigkeit hier gesessen und auf dich gewartet habe.«

Ich warf mich wie ein liebesbedürftiges Waisenkind um seinen Hals und sog seinen charakteristischen Duft nach Haarwasser und schlechtem Tabak ein, bevor ich ihn an den Schultern fasste und ihn von Kopf bis Fuß betrachtete, um mich zu vergewissern, dass ich nicht träumte.

»Yogi, was machst du denn hier?«

KAPITEL 27

Ich bin natürlich hier, um dich zu treffen! Ansonsten wäre ich ja wohl kaum vor deiner Tür.«

Yogi runzelte die Stirn und zeigte unzufrieden auf die Nachbartür.

»Etwas unbequem war das Warten schon, muss ich zugeben. Und wenn ich aufs Absoluteste ehrlich sein soll, muss ich mit einem Hauch von Enttäuschung auch mitteilen, dass mein erster Eindruck der Bewohner dieses ansonsten ganz besonders schönen und einladenden Mietshauses wenn nicht verheerend, dann doch zumindest verwunderlich ist. Was auch der Hauptgrund dafür ist, dass ich mich gerade hier vor deiner Tür befinde, mit meinem harten Koffer als Stuhl und der Luft als einziger Gesellschaft, und nicht in einem bequemeren Sofa oder Sessel mit einer Tasse stärkendem Tee, einer Kleinigkeit, um den schlimmsten Hunger zu stillen, und etwas angenehmer menschlicher Gesellschaft.«

Ich ergriff Yogis schweren Koffer und sperrte die Tür auf.

»Was meinst du?«, fragte ich, als wir die Wohnung betraten.

»Deine Nachbarn sind nicht gerade vom gastfreundlichen Schlag«, sagte Yogi und sah sich mit großen Augen im Flur um, bevor sein Blick nach links zur Küche und zum Kühlschrank wanderte.

»Du hast nicht zufällig ein kleines Curry oder einen Eimer deutsches Sauerkraut oder etwas anderes Leckeres unter deinen eventuellen Resten, meinst du? Also nur, damit ich nicht an akutem Nahrungsmangel sterbe.«

Ich öffnete die Kühlschranktür und zeigte meinem Freund dessen mageren Inhalt. Nach einer raschen Inventur deutete er auf ein Stück Schweizer Käse, der den einzigen nicht-fleischlichen Brotbelag darstellte, wenn man zu dieser Kategorie nicht ein halb volles Glas Kapern und ein Stück frischen Meerrettich rechnete, der den Anforderungen seines Adjektivs mittlerweile nicht mehr richtig gerecht wurde.

»Meinst du, du hast vielleicht ein paar Chapatis, in die man den Käse einrollen kann, Mr Gora?«, fragte Yogi mit flehentlicher Stimme.

»Ich habe nur dieses Brot hier«, sagte ich und holte ein Päckchen Knäckebrot aus dem Schrank.

Yogi zog eine der dreieckigen Scheiben heraus und studierte sie mit unverhohlenem Misstrauen.

»Ich will absolut nicht unverschämt oder undankbar klingen, Mr Gora, das Stück Käse sieht wirklich delikat aus, trotz seiner bemerkenswert vielen und großen Löcher, aber das hier, bist du sicher, dass das wirklich Brot ist?«

Mein optimistischer indischer Freund hatte eigentlich nur eine Achillesferse, die seine gute Laune trüben konnte, und das war die Abwesenheit von leckerem Essen. Trotzdem schaffte er es, seine blutzuckerbestimmte Irritation unter einer Schicht von Höflichkeitsfloskeln zu dämpfen.

»Das ist Knäckebrot, eine schwedische Spezialität. Aber wir können auch essen gehen«, sagte ich. »Es gibt Unmengen von guten Restaurants hier im Viertel.«

Yogi bedankte sich demütig, erklärte aber, dass er sich sofort irgendetwas in den Mund stecken müsse, um nicht in Ohnmacht zu fallen, weshalb ich ihm ein paar Knäckebrote mit viel Butter und Käse belegte und ihm ein großes Glas Milch eingoss. Nach dem ersten knirschenden Bissen, den Yogi seinen frenetisch mahlenden Kiefern nach zu urteilen nur sehr schwer herunterkriegte, ging er dazu über, die belegten Knäckebrote in die Milch zu tunken, bevor er sie sich einverleibte.

»Absolut ein Geschmack und eine Konsistenz, die man als… interessant beschreiben kann, Mr Gora«, sagte er nach drei Broten. »Wenn man es auf die äußerste und spitzeste Spitze treiben will, und das will man ja gern, kann man sogar sagen, dass dieses schwedische Brot, das keinem anderen Brot ähnelt, das ich je gegessen habe, mich jetzt vor dem Hungertod gerettet hat.«

Er fischte ein Bidipäckchen aus der Tasche seines Jacketts und schüttelte eine kleine handgedrehte Zigarette heraus, die er sich anzündete. Ich protestierte nicht gegen den Geruch von verbranntem Laub, sondern war einfach nur froh, den allerwunderbarsten und besten indischen Textilimporteur wiederzusehen.

Wir gingen ins Wohnzimmer und nahmen auf meinem durchgesessenen Sofa Platz. Nachdem Yogi mit einem Strom von Superlativen meine ausgesuchte Wohnungseinrichtung gerühmt hatte, fragte ich ihn wieder, was er damit meinte, dass die Bewohner des Mietshauses ihn enttäuscht hätten.

»Na ja, verstehst du, Mr Gora«, leitete er ein und nahm einen tiefen Zug von seinem qualmenden kleinen Tabakröllchen. »Als ich am Klingelschild auf den Knopf mit deinem Namen gedrückt und keine Antwort bekommen habe, versuchte ich es mit allen anderen Knöpfen, um zumindest ins Haus zu kommen, nachdem es auch keinen Wächter vor dem Eingang gab, wie es zu Hause in Delhi zu sein pflegt. Drei Personen haben durch die Gegensprechanlage geantwortet, aber keiner öffnete, obwohl ich mein Anliegen sehr höflich in makellosem Englisch erklärt habe. Also musste ich die Gelegenheit wahrnehmen und hineinschlüpfen, als ein freundlicher Paketbote das Tor enterte. Nachdem du nicht geöffnet hast, als ich an deiner Tür geklingelt habe, ging ich ganz richtig davon aus, dass du nicht zu Hause warst, worauf ich stattdessen bei deinem Nachbarn klingelte, um mich über deine Position im Dasein zu informieren. Ein etwas älterer Mann öffnete vorsichtig und schielte hinter den Sicherheitsriegeln seiner Tür hervor und erklärte, dass du wohl außer Haus seist, aber dass du normalerweise nach ein paar Stunden zurückkommen solltest.«

»Das ist der alte Bengtsson, er hat alles und alle im Haus unter Kontrolle«, sagte ich.

»Das ist möglich, aber weiter mitteilsam ist er absolut nicht. Ich verbeugte mich und versuchte die Füße dieses Herrn Bengtsson zu berühren, aus Respekt für sein Respekt einflößendes Alter, worauf seine Frau, die hinter ihm erschienen war, Bengtsson in die Wohnung zog, während er mir gleichzeitig den Türspalt direkt vor meiner verdutztesten Nase zuschlug. Als ich nochmals klingelte, damit die beiden meine Lage als einsam wartender und besonders hungriger Mitmensch verstanden, haben sie nicht einmal mehr geöffnet! Mr Bengtsson zischte nur ›Go away!‹ durch einen schmalen Schlitz in der Tür, die ihr Skandinavier, wie ich meine, hauptsächlich als eine Art Einwurfloch für Postsendungen verwendet, weil ihr ja keinen Wächter habt, der alle Briefe entgegennehmen kann, die ihr bekommt.«

»Das ist ganz richtig«, sagte ich.

»Es scheint, als ob dieser Bengtsson es jedenfalls auch als Ausrufloch benutzt. Wie auch immer, ein so unhöfliches Agieren habe ich selten erlebt. So ungastfreundlich würde sich nicht einmal Amma benehmen, wenn sie Besuch von jemandem bekäme, der auf den Nachbarn wartet. Eine Tasse Tee und ein vorübergehender Stuhl, um sich darauf auszuruhen, ist doch wohl das mindeste, was man einem Reisenden von weit her in einem derartigen Fall anbieten kann?«

Yogi streckte sich und gähnte herzhaft.

»Die Schweden sind an unerwartete Gäste nicht so gewöhnt«, erklärte ich.

Er nickte und summte und fuhr in einer nachdenklichen Geste mit dem Zeigefinger über sein Doppelkinn.

»Daran werde ich denken, Mr Gora, bevor ich meine Urteile mit solch kompromissloser Härte austeile. Du musst meine Laune wirklich entschuldigen, aber ich bin wie gesagt sehr hungrig. Immer noch.«

»Und ich bin so glücklich darüber, dich zu sehen, mein lieber unerwarteter Gast! Aber bevor wir rausgehen und etwas Richtiges essen, musst du trotzdem noch erzählen, wie es kommt, dass du so ganz plötzlich hier bei mir auftauchst. Warum hast du nicht angerufen und deine Ankunft angekündigt?«

»Weil es dann ja keine Überraschung gewesen wäre! Außerdem habe ich mich erst heute entschieden, hierherzufahren. Es war ein spontaner Entschluss, mit dem ich jedoch jetzt mehr als über die Maßen zufrieden bin, wo ich in deine besonders sympathischen Augen schaue!«

Yogi erklärte, dass er zusammen mit einer Gruppe anderer indischer Geschäftsleute aus der Textilbranche auf einer Messe in Frankfurt gewesen war. Der Aufenthalt in Europa wurde vom indischen Staat bezahlt, als ein Weg, um den Export des Landes zu fördern, und als seine Kollegen heute früh nach Amsterdam weitergeflogen waren, hatte Yogi stattdessen beschlossen, via Kopenhagen einen Abstecher nach Malmö zu machen.

»Ich habe an dich gedacht, seit du abgefahren warst, Mr Gora, und darüber nachgedacht, wie ich dir mit deiner Arbeit helfen könnte. Bist du immer noch ohne Arbeit?«

Ich nickte schwach, worauf Yogi sofort in den Flur ging und seinen großen, schweren Koffer holte. Er öffnete ihn eifrig und zog ein ganzes Sortiment von Kleidern hervor, die in durchsichtigen Plastikhüllen verpackt waren.

»Sieh hier, mein Freund! Das ist alles von den feinsten Pashminaschals zu den schönsten Abendkreationen für europäische Damen, die indischen Stil mögen. Du könntest mein Wiederverkäufer in Malmoe werden! Es muss viele kleiderinteressierte Frauen in dieser Stadt geben, die sich nichts mehr wünschen, als qualitativ hochwertige Kreationen aus dem gelobten Land der Millionen Götter und Göttinnen um sich zu drapieren.«

Ich lächelte über den Enthusiasmus meines Freundes und fragte vorsichtig, wie er sich den Verkauf vorgestellt hatte.

»Das sind natürlich nur Warenproben. Ich dachte, wir könnten damit anfangen, morgen durch die Kleidungsläden in Malmoe City zu laufen und unsere Produkte zu präsentieren. Nur als ein erster Zugang zum Markt, bevor wir uns mit den richtig großen Akteuren auseinandersetzen. Na, was sagst du, Mr Gora?!«

Ich brachte es nicht übers Herz, seine Begeisterung zu dämpfen, indem ich die Wahrheit über das Ladensterben in Malmös Innenstadt oder über die bedingungslosen Zentraleinkäufe der großen Kleidungsketten berichtete.

»Wir können ja noch über die Sache nachdenken, und das geht mit leerem Magen nicht besonders gut«, sagte ich zu Yogi.

Das war eine Sprache, die er verstand, und zehn Minuten später saßen wir bei Mrs Brown am Davidshallstorg. Nach seinem Deutschlandaufenthalt war der Vegetarier Yogi zu Sauerkraut und Schwarzbrot bekehrt worden, aber da das Restaurant kein Gericht mit diesen Zutaten anbot, entschied er sich stattdessen für gegrillte Rote Bete mit gerösteten Walnüssen und gebräunter Butter samt ein paar Scheiben dunklem Roggenbrot, als Substitut für das deutsche Brot.

Ich selbst aß gegrillten Flussbarsch mit Petersilienwurzelcreme und neuen Kartoffeln, und auch wenn die Portionen etwas knapp bemessen und der Kellner etwas unkonzentriert war, fühlte ich mich nach beendeter Mahlzeit sowohl satt als auch zufrieden. Das galt jedoch nicht für Yogi, trotz der zusätzlichen Nahrungsaufnahme in Form von zwei großen Staropramen. Als wir in die kühle Abendluft hinauskamen, zog er seine gestrickte Mütze über seinen Kopf und wickelte sich einen langen Pashminaschal um den Hals.

»Herrlich frische Luft habt ihr in dieser Stadt, muss ich sagen. Aber es ist schon unglaublich, wie in diesen Breitengraden der Wind pfeift und der Magen knurrt«, sagte er.

Einen Moment lang überlegte ich, ob wir nicht in den Bullen gehen und den Abend mit einem weiteren Bier und ein paar Snacks abrunden sollten. Aber Yogis hungriger Blick brachte mich auf andere Gedanken.

»Ich kenne eine kleine Straßenküche in fast indischem Stil, die wohl deinen Geschmack treffen würde«, sagte ich.

»Ist das wirklich wahr, Mr Gora?! Habt ihr wirklich indische Straßenküchen in dieser entzückenden Stadt?«

»Keine richtige, aber etwas ziemlich Ähnliches«, sagte ich und zog ihn mit mir am alten Polizeigebäude vorbei und über die Regimentsgatan in Richtung Kanal. Obwohl wir uns in den zentralen Straßen von Malmö befanden, stießen wir nicht auf einen einzigen Abendspaziergänger.

»Was ist los? Wo sind alle? Spielt Schweden irgendein wichtiges Cricketmatch im Fernsehen? Ach nein, das weiß ich doch, ich Dummkopf, dass ihr keine Fans von diesem raffinierten Sport seid. Findet vielleicht irgendeine kühlere Aktivität statt, die die Bevölkerung beschäftigt? Ein Landhockeymatch auf Eis oder ein Skirennen auf richtigem Schnee? Wie kann es hier sonst so ausgestorben sein? Man bekommt ja beinahe Angst!«

»So ist es an normalen Werktagsabenden in Malmö immer«, erklärte ich.

»Aber du hast doch gesagt, Malmoe ist die drittgrößte Stadt von Schweden!«

»Das ist richtig. Hier wohnen über dreihunderttausend Menschen.«

Yogi sah mich an, als hätte ich einen Witz gemacht.

»Nicht mehr? Das ist doch wohl nicht dein Ernst? Das sind ja nicht mehr als in einem kleinen Loch wie Guna zu Hause in Indien. Und dort sind jedenfalls abends auch Leute in Bewegung. Dann hat man doch am meisten Zeit, sich zu treffen, wenn der Arbeitstag vorbei ist!«

»Es gibt aber einen großen Vorteil an der Abwesenheit von Menschen«, schob ich ein.

»Und welcher ist das?«

»Dass wir bei der Straßenküche nicht anstehen müssen.«

Ich zeigte auf den Falafelkiosk, bei dem wir angekommen waren, an der Kreuzung von Regementsgatan und Fersens Väg. Hinter der beschlagenen Scheibe mit dem Smiley-Aufkleber, der besagte, dass die Lebensmittelhygiene hier gut war, stand ein arabisch aussehender Mann und frittierte Kichererbsenbällchen. Neben dem Papierkorb davor stritten sich ein paar Fischmöwen um eine klebrige Plastiktüte mit Essensresten. Die blinkende Lichterkette, die den Kiosk einrahmte, entlockte Yogi ein wiedererkennendes Lächeln.

»Hier riecht es wahrlich wunderbar gut!«, rief er aus. »Was wird in dieser Straßenküche angeboten?«

»Das allerberühmteste Gericht von Malmö.«

Ich bestellte meinem Freund ein extra großes Falafel-Sandwich mit allem, und als er wie einer von Pawlows Hunden mit fließendem Speichel in das Gericht gebissen hatte, breitete sich auf seinen soßenverschmierten Lippen ein lyrisches Lächeln aus. Ich genoss es, ihn so zufrieden zu sehen, und als er aufgegessen hatte, fragte ich, ob wir nicht zurück zu meiner Wohnung gehen und den Abend mit einer Tasse Tee abrunden sollten.

»Absolut, Mr Gora. Ich muss hier nur erst fertig werden«, antwortete Yogi und wandte sich dem Mann hinter dem Fenster zu. »Zuerst will ich mich für dieses exzellente Gericht bedanken, das mich mit seinem würzigen Geschmack und seinem runden Brot an Indien und Chapatis denken lässt.«

Der Falafel-Mann lächelte freundlich und dankte für das Kompliment.

»Und dann möchte ich noch so einen!«

»Scharfe oder milde Soße? Knoblauch?«

»Alle möglichen Soßen, die es in Ihrem vortrefflichen Kiosk gibt, bitte!«

KAPITEL 28

Damit hatte mein indischer Freund ein neues, typisches malmöisches Lieblingsgericht mit seiner typischen malmöischen Vielfalt an Soßen bekommen. Überhaupt war Yogi sehr neugierig auf und empfänglich für alle Arten von Vorhaben und kulturellen Unternehmungen, die in irgendeiner Form etwas Essbares beinhalteten. So verfiel er auch sofort der Tradition der Kaffeepause mit Zimtschnecken, die seiner Meinung nach die sehr weit fortgeschrittene Entwicklung der schwedischen Zivilisation bewies.

»Die Fähigkeit, während der harten Arbeit eine wohlverdiente Pause zu machen, ist eine der wichtigsten Eigenschaften des Menschen. Und das auf diese extrem leckere Art zu tun, mit einem wahren Augen- und Gaumenschmaus, muss als unbestreitbares Glück bezeichnet werden«, sagte er und nahm einen Bissen von seiner buttrigen Zimtschnecke.

Yogi lächelte die junge blonde Kellnerin mit dem Pferdeschwanz und der gestreiften Schürze freundlich an, die unsere Kaffeetassen nachfüllte. Wir saßen in der Konditorei Hollandia in der Södra Förstadsgatan und machten an diesem dritten Tag von Yogis Aufenthalt in Schweden nach ein paar Stunden harter, aber nicht sonderlich erfolgreicher Arbeit eine Kaffeepause.

Er hatte darauf bestanden, wirklich eine geschäftliche Spontanaktion im Zentrum von Malmö durchzuführen, um Weiterverkäufer für die qualitativ hochwertigen indischen Kleidungsstücke zu finden, für die er mich als schwedischer Agent haben wollte. Dies erwies sich eingangs als genauso schwierig, wie ich vorhergesehen hatte. Außer einem freundlichen Ladenbesitzer in der Passage zwischen Södergatan und Davidshallsgatan, der zwei Pashminaschals zum absoluten Sonderpreis kaufte, hatte nirgendwo einer angebissen. Yogi ließ sich jedoch nicht beirren und wischte all meine Einwände mit einer entschlossenen Handbewegung beiseite.

»Du musst versuchen, ein bisschen deiner besten Geduld an den Tag zu legen, Mr Gora. Der Tag ist noch jung, und auch wenn ich dir etwas recht darin geben muss, dass die Anzahl an Läden im Zentrum der Stadt nicht nur etwas größer sein könnte, sondern sogar sollte, gibt es doch wohl noch ein paar mehr Geschäftsleute in Malmoe City zu umwerben?«

»Das lohnt sich nicht, Yogi. In Schweden macht man auf diese Art normalerweise keine Geschäfte.«

»Umso besser für uns! Dann haben wir ja keine Konkurrenz auf diesem Gebiet«, stellte er fest und sah sich interessiert in dem gut besuchten Lokal um.

Ein Stück von uns entfernt saßen zwei ältere Damen in ihren Mänteln und Hüten, tranken Kaffee und aßen Sahnetorte. Sie waren im gegenwärtigen Malmö ein relativ ungewöhnlicher Anblick. Die heutigen Rentner waren meist in Jeans und kurze praktische Daunenwesten gekleidet, tranken Latte macchiato und aßen Cupcakes.

Yogi hob seine Porzellantasse und salutierte den Frauen, die freundlich nickten und ihm als Antwort mit ihren Kaffeetassen zuprosteten. Bevor ich verstand, was geschah, hatte er sich mit seinem großen Koffer an ihren Tisch gesetzt und sowohl sich als auch seine Waren vorgestellt. Zu meiner Verwunderung schienen sie aufrichtig interessiert an den englischen Ausführungen meines indischen Freundes über die Qualität der Stoffe. Mein Vorurteil, dass ältere schwedische Damen, die den Hut im Haus aufbehielten, allgemein misstrauisch gegenüber Fremden waren und kein Englisch verstanden, erwies sich als falsch. Sogar Yogis sehr spezielles Englisch verstanden sie.

»*Beautiful!*«, rief die etwas kleinere und kräftigere von ihnen begeistert, als Yogi einen braunen Pashminaschal über ihre eine Schulter gelegt hatte.

»*Indeed, madam!*«, bestätigte er. »Er passt wahrhaft äußerst perfekt zu Ihrem entzückenden Hut, und eine solche Qualität werden Sie sonst nirgendwo in diesem sonst so rekordverdächtigen und schönen Land finden. Fühlen Sie nur, wie weich das Material ist!«

Mit weiteren Umgarnungen und Komplimenten gelang es ihm, auch die etwas größere und schlankere der Damen davon zu überzeugen, dass sie es für den Rest ihres Lebens bereuen würde, wenn sie ihre Garderobe nicht um einen marineblauen Pashminaschal erweiterte, der »wahrhaft äußerst perfekt zu ihrem entzückenden Hut passte«.

Yogi winkte mich zu sich, und ich ließ mich widerwillig als sein schwedischer Partner vorstellen.

»Du kannst den entzückenden Damen vielleicht ein paar der feinsten Kreationen im Kleidersegment zeigen?«, sagte Yogi und stieß mich leicht in den Rücken.

Wie ein unsicherer Praktikant versuchte ich die Verkaufssprache meines Lehrmeisters zu imitieren, allerdings etwas gemäßigter und ins Schwedische übersetzt. Die beiden Damen wirkten immer desinteressierter, bis die etwas kleinere und kräftigere von ihnen schließlich Klartext redete.

»Ich glaube, es ist besser, wenn Herr Yogi wieder übernimmt«, sagte sie und verschlang ein großes Stück ihrer Sahnetorte, bevor sie ihn anlächelte.

Das Ganze endete damit, dass die Damen jeweils einen Pashminaschal kauften, und die etwas schlankere und größere von ihnen außerdem bei einem Salwar Kameez zuschlug, dem indischen Tunikakleid, das Yogis eigene Mutter immer trug. Hier war es der gefühlsduselige und etwas zurechtgelegte Bericht meines Freundes darüber, wie seine alte, gebrechliche Mutter jeden Tag ihren Salwar Kameez anzog und sich das Haar bürstete und ihn trotz ihrer rheumatischen Beschwerden mit frisch gebrühtem Tee und einem zärtlichen, mütterlichen Lächeln am Frühstückstisch willkommen hieß, der den Ausschlag gab.

»Wohnen Sie mit Ihrer alten, kranken Mutter zusammen?«, fragte die etwas Größere und Schlankere.

»Selbstverständlich, wo sollte ich sonst wohnen?«

So wäre es in Schweden wahrlich nicht, beklagten sich die alten Damen unisono, und erzählten Yogi, dass alte Menschen hier in Altersheime gesteckt oder in ihren Wohnungen allein gelassen wurden.

»Manchmal genießen alte Menschen in Schweden aber auch das Leben und tanzen Tango und spielen Golf und haben keine Zeit, ihre Kinder und Enkel zu treffen«, brachte ich vor.

Das war ein Einwand, der auf keinen großen Beifall stieß. Die etwas kleinere und kräftigere Tante schnitt eine Grimasse und murmelte unzufrieden vor sich hin. Yogis sensibler Radar fing jedoch sofort die gedrückte Stimmung auf, die sich zu bilden begann, und lenkte das Gespräch rasch wieder in die richtigen Bahnen.

»Für mich ist der Salwar Kameez ein Symbol für die unbeugsame Wärme und Fürsorge der reifen Frau. Sie müssen entschuldigen, meine Damen, dass meine einfachen Augen ein wenig tränen, aber ich komme einfach nicht umhin, an meine eigene Mutter zu denken, wenn ich Sie in dieser entzückenden Kreation sehe«, sagte Yogi mit blankem Blick, nachdem er das Tunikakleid über den Mantel der etwas schlankeren und größeren Alten gelegt hatte.

Zu diesem Zeitpunkt tauchte der Besitzer des Cafés mit einem mürrischen Gesichtsausdruck auf, der sein Missfallen darüber andeutete, dass sich seine Konditorei in ein Kleidergeschäft verwandelt hatte.

»Mein bester Herr!«, rief Yogi aus. »Ich habe einen entzückenden Schlips aus allerfeinster Seide mit einem hübschen Elefantenmuster. Es wäre mir eine große Ehre, ihn Ihnen zu verehren!«

Yogi zog den Schlips aus dem Koffer und überreichte ihn dem Konditoreibesitzer als Geschenk. Bevor der Mann wusste, wie ihm geschah, hatte er selbst einen Pashminaschal für seine Frau gekauft. Die Tanten glucksten zufrieden und dankten Yogi für seine sowohl unterhaltsame als auch informative Vorführung, wobei sie betonten, dass er in diesem Land ein Ehrenmann von seltenem Schlag war, der seine fantastischen Schals zu so moderaten Preisen anbot.

Als Naturtalent im Verkaufen hatte Yogi trotz seiner sehr kurzen Zeit in Schweden und seiner nicht vorhandenen Erfahrung mit älteren schwedischen Damen, die im Haus ihren Hut anbehielten, sofort erfasst, dass diese Art von schwedischen Mitbürgern eine ausgezeichnete Zielgruppe für einen Mann waren, der Schals verkaufte.

»Das ist etwas ganz anderes als die Sachen, die sie bei Indiska haben«, erklärte die etwas kleinere und kräftigere der beiden, als wir zusammen die Konditorei verließen, wobei uns ihr zuvor mürrischer, nun aber lächelnder Besitzer in seinem Schlips mit Elefantenmuster freundlich nachwinkte.

»Verzeihen Sie, meine Damen, aber was meinen Sie mit ›Indiska‹? Ist das ein Geschäft, das von Indern betrieben wird?«, fragte Yogi neugierig.

Die etwas Kräftigere und Kleinere schüttelte den Kopf, sodass die Fasanenfeder auf ihrem Hut schwankte, und erklärte, dass Indiska eine schwedische Einzelhandelskette war, die indische Kleidung und Einrichtungsgegenstände verkaufte. Das Problem war, wie sie mehrmals wiederholte, dass deren Schals von bedeutend einfacherer Art waren.

»Billig, natürlich, aber wohl kaum etwas, das man trägt, wenn man schick ausgehen möchte«, konstatierte die etwas Größere und Schlankere.

Yogi hörte interessiert zu, und als er sich vergewissert hatte, dass ich wusste, wo der Indiska-Laden im Zentrum von Malmö lag, dankte er den Damen im Hut, die sich nun gegen den rauen Malmöwind, der vom Meer her wehte, auch ihre Pashminaschals um den Hals gewickelt hatten.

»Goodbye, meine Damen. Oder wie sie in Frankfurt sagen: *Auf Wiedersehen!*«

KAPITEL 29

Die angenehme Frühlingswärme schien vorübergehend aus dem Tritt gekommen zu sein, aber Yogi beklagte sich nicht, sondern zog nur seine gestrickte Mütze noch ein bisschen weiter über die Ohren. Ich fragte ihn, was es eigentlich für einen Sinn hatte, die Schals stückweise und so billig an einzelne Kunden zu verkaufen, wenn man in Schweden einen größeren Markt für seine Artikel aufbauen wollte.

»Hast du noch nie von Mundpropaganda gehört? Oder von Guerillamarketing?«, fragte er.

»Ja, aber …«, begann ich, verstummte jedoch, als mir aufging, dass Yogi vielleicht genau das versuchte. Zuerst durch punktuelle Einsätze den Kampf auf der Straße beginnen, um die Leute zu gewinnen, und dann allmählich auch die feinen Salons erobern.

Diesen Donnerstag um die Mittagszeit waren außerdem eine Menge Leute im Zentrum von Malmö, was Yogi äußerst freute. Nicht einmal der leichte Nebel, der sich über uns gesenkt hatte, trübte seine gute Laune. Es war ja auch immer noch nichts gegen den Nebel über Darjeeling, den wir beide früher zusammen erlebt hatten.

Als wir zum Gustav Adolfs Torg kamen, hatte Yogi weitere drei Pashminaschals an vorbeigehende Malmöer verkauft, darunter eine muslimische Frau, die ihr Haar bedeckt hatte, und die er von der Überlegenheit des Pashminaschals überzeugte, wenn es darum ging, das Haar auf einfache und geschmackvolle Weise zu verhüllen.

Wir gingen weiter die Södergatan entlang und waren bald bei Indiska angekommen. Auf einer Bank nicht weit vom Eingang saß eine Roma-Frau und spielte das Leitmotiv aus *Der Pate* auf der Ziehharmonika. Yogi kramte ein Zehnkronenstück aus seiner weiten Hosentasche und legte es in ihren Pappbecher, machte ein Zeichen in die Luft und öffnete die Ladentür.

»Eine gute Tat gibt gutes Karma, und das gibt gute Voraussetzungen für gute Geschäfte«, flüsterte er, als wir eintraten.

Yogi sah sich zwischen all den Kleidern und Gegenständen um. Er ging zu einer Kiste mit Schals und zog einen heraus, den er kritisch zwischen seinen sensiblen Fingerspitzen rieb.

»Die entzückenden Damen haben recht damit, dass die Qualität von etwas einfacherer Art ist«, flüsterte er.

Eine Frau um die vierzig kam auf uns zu und fragte, ob sie uns helfen könne.

»Wir würden sehr gern mit dem Chef sprechen«, sagte Yogi.

»Das bin ich, ich bin hier die Filialleiterin.«

»Dann bitte ich darum, Ihnen ergebenst danken zu dürfen, dass wir Ihre teure Zeit in Anspruch nehmen dürfen. Gerade heute habe ich ein Angebot, das Sie nur sehr schwer ausschlagen können! Was würden Sie sagen, Madame, wenn Sie das alleinige Anrecht für den Verkauf dieser unschlagbaren Produkte im schönen Skandinavien bekommen würden?«, sagte Yogi und hielt einen türkisen Pashminaschal in die Höhe.

Die Frau sah ihn kaum an und erklärte, dass Indiska all seine Einkäufe vor Ort in Indien tätigte.

»Aber genau dort bin ich doch gewesen, vor Ort in Indien!«, versuchte es Yogi noch einmal. »Ich bin dort gezeugt, geboren und aufgewachsen! Und ich weiß alles, was man über indische Textilien wissen muss!«

Ein angestrengtes Lächeln kräuselte sich um die Mundwinkel

der Filialleiterin, bevor sie zur Kasse hinüberging und eine Visitenkarte holte, die sie Yogi überreichte.

»Hier ist die Telefonnummer unserer Zentrale in Stockholm. Ich würde vorschlagen, dass Sie dort anrufen und direkt mit unserem Einkaufsleiter sprechen«, sagte sie.

Yogi nahm die Visitenkarte mit beiden Händen entgegen und verbeugte sich höflich. Als wir wieder auf die Straße hinausgetreten waren, schüttelte er irritiert den Kopf.

»Das mit der Visitenkarte war doch nur eine Art für sie, mich loszuwerden. Ich weiß, wie hoffnungslos es ist, am Telefon zu sitzen und jemanden von der Vortrefflichkeit eines Produkts zu überzeugen. Aber warte nur, ich werde ihr schon zeigen, wie ein echter Verkäufer von echten Pashminaschals in Malmoe City agiert!«

Er zog mich mit zu der Roma-Frau hinüber, die gut genug Englisch konnte, um ihn zu verstehen, als er fragte, ob sie gegen angemessene Bezahlung willig und fähig wäre, etwas Indisches zu spielen.

»*Yes, yes*«, versicherte sie lächelnd und begann gleich, ihre Ziehharmonika auf eine Weise zu traktieren, dass sie tatsächlich ein wenig wie ein rajasthanisches Harmonium klang. Währenddessen tanzte Yogi einen bollywoodartigen Tanz mit vielen winkenden Handbewegungen, der bald einige lächelnde Zuschauer angelockt hatte. Die allermeisten schienen zu glauben, er sei ein neuer und origineller Teil der Malmöer Straßenkünstlerszene, und der Pappbecher der Roma-Frau füllte sich rasch mit Münzen und Scheinen. Ich selbst saß auf einer Bank neben der Akkordeonspielerin und lächelte. Yogi hatte mich ja schon viele Male überrascht, aber dass er als Unterhalter auf den Straßen von Malmö auftreten würde, hätte ich mir nie träumen lassen.

Nach zwei Akkordeonstücken hörte er auf und atmete unter Applaus des immer größer werdenden Publikums aus.

»Meine lieben Damen und Herren! Ich will euch nun die betörendsten Pashminaschals präsentieren, die die Welt je gesehen hat und die ihr heute zu einem äußerst niedrigen Preis kaufen könnt. Kommt nach vorn und schaut und nehmt auch die Gelegenheit wahr, eure begierigen Blicke auf die Kleider und Krawatten zu lenken, die gerade heute mehr oder weniger verschenkt werden! Kein Kaufzwang! Kommt nur her und schaut. Die Produkte, die wir auf der Straße verkaufen, sind den Artikeln, die im Laden mit dem Namen Indiska hier gleich nebenan verkauft werden, vollkommen überlegen. Und wenn Sie mir nicht glauben, bitte ich Sie, in das Geschäft zu gehen und selbst zu vergleichen. So, kommen Sie nun, liebe Einwohner von Malmoe City! Seien Sie nicht so schüchtern!«

Yogi nickte der Roma-Frau zu, die sofort eine neue indisch beeinflusste Melodie auf der Ziehharmonika zu spielen begann. Er machte eine kleine Pirouette, bevor er seine Waren zu Preisen anbot, die nicht viel über dem Einkaufspreis gelegen haben konnten. Die Pashminaschals fanden reißenden Absatz, und als sie aus waren, kauften die Leute weiter Tunikas, Krawatten, Kleider und Röcke. Innerhalb einer Stunde war das ganze Lager an Warenproben leer.

Die Roma-Frau durfte alles Geld behalten, das Yogi mit in ihren Pappbecher getanzt hatte. Sie dankte ihm für die ergiebige Zusammenarbeit und fragte, ob er nicht bald mit einer neuen Ladung indischer Kleidung zurückkommen wolle.

»Wir werden sehen, Madame, wir werden sehen«, sagte Yogi und verbeugte sich tief.

Als wir nachmittags in meiner Wohnung saßen und eine Tasse Tee zu ein paar extragroßen Falafel-Sandwiches aßen, die wir uns auf dem Heimweg gekauft hatten, strahlte Yogi vor Glück.

»Da siehst du, Mr Gora! Es geht ganz ausgezeichnet, Geschäfte in Malmoe City zu machen. Wenn die Läden nicht interessiert sind, muss man sich nur direkt an die Leute wenden, außerhalb der Reichweite der gierigen Zwischenhändler! Der Markt für indische Kleidung zu angenehmen Preisen scheint in deiner schönen Heimatstadt ja beinahe unermesslich zu sein. Stell dir vor, was das für dich für ein guter Job wird, Mr Gora! Das ist wie eine perfekte Kette aus einzelnen Gliedern! Ich schicke die Waren aus Indien direkt zu dir und du verkaufst sie, vielleicht mithilfe der Frau, die Akkordeonmusik spielt, die fast indisch klingt. Ein bisschen Zoll fällt natürlich auf die Importwaren an, aber im Hinblick auf die außerordentlich vorteilhaften Kurse wirst du trotzdem glänzende Geschäfte machen können!«

Ich gab Yogi einen freundschaftlichen Klaps auf die Schulter.

»Ich weiß nicht, wie ich dir für all deine Anstrengungen danken kann. Aber so, wie ich das sehe, gibt es ein fehlendes Glied in deiner Kettenüberlegung.«

»Und welches sollte das sein, Mr Gora?«

»Das fehlende sitzt hier und spricht mit dir.«

»Du?«

»Ja, ich.«

»Jetzt verstehe ich nicht«, sagte Yogi und sah wirklich fragend aus.

»Lass mich erklären. Ich bin nicht charmant, ich kann keine Bollywoodtänze tanzen, ich habe nicht die Fähigkeit, verborgene Formen der Zusammenarbeit mit Roma-Straßenkünstlern zu finden, ich kann Menschen nicht davon überzeugen, dass ihr Leben ohne den Besitz eines schönen Pashminaschals bedeutend ärmer aussehen würde, und ich tue mich im Gegensatz zu dir etwas schwer mit älteren schwedischen Damen, die im Haus ihren Hut aufbehalten. Mit anderen Worten: Ich bin leider nicht du, ich bin ich. *Das* ist das fehlende Glied.«

KAPITEL 30

Auch wenn Yogi anfangs gegen mein Bild von mir selbst als grauenvoll schlechter Verkäufer protestierte, musste er doch zugeben, dass er während des umjubelten Geschäftstags in Malmö der durchgängig treibende Part gewesen war. Trotzdem meinte er, ich hätte auf jeden Fall Potenzial als Pashminaschalagent, wenn ich nur meinen innersten Gott herausließe.

»Erinnerst du dich nicht, was Madame Mistry in Varanasi gesagt hat? Dass du auf die Götter hören sollst, wenn du vor einer Karriereentscheidung stehst?«

»Aber die Götter haben ja nicht zu mir gesprochen«, wandte ich ein.

»Das kann auch daran liegen, dass du deine Ohren nicht gut genug geputzt hast!«

Wir saßen auf der Terrasse des indischen Restaurants Indian Side am kleinen Marktplatz und aßen in der Wärme unter den Heizstrahlern zu Mittag. Yogi äußerte sich lobend über die alten Fachwerkhäuser, die den mit Kopfsteinpflaster belegten Platz säumten, und den sprudelnden Springbrunnen. Dagegen konnte er für sein Leben nicht begreifen, warum man Energie verschwendete, indem man draußen mit Gas heizte, wenn es drinnen ein warmes, gemütliches Restaurant gab, in dem alles bereitstand.

»Die Leute wollen draußen sitzen, jetzt, wo Frühling ist und die Sonne herauskommt«, erklärte ich.

»Um die Wahrheit zu sagen, scheint ihr das Herauskommen

ziemlich schwerzufallen. Für mich sieht es eher so aus, als würde sie versuchen, sich hinter den Wolken zu verstecken«, sagte Yogi und nahm einen Bissen von dem Samosa, das er sich als appetitanregende Vorspeise bestellt hatte.

»Aber ihr solltet deshalb nicht nur traurig sein«, schmatzte er. »Ein bisschen angenehme Kälte ist uns, wie du weißt, zu dieser Zeit des Jahres in meinen heimatlichen Gefilden niemals vergönnt.«

Yogi war mit der Knusprigkeit des Samosas nicht ganz zufrieden und erklärte mir im Flüsterton, das liege vermutlich daran, dass der Koch aus Bangladesh kam. Das Hauptgericht, das aus einem Gemüsecurry mit Naan-Brot bestand, war jedoch ganz nach seinem Geschmack, und das Dessert, eine Variante des indischen Eises Kulfi, rühmte er bis in den Himmel.

»Ein Wunder an kulinarischem Austausch zwischen den Kulturen! Ein Kulfi, dessen Ursprung und Inspiration aus Indien stammen, von einem Bangladeshi zubereitet und in einem Lokal in Malmoe City im Königreich Schweden serviert. Fusion, wie Fusion am allerbesten ist!«

Ich war so froh darüber, Yogi wieder an meiner Seite zu haben und seine äquilibristischen Zungenbrecher zu hören, dass ich ein wieherndes Lachen nicht unterdrücken konnte. Der Optimismus meines Freundes hatte eine merkwürdige Fähigkeit, sich auf mich zu übertragen. Nicht so, dass er mich ganz ausfüllte, aber doch in ausreichend hohen Dosen, dass ich mit bedeutend mehr Zuversicht in die Zukunft blicken konnte als noch vor ein paar Tagen.

Vielleicht sollte ich wirklich versuchen, Yogis indische Kleidung zu verkaufen, dachte ich. Es konnte auf jeden Fall einen ernsthaften Versuch von meiner Seite wert sein. Und wenn ich meine Karten gut ausspielte und diese göttliche Geduld bewies, von der Yogi immer sprach, gab es wohl auch eine plausible Chance, dass ich das mit Karin wieder hinbekommen würde.

Inzwischen waren drei Wochen unserer Pause vergangen, in einer Woche sollten wir also wieder miteinander kommunizieren. Ich fürchtete mich genauso vor diesem Zeitpunkt, wie ich mich darauf freute. Am liebsten hätte ich Yogi dann noch zum Händchenhalten in Malmö gehabt, falls etwas schiefging. Ich hatte mich noch nicht getraut, ihn zu fragen, wann er wieder nach Indien zurückfahren wollte, aus Angst, schlafende Hunde zu wecken. Aber mit jedem Tag, der verging, rückte seine Abreise näher. Vielleicht war es doch besser, zu wissen, wann das sein würde, als ständig im Zweifel zu schweben, überlegte ich.

»Ich glaube, du kannst dir gar nicht richtig vorstellen, wie glücklich ich bin, dass du aufgetaucht bist«, sagte ich zu Yogi. »Genau zum richtigen Zeitpunkt.«

»So wenig Verstand habe ich dann doch nicht, Mr Gora! Natürlich kann ich mir das vorstellen! Wenn du über unser Wiedersehen nur halb so froh bist wie ich, dann bist du ein sehr glücklicher Mann!«

»Wie lange bleibst du eigentlich?«, fragte ich mit einem Zittern in der Stimme.

»Wie lange darf ich denn bleiben?«, konterte Yogi.

Seine rasche Replik erfüllte mich mit Verwunderung und Hoffnung. Ich atmete heftig ein und brachte ein schwaches »Was meinst du?« heraus.

»Ich meine, dass ich sehr gerne noch eine Weile hierbleiben würde. Es gibt ja so unglaublich viele Dinge, die du trainieren musst, was den Verkauf von indischer Kleidung angeht, und auch wenn ich mich nicht aufspielen will, halte ich mich doch für genau den Lehrer, den du brauchst, um dir ein Minimum der Kenntnisse anzueignen, die dieser Beruf erfordert.«

»Aber Lakshmi? Hast du denn keine Sehnsucht nach ihr?«

»Gewiss. Aber die Sache ist die, dass wir unsere Flitterwochen abgeschlossen haben, und jetzt muss ich meine Familie versorgen. Und wie du weißt bin ich Exporteur in der Textilbranche, also habe ich völlig legitime Gründe, hierzubleiben und den skandinavischen Markt zu sondieren. In der Allianz, die entsteht, wenn zwei Familien wie die der Thakur und Krishnamurti durch Heirat verbunden werden, ist auch der sehr wichtige Anknüpfungsprozess inbegriffen, der zwischen Amma und Lakshmi passieren muss – ohne meine Einmischung.«

Yogi senkte die Stimme, als ob er befürchtete, die beiden temperamentvollen Damen könnten ihn hören.

»Sie brauchen ganz einfach etwas mehr Zeit miteinander, um sich an die besonders persönlichen Besonderheiten ihrer Persönlichkeiten zu gewöhnen.«

Es war, als hätten alle Farben, Geräusche und Körpermechanismen auf einmal eine ganz andere Intensität und Deutlichkeit. Ich sah zum Himmel auf, der plötzlich tiefblau war, und spürte, wie mein rhythmisches Herzklopfen eine selbstverständliche Ruhe in meinem Körper verbreitete.

»Du bist wirklich ein sehr besonderer Mensch«, sagte ich.

Yogi legte seine Hand auf meine, und sein Doppelkinn zitterte. Wenn ich ihn nicht so gut gekannt hätte, hätte ich sein Verhalten als theatralisch empfunden. Aber der Blick von totaler Aufrichtigkeit, der den meinen traf, zerstreute alle Zweifel an der Echtheit seiner Rührung.

»Mr Gora, vergiss nie, dass wir beide Seelenbrüder sind. Und Brüder helfen einander. Du warst mein helfender großer Bruder, als die Verzweiflung dort oben in den Nebeln von Darjeeling mein Herz spaltete und all meinen Verstand zerschlug. Jetzt bin ich dein großer Bruder, so ist das nun mal!«

Das war wohl die schönste Liebeserklärung, die ich in meinem Leben jemals bekommen hatte, geliefert von einem kleinen, runden Inder mit Tweedjackett und einer unerschütterlich optimistischen Lebenseinstellung.

Wir schlossen unser Mittagessen mit einer Tasse Masala Chai ab, der trotz seines geringen Gehalts an Kardamom und Ingwer gerade jetzt herrlich schmeckte. Danach schlug Yogi vor, dass wir auf Maya hören sollten.

»Wer ist das?«, fragte ich.

»Die Göttin der Träume. Sie ruft, und so höre ich. Oder, wie ihr Goras die Sache ausdrücken würdet: Wenn man sich müde fühlt, soll man schlafen. Ein kleines Nickerchen nach dem Essen tut immer gut.«

Es war lange her, dass ich einen Mittagsschlaf gemacht hatte, aber als Yogi es nun vorschlug, wirkte es plötzlich wie die natürlichste Sache der Welt. Vielleicht hatte es auch etwas mit dieser Intensität zu tun. Denn auch wenn mein Freund die Kunst beherrschte, zu genießen und die Dinge langsam anzugehen, waren sein Tempo und Engagement zwischendurch so hochgeschraubt und intensiv, dass wirklich Zeiten der Entspannung nötig waren.

Gerade als wir zur Wohnungstür hereingekommen waren, summte das Handy in meiner Hosentasche. Ich zog es heraus und sah auf dem Display, dass der Anruf von Mama kam. Mit einem kurzen Naserümpfen drückte ich ihn weg.

»Wer war das?«, fragte Yogi neugierig.

»Das war nur meine Mutter, ich habe gerade keine Lust, mit ihr zu reden.«

»Du hast keine Lust!!?? Nennst du das Respekt, Mr Gora?«

Der plötzliche Zorn in seiner Stimme ließ mich zusammenzucken. Mit glühendem Blick nagelte er mich auf dem Flurteppich fest.

»Nun sei so gut und ruf deine Mutter an, und zwar sofort! Beklagst du dich sonst nicht immer darüber, dass sie nie von sich hören lässt? Wie soll sie das denn tun, wenn du nicht abhebst? Respekt, Mr Gora! Du musst deiner teuren Mutter etwas Respekt erweisen! Immerhin hat sie dich in diese unsere wunderbarste Welt geboren!«

Wenn ein großer Bruder sich seinem kleinen Bruder gegenüber so unmissverständlich ausdrückt, gibt es keinen anderen Rat, als zu gehorchen. Mit Schamesröte auf den Wangen rief ich meine Mutter an, die nach dem ersten Signal antwortete.

»Hallo Göran! Wie gut, dass ich dich erreiche«, zwitscherte sie.

Ich konnte hören, dass sie draußen war, weil der Wind ums Handy pfiff.

»Hallo Mama, was willst du?«

Das war keine besonders freundliche Einleitung eines Telefongesprächs, aber nachdem Yogi kein Schwedisch verstand, und nachdem Mama die unangenehme Gewohnheit hatte, normalerweise nur von sich hören zu lassen, wenn sie bei irgendetwas Hilfe brauchte, nahm ich mir die Freiheit, meine Worte nicht in Zucker zu kleiden.

Es zeigte sich, dass ich recht hatte. Mama, die gerade mit Gert-Inge draußen auf dem Golfplatz von Lilla Vik war, wollte wissen, ob ich nicht Lust hätte, am nächsten Tag nach Österlen zu kommen und mit ihnen zu Mittag zu essen. Im Gegenzug fragte sie, ob ich vielleicht im Garten von Gert-Inges Zweit-Ferienhaus bei Rörum Rasen mähen und Blumen gießen konnte. Natürlich gegen Bezahlung, und nur eine Woche oder so.

»Wir fahren jetzt in unser großes Sommerabenteuer! Gert-Inge hat ja eine Wohnung in Malaga gekauft, und dann machen wir noch einen Abstecher zu seiner Wohnung in Cannes. Wir fliegen schon am Wochenende, und ich freue mich sehr darauf.

Aber jetzt ist ein kleines Problem aufgetaucht. Der Gärtner, der sich sonst um den Garten kümmert, ist krank geworden, und Gert-Inge konnte keinen Ersatz finden, der in der kurzen Zeit einspringen kann. Da habe ich an dich gedacht, Göran, du bist ja sowieso arbeitslos.«

Als extra Köder dürfte ich im Sommer umsonst im Haus wohnen, solange ich wollte, und die Landluft und das Meer und die Natur genießen, die zu dieser Jahreszeit in Österlen so betörend schön waren. Und vielleicht konnte Gert-Inge mit dem Chef der Golfanlage von Lilla Vik sprechen und sich nach einem Sommerjob für mich als Rasenpfleger erkundigen.

Als Mama das mit dem Rasenpfleger erwähnte, dachte ich zuerst, sie würde einen Witz machen. Aber nein, es war ihr voller Ernst.

»Danke für das nette Angebot, Mama«, sagte ich mit einem ironischen Unterton in der Stimme, der, obwohl ich Schwedisch sprach, Yogis sensiblen Ohren nicht entging.

»Aber dafür habe ich momentan wohl keine Zeit. Ich baue mir gerade eine neue Arbeit in Malmö auf«, sagte ich.

»Was denn?«, fragte Mama.

»Indische Kleidung. Ich sondiere gerade den Markt dafür. Und dann habe ich noch ein paar freiberufliche Aufträge in der Werbebranche, die ich vor Mittsommer abgeben muss«, log ich.

»Wenn du willst, kannst du dich auch den ganzen Sommer über um das Haus kümmern«, sagte Mama, als hätte sie mir gar nicht zugehört. »Oder nur solange du Lust hast, bis der Gärtner wieder gesund ist.«

An diesem Punkt hätte das Gespräch noch ein paar Minuten weiterplätschern können, um dann von selbst zu versiegen, wenn Yogi nicht gewesen wäre. Mit einer schnellen Bewegung riss er das Handy an sich und stellte sich meiner Mutter als Mr Goras indischer Freund vor, der zu Besuch war. Es dauerte eine Weile, bis Mama wirklich verstand, wer er war. Doch dann ließen Yogis Enthusiasmus und seine schmeichelnden Ausführungen keinen Zweifel daran, dass die beiden eine sich gegenseitig bereichernde Telefonkommunikation aufgebaut hatten.

Worte wie *wonderful, magnificent, splendid* und *play golf* sausten mir um die Ohren, bevor ich Yogis Schlusswort hörte: »*Definitely, Madame! I really look forward to seeing you tomorrow! Your son has spoken with such an incredible amount of love about you! Thank you so much for the wonderful chat!*«

Bevor ich das Handy an mich reißen und das verhindern konnte, was meiner Befürchtung nach gerade geschah, hatte Yogi das Gespräch weggedrückt. Er begegnete meinem hilflosen Blick mit einem strahlenden Lächeln.

»Das wird fantastisch werden!«, rief er aus.

»Was denn?«

»Deine Mutter kennenzulernen, die so entzückend klingt, und das unter so angenehmen Umständen!«

»Welchen Umständen?«

»Wir werden mit ihr Golf spielen, Mr Gora! Morgen! Und das wird so interessant!«

KAPITEL 31

Nach einer ganzen Menge Einwände von meiner Seite und einer Zug- und Busfahrt durch halb Skåne trafen wir uns tags darauf um die Mittagszeit mit meiner Mutter und Gert-Inge vor dem Golfplatzrestaurant von Lilla Vik in Österlen.

»*It's a great honour to meet you!*«, rief Yogi aus und beugte sich hinunter, um die Füße meiner Mutter zu berühren.

Als er die Prozedur mit Gert-Inge wiederholen wollte, trat dieser erschrocken einen Schritt zurück, als befürchte er, Yogi wolle seine teuren Golfschuhe klauen.

»Welch außerordentliche Spannkraft, Sir! Das ist nicht schlecht für einen Mann Ihres Alters«, lobte Yogi und überschüttete anschließend Mama mit Komplimenten, die heute rote Bermudas, ein weißes Polohemd und eine ebensolche Schirmmütze als Schutz vor der Sonne trug. Wie gewöhnlich sah sie für ihr Alter unverschämt frisch und munter aus.

Mama hatte schon immer eine Schwäche für Schmeicheleien gehabt und fasste sofort Zuneigung zu meinem indischen Freund, der darüber hinaus die Gelegenheit nutzte, den Göttern dafür zu danken, dass er sie endlich kennenlernen durfte.

»Mr Gora kann sich glücklich schätzen, so eine wunderbare und vitale Mutter zu haben! Sie erinnern mich an meine eigene höchst teure Mutter, die zwar einige Gebrechen hat, aber genau wie Sie, Mrs Borg, all die mütterliche Mütterlichkeit ausstrahlt, die das Herz eines Sohnes besonders hoch schlagen lässt. Dadurch, dass ich Sie treffe, wird die Sehnsucht nach meiner lieben Amma etwas leichter zu ertragen«, schmeichelte Yogi.

Es war ein fantastischer Maitag mit perfekten Frühsommertemperaturen, die von der leichten Meerbrise der Ostsee in Schach gehalten wurden. Auf dem Parkplatz glänzten die Cabriolets und SUVs mit der Sonne um die Wette, und auf dem Putting Green daneben standen Männer und Frauen in allen Varianten von karierter und gestreifter Sportkleidung und übten Putts.

Die exklusiven Clubwohnungen, die zur Golfanlage gehörten und von denen Gert-Inge natürlich eine besaß, lagen in einer Reihe am Ende der Einfahrt. Und zwischen den Golfbahnen standen hier und da verstreute Apfelbäume aus früheren Plantagen, die von den ersten Knospen der Saison weiß und rosa schimmerten.

Während der Fahrt hierher hatte Yogi mir gebeichtet, dass er noch nie zuvor Golf gespielt hatte. Aber einmal musste ja immer das erste Mal sein. So war es sogar bei dem indischstämmigen Weltstar Vijay Singh gewesen, und man sehe sich an, zu was für einem tüchtigen Spieler er sich mit der Zeit entwickelt hatte.

Dass ich selbst nicht spielen würde, kümmerte Yogi nicht. Im Gegensatz zu mir hatte er Herausforderungen schon immer geliebt. Yogi stellte sogar die These auf, dass gerade Inder besonders geeignet für Sportarten waren, bei denen man Geräte gegen harte Bälle schwingt. Er führte dafür mehrere Beweise aus der indischen Sportgeschichte an: Vijay Singh war ja irgendwann zu Beginn der 2000er-Jahre weltweite Nummer eins im Golf gewesen, und wenn er sich nicht täuschte, hatte der Maharadscha von Jaipur, ein aufrechter Adelsmann namens Sawai Man Singh II., die indische Mannschaft 1933 zum WM-Gold im Polo geführt.

Indien war nicht weniger als achtmal Olympiasieger im Hockey geworden, und erst 2011 brachte die stolze Cricket-National-mannschaft des Landes unter der Leitung des göttlich begabten Schlagmanns Sachin Tendulkar den World Cup im Cricket nach Hause. Inwiefern all diese schlagkräftigen Fakten Yogi an diesem Tag helfen sollten, blieb jedoch abzuwarten.

»Wo haben Sie Ihre Schläger, Mr Thakur?«, fragte Gert-Inge mit einer Spur Misstrauen in der Stimme.

Yogi führte seine Handflächen in einer bescheidenen Geste zusammen und legte den Kopf schief.

»Leider habe ich sie gerade auf dieser Reise nicht bei mir, Sir.«

Er blickte auf Gert-Inges gut gefüllte Golftasche und lächelte schmeichelnd.

»Bester Sir, da Sie so außerordentlich viele prächtige Golf-schläger haben, können Sie mir vielleicht im Lauf des Spieles einen von Ihren leihen?«

Gert-Inge starrte ihn an, als wäre er nicht ganz bei Trost, bevor er lachte und Yogi einen steifen Klaps auf die Schulter gab.

»Sie haben Humor, Mr Thakur. Einen Moment lang dachte ich beinahe, Sie würden das ernst meinen!«

Er feuerte eine weitere künstliche Lachsalve ab, in die Yogi aus reiner Höflichkeit einstimmte.

»Ich werde sehen, ob ich nach dem Mittagessen ein Schläger-set und ein paar Schuhe für Sie mieten kann. Was haben Sie für ein Handicap?«

Yogi verbeugte sich und lächelte freundlich.

»Danke für die Fürsorge, aber ich habe gar kein Handicap. Wenn man meine Neigung, nach unnötig langen Spaziergängen mit dem rechten Bein etwas zu hinken, nicht mitzählt, jedenfalls. Ich befürchte jedoch, dass mich im Alter der Rheumatismus recht plagen wird. Meine teure Mutter leidet an diesem schmerzhaften

Übel, und ich meine irgendwo gelesen zu haben, dass sie vom erblichen Schlag ist.«

Ein Hauch von Unsicherheit glomm in Gert-Inges Augen auf. Aber dann lachte er zum dritten Mal und schüttelte den Kopf.

»Wollen wir eine Kleinigkeit essen, bevor wir unsere Runde machen?«

Diese Frage beantwortete Yogi mit einem sehr bestimmten Nicken. Nachdem wir unser Gepäck in Gert-Inges Wohnung gestellt hatten, setzten wir uns im Restaurant nebenan zu Tisch. Eine Stunde später hatte Yogi zwei Portionen eines ziemlich mächtigen Pilzrisottos verschlungen und zwei Glas Weißwein dazu getrunken.

»Ich halte mich meist mit dem Alkohol zurück, bevor ich spiele, aber das ist ja ganz individuell«, sagte Gert-Inge.

Yogi nickte und trank den letzten Schluck Wein aus.

»Sie sind nicht der Einzige, der der Meinung ist, Alkohol hätte einen positiven Einfluss auf die Stabilität der Hände. Fangen die Nerven vielleicht an, etwas zu wackeln?«, fragte Gert-Inge, der nie eine Gelegenheit ausließ, seinen Gegenspieler zu verunsichern.

»Exakt!«, rief Yogi exaltiert aus. »Es wird so unglaublich spannend, mit Ihnen zu spielen, dass ich vor Aufregung am ganzen Körper zittere!«

Ich hatte mir ein erstaunlich wohlschmeckendes Beefsteak einverleibt und fragte mich voller Spannung, wie dieser Tag sich wohl entwickeln würde. Sowohl Gert-Inge als auch meine Mutter schienen zu glauben, Yogi wäre ein geübter Spieler, und der monumentale Mangel an Golfkenntnis, dem er Ausdruck verlieh, wäre von scherzhafter und ironischer Art.

»Sie klingen genau wie Peter Sellers in *Der Partyschreck*! Wie charmant!«, rief Mama entzückt.

Yogi nickte immer wieder höflich, und ich sah keinen direkten Anlass, meine Mutter und ihren eingebildeten Verlobten von ihrem Irrglauben zu befreien.

Gert-Inges Englisch war trotz seines Hintergrunds als Reiseveranstalter etwas begrenzt, aber einen Ausdruck hatte er wirklich drauf: *A clean shot.* Ein sauberer Treffer, das, was zu schaffen und beizubehalten das Ziel seiner ganzen passionierten Golfspielerei war. Der perfekte Schwung, der in einem blitzsauberen Treffer resultierte. Er musste im ganzen Körper spürbar sein und ein Konzentrat aus Energie und Präzision auf den weißen Ball übertragen, sodass dieser in pfeilgerader Richtung seinem Ziel entgegenflog wie ein vorprogrammierter Satellit in der Umlaufbahn.

Yogi lauschte Gert-Inges Ausführungen mit Interesse und versuchte jeden neuen Begriff aufzusaugen. Zwischendurch wandte er sich an meine Mutter, um sein vorbehaltloses Wohlwollen über irgendetwas auszudrücken, was er mit ihr verband, wie beispielsweise die Fortschritte der schwedischen Emanzipation.

»Sie müssen wissen, Mrs Borg, Indien hat auf diesem Gebiet noch eine ganze Menge von euch Skandinaviern zu lernen. Aber gleichzeitig will ich hervorheben, dass ich selbst ein maskulines Wesen bin, das in höchstem Maße nicht nur die ästhetischen Erquickungen der weiblichen Schönheit schätzen gelernt hat, sondern auch die unbestreitbar beeindruckende Kraft der weiblichen Autorität, ausgeführt von solch klugen Vorbildern wie Ihnen und meiner lieben Amma. Ich verneige mich im respektvollsten Respekt aller Respektabilitäten!«

Irgendwo dort begann Gert-Inge wohl zu ahnen, dass Mr Yogendra Singh Thakur ein Mann war, dessen verbale Fertigkeiten seiner Geschicklichkeit auf der Golfbahn weit überlegen waren. Doch dann nahm Yogi die Gelegenheit wahr, die Traumreplik eines Golfnerds abzuliefern, aufgebaut auf memorierten Fakten von Gert-Inges Ausführungen, aber gekleidet in yogianisches Sprachgewand.

»*A clean shot, Mr Gart-Inge!*«, rief er aus. »Es gibt nichts in diesem wunderbaren Sport, der sich Golf nennt, was damit vergleichbar ist! Der ganze Körper singt, und man vergisst alle Probleme des Alltags. Ein sauberer Treffer ist wohl die Essenz der hygienischen Vollendung, nach der wir Menschen mit Interesse an Golf und einem im Übrigen gesunden und reinen Lebenswandel streben!«

Gert-Inge markierte über dem Mittagstisch einen kurzen Schwung mit den Armen, der Yogi applaudieren ließ.

»Dann ist es wohl Zeit, zur Tat zu schreiten«, sagte Gert-Inge und stand auf, wobei er mich mit spöttischer Miene ansah.

»Du spielst ja nicht, also kannst du ja Mr Thakurs Caddie sein.«

Ich nickte und lächelte innerlich, als Gert-Inge zusammen mit Yogi zum Clubhaus hinüberging, um ihn mit Schlägern und Golfschuhen auszustatten. Eine Viertelstunde später tauchte ein Golfcart mit Gert-Inge hinter dem Steuer und Yogi auf dem Beifahrersitz auf.

»Er sagt, er schafft es nicht, eine ganze Runde zu laufen«, brummte Gert-Inge und drückte zum ersten Mal einen gewissen Unmut meinem indischen Freund gegenüber aus.

»Es ist das mit meinem Handicap«, erklärte Yogi.

»Wie niedrig ist es eigentlich?«, fragte Gert-Inge mit wachsender Irritation.

»Nicht so niedrig, dass man mich direkt niedergeschlagen nennen kann, aber ich habe wie gesagt etwas Probleme mit einem leichten Hinken im rechten Bein bei extrem langer Belastung von Gangcharakter.«

Diesmal zog Gert-Inge nicht einmal die Mundwinkel nach oben. Mama lächelte jedoch immer noch entzückt und fand Yogi charmant, als er ihr seine Hand anbot und sie fragte, ob sie nicht auch im Golfcart mitfahren wollte.

»Wenn es einen Grund dafür gäbe, dann den, dass ich dabei in Ihrer Gesellschaft wäre«, zwitscherte sie. »Aber ich brauche die Bewegung, die ich durchs Gehen bekomme.«

»Jaja, jetzt genug damit. Fang du am ersten Tee an, Ingrid«, knurrte Gert-Inge.

»Schon wieder Tee? Wir haben doch gerade erst nach dem Mittagessen eine Tasse getrunken«, sagte Yogi, knöpfte sein Tweedjackett auf und sah verständnislos drein.

Zu diesem Zeitpunkt war Gert-Inge offenbar der Ansicht, Yogi hätte sein Konto für schlechte Wortwitze überzogen.

»Jetzt spielen wir!«, zischte er.

Nachdem Mama mit einem kurzen, aber wohlplatzierten Schlag begonnen hatte, war Yogi an der Reihe. Mit einer Bewegung, die gar nicht so schlecht aussah, setzte er den Ball auf einen Stift und stellte sich dann breitbeinig hin, so wie er es bei Mama gesehen hatte. Yogi hatte ein papageienhaftes Talent zur Nachahmung, und als er nun einen unorthodoxen Luftschwung ausführte, sah es fast so aus, als wäre es Absicht.

»Beim nächsten Mal sitzt er«, sagte er entschlossen und schwang von Neuem den Schläger in einem merkwürdigen Bogen, der eher wie der Anfang eines Hammerwurfs aussah, bevor er auf wundersame Weise in einem kraftvollen Treffer endete.

Leider schoss der Ball geradewegs zur Seite auf eine andere Bahn, auf der gerade gespielt wurde.

»*Fore!*«, brüllten Gert-Inge und meine Mutter gleichzeitig, was ein Glück war, denn ihre Warnrufe brachten den Golf spielenden jungen Mann, der sich in der Schusslinie befand, dazu, sich mit den Armen über dem Kopf so weit zu ducken, dass das steinharte Projektil ihn um Haaresbreite verfehlte.

211

»Oh, oh, oh, oh, oh!«, rief ich.

»Au, au, au, au, au!«, rief Yogi.

»Was zum Teufel machst du da!«, schrie Gert-Inge. »Hast du überhaupt die Platzreife!?«

KAPITEL 32

Obwohl Yogi sich des Risikos bewusst war, dem er den jungen Golfspieler durch seinen unkontrollierten Schlag ausgesetzt hatte, konnte er seinen Ärger darüber nicht verbergen, von Gert-Inge so sinnlos ausgeschimpft zu werden.

»Entschuldigen Sie, Mr Gart-Inge, aber es war natürlich nicht meine Intention, dass der Ball diese unerwartete Richtung nehmen sollte. Das sollten Sie mit Ihren großen Kenntnissen in diesem komplizierten Spiel verstanden haben, Sir, dass das ausschließlich ein Missgeschick war«, sagte er und setzte eine verletzte Miene auf.

»Es ist ja gut gegangen, nichts passiert«, versuchte Mama und winkte dem jungen Mann auf der Bahn nebenan zu, der den Daumen hob, als Zeichen, dass alles okay war.

Gert-Inge hatte dagegen nicht vor, einen Strich unter den Zwischenfall zu ziehen. Er plusterte den Oberkörper auf, sodass sich sein marineblaues Tennisshirt über dem Brustkorb spannte, was ihn dazu zwang, die Beine zusammenzukneifen und seine weißen Golfshorts am Bund zu umfassen, weil sie gleichzeitig herunterrutschten. Das Ganze sah aus, als müsse er pinkeln.

»Es ist überhaupt nicht gut gegangen«, sagte Gert-Inge genervt zu meiner Mutter, und wandte sich dann von Neuem zu Yogi um.

»Na, hast du die Platzreife oder nicht? Hier ist das eine grüne Karte!«, wiederholte er barsch.

Yogi rümpfte die Nase, holte seine Brieftasche aus der Innen-

213

tasche seines Tweedjacketts und zog eine Visitenkarte daraus hervor.

»Nein, ich habe keine grüne Karte! Ich finde, diese Farbe eignet sich nicht sonderlich für eine vertrauenerweckende Visitenkarte. Möglicherweise könnte man grüne Buchstaben nehmen, aber der Deutlichkeit halber ziehe ich einen weißen Hintergrund mit schwarzen Buchstaben und ein paar schönen goldenen Symbolen vor, die das Ganze einrahmen und dadurch das Gewicht meiner geringen Person unterstützen. Aber was das mit meinem ein wenig missglückten Golfschlag zu tun haben soll, übersteigt meinen ansonsten höchst zufriedenstellenden Verstand!«

»Das ist doch wirklich unglaublich!«, schnaubte Gert-Inge. »Wenn dieser Typ getroffen worden wäre, hätte ich die Verantwortung dafür gehabt! Einen totalen Anfänger mit aufs Fairway zu nehmen! Warum hast du nichts gesagt? Das hier ist keine Übungsbahn, hier spielt man nur, wenn man die Platzreife hat! Ich bin davon ausgegangen, dass du die Platzreife hast!«

Er riss sofort Yogis Golftasche an sich, als wäre sie mit geladenen Maschinengewehren gefüllt und befände sich in den Händen eines Massenmörders.

»Mach doch jetzt keine so große Sache daraus«, sagte meine Mutter und sah Gert-Inge mit diesem düsteren Blick an, den sie nur selten verwendete.

Deshalb war er in Bezug auf ihren Verlobten auch sehr effektiv. Außer ihm selbst gab es nämlich nur eine Person auf der Welt, die Gert-Inge lieb und teuer war, und das war meine Mutter. Sie ließ ihn an der langen Leine und tolerierte seine aufbrausende Art, wohl wissend, dass er, wenn es hart auf hart käme, dem kleinsten Wink von ihr gehorchen würde.

»Okay, Liebling«, sagte er beschwichtigend. »Aber Mr Thakur darf unter keinen Umständen mehr spielen!«

Yogi betrachtete Gert-Inge gekränkt, nickte dann kurz und gab einen kleinen Seufzer von sich.

»Na ja, das macht mir sowieso nichts, denn Golf scheint in meinen Augen ein schrecklich überschätzter Sport zu sein. Jedenfalls, wenn er von leicht reizbaren Männern ausgeübt wird.«

Er lächelte Mama an und sagte, er würde sich mehr als gern damit zufriedengeben, während der Golfrunde ihr Zuschauer zu sein.

»Ihr Frauen scheint ein viel entspannteres Verhältnis zu diesem kleinen Ball zu haben. Das war wahrlich ein sowohl weicher als auch würdiger Schlag, den Sie da gerade gemacht haben.«

»Danke! Ja, auf diesen Schwung habe ich viele Übungsstunden mit meinem Pro verwendet.«

»Ihrem was, meine Liebe?«

»Meinem Golf-Professional.«

»Ah, wie ein Yogalehrer beim Golf?«

»Ja, in etwa so könnte man es beschreiben«, lachte Mama.

Sie nahm ihre weiße Schirmmütze ab und tippte sich mit dem Zeigefinger an die Stirn.

»Denn sehr viel sitzt hier oben.«

Nach einigen Überlegungen akzeptierte Gert-Inge, dass Yogi und ich trotz allem der Golfrunde beiwohnen durften, wenn auch nur als fahrende Zuschauer im Golfcart, während meine Mutter und er zu Fuß gingen. Yogi versicherte meiner Mutter, dass er ein exzellenter Fahrer war, der seine Fertigkeiten täglich im rauschenden Verkehr von Delhi übte und daher äußerst geeignet war, alle Arten von Fahrzeugen zu steuern, inklusive des elektrischen kleinen Dings auf vier Rädern, um das es nun ging. Gert-Inges Protest wurde von meiner Mutter sofort mit der Begründung in den Wind geschlagen, es würde Yogi nur noch mehr verletzen, wenn er auch noch der kleinen Freude beraubt wurde, die es ihm offenbar bereitete, hinter dem Steuer sitzen zu dürfen.

»Hm, aber du hast ein Auge auf ihn, Göran!«, ermahnte Gert-Inge, bevor er den Ball vom ersten Tee mit einem kraftvollen Schwung abschlug, der ihn mehr als zweihundert Meter pfeilgerade nach vorn schickte und mit dem er seinem selbstsicheren Lächeln nach zu urteilen sehr zufrieden war.

»Bravo, Mr Gart-Inge, bravo!«, rief Yogi, der offensichtlich beschlossen hatte, das Kriegsbeil zu begraben.

»Shhh, nicht so laut!«, zischte Gert-Inge. »Ihr könnt mit dem Cart vorausfahren, sodass wir etwas Ruhe haben.«

»Gute Idee! Wir schauen, wo der Ball gelandet ist«, sagte ich zu Yogi, der sofort in einem für kleine Golfcarts viel zu hohen Tempo losraste.

»Mach ein bisschen langsamer«, bat ich, worauf Yogi mich verschlagen angrinste und das Gaspedal das letzte Stück bis zum Anschlag herunterdrückte.

»Hier ist ja kein anderer Verkehr! Entspann dich, Mr Gora, und spüre den wunderbaren Windzug in deiner werten Frisur!«

Mit einem erstaunlich weichen Bremsmanöver blieb Yogi neben Gert-Inges Ball stehen, der absolut perfekt für einen Schlag auf das Green platziert war. Ein Stück weiter hinten auf dem Fairway machte Mama sich für ihren zweiten Schlag bereit.

»Fore!«, schrie Yogi, vermeintlich vorbeugend, worauf Gert-Inge drohend mit seinem Golfschläger wedelte.

»Schau, er winkt uns!«, rief Yogi und winkte zurück.

»Du, ich glaube, es ist am besten, wir fahren wieder voraus«, riet ich meinem Freund.

Yogi nickte fröhlich und fuhr zum Green hinüber, wo er das Cart direkt neben der Fahne am Loch parkte.

»Man darf mit dem Cart nicht auf dem kurz geschnittenen

Rasen stehen«, beanstandete ich und sah aus dem Augenwinkel, wie Gert-Inge wie ein schnaubender Stier über das Fairway in unsere Richtung galoppierte.

»Was in Dreiteufelsnamen macht ihr da!«, brüllte er, als er angekommen war, bevor sein Oberkörper zusammensank und er sich an die Brust griff.

»Immer mit der Ruhe, Gert-Inge! Denk an dein Herz!«, ermahnte Mama ihn, als auch sie etwas außer Atem zu unserer kleinen Gruppe aufgeschlossen hatte, die den Blicken und Gesten der anderen Golfspieler nach zu urteilen bereits das Tagesgespräch von Lilla Vik geworden war.

Was Gert-Inge daran hinderte, Yogi sein Eisen auf den Kopf zu donnern, weiß ich nicht genau, aber ich habe den Verdacht, es war reiner Überlebensinstinkt. Es ist nicht gesund, auf so unkontrollierte Art aufzubrausen, wenn man eine Krankengeschichte hat, die zwei Herzinfarkte mit einschließt.

Zu Yogis Gunsten muss man sagen, dass er sich nach dem anfänglichen Tumult an den fünf darauffolgenden Löchern zurückhielt. Dieser Umstand trug in Kombination mit Gert-Inges den Umständen entsprechend erstaunlich gutem Spiel, das unter anderem ein Birdie enthielt, dazu bei, den Blutdruck des cholerischen Mannes zu normalisieren.

»Er hat etwas sehr Spezielles«, flüsterte Yogi mir zu, als Gert-Inge einen weiteren außerordentlichen Abschlag vom Tee auf Bahn Nummer sieben ablieferte.

»Ich weiß, ich kann den Kerl auch nicht ertragen«, flüsterte ich zurück und knuffte Yogi in die Schulter, als Zeichen, dass wir zum Green vorausfahren und den gesunden Abstand zu Gert-Inge beibehalten sollten.

»Nicht?!«, fragte er erstaunt und setzte das Golfcart in Bewegung. »Trotz all des Guten, das er vollbringt?«

»Jetzt verstehe ich überhaupt nicht, was du meinst.«

»Sieh dir deine wunderbare Mutter an, Mr Gora! Sieh, wie Gart-Inge sie behandelt, wie ein empfindliches Goldei in einem goldenen Korb! Damit musst auch du einsehen, dass er trotz seiner äußerst reizbaren Reizbarkeit und seiner schroffen Ungeschliffenheit ein Geschenk der Götter ist. Wenn ich jemanden treffen würde, der meine geliebte Amma so immerwährend glücklich machen könnte, wie es Gart-Inge bei deiner Mutter kann, würde ich vor lauter Zufriedenheit jubeln! Zufriedenheit, wie sie ein Sohn nur erleben kann, wenn es seiner Mutter so gut geht, wie es ihr überhaupt gut gehen kann! Außerdem, Mr Gora, bist es in erster Linie nicht du, der ihn ertragen muss. Es ist deine teure Mutter, und wenn ich meinen Augen Glauben schenken kann, tut sie das auf die überzeugendste Art«, sagte Yogi und parkte das Cart diesmal in gebührendem Abstand vom Green.

Ich warf einen Blick zu Gert-Inge und Mama hinüber, die Hand in Hand mit ihren Trolleys im Schlepptau angeschlendert kamen. Es war ein unangenehmes Gefühl, zuzugeben, dass Yogi den Nagel auf den Kopf getroffen hatte. Der widerwärtige Gert-Inge machte meine Mutter zu einer sehr glücklichen Frau, und wenn ich an die volle und uneigennützige Tragweite dessen dachte, wurde ich tatsächlich von so etwas wie Wärme erfüllt.

»Vielleicht hast du recht, Yogi«, sagte ich und drehte mich auf dem Sitz um, um seinem Blick zu begegnen.

Mein Freund war in der Zwischenzeit schon aus dem Golfcart gesprungen und blickte auf die tiefblaue Hanöbucht hinaus, die am Fuße einer dramatischen Klippe hinter dem Green des siebten Lochs lag. Man konnte das Brausen der Wogen hören, und rechts erahnte man das alte Fischerdorf mit seinen pittoresken kleinen Fischerhäusern, die inzwischen ein Vermögen kosteten und hauptsächlich reichen Sommergästen gehörten. Yogi hatte sein Taschentuch hervorgeholt und rieb etwas damit ab. Nach einer Weile sah ich, was es war.

Es war ein Golfball.

Es war Gert-Inges Golfball.

»Was machst du da?«, fragte ich erschrocken.

»Ich versuche nur, meine vorherigen Fauxpas in der schweren Kunst, sich auf einem Golfplatz zu benehmen, wiedergutzumachen«, antwortete er.

»Und das machst du, indem du Gert-Inges Ball aufhebst, der nur sieben, acht Meter vom Loch entfernt liegt, um ihn zu putzen? Das wird ihn nur noch wütender machen!«

Yogi sah mich mit schelmischer Miene an.

»Sein höchster Wunsch ist doch, den Ball sauber zu treffen, und sauberer als so wird er nicht. Seine Platzierung kann man dagegen noch verbessern.«

Yogi sah sich um und konstatierte zufrieden, dass weder Gert-Inge noch Mama oder irgendein anderer Golfspieler nah genug waren, um zu sehen, was er tat, als er zum Loch ging, den Golfball vorsichtig auf den kurz geschnittenen Rasen fallen ließ und ihm einen kleinen Tritt mit dem Fuß gab, sodass er mit einem *klonk* ins Loch fiel.

Als Gert-Inge bei uns anlangte, blickte er erwartungsvoll nervös drein.

»Wo liegt der Ball? Ich bin fast sicher, dass ich das Green getroffen habe«, sagte er mit aufgeregter Stimme. »Er ist doch wohl nicht in den Bunker gegangen?«

Er schielte unruhig in die Sandgrube, worauf Yogi sich nicht länger halten konnte und die Arme in einer jubelnden Geste nach oben warf.

»Mr Gart-Inge! Wir freuen uns so für Sie! Schauen Sie ins Loch, dann verstehen Sie warum!«

KAPITEL 33

So kam es, dass Yogi Gert-Inge mithilfe von ein bisschen alt-ehrwürdiger Schummelei ein Hole-in-One verschaffte und ihm dadurch so gute Laune bereitete, dass er alle vorherigen Zwischenfälle zu verdrängen schien.

Gerade an diesem Loch mit seiner vertrackten Lage des Greens zwischen einem Bunker und einem Damm und genau vor der steilen Klippe zum Strand ein Hole-in-One zu schlagen war nichts weniger als eine Heldentat, prahlte Gert-Inge mit einem Dünkel, der vollkommen unerträglich gewesen wäre, hätte er nicht dazu geführt, den Fokus von Yogis Dummheiten abzulenken.

Und abgesehen davon, dass mein Freund sich bei drei Gelegenheiten versehentlich in Gert-Inges Puttlinie stellte und an den beiden letzten Löchern laut und ununterbrochen auf dem Handy mit Lakshmi telefonierte, benahm er sich beim Rest der Runde gut. Gert-Inge spielte traumhaft und verbesserte seinen persönlichen Bahnrekord um fünf Schläge. Hinterher begaben wir uns wieder ins Restaurant des Golfclubs, wo Gert-Inge drei Flaschen Moët & Chandon bestellte. Alle Anwesenden, die es ertrugen, seiner Angeberei zuzuhören, waren eingeladen, an der großzügigen Feier teilzunehmen.

»Ich glaube wirklich, Sie bringen Glück, Mr Thakur«, sagte Mama entzückt.

Als ihr Hinweis bei Gert-Inge keine Reaktion auslöste, gab sie ihm einen kleinen Knuff in die Seite und wiederholte den Satz.

»Hm, ja … etwas Glück ist bei einem Hole-in-One sicher dabei, aber ein guter Spieler muss eben auch Glück haben. Nicht wahr?«

Meine Mutter war auch mit diesem Kommentar nicht zufrieden und brachte nach einem weiteren kleinen Knuff Gert-Inge endlich dazu, sein Champagnerglas zu erheben und einen Toast auf Mr Thakur aus Indien und das Glück, das er mitgebracht hatte, auszusprechen.

»Aber Sie haben mich wirklich auf die Probe gestellt, sodass ich meine starke Psyche einsetzen musste«, sagte Gert-Inge mit siegessicherem Lächeln.

»Exakt, Mr Gart-Inge! Man könnte sagen, dass die äußerst ausufernde Körpersprache, die Sie mithilfe Ihrer Schläger kommuniziert haben, als Sie mich zurechtwiesen, in Kombination mit dem äußerst finsteren Blick, den Sie mir zuwarfen, ein sehr starker physischer und psychischer Ausdruck war. Einmal als Sie sich an die Brust gefasst haben, dachte ich fast, Sie würden krank werden, Mr Gart-Inge! Aber Sie haben nur geflucht und beinahe ihre Hosen verloren, und danach lief ja alles so geschmiert wie bei einem frisch geschmierten Chapati!«

Das Lokal hallte vor Gelächter, und auch wenn Gert-Inge sein Bestes tat, um es so aussehen zu lassen, als beliebte der mollige Inder mit dem besonderen englischen Akzent zu scherzen, kauften ihm wohl nicht viele diese Erklärung ab. Somit wurden es auch nicht noch mehr Flaschen Champagner. Gert-Inge murmelte etwas, dass es schon spät war und er uns vor der Rückfahrt nach Malmö noch in Ruhe sein Haus und seinen Garten zeigen wollte. Am nächsten Tag würden Mama und er von Kopenhagen aus nach Malaga fliegen, und noch war nicht alles gepackt und fertig für die große Urlaubsreise.

Wir setzten uns in Gert-Inges silbermetallicfarbenen Mercedes, den Yogi trotz einer höflichen Anfrage nicht fahren durfte. Der Ausblick vom Rücksitz ließ jedoch nichts zu wünschen übrig. Die langsam sinkende Sonne tauchte Österlen in ein sattes Licht mit beinahe unnatürlicher Schärfe. Die Schatten der langen, geraden Apfelbaumreihen bildeten sich wie schwarze Scherenschnitte auf der grün schimmernden Landschaft ab. Die Rapsfelder hatten bereits ein wenig ihrer leuchtend gelben Farbe verloren, wogten aber trotzdem wie ein blendendes Meer zwischen den Weiden, auf denen die beharrlich wiederkäuenden Kühe sowohl das Gras als auch ihre Freiheit zu genießen schienen.

An einem Schild mit der Aufschrift Pomonadal auf der Höhe von Rörum bog Gert-Inge in einen Weg ein, der durch noch mehr Apfelplantagen und Felder führte. Mit einem beeindruckten Lächeln betrachtete Yogi den großen Reichtum an Obstbäumen.

»Hier ist es, als würde man auf die fruchtbarsten Äcker von Punjabi versetzt!«, rief er enthusiastisch aus.

»Wir nennen dieses Gebiet Pomonadal«, sagte meine Mutter. »Eigentlich ist das die Grundstücksbezeichnung eines speziellen Hofes, aber ich finde, es ist so ein schöner Name, der zu diesem ganzen Tal hier passt.«

Nach einem kleinen Hügel bogen wir nach rechts auf einen Schotterweg ab, der zu einem großartigen weiß gestrichenen Haus mit einer etwas zu schmalen Einfahrt führte, die von zwei Löwenstatuen flankiert wurde. Ich wusste ja, dass Gert-Inge finanzielle Ressourcen hatte, aber ich hatte nicht damit gerechnet, dass sein »Zweit-Ferienhaus« in Österlen einem Schloss ähnelte. Er erzählte, er hätte die stattliche Villa aus dem frühen zwanzigsten Jahrhundert mit zugehörigen Feldern letztes Jahr von einem Apfelzüchter gekauft, der in Pension gegangen war.

»Ich wollte nur das Haus, aber es ließ sich nicht von den Feldern trennen, also musste ich alles nehmen. Eigentlich stand es nicht einmal zum Verkauf, aber wenn ich etwas wirklich haben will, dann tue ich alles in meiner Macht Stehende, um es zu bekommen«, sagte Gert-Inge und sah meine Mutter mit diesem schamlos flirtenden Blick schmachtend an, den sie diesmal peinlicherweise erwiderte.

»Also bist du jetzt auch noch Obstbauer geworden?«, sagte ich, um das Gebalze zu beenden.

Gert-Inge lachte und schüttelte den Kopf.

»Nein, wenn man so viel reist wie deine Mutter und ich, hat man weder die Zeit noch die Möglichkeit, eine Apfelfarm zu betreiben. Ich verpachte die Bäume an einen anderen Züchter, aber es ist ein gutes Gefühl, von so viel Wuchskraft umgeben zu sein.«

Ich war froh, dass er keine potenten Vergleiche machte. Die Autoreifen knirschten auf dem Kies der ordentlich gerechten Auffahrt, doch der Rasen, der das Haus umgab, war nicht so perfektionistisch gepflegt. Das sonnige Wetter der letzten Woche hatte den Wuchs von Gras und Unkraut angetrieben.

»Wie ihr seht, muss hier gemäht und gejätet werden«, sagte Gert-Inge, bevor er uns zur Garage hinter ein paar mächtigen Kastanienbäumen führte, wo neben ein paar Fahrrädern und einem Lastenmoped von älterem Modell ein robuster Aufsitzmäher geparkt stand.

»Am besten, du fährst den Rasenmäher, Göran«, sagte Gert-Inge mit einem flüchtigen, aber deutlich kritischen Seitenblick auf Yogi, als er uns alle Funktionen und Finessen der Maschine gezeigt hatte.

»Der Garten ist viel größer, als ich dachte«, wandte ich ein.

»Ihr werdet natürlich dafür bezahlt«, schob Mama ein. »Und warum nehmt ihr nicht die Gelegenheit wahr und verbringt etwas mehr Zeit hier draußen und genießt das schöne Österlen. Ich glaube, das würde Mr Thakur gefallen.«

Yogi nickte höflich, und bevor ich wusste, was passierte, war schon beschlossen, dass wir mindestens eine Woche bleiben und in dieser Zeit auch die Hecken und Büsche auf dem Grundstück zuschneiden würden. Gert-Inge kramte drei Tausender aus seiner dicken Brieftasche, die er mir mit einer Miene überreichte, die verriet, dass das für seinen Teil eine äußerst marginale Geldsumme war. Ich durfte im Haus wohnen, solange ich wollte, wenn ich mich während dieser Zeit um den Garten kümmerte. Natürlich gegen Bezahlung.

»Vielleicht bleibst du ja den ganzen Sommer, das wäre doch super«, sagte Gert-Inge.

»Ich fange mal mit einer Woche an«, sagte ich.

»Ja, ja. Cash is king. Und nehmt euch natürlich im Haus, was ihr wollt. Der Kühlschrank ist zumindest halb voll mit Grundnahrungsmitteln und Mineralwasser, in der Tiefkühltruhe gibt es Wild und ein paar Fertiggerichte, und wenn ihr euch an den rechten Teil des Weinkellers haltet, könnt ihr nach Herzenslust zwischen den Flaschen herumstöbern«, fuhr er fort.

Man konnte über Gert-Inge sagen, was man wollte, aber ein Geizkragen war er jedenfalls nicht. Als wir uns in zwei Schlafzimmern im Obergeschoss eingerichtet und eine schnelle Führung durch den Rest des Hauses bekommen hatten, das unter anderem ein Wohnzimmer mit Billardtisch und offenem Kamin, ein großes, schönes Esszimmer und eine Bibliothek beinhaltete, fühlte es sich richtig luxuriös an, für eine Weile hier residieren zu dürfen. Gert-Inge erklärte uns, wie die Alarmanlage funktionierte, und informierte uns darüber, dass einmal in der Woche eine Putzfrau aus dem Ort kam, die aber einen eigenen Schlüssel hatte, sodass wir uns nicht um irgendwelche Zeiten kümmern mussten.

»Es ist doch schön, nicht putzen zu müssen, oder? Ihr mäht nur den Rasen und schneidet die Büsche, dann könnt ihr euch entspannen, so viel ihr wollt«, sagte Mama und gab mir einen unbeholfenen Klaps auf die Wange.

Vielleicht waren es Yogis überschwängliche Höflichkeitsfloskeln und physische Ehrbezeugungen beim Abschied, wie das wiederholte Berühren der Füße meiner Mutter und seine Neigung, ihre Hand zu drücken, die Mama dazu brachten, überraschenderweise auch mich zu umarmen. Vielleicht war es auch einfach echte Mutterliebe, wie Yogi behauptete, als sie abgefahren waren.

»Du hast etwas Probleme damit, oder?«, fragte er, als wir in zwei angenehm eingesessene Ledersessel im Wohnzimmer gesunken waren und uns jeweils ein kleines Glas zwölfjährigen Laphroaig aus Gert-Inges gut gefülltem Barschrank eingeschenkt hatten.

»Probleme mit Mutterliebe?«, fragte ich unbeeindruckt und nippte an dem rauchigen Whisky.

Yogi setzte sich zufrieden in dem knarzenden Sessel zurecht. Dann blickte er zu dem majestätischen Kronleuchter hinauf, der von der Decke hing. Er stellte das Glas auf den runden Tisch zwischen uns und sah mich mit seinen ausdrucksvollen Augen an.

»Ich weiß nicht richtig, wie ich das formulieren soll, Mr Gora, aber es scheint mir, als ob du manchmal etwas zu viel auf deinen eigenen Bauchnabel starrst und dir einbildest, dass das Fehlen der Nabelschnur dich zu einem durch und durch selbstständigen Wesen ohne irgendeine Verbindung zu deiner so überaus wunderbaren Mutter macht.«

»Ich bin ziemlich zufrieden damit, diese Nabelschnur durchtrennt zu haben«, sagte ich.

Yogi schüttelte den Kopf und goss einen Schuss Mineralwasser in sein Glas, bevor er einen ordentlichen Schluck nahm.

»Deine Augen und deine Art, so unnatürlich zu lächeln, wie du es jetzt tust, sagen etwas anderes. Aber das ist nur eine Maske, Mr Gora, und Masken soll man auf Maskenbällen tragen und nicht im wirklichen und wunderbarsten Leben. Wenn du dagegen all die Bauchnabelfusseln herausholst, die das beste Auge des Bauchs verdunkeln, wirst du deine Mutter mit der liebevollen Einsicht ansehen können, die eine Mutter von ihrem einzigen Sohn verdient hat!«

Ich versuchte, nicht unnatürlich zu lächeln, was mein Lächeln vermutlich nicht besser aussehen ließ.

»Aber wenn deine Theorie stimmt, müssen ja auch eine ganze Menge Nabelfusseln im Nabel meiner Mutter sein. Sie hat sich nie angestrengt, unsere Beziehung zu stärken«, sagte ich.

»Nicht? Ich dachte gerade, dass sie uns durch ihre nette Art, einfach zu sein, wie sie ist, einen wunderbaren Aufenthalt in diesem wunderbaren Haus ermöglicht hat! Das war eine Geste der Liebe! Und wenn du deinen Blick etwas öfter von deinem Nabel abgewandt hättest, hättest du auch gesehen, dass die Augen deiner Mutter nicht nur glänzen, wenn sie die schönsten Komplimente bekommt, sondern auch, wenn sie dich ansieht. Du musst ihr deine Liebe geben, um Liebe zurückzubekommen! Und vergiss nicht, dass die Liebe genauso viele Gesichter hat wie alle Millionen von Göttern und ihre dreimal so vielen Inkarnationen zusammen. Die liebe Amma zum Beispiel zeigt manchmal ihre Liebe, indem sie ein wenig über mich und meine bisweilen etwas weitschweifigen Vorhaben knurrt.«

Nach seiner flammenden Rede zum Lob der Liebe holte Yogi tief Luft, sank noch tiefer in seinen Sessel und trank seinen Whisky aus. Ungewöhnlicherweise sagte er mehrere Minuten lang nichts, und während des Schweigens, das entstand, versuchte ich seine Worte zu überdenken. Es endete damit, dass ich ein unnatürliches Lächeln aufsetzte und ihn fragte, ob er noch einen Whisky wollte.

»Nur, wenn du darauf bestehst. Ich bin eigentlich zufrieden«, sagte er.

»Dann lassen wir es sein«, sagte ich.

Yogi kratzte sich nachdenklich am Doppelkinn, bevor seine Augenbrauen an der Stirn hochschnellten und sein Zeigefinger in die Luft fuhr.

»Ich glaube, ich sehe hier ein Muster, Mr Gora! Es scheint mir, als ob dein bester Radar etwas verfeinert werden sollte. Nicht nur, dass du die zugegebenermaßen subtilen, aber doch deutlichen Zeichen der Liebe nicht bemerkst, die deine Mutter dir gibt. Dein mangelhafter Radar schafft es auch nicht, die zugrunde liegende Bedeutung in einem milden Verneinen zu sehen, das eigentlich ein höfliches Bejahen ist.«

»Jetzt komme ich nicht mehr ganz mit.«

»Da siehst du! Irgendetwas stimmt da definitiv nicht mit der Fähigkeit deines Radars, mangelhafte Objekte zu identifizieren.«

»Okay, ich gebe alle Radarfehler der Welt zu, wenn du nur versprichst, endlich Klartext zu reden.«

»Na ja, Mr Gora, als du gefragt hast, ob ich etwas mehr Whisky möchte, und ich geantwortet habe, dass ich eigentlich zufrieden bin, und nur einen wollte, wenn du *darauf bestehst*, da hat dein Radar nicht verstanden, dass ich eigentlich sehr wohl noch eine weitere Kleinigkeit dieses edlen Getränks ersehnt hätte. Ein wohlentwickelter menschlicher Radar hört nämlich nicht nur darauf, *was* gesagt wird, sondern auch darauf, *wie* es gesagt wird, und vor allem darauf, *wer* es sagt. Nachdem du mein Seelenbruder bist und mich gut kennst, solltest du es verstanden haben. Verstehst du?«

»Vielleicht. Du hast noch nie einen Whisky ausgeschlagen und wolltest es auch diesmal nicht, *eigentlich*?«

»Bravo, Mr Gora! Darauf trinken wir!«

KAPITEL 34

Auch wenn die Gartenarbeit am nächsten Tag einige Zeit in Anspruch nahm, blieb Yogi und mir doch auch noch etwas für andere Aktivitäten übrig. Die Temperatur war ein wenig gesunken, aber die Luft war herrlich klar, und die Sonne zeigte sich weiter von ihrer allerstrahlendsten Seite.

Mein Freund schlug vor, mithilfe des Lastenmopeds, das in der Garage stand, die schöne Umgebung zu erkunden, aber nachdem kein Sprit im Tank war und ich unsicher war, ob man dasselbe Benzin verwenden konnte wie für den Rasenmäher, nahmen wir stattdessen die Fahrräder. Nach dem Mittagessen begaben wir uns nach Knäbäckshusen am Strand von Rörum, wo Yogi Feuer und Flamme für die kleine Kapelle war, die neben ein paar ähnlichen kleinen strohgedeckten Häuschen an einer Böschung mit Aussicht über das momentan vollkommen ruhige Meer lag.

»Endlich ein Tempel! Wie ich mich nach so einem kleinen und auf die allerbeste Weise familiären Tempel gesehnt habe!«

Bevor ich ihn daran hindern konnte, hatte Yogi am Seil gezogen, das im Glockenturm nebenan von den Glocken herunterhing, so wie er es beim Eintritt in einen hinduistischen Tempel gewohnt war. Ein durchdringendes Läuten hallte durch den Ort und zauberte ein zufriedenes Lächeln auf das Gesicht meines Freundes. Als die Glocken zu läuten aufgehört hatten, zog er sich Schuhe und Strümpfe aus und schritt über die Schwelle der Kapelle. Er setzte sich andächtig auf den Steinboden und versuchte, die Schrift auf dem Balken hinter dem einfachen Altar aus Ziegelsteinen zu deuten.

»Jesus sagte: Warum habt ihr solche Angst, ihr Kleingläubigen?«

Er bat mich, den Text ins Englische zu übersetzen, und nickte überzeugt, als ich fertig war.

»Es scheint mir, als ob euer Gott Jesus in gewisser Hinsicht ein sehr klarsichtiger Gott ist«, flüsterte Yogi. »Der Glaube ist es, der uns Menschen unsere größten Ängste überwinden lässt.«

Yogi sah mich mit ernsthafter Miene an und senkte die Stimme noch weiter.

»Aber ich verstehe nicht, warum ihr Goras darauf besteht, ihn die ganze Zeit an ein Kreuz zu nageln, und warum ihr nicht ein paar mehr Götter anrufen, die ihm helfen können, erst einmal von diesem Kreuz herunterzukommen und dann alles und alle zwischen Himmel und Erde unter Kontrolle zu behalten. Ein völlig einsamer und wahnsinnig überarbeiteter Mann, der an einem Kreuz hängt, was soll er denn eurer Meinung nach ausrichten können?«

»Wunder. Die Christen glauben an Wunder, genau wie ihr Hindus. Und da ist es doch eher ein Vorteil, dass man aus einer unterlegenen Position siegt? Außerdem ist Jesus am Kreuz ein Symbol für die Schwachheit des Menschen. Er ist für unsere Sünden gestorben, und jetzt sollen wir jedes Mal ein schlechtes Gewissen haben, wenn wir ihn am Kreuz sehen«, sagte ich und zeigte auf das kleine Kruzifix aus Eisen, das über dem Altar hing.

»Aber wie du weißt, glaube ich nicht an diese Art von Märchen«, fügte ich hinzu. »Ich glaube an gar nichts.«

Ich hörte selbst, wie kategorisch ich klang, wie ein trotziger Teenager. Yogi warf mir einen scharfen Blick zu.

»Shh! Du bist jetzt in einem heiligen Raum!«, zischte er. »Natürlich glaubst du an etwas, Mr Gora, du musst nur darauf kommen, an was!«

Dann begann er zu beten, was den monotonen Gesang eines Liedes zu Krishnas Ehren mit einschloss. Dass es ein christlicher und kein hinduistischer Andachtsraum war, schien für ihn keine größere Rolle zu spielen. Yogi schätzte in erster Linie die angenehme Größe der Kapelle, die ihn an die kleinen Straßentempel erinnerte, von denen es zu Hause in Delhi so viele gab. Nach dem Gebet schlug ich vor, ein Bad in der Ostsee zu nehmen, um uns von unseren Sünden zu reinigen.

»Das ist wie das Wasser des Ganges«, sagte ich.

»Genauso heilig?«, fragte Yogi enthusiastisch.

»Nein, aber in manchen Gegenden aufgrund von Überdüngung genauso verunreinigt. Hier ist es allerdings zu dieser Jahreszeit völlig okay, bevor das Algenwachstum begonnen hat.«

Yogi runzelte irritiert die Stirn.

»Du versuchst, lustig zu sein, aber das steht dir nicht, Mr Gora! Warum bestehst du darauf, den Ganges verunreinigt zu nennen? Gerade du müsstest inzwischen wissen, dass der Ganges aus geistlicher Sicht das reinste Wasser der Welt beherbergt!«, protestierte Yogi und keuchte zu gleichen Teilen vor Anstrengung und vor Empörung, als wir die Stufen zum Meer hinuntergingen.

Nachdem ich Yogis religiöse Doktrin nicht noch weiter herausfordern wollte, breitete ich die Arme in einer entschuldigenden Geste aus. Dann erreichten wir den menschenleeren Strand mit der mächtigen, mit Bäumen bewachsenen Silhouette des Stenshuvud im Norden und den glitzernden kleinen Fischerdörfern Vik und Baskemölla im Süden.

Trotz der ruhevollen Umrahmung konnte man deutliche Zeichen der schonungslosen Kraft des Meeres sehen. Aus den erodierten Waldrändern ragten Bäume, die wie abgebrochene Zahnstocher mit der Wurzel herausgerissen worden waren, und zwischen angespülten Tangbüscheln und Seegras konnte man

Reste von gesunkenen Booten und zerrissenen Fischernetzen erahnen, vermischt mit allerhand Müll, den Menschen auf See verloren oder über Bord geworfen hatten.

Ich begann mich auszuziehen, während Yogi sich damit zufriedengab, die Zehen ins Wasser zu halten, worauf er ein paar rasche Schritte nach hinten machte, als hätte er sich an kochender Lava verbrüht.

»Was für eine widerwärtige Kälte!«, entfuhr es ihm, und er sah mich erschrocken an, als ich splitternackt in das sicherlich kalte, aber trotzdem klar badetaugliche Meer hinausging.

»Komm zurück, Mr Gora!«, rief Yogi. »Fordere die Götter nicht heraus!«

Als ich nicht reagierte, fuhr er fast verzweifelt fort: »Denk zumindest an Jesus!«

»Das tue ich!«, rief ich zurück. »Jesus konnte auf dem Wasser gehen!«

In der länglichen, spiegelglatten Bucht hatte es sicher vierzehn, fünfzehn Grad, es lag also kaum ein Risiko für Kälteschäden oder Ertrinken vor. Trotzdem breitete sich große Erleichterung über Yogis Gesicht aus, als ich wieder zum Strand heraufkam, mit rosigen Wangen und erfrischt von meinem kurzen Bad.

»Du brauchst Tee, Mr Gora! Wir müssen sofort zum Haus zurückfahren und Tee kochen!«, sagte er entschlossen.

»Warum das?«

»Weil du einer plötzlichen Klimaveränderung ausgesetzt warst, und wenn es etwas gibt, das einen Menschen krank machen kann, dann ist es eine plötzliche Klimaveränderung! Das kann nur mit einer entgegengesetzten plötzlichen Klimaveränderung ausgeglichen werden. Was denkst du dir eigentlich!?«

Natürlich. Warum hatte ich nicht daran gedacht? Nach meinen Indienaufenthalten war ich eigentlich vertraut mit dem Hang der

Mittelklasseinder, von eingewachsenen Zehennägeln bis zu tiefen Depressionen alles auf *change in climate* zu schieben. Der Ausdruck zielte in diesem Fall nicht nur auf den Treibhauseffekt und Überschwemmungen ab, sondern konnte auch auf den raschen Temperaturabfall angewandt werden, dem der Körper ausgesetzt wurde, wenn man zum Beispiel bei Hitze eiskaltes Wasser trank oder eben in einem unzureichend erwärmten Meer badete. Das war ungefähr genauso normal, als wenn wir Schweden in einem Anfall von kollektiver Verzweiflung schlechte Sommer auf die Meteorologen des SMHI schoben.

Aber nachdem eine Tasse Tee sich gut anhörte, nickte ich und ließ zu, dass Yogi mich den ganzen Heimweg über für meine Unvorsichtigkeit verfluchte. Er setzte einen Topf mit Milch vermischtes Wasser auf und warf ein paar Teebeutel, eine Zimtstange, Zucker und etwas gemahlenen Ingwer und Kardamom aus dem Gewürzregal hinein. Als die Flüssigkeit ein paarmal aufgekocht war, goss er sie durch ein Sieb und füllte jedem eine Tasse. Es schmeckte nicht wie ein richtiger Masala Chai, war aber völlig in Ordnung und herrlich wärmend für Hals und Brust. Als wir ausgetrunken hatten, wollte Yogi unsere Entdeckungsreise sofort fortsetzen, wenn ich auf Ehre und Gewissen versprach, mich nicht noch einmal in die Ostsee zu werfen.

Ich hielt meine rechte Hand in die Luft und schwor es ihm hoch und heilig, worauf Yogi mit zufriedener Miene vorschlug, dass wir uns zum Stenshuvud begeben sollten. Er hatte sich an die Empfehlung meiner Mutter erinnert, den Nationalpark und dessen charakteristische Anhöhe in Form eines Kopfes zu besuchen, oder genauer gesagt das Café namens Annorlunda, das an der Einfahrt zum Park lag und das überbordendste Kuchenbuffet hatte, das man sich vorstellen konnte.

»Ein Buffet ist eine wahrhaft sympathische Art des Servierens, die die Möglichkeiten der Gäste für kulinarische Erlebnisse und zufriedenstellende Sättigungsgefühle nicht begrenzt«, erklärte Yogi.

Mit dieser Aussicht als Antriebsmotor bewies er eine verblüffend effektive Technik beim Fahrradfahren. Obwohl der Weg zum Café teilweise ziemlich hügelig war und seine Kondition eine ganze Menge zu wünschen übrig ließ, strampelte Yogi in einem zielbewussten und schnellen Tempo. Wir machten nur zweimal kurze Pausen, als er eine Bidi rauchen musste, um »das heftige Einatmen von kühler Luft auszugleichen«.

Als wir bei dem berühmten Café ankamen, zeigte sich, dass es geschlossen hatte. Ein Anschlag am Eingang verkündete, dass die täglichen Öffnungszeiten erst ab Juni galten, in knapp einer Woche. Bis dahin konnte man das Annorlunda nur an Wochenenden besuchen. Dieser Maitag war ein Montag, und das war eine Tatsache, von der ich befürchtete, dass sie den hungrigen Yogi in einen quengeligen Zustand versetzen würde. Aber anstatt enttäuscht zu murren, stellte er sein Talent in lösungsorientiertem Handeln unter Beweis, indem es ihm gelang, die Besitzerin in einem Nebengebäude ausfindig zu machen und sie mittels charmanter Nettigkeit und einer fantasievollen Ausführung darüber, dass er den ganzen Weg von Indien zum Stenshuvud gekommen war, um das berühmte Kuchenbuffet des Annorlunda zu verkosten, dazu zu bringen, ihren Laden ausnahmsweise vorübergehend für uns zu öffnen.

»Obwohl die Kuchen und Gebäckstücke jetzt nicht ganz ofenfrisch sind«, sagte sie entschuldigend.

»Das bereitet uns nicht viel Kummer, beste Madame«, antwortete Yogi höflich. »Die Hauptsache ist, dass der Buffetgedanke bestehen bleibt, und man genau so viel essen darf, wie man Lust hat.«

Das war tatsächlich der Fall, bekräftigte die Frau, und fügte hinzu, dass sie als Kompensation für die nicht ganz frisch gebackenen Kuchen eine wesentlich größere Auswahl servieren konnte als die üblichen sieben Sorten.

Das, fand Yogi, klang nach einer hervorragenden Idee, und schon bevor der Kaffee gekommen war, hatte er seinen Stoffwechsel mit einer Handvoll Karamellkeksen, ein paar Finnischen Stäbchen und einem Stück Marmorkuchen angeregt. Als die eineinhalb Stunden währende Kaffeepause zu Ende ging, konnte man zu diesen von Yogi einverleibten Leckereien noch unterschiedliche Mengen von Vanilleplätzchen, weichen Pfefferkuchen, Zimtschnecken, Mokkastäbchen, Haferkeksen, Schokoladenschnitten, Kardamomzwieback, Bauernkeksen, Marmeladeplätzchen, Madeleines, Mandelhäufchen, Erdnusstalern und Punschrollen hinzufügen.

Auch wenn Yogis unbändiger Appetit für die bereitwillige Besitzerin des Cafés eine Überraschung gewesen sein musste, war das für sie kein Grund zur Beschwerde.

Yogi seinerseits war so glücklich und zufrieden, dass er den doppelten Preis bezahlte, wodurch eindeutig eine sogenannte Win-win-Situation entstand.

Die Cafébesitzerin hatte einen unersättlichen Abnehmer für ihre nicht ganz frisch gebackenen Kuchen gefunden.

Sie war nicht schlecht dafür bezahlt worden.

Yogis bohrender Hunger war nur noch eine Erinnerung, zumindest vorübergehend.

Als wir uns für die Verpflegung bedankt hatten und wieder an die frische Luft gekommen waren, leuchtete Yogis Gesicht beim Anblick des steil bergab führenden Wegs auf, der weiter zum Stenshuvud Nationalpark führte.

»Sollen wir wirklich diesen Weg nehmen?«, fragte ich skeptisch.

»Warum nicht?«

»Weil wir dann auch wieder bergauf fahren müssen, wenn wir zurückwollen.«

Yogi gab einen Seufzer von sich.

»Dieser Einwand scheint mir auf eine allzu deutliche Art und Weise mit deinem ganzen Charakter übereinzustimmen. Du musst lernen, im Hier und Jetzt zu leben und das herrlichste Bergabfahren zu genießen, ohne dich über das darauffolgende und weit weniger herrliche Bergauffahren zu bekümmern. Das ist das Fundament des Glücks, Mr Gora! Wenn du dir nicht erlaubst, die Gegenwart zu genießen, lädst du deinen Körper auch nicht mit der Energie auf, die er braucht, um hinterher mit dem Fahrrad wieder steil bergauf fahren zu können. Genieße, Mr Gora! Genieeeeeeeße!«

Mit diesem genießerischen Ausruf sauste Yogi in rasender Fahrt den Berg zum Parkplatz des Stenshuvud hinunter. Ich folgte ihm vorsichtig bremsend und konnte nicht anders, als daran zu denken, dass jeder Meter Abfahrt die Steigung auf dem Rückweg im selben Maß verlängern würde. Denn so war ich nun einmal.

Vor dem Besucherzentrum Naturum am Fuß des Berges saß Yogi auf einer Bank und sah rundum glücklich aus.

»Hast du es genossen, Mr Gora?«, fragte er.

»Jaja«, log ich. »Wollen wir auf den Gipfel des Stenshuvud gehen?«

»Warum das?«

»Weil man das normalerweise tut, wenn man hier ist, sodass man die großartige Aussicht von dort sehen kann.«

Yogi kratzte sich an der Nase und schnalzte mit der Zunge.

»Es ist nicht notwendig, immer genau das zu tun, was man normalerweise tut, Mr Gora«, sagte er. »Immer nur mit dem Strom schwimmen, das machen nur tote Fische und Menschen, die keine eigenen Wege finden. Wir können stattdessen eine Weile hier sitzen und nur das Leben genießen und ganz wunderbar zufrieden damit sein. Das hier ist eine schöne Bank. Als Bank betrachtet kann sie sehr gut mindestens genauso schön sein wie die Aussicht als Aussicht betrachtet. Verstehst du?«

Bevor ich Nein sagen konnte, klingelte mein Handy. Ich sah auf dem Display, dass der Anruf von Karin kam, und auch wenn ich mich bis zur Schlaflosigkeit danach gesehnt hatte, fühlte ich eine quälende Unruhe, dass der Anruf zu etwas führen würde, das noch schwerer und sehr viel anstrengender war, als mit dem Fahrrad bergauf zu fahren.

KAPITEL 35

Und *ich*? Bedeute *ich* dir denn gar nichts?«
Meine Stimme war nicht nur ins Falsett gegangen, sie brach außerdem auf eine Art und Weise, die mich wie einen verzogenen Jugendlichen im Stimmbruch klingen ließ. Ich hustete und drückte das Handy fest an mein Ohr. All meine Konzentration sammelte sich in dem Versuch, wieder erwachsen zu klingen.

»Entschuldige, aber ich habe dich wirklich vermisst. Ich sehne mich so danach, alles zu hören, was du erlebt hast.«

Das war eine ziemlich schöne Wendung, weil sie einen Teil des Fokus von mir zu ihr verschob, ohne dass ich übertrieben aufdringlich wirkte. Außerdem drückte sie eine inkludierende Neugierde aus. Obwohl Karin verstummt war, meinte ich doch etwas Positives in ihren Atemzügen erahnen zu können, zumindest im Vergleich zu den kleinen Seufzern, die sie bis dahin hatte hören lassen.

Meine Enttäuschung war möglicherweise etwas übertrieben und zweifellos egozentrisch, aber trotzdem nicht ganz unmotiviert. Nach den ersten vorsichtigen Satzwechseln zwischen uns, bei denen mein unruhiger Puls Schritt für Schritt sank, als ich langsam verstand, dass sie mich nicht in der Absicht angerufen hatte, Schluss zu machen, kam trotzdem noch eine kalte Dusche. Karin sagte, dass wir uns nach unserer fast einmonatigen Pause diesen Sommer nicht mehr sehr oft sehen konnten, weil sie umgehend nach Östersund fliegen musste. Ihr Sohn, der dort wohnte, hatte trotz eines vorherigen positiven Bescheids von der Gemeinde nicht vor dem Herbst einen Kindergartenplatz für seine Tochter bekommen. Er brauchte daher akut Hilfe beim Babysitten, weil er nach seiner Elternzeit wieder zu arbeiten anfangen musste.

»Will dein Sohn nicht mit seiner Familie in Urlaub fahren?«, fragte ich anklagend.

»Sowohl seine Frau als auch er arbeiten in der Tourismusbranche, für sie ist jetzt also Hochsaison. Sie vermieten Fahrräder und organisieren Wildwassertouren. Das ist dort während der Sommermonate sehr gefragt.«

Karin hatte angeboten, hinzufahren und sich um ihr Enkelkind zu kümmern. Sie hatte momentan ohnehin nicht übermäßig viele Patienten, und deren Besuche hatte sie verschieben können.

Ganz objektiv betrachtet klang das sowohl schön als auch uneigennützig. Aber von meiner subjektiven Warte aus klang es genauso schlimm, wie wenn Florence Foster Jenkins die Arie der Königin der Nacht singt. Nicht genug damit, dass Karin Vallberg-Torstensson mich verrückt vor Eifersucht gemacht hatte, als ich dachte, ihr jüngerer Bruder aus Uddevalla sei ihr neuer Liebhaber. Jetzt würde sie zu allem Überfluss noch einmal aufgrund eines Familienmitglieds meine Gesellschaft verschmähen. Was hatte sie nur für eine lahme Verwandtschaft, die nicht ohne sie zurechtkam?

»Du verstehst doch sicher, dass ich meinem Sohn in dieser problematischen Situation helfen muss?«

Ich summte.

»Meine Familie ist sehr wichtig für mich«, fuhr sie fort.

Ich summte wieder.

»Wenn es Probleme gibt, helfen wir einander«, sagte Karin.

Ich summte zum dritten Mal und überlegte, ob ihr Gerede von der Familie als Spitze gegen mich gemeint war.

»Was machst du denn gerade?«, fragte Karin, worauf ich mich einigermaßen zusammenriss und von Yogis Besuch erzählte und dass wir gerade draußen in Österlen waren, wo wir noch eine Weile als Aushilfsgärtner bleiben würden.

»Aber das klingt ja super, Göran! Es ist doch wunderbar, seinen besten Freund zu Besuch zu haben! Grüß ihn ganz lieb von mir.«

Sie klang aufrichtig froh, was ich weniger als echte Empathie interpretierte, sondern eher als persönliche Erleichterung darüber, dass sie sich nicht um mich kümmern musste. Das war eine merkwürdige Entwicklung unserer Beziehung. Ohne richtig zu verstehen, wie das gekommen war, hatte ich mich von dem, der sich gebunden fühlte, in den verwandelt, der sich verschmäht fühlte.

»Ich muss jetzt aufhören, Göran. Pass auf dich auf«, sagte Karin.

»Du auch, ich vermisse dich«, sagte ich.

Ein entfernter Donner ertönte. Die Wolken begannen sich am zuvor so tiefblauen Himmel aufzutürmen.

»Wir hören uns«, sagte sie und legte auf.

Yogi hatte während unseres ganzen Gesprächs auf der Bank gesessen und mich irritiert beobachtet.

»Wer war das?«, fragte er.

»Das war Karin, meine ...«

»Deine Frau!«, ergänzte Yogi. »Deine wundervollste Frau, Miss Corinne! Ist alles gut zwischen euch? Wann kann ich sie kennenlernen? Oh, wie ich mich darauf freue! Und oh, wie ich Lakshmi vermisse, jetzt, wo du von deiner Miss Corinne sprichst! Ich muss sie morgen anrufen und ihre wundervollste Stimme hören!«

Ohne ins Detail zu gehen, erzählte ich Yogi, dass es zwischen mir und Karin noch immer ein wenig schwierig war und dass wir uns momentan nicht sahen.

»Du meinst jetzt gerade?! Also, es ist ja nicht so merkwürdig, dass ihr euch gerade nicht seht, weil du ja gerade mit mir zusammen bist! Aber wir können Miss Corinne doch auch hierher einladen?«

»Sie kann nicht, sie muss auf ihr Enkelkind aufpassen, das in Nordschweden wohnt. Das ist sehr weit weg von hier.«

»Kommt sie nicht zurück?«

»Doch, nach dem Sommer.«

»Das ist schade, das muss ich zugeben, denn dann schaffe ich es ja nicht, sie zu treffen, bevor ich selbst zurück nach Indien fahre. Aber vielleicht wollt ihr mich in Delhi besuchen, alle beide?«

»Ehrlich gesagt weiß ich nicht, wie es zwischen mir und Karin werden wird.«

»Es wird sicher gut werden«, sagte Yogi, klang aber nicht ganz überzeugend.

Ein bedrückendes Schweigen entstand, das Yogi schließlich brach, indem er fragte, was wir jetzt machen sollten.

»Wir sollten wie gesagt den Stenshuvud besteigen«, sagte ich und zeigte auf den Weg, der sich die Anhöhe hinaufschlängelte.

Yogi wackelte mit dem Oberkörper, als wäre ihm gerade eine Ameise ins Hemd gefallen.

»Ich glaube, wir hatten für heute genug physische Anstrengungen, Mr Gora. Es ist besser, wenn wir stattdessen zurückfahren. Diesen wunderbaren Naturpark kann ich ja bei einer anderen Gelegenheit betrachten.«

Ich nickte und lächelte.

»Aber glaub nicht, dass du um die physischen Herausforderungen herumkommst, Yogi. Denn jetzt werden du und ich zu allem Überfluss noch diese Steigung hinauffahren«, sagte ich mit einer Stimme, die versuchte, etwas scherzhaft zu klingen. »Habe ich's nicht gesagt, dass nach einer schönen Bergabfahrt immer eine anstrengende Bergauffahrt kommt. So ist das Leben.«

Mein Freund holte einen Kamm aus der Innentasche seines Tweedjacketts und begann langsam sein schwarzes, ölglänzendes Haar in den gewohnten Seitenscheitel zu kämmen. Sein Blick wurde in sich gekehrt, als ob er nach den richtigen Worten suchte. Nach einem weiteren kurzen Schweigen räusperte er sich und steckte sich eine Bidi an, nahm einen tiefen Zug und ließ den Rauch durch die Mundwinkel und Nasenlöcher hinaussickern.

»Bei näherem Nachdenken brauchen wir die Steigung überhaupt nicht hinaufzufahren, Mr Gora. Wir können die Fahrräder stattdessen doch auch den Hügel hinaufschieben. Das dauert etwas länger, aber es hat den unumstößlichen Vorteil, dass es uns nicht vollkommen den Saft aussaugt.«

Seine Augen blitzten auf und die Stimme wurde auf einmal intensiv.

»So kann man Probleme des Terrains und des Daseins auch lösen, Mr Gora! Mit Geduld, wie wenn man ein Fahrrad einen Hügel hinaufschiebt! Und was Miss Corinne angeht, so glaube ich, dass du die Geduld auf die allerbeste Art und Weise herrschen lassen musst, was ja nicht so leicht ist, das will ich nicht leugnen, was sich aber letztendlichsten Endes genau als die Medizin erweisen könnte, die in diesem spezifischen Fall die beste Wirkung hat!«

Ich nickte und lächelte über Yogis Fähigkeit, nie mehr als höchstens eine Minute um eine Antwort verlegen zu sein. Wir gingen langsam den ansteigenden Weg hinauf und ließen uns so viel Zeit, dass sowohl Keuchen als auch Muskelkater ausblieben.

»Da siehst du, Mr Gora! Mit Geduld erspart man sich viel Leid«, triumphierte Yogi, als wir auf dem Bergkamm angekommen waren.

Nach einer Stunde gemächlichen Tretens waren wir zurück in

Gert-Inges Haus im Pomonadal, in letzter Minute, bevor das heftige Unwetter hereinbrach, das bereits im Anmarsch gewesen war. Bleischwere Wolken bedeckten nun den ganzen Himmel, und der Wind wurde langsam zum Sturm. Blitze und Donner wechselten einander in einem reißenden Strom von Ausbrüchen ab, und dann kam der unvermeidliche Sturzregen, der wie ein wütender Trommelwirbel gegen die Fenster peitschte.

»Schon Monsun?«, fragte Yogi verwundert.

»Nein, das ist nur normales schwedisches Sommerwetter«, sagte ich. »In Schweden regnet es das ganze Jahr lang immer wieder. Du hast während deines bisherigen Aufenthalts hier nur Glück gehabt, dass du Wolkenbrüchen und peitschendem Wind entgangen bist.«

»Glück? Was meinst du damit? Glück hat doch wohl im Gegenteil der, der solch einen prächtigen Regen miterleben darf! Eine Gottesgabe, die sowohl für uns Menschen als auch für die Gewächse ein Segen ist, die einmal unsere beste vegetarische Nahrung werden sollen! Denk daran, Mr Gora, dass der Regen ein Segen ist!«

Am Abend, nachdem wir in der Küche ein Abendessen bestehend aus einem Mikrowellen-Blumenkohlgratin von Findus samt Knäckebrot mit fettarmem Frischkäse verzehrt hatten, wechselten wir ins Wohnzimmer. Ich schaffte es, ein Feuer anzumachen, und goss uns jedem einen Calvados der Standardmarke Boulard ein, der im Hinblick auf Gert-Inges großspurigen Schnapsgeschmack ein verwunderlicher Bestandteil seines Barschranks war. Yogi setzte sich zufrieden im Ledersessel zurecht und fing bald an, die Richtlinien für meine Zukunft als skandinavischer Weiterverkäufer von indischer Konfektion aufzuzeichnen. Wenn er zurück in Indien war, würde er zusehen, dass neue Lieferungen von Pashminaschals, Tuniken und Saristoffen zu mir gelangten. Und dann sollte ich die Straßenverkäufe in Gang bringen.

»So muss es sein, Mr Gora! Du musst nur daran denken, dem Publikum ein bisschen von dir selbst zu geben, um seine Gunst zu erlangen.«

»Und was meinst du mit ›ein bisschen‹?«, fragte ich unruhig.

»Nur ein paar einfache Tanzschritte oder etwas anderes von unterhaltendem Charakter, das ihr Interesse weckt. Vielleicht mit Unterstützung irgendeines spielfreudigen Musikanten.«

Göran Borg, 54 Jahre alt, arbeitsloser Werbefachmann mit ausgesprochenen Beziehungsproblemen und einem etwas birnenförmigen Körper. Auch bekannt als der tanzende Starverkäufer von indischer Konfektion im schwedischen Straßenmilieu. Kommen Sie, kaufen Sie!

Nein, ich glaube nicht.

»Das wird nicht funktionieren. Ich bin nicht nur ein grauenvoller Tänzer, ich bin auch ein grauenvoller Verkäufer«, sagte ich.

»Aber du musst es versuchen!«, sagte Yogi und versuchte, streng auszusehen.

Das gelang ihm nicht besonders gut, er wusste ja, dass ich in diesem Fall tatsächlich recht hatte. Er nippte an seinem Calvados und ließ ihn an seiner Zunge entlanggleiten, bevor er schluckte.

»Ein wahrhaft außerordentlich gutes Apfelgetränk, Mr Gora. Aber sag mir, ganz ehrlich, womit kannst du dir dann vorstellen zu arbeiten? Du musst doch dein exzeptionell ansprechendes Gehirn mit etwas beschäftigen! Ich weiß ja, dass du ein besonders kompetenter Schreiber bist. Ist es also vielleicht doch die Kunst, Buchstaben und Wörter in die allerbesten Sätze zu verwandeln, innerhalb derer du deine Versorgung suchen willst?«

»Der Journalismus ist die schlimmste Krisenbranche. Sofern

du nicht fünfundzwanzig Jahre alt bist und eine zwanzigjährige Erfahrung der neuesten Redaktionsprogramme vorweisen kannst, hast du keine Chance. In meinem Alter ist man auf dem Arbeitsmarkt am Ende. Das ist traurig, aber leider wahr.«

»Dummheiten! Es muss doch wohl auch in diesem peripheren Land irgendeinen Beruf geben, dem sich ein Mann in den besten Jahren widmen kann!«

»Leider nicht. Die Einzigen, die in meinem Alter heute in Schweden Jobs bekommen, sind die Jobcoaches.«

»Und was sind das für Leute?«

»Leute, die man trifft, wenn man arbeitslos ist. Sie beschäftigen sich mit Mandalamalen, Yoga, Meditation, Tanz und allen möglichen Spinnereien und werden vom Staat dafür unterstützt, dass sie arbeitslose Leute mit sinnlosen Tätigkeiten beschäftigen.«

Yogi sah mich verwundert an.

»Entschuldige, Mr Gora, aber meinst du, dass Yoga, Meditation und Tanz sinnlose Beschäftigungen sind?«

»Nicht, wenn du sie ausübst«, brachte ich schnell heraus. »Aber wenn schwedische Lebens- und Jobcoaches das tun, sind es oftmals sehr sinnlose Beschäftigungen.«

»Warum das?«

»Weil sie nicht wissen, was sie da tun! Sie sind nur darauf aus, Geld zu verdienen.«

»Und du meinst, dass sie wirklich auch Geld verdienen, obwohl sie nicht wissen, was sie tun?«

»O ja!«

Yogis Blick nahm einen begierigen Ausdruck an.

»Dann ist es vielleicht das, was du werden solltest, Mr Gora, Jobcoach!«

Ich schüttelte den Kopf und lachte.

»Manchmal bist du fast zu lustig, Yogi.«

KAPITEL 36

Am nächsten Morgen erwachte ich von den Klängen indischer Tempelmusik. Zuerst glaubte ich, ich würde noch schlafen und träumen, aber dann stand ich auf und sah durch das offene Schlafzimmerfenster in den absolut realen Garten hinunter. Dort stand Yogi in einem weißen Kurta Pyjama mit passendem Schal in Yogastellung auf einem Bein, die Handflächen zum Himmel gewandt.

Das tragbare kleine Radio mit CD-Player, das ich als das von Gert-Inges Küchentisch identifizierte, stand neben meinem barfüßigen Freund auf dem frisch gemähten Rasen und gab ein von Becken begleitetes monotones Lied von sich. Yogi hatte die Augen geschlossen und summte mit, und ich wunderte mich, wie dieser kleine Mann seinen Körper so geschickt in Balance halten konnte, noch dazu mit geschlossenen Augen. Ein paar Räucherstäbchen, die im Gras steckten, verströmten einen starken Sandelholzduft.

Nach dem Unwetter des gestrigen Abends hatte die Sonne ein Comeback im großen Stil gefeiert und lugte bereits über die Baumspitzen. Ein Milan kreiste majestätisch am Himmel, und die leichte Meeresbrise ließ die Blätter der hohen Birken beruhigend rascheln. Ich blickte über die Apfelplantagen hinaus und war wie berauscht von dem wunderschönen Anblick. Die Bäume standen nun in voller Blüte. Das ganze Pomonadal schimmerte in Weiß und Rosa.

Nachdem ich mir eine Jeansshorts und ein T-Shirt angezogen hatte, tappte ich in die Küche hinunter und setzte Kaffee auf. Es war immer noch Frischkäse im Kühlschrank, den ich auf vier Knäckebrotscheiben strich und mit Salat aus dem wilden Gemüsebeet hinter dem Haus belegte. Mit einem Tablett in der Hand ging ich zu Yogi hinaus und deckte unser Frühstück auf einem weiß gestrichenen gusseisernen Tisch, der im Schatten unter dem Kastanienbaum stand. Mein Freund hatte sich in den Schneidersitz gesetzt und seine Augen geöffnet.

»Ah, Mr Gora, was für ein wunderbarer Morgen das doch ist, nicht wahr?«

Der Duft von frisch gebrühtem Kaffee ließ Yogi in einem genussvollen Lächeln erstrahlen, das jedoch erstarrte, als er den ansonsten so armseligen Inhalt des Frühstücks bemerkte.

»Es gibt an dem schwedischen harten Brot nichts auszusetzen, Mr Gora, auch nicht an dem weißen, weichen Käse. Aber es gibt etwas, das abwechslungsreiche Ernährung heißt, und mein allerbester Magen schreit gerade wie besessen nach etwas abwechslungsreicherem, und, nicht weniger wichtig, etwas sättigenderem Essen. Ich will mich wahrhaftig nicht über das vorzügliche Kuchenbuffet beklagen, das wir gestern genossen haben, aber ein Mann von meiner Zusammensetzung kann nicht nur von Süßigkeiten leben.«

Ich versicherte Yogi, dass es auch in diesem Teil Schwedens Lebensmittelläden gab und dass wir heute einen solchen besuchen könnten, um etwas essbares Vegetarisches für ihn zu finden, das – wie das Hirschfilet in Gert-Inges Gefriertruhe, auf das ich mich eingeschossen hatte – zu den guten französischen Weinen im Keller passte.

»Aber fühlst du dich nicht schon ein kleines bisschen satt, nach all dieser spirituellen Nahrung?«, neckte ich ihn.

Yogi nahm einen Bissen Knäckebrot und spülte ihn angestrengt mit einem Schluck Kaffee hinunter.

»Es ist wahrhaft erfrischend zu hören, dass du heute so zu Scherzen aufgelegt bist, Mr Gora. Aber Spaß beiseite, du hast auch ein bisschen recht. Ich bin froh darüber, dass es mir mithilfe meiner mitgebrachten CDs, die seelenstärkende Klänge enthalten, und Gart-Inges tollem Musikapparat von japanischem Fabrikat gelungen ist, eine so gottgefällige Stimmung in diesem großartigen Garten zu erzeugen. Das stillt absolut meinen geistlichen Hunger, kann aber leider nicht die Lust lindern, die ich nach etwas leckerem Würzigem und auf die beste Art und Weise angenehm Kalorienreichem verspüre. Gibt es keinen Falafelkiosk in der Nähe?«

»Leider nein, jedenfalls nicht dass ich wüsste.«

Yogi seufzte und kaute weiter an seinem knirschenden Knäckebrot. Als wir unser mageres Frühstück aufgegessen hatten, schlug er vor, dass ich ihm bei einer abschließenden geistlichen Übung Gesellschaft leistete.

»Dies ist eine Puja, die auch jemand ausführen kann, der behauptet, keinen Glauben an Göttlichkeiten zu hegen, da sie zu gleichen Teilen die körperliche Elastizität fördert und sinnloser Schwermut vorbeugt.«

Yogi schaltete den CD-Player wieder ein und gab mir per Handzeichen zu verstehen, dass ich mich neben ihn ins Gras setzen sollte. Aufgrund meiner Steifheit hatte ich schon große Probleme damit, auch nur im Schneidersitz zu sitzen, und als Yogi zeigte, dass wir gleichzeitig den Oberkörper nach vorn beugen sollten, sodass der Kopf zwischen den Beinen landete, gab ich ein gequältes Stöhnen von mir.

»Hör auf die Musik!«, ermahnte er. »Die Götter erzählen dir, wie du es machen sollst!«

Welche Götter es genau waren, die durch den CD-Player kommunizierten, weiß ich nicht, aber sie klangen so beharrlich, dass ich es nach etwa einer Minute geschafft hatte, meinen Kopf so nach unten zu pressen, dass zumindest meine Stirn mein eines Knie berührte. Nach einer weiteren Minute musste ich mich wieder aufrichten.

»Oooooommm, Shanti, ooooooommmm«, leierte Yogi.

Seine Augen waren wieder geschlossen, also schloss ich meine auch. Das Gebetslied strömte weiter aus dem Lautsprecher des CD-Players, und nach einer Weile fühlte ich eine merkwürdige Leichtigkeit in Körper und Seele. Es war, als wiegten mich die monotone Musik und Yogis wiederkehrendes Leiern in einen schwerelosen Zustand. Meine Gedanken schwebten frei von Thema zu Thema, ohne dabei Wurzeln zu schlagen, um allmählich in einen gleichmäßigen und weichen hellblauen Schein überzugehen, der sich wie Baumwolle über das Gehirn legte. Wenn man von Leere erfüllt werden kann, war es genau das, was passierte. Meine gewohnten Grübeleien und mein ständiges Wiederkäuen verschwanden, genauso wie Zeit und Raum.

Wie lange ich mich in diesem Sinneszustand befunden hatte, wusste ich nicht, als ich in der Pause zwischen zwei Tempelliedern von einem schniefenden Geräusch geweckt wurde. Hellwach sah ich mich um und stellte fest, dass Yogi bereits aufgestanden war und sich auf den Weg in Richtung des Schniefens gemacht hatte, das immer hartnäckiger wurde.

Ich folgte ihm zum Zaun hinüber, vor dem eine junge blonde Frau mit Pferdeschwanz, Wanderschuhen und einem Rucksack auf dem Rücken stand, die die Hände vors Gesicht geschlagen hatte und schluchzte. Dass sie gerade dort stand, war an sich keine Sensation. Am Haus führte ein Wanderweg vorbei, und wir hatten schon andere Wanderer passieren sehen. Es war dagegen das erste Mal, dass wir mit einem so offensichtlich unglücklichen Wanderer konfrontiert wurden.

»*My dear little miss, don't you cry! Everything will be fine*«, sagte Yogi tröstend und legte eine Hand auf die Schulter des Mädchens.

Als er sie berührte, entblößte sie ihr rotverweintes Gesicht. Sie sah Yogi verwundert an und war so baff, als sie den rundlichen kleinen Inder im Kurta Pyjama sah, dass sie beinahe ganz verstummte.

»*You better take a deep breath and tell me what's wrong*«, fuhr Yogi mitfühlend fort.

Seine zärtliche Stimme und sein freundliches Lächeln schienen eine beruhigende Wirkung auf sie zu haben. Nach einem hicksenden Schluchzer füllte sie ihre Lunge mit Luft und atmete dann langsam aus. Jetzt weinte sie lautlos. Die Tränen tropften auf ihr hellgrünes T-Shirt hinunter und hinterließen einen großen nassen Fleck.

Ohne weitere Kommentare nahm Yogi das Mädchen am Arm und führte sie in den Schatten des Kastanienbaums. Er reichte ihr sein Taschentuch, das sie dankbar annahm, obwohl es etwas benutzt aussah. Nachdem sie ihre Tränen getrocknet hatte, piepste sie ein »*Thank you*« und setzte sich auf einen der Stühle.

Die indische Tempelmusik verbreitete eine spirituelle Stimmung im Garten, die möglicherweise dazu beitrug, dass die weinende Wanderin, die Lisette hieß und zweiundzwanzig Jahre alt war, sich Yogi gegenüber so öffnete. Ihr Englisch hatte einen ostskånischen Akzent und eine Sprachmelodie, die es pikant und nicht ganz leicht begreiflich machte, aber dank seines hoch entwickelten Sprachgehörs hatte Yogi keine Probleme, Lisette zu verstehen.

Sie erzählte, dass sie in Simrishamn wohnte und dass sie und ihr Freund Markus auf einer dreitägigen Wanderung in der Umgebung unterwegs waren. Das heftige Unwetter der Nacht hatten sie in einem nicht ganz wasserdichten Zelt in Tjörnedal außerhalb von Baskemölla durchlitten. Dieser Umstand hatte sicher dazu beigetragen, dass sie beide durchgefroren und schlecht gelaunt waren, als sie ihre Wanderung am frühen Morgen fortsetzten. Bald hatten sie angefangen, sich über irgendein kleines Detail zu streiten, an das Lisette sich nicht einmal mehr erinnerte. Der Streit war eskaliert und hatte sich zum Schluss um ihre Beziehung gedreht. Markus hatte Lisette vorgeworfen, sie sei viel zu dominant, und sie hatte ihrerseits seinen Unwillen aufs Korn genommen, aus seinem Elternhaus auszuziehen.

»Ich habe gesagt, er wäre ein richtiges Muttersöhnchen. Wir sind jetzt fast zwei Jahre zusammen, und trotzdem will er nicht mit mir zusammenziehen«, schniefte Lisette mit einem Anflug von Ärger in der Stimme und wickelte nervös eine Strähne ihres langen blonden Haares um den Zeigefinger. »Da hat er gesagt, ich soll aufhören, über ihn zu bestimmen, und dann ist er weggegangen. Jetzt weiß ich nicht, wo er ist!«

Lisette hatte ihre Schluchzer zu einer neuen Heulattacke hochgearbeitet. Yogi nahm ihre Hände und las einen einlullenden Reim auf Hindi, der sie langsam, aber sicher wieder beruhigte. Der Rauch, der noch immer von den Stäbchen im Gras aufstieg, erfüllte die Luft mit seinem süßlichen Duft.

»Beste kleine Miss Lisette, du musst versuchen, in deinem Inneren stehen zu bleiben und den besten Wanderweg des Lebens vor dir zu sehen. Stell dir den Weg vor, den du wandern sollst.«

»Kommst du aus Indien?«, flüsterte sie schniefend.

»Ja, so ist es. Aber denk jetzt einfach nur an deinen besten Wanderweg.«

»Wie heißt du?«

»Yogendra Singh Thakur. Aber meine Freunde nennen mich Yogi, das kannst du also auch machen, wenn du willst.«

»Yogi. Bist du so ein heiliger Mann?«, fragte Lisette mit Augen, die plötzlich Neugierde ausdrückten.

»Wir alle tragen die Antworten auf die Rätsel des Lebens in uns, wenn wir uns nur von den Göttern leiten lassen«, antwortete Yogi kryptisch.

Er fischte eine Bidi aus der Tasche seiner weißen Baumwollhose, zündete sie an der Glut des Räucherstäbchens an und nahm ein paar tiefe Züge, die die spirituelle Stimmung erhöhten.

»Mach jetzt die Augen zu, Miss Lisette. Denk dir, dass der Weg bergauf führt, zum Gipfel eines Berges. Du willst dort hinauf, und du bist fest entschlossen. Deine beste jugendliche Energie glaubt zu wissen, dass du dort oben das Glück finden wirst. Aber vielleicht ist es gar nicht so, vielleicht ist es ungeheuer viel besser, den Berg nicht zu attackieren, sondern stattdessen um ihn herumzugehen! Der Weg wird etwas weiter, und du verpasst die großartige Aussicht. Aber du findest etwas anderes. Du findest schöne Blumen im Tal, und du hörst den Bach rauschen. Wenn du dir nur die göttlichste Zeit nimmst und dich deiner allerbesten Geduld bedienst, wirst du neue Dimensionen des Lebens entdecken.«

Lisette öffnete die Augen. Sie sah verwirrt aus.

»Was hat das mit Markus und mir zu tun?«

»Viel mehr, als du glaubst, kleine Miss Lisette. Zuallererst muss ich jedoch als Kulturträger der indischen Familientradition betonen, dass dieser Markus ein respektabler Junge zu sein scheint, der seine Eltern heiligt und bei ihnen wohnen will. Aber nachdem ich gleichzeitig alles über Liebesheiraten weiß und mir außerdem bewusst bin, dass ihr in diesem Land andere Gewohnheiten habt, hege ich auch ein gewisses Verständnis für deine Sehnsucht, das allerbeste Heim mit deinem Freund zu teilen, obwohl ihr noch nicht verheiratet seid. Ihr habt eure Gesellschaft ja so errichtet.«

Yogi machte ein Zeichen zum Himmel hin, als bäte er die Götter um Verzeihung, bevor er fortfuhr: »Zu wünschen, dass Markus und du euch sofort ein Nest zusammen baut, ist so, als würde man sich mit jugendlichem Übermut ganz schnell auf diese Bergspitze hinaufwünschen. Besser abwarten und sehen, was die Zeit bringt, besser um den Berg herumgehen, als ihn mit planlosem Eifer attackieren. Verstehst du, was ich meine?«

Lisette nickte schwach. Ihre Wangen waren getrocknet, und ihr Blick war stabil. Nur die geröteten Augen verrieten, dass sie geweint hatte.

»Ich glaube schon«, sagte sie. »Aber du, bist du so ein heiliger indischer Mann? Mein Onkel hat mir von solchen erzählt. Ihr habt spirituelle Kräfte, sagt er. Gurus heißt das, oder? Raucht manchmal einen Joint, aber nicht, um high zu werden, sondern um mit den Göttern in Kontakt zu kommen.«

Yogi hielt seine Bidi hoch und lächelte.

»Das hier ist kein Ganja, das ist die beste handgedrehte kleine indische Zigarre, die bewirkt, dass es den Bronchien im Hals auf die vortrefflichste Art und Weise gut geht.«

Lisette stand von ihrem Stuhl auf und umarmte Yogi so fest, dass er etwas geniert kicherte.

»Du bist auf jeden Fall ein kluger Mann. Glaubst du, es wird zwischen Markus und mir wieder gut werden?«, fragte sie. »Glaubst du, wir finden wieder zueinander?«

»Das glaube ich«, sagte Yogi. »Aber ganz sicher kann man sich in dieser unserer rätselhaftesten Welt niemals sein. Die Antwort auf deine Frage findest du entlang des Weges, den du dich zu gehen entscheidest. Und denk daran, dass der Gipfel des Berges nicht immer der beste Ort ist, trotz seiner verführerischen Aussicht.«

Lisette nahm mit einem vorsichtigen Lächeln auf den Lippen ihren Rucksack.

»Danke, dass ihr so nett wart«, sagte sie und umarmte Yogi noch einmal, bevor sie auch mich umarmte. Ich fühlte mich etwas dumm, weil ich ja gar nichts anderes getan hatte, als still danebenzusitzen und dem Gespräch zwischen Yogi und Lisette zuzuhören. Aber irgendjemand musste wohl auch diese Funktion haben. Als die junge Wanderin aus unserem Blickfeld verschwunden war, wandte sich Yogi mit einem Seufzer zu mir.

»Oh, das war wirklich viel spirituelle Nahrung an ein und demselben Vormittag. Jetzt brauche ich von ganzem Herzen etwas Bodenständiges und Kalorienreiches in meinem besten Magen!«

KAPITEL 37

Als Yogi erfuhr, dass es sieben Kilometer nach Kivik waren, wo der nächste Lebensmittelladen lag, schlug er vor, versuchsweise das blaugraue Lastenmoped der Marke Puch zu starten, das in der Garage stand und so aussah, als wäre es mindestens fünfzig Jahre alt.

»Das ist auch eine Art, sich den hügeligen Straßen des Lebens gegenüber zu verhalten, die Hilfe der göttlichen Ingenieurskunst in Anspruch zu nehmen, die der Menschheit unter anderem diese Art von dreirädrigen Motorfahrzeugen geschenkt hat«, verkündete er.

Nachdem wir zwischen all dem Kram in der Garage herumgesucht hatten, fanden wir einen roten Benzinkanister, auf dem mit schwarzem Stift »Fürs Moped« geschrieben stand.

»Wer suchet, der findet«, jubelte Yogi, völlig überzeugt davon, dass uns auch diesmal die Götter geholfen und uns den Weg zum Treibstoff gezeigt hatten.

Wir schoben das Moped in die Sonne hinaus und füllten den Tank. Schon beim dritten Versuch sprang es an und schnurrte wie eine zufriedene Katze. Es hatte ihm offensichtlich gutgetan, den Winter über im Trockenen zu stehen. Yogi lächelte zufrieden und schlug vor, dass ich hinter dem Steuer Platz nehmen sollte, nachdem Gert-Inge ja gewisse Ansichten über Yogis Fahrweise hatte. Er selbst konnte auf der Ladefläche sitzen.

Es gab nur einen Helm, und Yogi bestand darauf, dass ich in meiner Eigenschaft als Fahrer ihn tragen sollte.

»Sodass wir um eventuelle Bußgelder herumkommen«, erklärte er.

»In Schweden müssen auch Passagiere einen Helm tragen«, sagte ich.

»Dann kann ich ja meinen Schal um den Kopf wickeln wie einen Turban und sagen, dass ich Sikh bin«, schlug Yogi fröhlich vor. »Das stimmt zwar nicht exakt mit der vollkommenen Wahrheit überein, aber bedenke, dass ich als Zugehöriger der Kriegerkaste Kshatriya den Nachnamen Singh trage, genau wie alle strenggläubigen sikhischen Männer!«

»Warum willst du dich als Sikh verkleiden?«

»Damit wir um Bußgelder herumkommen, natürlich! Aus religiösen Gründen!«

»Aber in Schweden gibt es keine religiösen Ausnahmen, die einen von der Helmpflicht befreien, wenn man Moped oder Motorrad fährt.«

»Machst du Witze, Mr Gora?! Meint ihr Goras wirklich ernsthaft, dass man einen Helm über seinen Turban zwängen soll?«

»Man kann den Turban ja auch abnehmen«, schlug ich vor.

»Aber warum sollte man den Turban abnehmen, wenn sein ganzer Zweck ist, auf dem Kopf getragen zu werden? Das wirkt vollkommen unlogisch! Und widerspricht außerdem den Regeln der sikhischen Religion.«

»Die Sicherheit hat hier in Schweden höchste Priorität«, sagte ich.

»Da muss ich betonen, dass ein Sikh sich ohne seinen Turban auf dem Kopf nicht sicher fühlt, egal ob er auf einem Moped sitzt oder nicht«, konterte mein Freund.

»Aber du bist ja kein Sikh, Yogi.«

»Gewiss, aber rein theoretisch hätte ich einer sein können«, antwortete er.

Ich erklärte Yogi, dass das schwedische Sicherheitsdenken sich in die Bevölkerung so eingeprägt hatte, dass die meisten noch über das hinausgingen, was vorgeschrieben war, um allerlei Risiken zu minimieren.

»Fahrradhelm, Desinfektionsmittel, Reflektoren, Kippschutz und Abstandskellen sind nur ein Bruchteil all der Sicherheitsprodukte, die wir verwenden, obwohl sie nicht verpflichtend sind.«

»Was ist eine Abstandskelle?«

»Eine kleine Plastikstange, die man am Gepäckträger des Fahrrads befestigt, und die ein Stück heraussteht, sodass die Autos nicht zu nahe kommen können.«

Yogi sah mich verwundert an.

»Ach so, dafür ist dieses kleine Ding gedacht! Ich habe es schon bei mehreren Fahrrädern hier in Schweden gesehen, dachte aber, es wäre ein Haken, an den man Gepäck hängen kann. Verblüffend in all seiner verblüffendsten Bedeutung, dass man so ein Ding braucht, wo es doch auf den schwedischen Straßen so unendlich viel Platz gibt. Ihr habt ja sogar spezielle Wege für Fahrräder!«

Mit diesem Ausrufezeichen setzte Yogi einen Punkt unter die Diskussionen zu diesem Thema. Er setzte sich im Schneidersitz auf die Ladefläche des Mopeds und wickelte seinen Schal ein paarmal um den Kopf, sodass es tatsächlich ein bisschen wie ein Turban aussah.

»Aber das hilft doch nichts, Yogi«, sagte ich.

»Natürlich hilft es! Gegen Zug in den Ohren!«

Damit machte unsere ohnehin schon merkwürdige Equipage einen noch exotischeren Eindruck. Es gab in Österlen zwar eine Menge exzentrischer Künstler und Bauernoriginale, aber ein schwedischer Mann mittleren Alters, der ein Moped mit einem turbantragenden Inder auf der Ladefläche fuhr, war trotzdem etwas Ungewöhnliches. Zwei Teeniemädchen an der Bushaltestelle sahen uns daher lange nach, als wir auf der anderen Seite der Landstraße, gegenüber vom Pomonadal, in Richtung Rörum fuhren.

Mit seiner schweren Last kämpfte sich das Moped mühsam eine steile kleine Straße hinauf, die von geschmackvoll renovierten alten Häusern und einer dicken Mauer gesäumt war und zu der weißen Kirche mit spitzem Turm in der Dorfmitte führte. Dort bog ich in den Byavägen ein, der sich wie eine schläfrige Ringelnatter durch den Ort schlängelte. Ein kleines Stück weiter oben auf der rechten Seite lag eine alte Volksschule, die zu einer Crêperie umgebaut war, aus deren offener Tür ein herrlicher Geruch nach geschmolzenem Käse und Gewürzen drang.

Yogi bat mich energisch anzuhalten.

»Hier können wir vielleicht essen?«, fragte er hoffnungsvoll.

Mein Freund wurde noch enthusiastischer, als ich ihm erklärte, dass eine Crêperie Pfannkuchen mit verschiedenen Füllungen serviert.

»Wie Dosa?«

»Ja, fast.«

»Und das hast du mir vorenthalten? Lass uns sofort zu Tisch gehen!«, rief Yogi aus und machte einen gewagten Sprung von der Ladefläche.

»Es ist zu früh«, sagte ich und zeigte auf ein gemaltes Holzschild vor dem Eingang, das verkündete, dass das Lokal erst um drei Uhr nachmittags öffnete, in einer guten Stunde.

Yogi konnte für sein Leben nicht begreifen, warum schwedische Esslokale nicht geöffnet waren, wenn man sie brauchte, was seiner Meinung nach wenn nicht immer, dann zumindest während »der zweiundzwanzig appetiterregendsten Stunden des Tages« der Fall war.

»Ich kann meinen beschwerlichsten Hunger nicht mehr unterdrücken, also müssen wir uns wohl zu diesem Lebensmittelladen begeben«, murrte er enttäuscht und hüpfte wieder auf die Ladefläche.

Wir fuhren weiter an einem Vierkanthof mit drei darum herum gruppierten Fachwerkhäusern vorbei, die eine Kiesfläche und einen prächtigen Garten einrahmten. An der Einfahrt zum Grundstück hing ein Holzschild mit der Aufschrift »Gugges Kunst & Batik«, und ganz hinten sah man ein Kunstwerk, das fünf kolossale Kugelschreiber darstellte, die wie eine große bunte Hand aus dem Rasen ragten. Eine Wäscheleine mit Batikkleidungsstücken in verschiedenen Farben vollendete die bunte Pracht.

Der Farbfan Yogi zeigte darauf und nickte fröhlich, bevor er mir zurief, mehr Gas zu geben. Wir kamen allerdings nicht weiter als bis zur Kurve am Ende des Dorfes, wo wir plötzlich von einem kleinen Tumult aufgehalten wurden. Zwei Stiere rannten Seite an Seite mitten auf der Straße, ein normaler schwarz-weißer schwedischer Stier und ein kleineres braunes Hochlandrind mit zotteligem Fell und langen, spitzen Hörnern. Hinter ihnen hatte sich bereits eine kleine Autoschlange gebildet, und neben den gestressten Tieren liefen zwei junge Männer in Gummistiefeln und Blaumännern mit der Aufschrift »Kanalreinigung« auf dem Rücken. Offenbar zwei Söhne des Dorfes, die zu irgendeinem Auftrag unterwegs waren und sich jetzt zum Eingreifen genötigt fühlten, während alle anderen mit verschränkten Armen dastanden und das Drama vom Straßenrand aus verfolgten.

Mithilfe von Stecken versuchten sie, die Tiere zum Umkehren zu bewegen, damit sie zu der Weide zurückliefen, aus der sie wohl ausgebüxt waren. Als es so aussah, als könnten die beiden jungen Männer Erfolg haben, machte der schwarz-weiße Stier einen überraschenden Schwenk zur Seite und rannte nach rechts auf einen Kiesweg. Das Fluchtmanöver triggerte auch den langhaarigen Stier, und bald waren beide in Richtung einiger Villengrundstücke unterwegs.

Ein Mann in meinem Alter und mit einer ähnlichen Körperkonstitution stand in seiner Einfahrt und wedelte ängstlich mit einer kleinen Birkenrute, dass das Bauchfett unter seinem viel zu engen weißen T-Shirt nur so wabbelte. Etwa zehn Meter von ihm entfernt stand seine adrette Frau mit einem Lächeln auf den Lippen und einer aufgebrachten kleinen französischen Bulldogge im Schoß.

»Bravo, jetzt zeig allen, was für ein unglaublich mutiger Mann du bist!«, rief sie mit erschlagender Ironie in der Stimme.

Aber anstatt die Tiere zu verjagen, lockte der Mann sie mit der Rute zu sich. Zuletzt blieb ihm nichts anderes übrig, als einen unbeholfenen Satz zur Seite zu machen, um nicht umgerannt zu werden.

»Schschsch!«, machte er mit erzwungenem Mut, als die gestressten Stiere schon auf dem Weg zum Nachbargarten waren, als hätte er es tatsächlich geschafft, sie zu verschrecken, und nicht umgekehrt.

Ich konnte mich fast in dem armen Teufel wiedererkennen, und das nicht nur physisch. Er roch hundert Meter gegen den Wind nach tollpatschigem Städter, was man von seinem Nachbarn nicht gerade behaupten konnte. Letzterer kam gerade mit seinem Jeep auf den Kiesweg gedonnert, machte eine Vollbremsung, warf sich aus dem Auto und ergriff ein großes Eisenrohr, das auf dem Boden lag. Dann raste er mit vollkommener Todesverachtung auf sein Haus zu und stellte sich wie ein Seiltänzer mit seiner Balancestange mit dem Eisenrohr in der Hand an die Grundstücksgrenze, um den Rasen vor den tiefen Abdrücken der Stierhufe zu schützen.

»Ihr kommt verdaaaaaaammt noch mal nicht schon wieder in meinen Garten!«, brüllte er, als der schwarz-weiße Leitstier genau das zu tun versuchte.

Ein Machtspiel begann. Der Mann stieß mit dem Rohr, und der Stier trat mit dem einen Vorderbein in den Boden. Der Mann stieß noch einmal, und der Stier muhte drohend.

»So ist's richtig, Peter!«, schrie sein ungeschickter Nachbar und wedelte von Neuem mit der Birkenrute. »Ich habe auch Besuch gehabt, sie aber in letzter Minute vertreiben können!«

Die Ehefrau mit der französischen Bulldogge auf dem Schoß lachte höhnisch und schüttelte den Kopf.

»Er ist ein richtiger Held, mein Mann!«, schrie sie schadenfroh.

Als das langhaarige Rind neben seinem Ausreißerfreund aufschloss, bekam der Eisenrohrmann seinerseits Verstärkung in Form der jungen Männer von der Kanalreinigung mit den Stöcken. Das Ganze endete damit, dass die Stiere umkehrten und stattdessen ihre Zuflucht auf einem Hügel neben einem gegenüberliegenden Fachwerkhaus suchten.

Peter und die jungen Männer rannten hinterher, taten sich jedoch immer noch schwer, mit den rasenden Tieren Schritt zu halten. An diesem Punkt griff Yogi ein. Er sprang von der Ladefläche des Mopeds, ging ruhig den Hügel hinauf, stellte sich in etwa zwanzig Metern Entfernung vor die Stiere hin und fing an, mit lauter Stimme zu singen.

The hills are alive with the sound of music!
With songs they have sung for a thousand years!
The hills fill my heart with the sound of music!
My heart wants to sing every song it hears!

Es steht in keinem Bauernhandbuch und auch in keiner anderen Fachliteratur. Fakt ist jedoch, dass die Darbietung des Leitmotivs aus einem amerikanischen Musical der 1960er-Jahre, das im österreichischen Alpenmilieu der 1940er-Jahre spielt, genau die richtige Methode war, um zwei rasende Stiere im skånischen Rörum der 2010er-Jahre zu beruhigen. Zumindest wenn es von einem rundlichen Inder in einem weißen Kurta Pyjama und einem Pseudoturban gesungen wurde.

Mit offenen Mündern beobachteten Peter und die jungen Männer Yogi, als er, immer noch singend, auf den perplexen schwarz-weißen Stier zuging.

»*The hills are alive*«, wiederholte er, nun aber mit leiser Stimme, und ging dann ruhig den Hügel hinunter, das eine Horn des Stiers fest in der Hand, der wie sein langhaariger Freund ganz friedlich mitkam.

Drei Minuten später waren die Ausreißer wieder auf ihrer Weide. Aber das Gemurmel der Zuschauer hielt sich noch lange.

KAPITEL 38

Als wir uns nach dem dramatischen Erlebnis mit den Stieren an einem der rustikalen Holztische in der Crêperie niederließen, hatte das Gerücht um Yogis Heldentat bereits seinen Weg dorthin gefunden. Der Kellner, ein gut gebauter junger Mann mit scharfen Gesichtszügen und einem kleinen Pferdeschwanz à la Ibrahimović, nickte meinem Freund beeindruckt zu.

»*Very well done with the bulls*«, sagte er anerkennend und fragte höflich, ob wir ein Glas Cidre aufs Haus haben wollten, während wir die Speisekarte studierten.

Das war absolut in Ordnung, fand Yogi, nachdem er sich vergewissert hatte, dass das nicht bedeutete, dass wir besonders lange auf unser Essen warten mussten. Er nippte an dem bernsteinfarbenen Getränk, das in Keramikkrügen serviert wurde, und mochte es sofort.

»Es erinnert im Aussehen und dem leicht perlenden Zustand an einen Whisky mit Soda, schmeckt aber wahrhaftig vollkommen anders. Ist das wieder Apfel, sag?«

Ich nickte.

»Genau wie in dem starken Schnaps in Gart-Inges Barschrank! Das ist wahrlich eine göttliche Frucht, zu der ihr Goras ein seltsam kompliziertes Verhältnis habt, wie ich finde.«

»Wie meinst du das?«, fragte ich.

»Na ja, einerseits scheint ihr besonders geschickt darin zu sein, diverse Getränke aus Apfel zu produzieren, und andererseits war es doch wohl genau diese Frucht, die dort oben in eurem sonderbaren Paradies solches Chaos angerichtet hat, als euer einziger Gott wütend wurde, weil eine arme nackte Frau von einem Apfel gegessen hat.«

Er senkte die Stimme und fuhr fort.

»Unter uns gesagt, war das nicht eine kräftige Überreaktion? Ich meine, nachdem euer Gott allein ist und keine Hilfe bekommt, im Unterschied zu unseren Millionen von Göttern, die einander beistehen, sollte er seine teure Zeit wohl mit wichtigeren Dingen verbringen als einen Apfelbaum zu bewachen?«

Yogi hatte den Schal von seinem Kopf entfernt und ihn stattdessen um seinen Hals gehängt, was das Interesse der Umgebung an ihm nur marginal verminderte. Den meisten der übrigen Restaurantgäste fiel es schwer, den Blick von dem Mann mit der merkwürdigen Kleidung und der üppigen Körpersprache abzuwenden.

»Du hast recht, das war eine unnötig harte Strafe, die wir Menschen dafür bekommen haben, dass Eva ein bisschen Obst stibitzt hat. Ansonsten sind es wohl eher die Franzosen im Besonderen als die Goras im Allgemeinen, die das Talent haben, feine Destillate aus Äpfeln herzustellen. Und Crêpes zu machen. Was für einen willst du haben?«

Ich übersetzte die Speisekarte, die teils aus den nahrhaften Pfannkuchen namens Galette bestand, die aus Buchweizenmehl gemacht werden, und teils aus Desserts in Form von Crêpes mit verschiedenen süßen Füllungen. Alle Gerichte waren nach Charakteren aus der literarischen Welt des Österlener Schriftstellers Fritiof Nilsson Piraten benannt. Ich wählte einen Nils Gallilé mit Truthahnbacon und Blattspinat, während Yogi, nach Entscheidungsschwierigkeiten, wie ich sie in der Wahl von Essen noch nie bei ihm gesehen hatte, einen Vantek aus der Novelle »Der Mann, der einsam wurde« mit gegrilltem Ziegenkäse und Roter

Bete nahm. Doch bevor der Kellner unsere Speisekarten zuschlagen konnte, änderte mein Freund seine Meinung.

»Ich glaube, ich nehme doch einen anderen! Ihr habt nicht zufällig etwas mit Kardamom und Ingwer?«

»Leider nein.«

»Oder mit Kurkuma und Chili?«

»Tut mir leid.«

»Garam Masala?«

»Nein.«

»Dann vielleicht etwas mit wohlschmeckendem Curry?«, fuhr Yogi mit einer Stimme fort, die immer weniger hoffnungsvoll klang.

Der junge Mann lächelte verlegen und schüttelte den Kopf. Die Situation fing an, richtig peinlich zu werden, als eine braungebrannte Frau mittleren Alters mit einem freundlichen Lächeln auf den Lippen erschien. Sie stellte sich als Beatrice, die Wirtin des Restaurants vor.

»Miss Beatrix!«, rief Yogi aus. »Was für ein besonders entzückender Name für eine so entzückende Dame! Ich heiße Yogendra Singh Thakur, aber alle meine Freunde nennen mich Yogi. Und weil es sich schon so anfühlt, als wären wir Freunde, liebe Miss Beatrix, nennen Sie mich doch Yogi! Was für ein wunderbares Wirtshaus Sie haben!«

»Vielen Dank«, antwortete Beatrice fröhlich und zog ihr Kleid zurecht, das tatsächlich ein bisschen indisch aussah.

Das war Yogi natürlich aufgefallen. Er wies darauf hin und lobte das schöne Muster und den eleganten Schnitt.

»Miss Beatrix, ich bin sicher, dass Sie mit ihrem hoch entwickelten Geschmack, was Einrichtung, Damenkonfektion und kulinarische Kochkunst angeht, die Kunst beherrschen, ein bisschen zu improvisieren, wenn Not am Mann ist?«

Beatrice sah meinen Freund verwundert an. Yogi rieb sich die Hände und setzte diese untertänige Miene auf, die der Katzbuckelei gefährlich nahekam, aber dank eines kindlichen Kicherns, das nachfolgte, gerade noch okay war.

»Ich will in keinster Weise unzufrieden mit dieser exzellenten Liste leckerer Gerichte wirken, die ihr serviert, muss aber trotzdem die Gelegenheit wahrnehmen, zu fragen, ob Sie genauso vertraut mit indischem Essen sind wie mit indischer Kleidung?«

»Genauso wenig vertraut, würde ich eher sagen. Aber ich bin in Indien gewesen, und ich liebe indisches Essen«, antwortete sie.

»Dosa?«

»Jaja, das ist sehr gut«, sagte Beatrice.

»Glauben Sie also, dass Sie ein Dosa kreieren können? Mit Sambar und Kokoschutney?«

Beatrice war nicht ganz überzeugt davon, versprach aber, dass die Küche einen ernst gemeinten Versuch unternehmen würde, etwas zustande zu bringen, das zumindest ein bisschen indisch schmeckte.

Die Erleichterung legte sich wie eine weich machende Creme über Yogis runde, glatte Wangen. Er sah sich im Lokal um und erwiderte freundlich die Blicke der starrenden Restaurantgäste, die alle gleichzeitig schnell wegsahen.

»Pst«, flüsterte Yogi und legte eine gewölbte Hand über seinen Mund, um die Laute in meine Richtung zu steuern. »Es gibt etwas sehr Verwunderliches an euch Schweden, Mr Gora. Ihr liebt es, Leute anzuschauen, werdet aber vollkommen perplex scheu, wenn man zurückschaut.«

»Das ist kulturell bedingt. Wir sind von Natur aus schüchtern und so erzogen worden. Es wird nicht als höflich angesehen, Leuten, die man nicht kennt, zu lange in die Augen zu schauen.«

»Wahrhaftig ein merkwürdiges Verhalten! Wenn ihr keinen

Blickkontakt mit Unbekannten haben dürft, wie könnt ihr dann mit ihnen bekannt werden?«

Auf diese Frage hatte ich keine sinnvolle Antwort. Jeden Tag, ja fast jede Stunde, legte Yogi den Finger auf irgendeine schwedische Eigenheit, die ich nicht erklären konnte. Jedenfalls nicht befriedigend.

Ein herrlicher Duft nach frisch gebackenen Galettes mischte sich unter die französischen Chansons, die aus den Lautsprechern strömten. Ein merklich gebrauchtes Klavier, das an der einen Wand stand, gab zusammen mit den einfachen Gebrauchsgegenständen und Flohmarktfunden, die auf Tischen und Fensterbänken ihren Platz gefunden hatten, dem Restaurant eine beruhigende Patina. Wohin man auch blickte, fand man ein Stillleben, auf dem man die Augen ruhen lassen konnte.

Allerdings nahm Yogi bisher nur die Gerüche wahr. Als eine schwache, aber deutliche Nuance von Kreuzkümmel seine Nase kitzelte, schluckte er in kurzen Intervallen. Und nicht nur der Gaumen wurde angeregt. Auch seine hervorstehenden Augen tränten vor Rührung, und zwar so sehr, dass er sein Taschentuch herausholen musste, um die Flut zu stillen.

»Miss Beatrix! Riecht gut!«

Mehr brachte er nicht heraus, als der Teller mit dem skånisch-indischen Galette-Dosa vor ihm auf dem Tisch stand. Anstatt ihn einzurollen, wie es in Indien gebräuchlich war, hatte man den Pfannkuchen über einem würzigen Curry aus Kartoffeln und Gemüse zu einem Dreieck gefaltet.

Yogis Gabel zitterte in seiner Hand, als er den ersten Bissen zum Mund führte, doch als die Zunge sich mit dem Geschmack vertraut gemacht hatte, verzogen sich seine Mundwinkel zu einem strahlenden Lächeln. Während der zehn Minuten, die er brauchte, sich die Galette und einen weiteren Krug Cidre einzuverleiben, sagte er kein Wort. Dann rief er nach Beatrice und drückte seinen tiefsten Respekt über ihre Fähigkeiten aus, sein Verlangen nach indisch gewürztem Essen zu befriedigen.

»Ich bin so froh, dass wir dieses Lokal gefunden haben! Jetzt brauche ich während meines Aufenthalts hier in Schweden nicht mehr zu hungern.«

»Und ich glaube, wir haben eine neue Galette erfunden. Sollen wir sie Yogi Spezial nennen?«, fragte Beatrice.

Jetzt traten Tränen echter Rührung in Yogis Augen. Er erklärte mit zitternder Stimme, dass noch nie zuvor ein Gericht nach ihm benannt worden war und er dies als eine Ehre höchsten Ranges betrachtete.

»Du hast es wirklich geschafft, in kürzester Zeit deine Spuren im Dorf zu hinterlassen«, sagte ich zu Yogi, als Beatrice uns verlassen hatte. »Erst fängst du zwei ausgebrochene Stiere ein, und dann wird ein Pfannkuchen nach dir benannt. Das ist keine schlechte Bilanz für nur eine Stunde. Aber wie hast du das eigentlich gemacht mit diesem Stierlied? Und warum gerade *Sound of Music*?«

Yogi wischte sich zufrieden mit der Serviette den Mund ab und lehnte sich im Stuhl zurück, die Hände im Nacken verschränkt.

»Zuerst, Mr Gora, war ich von eurer unfassbaren Aufregung wegen ein paar armen Stieren auf der Straße schockiert. Ich meine, zu Hause in Indien treffen wir jeden Tag Hunderte von Kühen und Stieren im Straßenverkehr, ohne auch nur eine Augenbraue zu heben. Aber dann habe ich mich an eine sehr bösartige Kuh zu Hause in Sundar Nagar vor ungefähr zehn Jahren erinnert, die immer wieder in Gärten und Parks rannte, wenn die Wächter wegschauten oder auf ihren Stühlen vor den Häusern schliefen. Und dann war es unmöglich, sie wieder herauszubekommen! Bis sich plötzlich eines Tages eine ältere *Maid* aus einem der Nachbarhäuser neben die Kuh stellte und ›Chori Chori‹ zu singen anfing.«

»Was ist ›Chori Chori‹?«

»Ein sehr populäres Lied aus einem gleichnamigen Bollywoodfilm der Fünfzigerjahre. Die sonst so widerspenstige Kuh war von dem Lied völlig verzaubert und folgte der Haushälterin, als sie singend auf die Straße hinausging. Jedes Mal, wenn die Kuh hinterher in irgendeinen Garten lief, wurde das Hausmädchen dorthin gerufen, um sie mit ihrem schönen Lied herauszulocken, und jedes Mal hat es funktioniert! Da überlegte ich, dass diese Taktik auch bei ein paar schwedischen Stieren funktionieren könnte, aber dass man wohl etwas singen musste, das sie ein bisschen besser verstanden. Auch wenn eure Stiere die englische Sprache nicht in Vollkommenheit beherrschen, ist es doch trotzdem ein bekannterer Klang für sie als Hindi, dachte ich. Deshalb entschied ich mich gerade für das wunderbar wunderbare Lied aus *Sound of Music*! Das ist einer der äußerst wenigen Filme aus Hollywood, die wirklich Klasse haben! Und schau, es hat geklappt!«

»Du bist ein Genie, Yogi. Aber warum bist du ausgerechnet von *Sound of Music* so begeistert?«

Er sah mich mit einem väterlichen, belehrenden Lächeln an.

»Weil er genau wie indische Filme Musik enthält! Und weil die Schauspieler in *Sound of Music* es beherrschen, sich wirklich der Schauspielerei hinzugeben! Das scheint ja in euren tristen Gora-Filmen ansonsten verboten zu sein.«

Yogi hatte sich nun zu einem cineastisch gefärbten Temperament hochgeschaukelt, das in einer langen, blumigen Rede darüber resultierte, warum Bollywood Hollywood als Traumfabrik weit überlegen war. Über den obligatorischen Einsatz von Tanz und Musik in indischen Filmen hinaus betonte er emphatisch die

Fähigkeit der indischen Schauspieler, auf eine wirklich theatralische Weise Theater zu spielen.

»Ihr Goras habt ja überhaupt nichts verstanden, wenn ihr die ganze Zeit so viel Realismus wie möglich anstrebt! Wenn ich nur Realismus möchte, gehe ich hinaus und sehe mich mit meinen besten realistischen weit geöffneten Augen auf der Straße um. Wenn ich mich in den Kinosalon setze, möchte ich dagegen von der exzellenten Fähigkeit der Schauspieler unterhalten werden, sich durch Schauspielerei zu verstellen! Ich will keine Masse überbezahlter Akteure ganz gewöhnlich reden hören! Das kann ja jeder!«

Dieser fundamentale Unterschied zwischen westlichem und östlichem Filmgeschmack ließ sich bei uns nicht überbrücken. Dagegen waren wir uns in unserer Leidenschaft für das Dessert, einem Crêpe mit in Butter gebratenen Zimtäpfeln, Vanilleeis und Calvados, absolut einig.

Es war ein sehr zufriedener Yogendra Singh Thakur, der nach der Mahlzeit unsere Pläne, nach Kivik weiterzufahren, entschlossen ad acta legte und mich stattdessen bat, für einen Mittagsschlaf zurück ins Pomonadal zu fahren. Mit so viel Essen im Magen konnte der Einkauf im Lebensmittelladen gut warten.

»Das ist ein besonders exzeptionell schöner Name, Pomonadal«, lächelte er, als wir auf den Schotterweg abbogen und an den glitzernden Kornfeldern und blühenden Apfelplantagen vorbeifuhren.

»Pomona war in der römischen Mythologie die Göttin der Früchte und der Gärten. Das habe ich auf Wikipedia gelesen«, sagte ich, als wir bei Gert-Inges Haus angekommen waren.

Das war eine Information, die ganz nach dem Geschmack des göttlich interessierten Textilimporteurs aus Delhi war und die ihn außerdem daran erinnerte, dass er seine eigene »göttergleiche« Frau anrufen wollte.

Yogi zog sich in eine Ecke des Gartens zurück, um ungestört mit Lakshmi zu telefonieren. Sein Gesicht leuchtete auf, als sie antwortete, bekam aber bald einen etwas besorgten Ausdruck. Nach dem Gespräch ging er mit ernster Miene auf mich zu, um etwas zu sagen, als plötzlich eine Stimme ertönte, die uns bekannt vorkam.

»Yogi! Du bist wirklich ein Guru! Ein richtiger indischer Guru!«

KAPITEL 39

Es war Lisette, die weinende Wanderin, die wieder vor dem Zaun auftauchte. Aber diesmal heulte sie nicht, sondern strahlte mit der Sonne um die Wette. Neben ihr stand ein junger Mann, den sie sehr fest an der Hand hielt. Er errötete unter seiner leichten Sonnenbräune und lächelte verlegen.

»Du hattest recht, Yogi!«, rief Lisette. »Du hattest recht damit, dass man nicht auf den Berg hinaufgehen sollte! Man sollte stattdessen darum herumgehen, und genau so habe ich ihn gefunden!«

Lisette zog ihren Fund mit sich durch das offene Gartentor und stellte ihn genauso stolz vor uns hin wie eine Katze, die eine Maus gefangen hat und die Beute zur allgemeinen Beschau vor sich hinlegt. Allerdings mit dem bedeutenden Unterschied, dass der junge Mann am Leben war.

»Das ist Markus!«, sagte Lisette eifrig und warf ihrem Freund einen freundlichen, aber doch etwas auffordernden Blick zu.

Der junge Mann fuhr sich nervös durch sein blondes kurz geschnittenes Haar, bis er begriff, dass er uns begrüßen sollte. Sein Handschlag war vage, kalt und feucht, was der monströsen Tätowierung in Form eines Totenkopfs mit flammenden Augen, die den einen Unterarm bedeckte, einen fast komischen Ausdruck verlieh.

»Markus«, sagte er mit brüchiger Stimme.

»Ja, Markus!«, rief Yogi aus. »Es ist mir eine erstaunlich große Freude, Ihre Bekanntschaft zu machen!«

Erst sah es so aus, als glaubte Markus, Yogi würde ihn veräppeln, doch als mein Freund sein patentiertes Lächeln ins Rennen schickte, verschwand der Zweifel im Blick des jungen Mannes. Er machte Anstalten, seine Arme zu verschränken, schaffte es aber nicht, bevor Lisette seine rechte Hand wieder an sich gerissen hatte.

Ohne zu fragen, zog sie Markus mit sich zum gusseisernen Tisch und den Stühlen im Schatten der Kastanien hinüber und ließ sich dort mit ihm nieder. Yogi und ich folgten ihnen und setzten uns gegenüber. Das behagliche Geräusch zufrieden summender Hummeln von den blühenden Lupinen gleich nebenan wurde bald in Lisettes Wortschwall ertränkt.

»Ich habe es genau so gemacht, wie du gesagt hast, Yogi«, sprudelte es aus ihr heraus, die Augen feucht glänzend. »Anstatt auf den Stenshuvud hinaufzugehen, was das Ziel unserer Wanderung gewesen war, habe ich den Weg im Tal um den Berg herum genommen. Und plötzlich stand Markus da, an einem Bach! An einem rauschenden Bach, genau wie du gesagt hast! Er weinte, und ich war so unglaublich glücklich! Ich bin zu ihm gerannt und habe ihn fest umarmt, und dann haben wir beide geweint!«

Um die Kraft ihrer Umarmung zu demonstrieren, umklammerte Lisette Markus' rechte Hand so fest, dass seine Finger vor Blutmangel ganz weiß wurden. Yogi legte die Hände auf Lisettes Schultern und begann sie vorsichtig zu kneten. Sie sah ihn verwundert an.

»Das nennt man ayurvedische Massage«, sagte er, ohne zu unterbrechen. »Und es ist mit mehr als zweihundertfünfzigprozentiger Sicherheit die beste Massage, die man auf unserer ganzen weiten Welt kriegen kann! Alle gefährlichen Gifte und Bildungen von ekelhafter Schlacke in deinen armen Gliedern werden gelöst, um dann durch die natürlichsten Prozesse aus deinem Körper gereinigt zu werden. Außerdem hat ayurvedische Massage die

Fähigkeit, Ruhe und Harmonie zu schaffen, und ich glaube, nicht nur dir, Miss Lisette, sondern auch Markus würde es noch besser gehen, wenn du dich ein bisschen beruhigen würdest. Atme jetzt tief durch.«

Lisette tat, was er sagte, war aber so voll von Gedanken und Gefühlen, dass sie sofort wieder in Hochgeschwindigkeit zu reden begann.

»Ich verstehe schon, Yogi, dass du in Bildern gesprochen hast, als du von dem Berg und dem Tal und dem rauschenden Bach und all dem erzählt hast. Das habe ich kapiert! Aber wo es jetzt wirklich genauso geworden ist, wie du gesagt hast, habe ich auch begriffen, dass du Dinge siehst, die wir anderen nicht erfassen. Dinge, die du am Anfang vielleicht selbst gar nicht verstehst? Du kannst in die Zukunft sehen, oder? Weil du so ein kluger indischer Guru bist!«

Yogi strahlte in einem raschen und kurzen Lächeln auf, das andeutete, dass er es recht angenehm fand, so tituliert zu werden. Aber nachdem er gleichzeitig ein verantwortungsbewusster Mann war, der zumindest im Verhältnis des Menschen zu den göttlichen Kräften Bescheidenheit zu predigen pflegte, winkte er gleich abwehrend mit den Händen.

»Liebe Miss Lisette, du musst dich davor hüten, viel zu weitgehende Schlussfolgerungen aus meinen geringen Worten zu ziehen. Ich bin ein einfacher Mann mit vielen menschlichen Defiziten. Aber wenn wir weiter in den symbolischsten aller Sätze reden wollen, ohne uns zu versteigen, dann wäre es klug, die göttliche Einsicht zu beachten, dass alle innigen Beziehungen zwischen lebenden Wesen auf dem Respekt für die Freiheit und die Bedürfnisse des anderen aufbauen müssen.«

Lisette machte noch immer keine Anstalten, Markus loszulassen, worauf Yogi seine rechte Handfläche über ihren schraubstockartigen Griff legte und mit einigen fingerfertigen Bewegungen die Hand ihres Freundes befreite. Markus' angestrengter Gesichtsausdruck verwandelte sich in ein dankbares Lächeln.

»Nimm als lehrreiches Beispiel das Verhältnis zwischen Mensch und Hund«, fuhr Yogi fort. »Wer seinen Hund ständig an der Leine führt und schlägt und als Wachhund festhält, bekommt vielleicht ein gehorsames Tier, aber auch ein zorniges Tier, das bellt und knurrt und sofort die Zähne zeigt, sobald jemand am Haus vorbeigeht. Oder das scheu wird und winselt und seinen Schwanz zwischen die Beine klemmt.«

Er warf Markus einen wissenden Blick zu.

»Vergleiche das mit den freien Straßenhunden, die zu Hause in Sundar Nagar in den Vierteln herumstreifen. Sie wählen sich ihren Herrn unter all den Wachleuten, die vor den Häusern sitzen, selbst aus. Sie binden sich an den Mann, der ihnen sein letztes Stück Chapati mit Soße gibt und der sie freundlich tätschelt, ohne sie zuerst zu bändigen. Das Resultat ist der loyalste Hund, den man sich vorstellen kann. Natürlich bellt er, aber nur, wenn er es wirklich soll. Dem Straßenhund geht es gut, weil er immer willkommen ist, aber auch frei zu gehen. Daran, finde ich, solltest du in deiner allerbesten Beziehung zu Mr Markus denken.«

»Markus ist also wie ein Hund?«, fragte Lisette neugierig.

»Nein, nein, nein! Ich spreche doch symbolisch! Aber genau wie der Straßenhund hat Markus ein Bedürfnis nach Freiheit, und genau wie der Wachmann wirst du einen loyalen Hund bekommen, wenn du… nein… ich meine, du bekommst einen glücklichen Hund… nein, nein… was ich meine ist, Markus braucht eine…«

»Eine längere Leine?«

»Nein, Miss Lisette! Markus ist kein Hund! Aber wenn er ein Hund wäre, würde es ihm am besten gehen, wenn er frei durch die Straßen streifen und selbst entscheiden könnte, wann er an der Leine sein will. Oder?«

Yogi wandte sich an den armen Markus, der während des ganzen Gesprächs, das sich ausschließlich um ihn drehte, still dagesessen hatte. Er sah Yogi mit einer Ratlosigkeit im Blick an, die möglicherweise von mangelhaften Englischkenntnissen herrührte, aber vermutlich eher in Schüchternheit und Verwirrung gründete. Wie dem auch immer sein mochte, er nickte kurz und lächelte Yogi nochmals unsicher an, als der ihn lange genug angesehen hatte.

»Ja, er findet das auch«, sagte Lisette. »Er will nicht an die Leine genommen werden.«

Sie streckte ihre Hand nach der ihres Freundes aus und umfasste sie erneut fest.

»Wir sind jetzt beide so glücklich, Markus und ich! Ich werde ihn nie mehr an die Leine nehmen, und er darf kommen und gehen, wie er will. Und du bist ein ganz fantastischer Guru.«

Lisette umarmte Yogi mit ihrer freien Hand und winkte mir fröhlich zu, bevor sie Markus mit sich durchs Gartentor hinauszog.

Yogi fasste sich an die Brust, schloss die Augen und murmelte irgendetwas auf Hindi.

»Was war das?«, fragte ich ihn hinterher.

»Das war ein stilles Gebet zu den Göttern, dass Markus von nun an sein Leben unter den gleichen günstigen Bedingungen leben darf wie die Straßenhunde in Delhis besser gestellten Vierteln.«

»Ohne Leine?«

Yogi nickte und sah mich mit etwas bekümmerten Augen an.

»Mr Gora, wenn wir schon bei dieser Art von Vergleichen sind, dann muss ich zugeben, dass ich selbst meine Leine am Hals scheuern fühle.«

»Was meinst du?«

»Es wird gerade ziemlich fest an mir gezogen. Ich muss zurück nach Indien fahren.«

Obwohl ich die ganze Zeit gewusst hatte, dass Yogi mich jeden Tag verlassen konnte, kam die Nachricht wie ein Schock. Das Telefonat mit Lakshmi war auf eine energische Forderung ihrerseits herausgelaufen, dass er umgehend von seiner »skandinavischen Geschäftsreise« nach Hause zurückkommen solle. In der großen Villa in Sundar Nagar war nämlich ein Konflikt zwischen Lakshmi und Mrs Thakur ausgebrochen. Was genau geschehen war, wusste Yogi nicht, aber er hatte an der Stimme seiner Frau erkannt, dass der sogenannte Anknüpfungsprozess zwischen Schwiegermutter und Schwiegertochter in eine kritische Phase gekommen war.

»Aber war es nicht genau der Sinn der Sache, dass sie ihre eventuellen Probleme ohne deine Einmischung untereinander lösen sollten?«, erwiderte ich mit schlecht versteckter Enttäuschung in der Stimme.

»Damit hast du auf die entschiedenste Art ein bisschen recht, Mr Gora, aber manchmal muss man einen gewissen Abstand von seinen besten Prinzipien nehmen. Etwas familiäre Kabbelei ist nur gut für die sich herauskristallisierende Machtbalance, aber wenn zwei Tigerinnen um ihr Revier kämpfen und die Zähne zeigen, kann es in purem Schrecken enden, wenn es einem nicht gelingt, sie beizeiten zu stoppen«, sagte Yogi.

Von allen buchstäblichen und symbolischen Bedeutungen, die während des nachmittäglichen Gesprächs im Pomonadal diskutiert worden waren, hatte gerade dieses Gleichnis ein besonderes Gewicht. Ich würde das Drama während Yogis und meines Aufenthalts im indischen Bandhavgarh-Nationalpark im Jahr zuvor nie vergessen, als wir mitten in einem Revierkampf zwischen zwei wütenden Tigerweibchen gelandet waren.

»Ist es so schlimm?«, fragte ich.

»Noch nicht, aber es kann so schlimm werden.«

»Wann fliegst du?«

»Übermorgen, Mr Gora«, sagte Yogi und kratzte sich nachdenklich am Doppelkinn. »Aber ich werde versuchen, so schnell wie möglich zurückzukommen.«

»Wann?«

»Das kann ich nicht auf die allerpräziseste Weise sagen. Es hängt von der Stärke des Streits und auch von der Zeit ab, die ich brauche, um wieder Leben in meine momentan etwas schlummernde Exportfirma zu bringen.«

Es stach in der Brust, und mein Hals schnürte sich zusammen, als steckte ich selbst in einer sich zuziehenden Schlinge.

Ich hatte selten Angst vor dem Alleinsein. Auch wenn ich meine eigene Gesellschaft nicht immer schätzte, war ich an sie gewöhnt. Aber dieses Mal fühlte ich mich wie der Lillan in Tove Janssons Mumin-Bilderbuch. Einsam, jämmerlich und ängstlich.

KAPITEL 40

Eine Woche nachdem Yogi das Pomonadal verlassen hatte, war ich noch immer allein in der großen Villa. Die einzigen Menschen, die ich seit seiner Abfahrt getroffen hatte, waren die Kassiererin des Lebensmittelladens in Kivik, die Wirtin Beatrice aus der Crêperie in Rörum, wo ich meine täglichen Abendmahlzeiten einnahm, sowie Greta, eine schmächtige, bescheidene Frau in den Fünfzigern mit einem nahezu unverständlichen Dialekt aus Östra Vemmerlöv, die gekommen war und das Haus strahlend sauber geputzt hatte. Es gab Momente, in denen ich überlegte, nach Malmö zurückzufahren, aber nachdem diese Momente jedes Mal eine Entscheidungsangst hervorriefen, die ich mit Medizin aus Gert-Inges gut gefülltem Weinkeller kurierte, blieb es beim Überlegen. Außerdem hatte ich keinerlei Verpflichtungen, die mich nach Malmö zurückriefen. Die Fußballsaison lief zwar noch eine Weile, aber die Spiele des Malmö FF waren unter dem neuen Trainer eine solche Berg-und-Tal-Fahrt, dass ich lieber auf Besuche in der Nordkurve verzichtete. Momentan konnte ich einfach nicht noch mehr Enttäuschungen in meinem Leben ertragen. Und Ann-Margrete, mein Job- und Lebenscoach aus der Siebzigerjahrevilla in Malmö-Kulladal hatte sich überarbeitet und war wegen Burnouts krankgeschrieben worden. Nachdem der Sommer und die Urlaubszeit sich mit großen Schritten näherten, hatte die Arbeitsvermittlerin mit den frechen Zöpfen keine Hoffnungen, in näherer Zukunft Ersatz für sie zu finden, und so war sie mit einem gewissen Widerwillen in der Stimme darauf eingegangen, mich bis auf Weiteres von arbeitsmarktpolitischen Maßnahmen zu befreien, ohne meine magere staatliche Unterstützung einzuziehen. Dazu kam, dass Gert-Inge und meine Mutter sich schließlich dafür entschieden hatten, ihren Auslandsaufenthalt auf den ganzen Sommer auszuweiten. Das bedeutete, dass ich für die nicht allzu anstrengende Gegenleistung, einmal die Woche den Rasen zu mähen, ein ganzes Haus für mich allein und nahezu unbegrenzten Zugang zu Jahrgangsweinen hatte. Ich bekam sogar noch Geld dafür. Tausend Kronen die Woche.

Nachdem ich auch meinen Laptop mitgenommen hatte und nachdem Karin Vallberg Torstensson immer noch vollauf als Babysitterin in Norrland beschäftigt war, gab es keine Entschuldigung mehr. Ich würde wieder mit dem Schreiben anfangen. Keine bestellten Artikel, aus dem einfachen Grund, dass es keine solchen Bestellungen gab, sondern einen Roman, der mir schon seit Langem im Hinterkopf herumspukte.

Nach schweren Einstiegsproblemen, die einen im Eichenfass gelagerten Rioja erforderten, hatte ich es geschafft, ein paar Seiten zusammenzubasteln. Die Story sollte von einem entlassenen Fleischfachverkäufer in den Fünfzigern handeln, der zwanzig Millionen Kronen im Lotto gewonnen, aber im Laufe von zwei Jahren alles mit Spiel und großzügigen Geldgeschenken an leicht bekleidete weibliche Facebook-Freunde aus aller Herren Länder durchgebracht hatte.

Es war natürlich keine Autobiografie, weit davon entfernt. Aber die Hauptfigur und ich waren gleich alt, und wir waren beide arbeitslos, was es mir zusammen mit dem pathetischen Image, das wir teilten, etwas leichter machte, mich mit ihr zu identifizieren. Selbstquälerei war schon immer eine meiner Stärken gewesen.

Ich war endlich mit dem ersten Kapitel fertig und wollte an

einem grauen und regnerischen Nachmittag gerade vor dem gemütlich knisternden Kaminfeuer in der Bibliothek mit dem nächsten anfangen, als es an der Tür klingelte. Als ich öffnete, blickte ich in die inzwischen nur allzu bekannten glänzenden Augen der wandernden Weinerin Lisette. Sie hielt ihren Freund Markus fest an der Hand, als hätte sie ihn noch gar nicht losgelassen, seit wir uns das letzte Mal sahen.

Hinter dem jungen Paar stand ein magerer Mann mittleren Alters mit krummem Rücken unter einem Regenschirm. Er hatte eine blassgraue Gesichtsfarbe und trug einen viel zu großen grünen Regenmantel, dessen Kragen mit Schuppen übersät war. Das Einzige, was das Aussehen des Mannes lebendig machte, waren die braunen, manisch starrenden Augen unter der Topffrisur.

»Hallo! Dürfen wir reinkommen?«, fragte Lisette.

Bevor ich antworten konnte, waren alle drei schon in der Diele.

»Wo ist Yogi?«, fuhr sie fort.

Ich berichtete, dass er wieder nach Indien geflogen war und dass es nicht sicher war, wann er nach Schweden zurückkehren würde, was ihr Lächeln schnell ersterben ließ.

»Was willst du von ihm?«, fragte ich befangen.

»Das hier ist mein Onkel«, sagte Lisette und trat zur Seite, um den schmächtigen Mann vorzulassen.

Dieser klappte seinen Regenschirm mit einer ruckartigen Bewegung zusammen, die den Schirm in einen Sprinkler verwandelte. Die Regentropfen legten sich wie ein feuchter Film über mein Gesicht. Der Mann streckte eine magere Hand aus und stellte sich als Bo vor.

»Ich bin Heiler und Medium aus Simrishamn«, flüsterte er mit einer Stimme, die von einem langen Leben als Raucher rasselte. Die Zähne waren nikotingelb, und sein Atem roch stark nach eingewachsenem alten Tabak, was während seiner Séancen sicherlich von Vorteil war. Er klang ein bisschen wie ein zischender asthmatischer Geist.

»Ich interessiere mich sehr für indischen Spiritismus. Er hat so viel gemeinsam mit der paranormalen und geistlichen Welt, von der ich selbst ein Teil bin«, sagte er mit einer Selbstverständlichkeit, als spräche er mit einem Seelenverwandten, und sah mich mit seinem durchdringenden Blick an.

Meine einzige Erfahrung, die in die Nähe von so etwas wie Spiritismus kam, war, als ich als Zehnjähriger im Schein einer Kerze zusammen mit zwei bösartigen Cousinen Gläserrücken gespielt hatte. Wie ich erst viel später verstand, hatten sie bei der Frage, wer von uns im nächsten Jahr sterben würde, das Duralex-Glas absichtlich so über die Buchstaben des Spielfelds gesteuert, dass sie das Wort G-Ö-R-A-N bildeten. Ich muss nicht erwähnen, was das für Gefühle in mir weckte. Inzwischen fand ich derartigen okkulten Aberglauben genauso glaubwürdig wie amerikanisches Wrestling, vor allem wenn er von erwachsenen Menschen ausgeübt wurde.

»Ich verstehe nicht, was das mit Yogi zu tun hat«, sagte ich.

»Aber das ist doch wohl klar, Göran!«, wandte Lisette ein.

Ihre Art, mich mit vorwurfsvoller Stimme beim Vornamen zu nennen, war sowohl irritierend als auch peinlich. Markus blickte teilnahmsvoll errötend in meine Richtung. Bo hustete, zog einen Inhalator aus der Manteltasche und saugte gierig an seinem Asthmamedikament. Der Regen prasselte beharrlich gegen die Fensterscheiben.

»Es ist doch nicht so verwunderlich, dass mein Onkel Yogi treffen will? Wie oft, meinst du, haben Spiritisten in Österlen die Chance, mit einem richtigen indischen Guru zu sprechen?«

Plötzlich explodierte ein mächtiger Blitz am Himmel, gefolgt von bedrohlichem Donnergrollen, bevor der Wolkenbruch noch weiter an Stärke zunahm. Es fühlte sich an, als würden die Fensterscheiben sich von der zornigen Kraft der Regentropfen biegen.

»Du willst mir doch nicht ernsthaft sagen, dass du meinst, Yogi würde an Gespenster glauben? Er ist Hindu und stark gläubig. Aber mehr als das ist es nicht«, brachte ich in einer Gegenattacke heraus.

Sie hatte einen gewissen Effekt. Lisette wurde sanfter, ließ Markus los und legte die Handfläche auf ihre Brust.

»Entschuldige, wenn wir aufdringlich wirken, aber wir wollten einfach Yogi treffen. Er ist ein so besonderer Mensch.«

»Du hast ihn nur zweimal gesehen«, sagte ich. »Ihr kennt euch gar nicht.«

»Aber ich habe einen sehr besonderen Kontakt zu ihm gehabt«, antwortete Lisette mit Nachdruck.

Sie klopfte mit der Hand auf ihre Brust und sah mir trotzig in die Augen.

»Ich spüre tief hier drinnen, dass es eine Seelenverwandtschaft zwischen uns gibt.«

»Wir sind nicht hier, um Ihnen irgendetwas aufzudrängen«, warf Bo mit seiner rauen Stimme ein, in der eine Spur Entrüstung lag. »Wir haben nur eine einfache Frage nach Ihrem indischen Freund gestellt.«

Ich trat einen Schritt zurück und betrachtete meine ungebetenen Gäste. Vor mir standen drei scheinbar harmlose Personen, von denen zumindest zwei sich von ganzem Herzen wünschten, Yogi zu treffen. Was war ich für ein Mensch, dass ich ihnen diese Freude missgönnen wollte? Langsam, aber sicher ging mir auf, worin der Grund für all dies lag.

Eifersucht. Ich wollte Yogi nicht mit irgendwelchen peripheren Individuen teilen. Es war schlimm genug, dass er sich gegen meine Gesellschaft entschieden hatte, um nach Indien zurückzukehren.

Mit einem steifen Lächeln versprach ich Lisette und Bo, von mir hören zu lassen, sobald Yogi zurückgekehrt war. Bo reichte mir mit neutralem Gesichtsausdruck eine Visitenkarte mit seinen Kontaktdaten, während Lisette mich umarmte, was ich unbeholfen erwiderte.

»Das, was Yogi da gesagt hat, dass man um den Berg herumgehen soll, anstatt ihn zu besteigen, ist wohl das Klügste, was ich je gehört habe. Mitten ins Schwarze getroffen, oder, Markus?«

Ihr Freund nickte gehorsam, gab mir seine schweißnasse Hand und blinzelte nervös, als lebender Beweis dafür, dass das Gleichnis mit dem Hund an der Leine keinen so starken Eindruck auf Lisette gemacht hatte.

Als sie gegangen waren, kehrte ich in die Wärme der Bibliothek zurück, um weiter an meinem wackeligen Romanprojekt zu arbeiten. Aber schon bevor ich ein neues Holzscheit ins Feuer werfen konnte, klingelte es schon wieder an der Tür. Die Irritation sprudelte in mir hoch wie die Kohlensäure in einer geschüttelten Coladose. Warum konnten sie sich nicht mit meiner deutlichen Ansage zufriedengeben? Ich hatte doch versprochen, dass ich Bescheid geben würde, wenn Yogi zurück war. Sie sollten die Manieren haben, mich in Ruhe zu lassen.

Ein neuerliches beharrliches Klingeln ertönte.

»Jaja, ich komme!«, polterte ich verärgert und stampfte auf dem Weg zum Eingang fest auf den Parkettboden.

Mit einem Ruck riss ich die Tür auf und wollte gerade meinem ganzen Ärger Luft machen, als ich entdeckte, dass es gar nicht Lisette und ihr Anhang waren, die draußen standen. Stattdessen stand dort eine ältere Frau in einer Tunika mit orangefarbenem Batikmuster, eingehüllt in einen durchsichtigen Regenmantel. Ihr graues, nasses Haar zierte ein tropfender Blumenkranz. In der einen Hand hielt sie einen Wanderstock, in der anderen eine Plastiktüte von Lidl.

»Willkommen im Paradies!«, strahlte die Frau mit einem breiten, nassen Lächeln, das ein paar kräftige Sträuße charmanter Lachfältchen hinter das metallene Brillengestell zauberte.

Die originelle Gesprächseröffnung ließ mich für einen Moment die Möglichkeit in Erwägung ziehen, dass ich tot war und eine einfache Fahrt zum Himmelstor hinauf gemacht hatte. Aber die Frau sah viel zu menschlich aus, um als Engel durchzugehen. Und Lidl führte wohl etwas zu viele deutsche Nahrungsmittel von zweifelhafter Qualität, um sich als Supermarkt des Himmelreichs qualifiziert zu haben?

»Ich habe ein bisschen Milchreis dabei«, fuhr die Frau mit einem deutlichen dänischen Akzent fort und hielt mir die Lidl-Tüte hin, die einen kleinen Topf beinhaltete.

»Aber bitte, kommen Sie doch herein«, sagte ich und nahm das Geschenk etwas ungelenk entgegen.

Sie trat mit ihren Gummistiefeln über die Schwelle in die Diele und zog darauf sowohl diese als auch den durchsichtigen Regenmantel aus.

»Es ist so schön, Sie hierzuhaben! Willkommen im Paradies!«, wiederholte die Frau.

Sie war offenbar um die achtzig, hatte aber einen jungen, vitalen Blick, der neugierig die Umgebung absuchte, als ob sie nach jemand anderem weiter innen im Haus Ausschau hielt.

»Ich bringe immer Milchreis als Einstandsgeschenk, wenn jemand Neues in die Nachbarschaft zieht. Das ist in Dänemark, wo ich herkomme, so üblich«, fuhr sie fort und lächelte immer noch breiter, bevor sie sich plötzlich die Hand vor den Mund schlug.

»Aber nein, wie unhöflich kann man eigentlich sein? Ich stehe hier und plappere drauflos, ohne mich vorzustellen. Ich heiße Gugge und wohne in Rörum.«

»Und ich heiße Göran. Du hast diesen schönen Künstlerhof aus Fachwerk, oder? Wir sind neulich daran vorbeigefahren, Yogi und ich.«

Gugge nickte fröhlich und legte eine Hand auf meinen Arm.

»Ja, ihr seid mir ja zwei, du und dieser Yogi! Ich habe euch nur auf diesem Lastenmoped vorbeirauschen sehen, aber ich habe von den Stieren gehört. Ist er vielleicht da?«

»Leider nein«, sagte ich. »Yogi ist in Indien.«

Man konnte Gugges Enttäuschung fast greifen. Ihr Oberkörper sank zusammen, und sie gab einen kleinen Seufzer von sich.

»Aber er kommt wohl bald wieder«, sagte ich tröstend.

»Vor Mittsommer?«

»Vielleicht.«

»Versuch, ihn zu Mittsommer herzubewegen. Es wäre so schön, zusammen mit Yogi zu feiern. Und mit dir natürlich«, fügte sie rasch hinzu.

Yogi hier und Yogi dort, das Interesse der Bewohner von Österlen an meinem Freund schien keine Grenzen zu kennen, konstatierte ich sauer.

Zuerst eifersüchtig und jetzt neidisch. Reiß dich zusammen, Göran, sagte ich zu mir selbst und lächelte Gugge an.

Wir landeten allmählich am Küchentisch, nachdem sie darauf bestand, den Milchreis für mich aufzuwärmen, als wäre ich in meiner Eigenschaft als Mann nicht in der Lage, das selbst zu tun. Ich bekam einen Teller dampfenden Reisbrei, der mit Zimt und Zucker bestreut war und nach dänischer Sitte eine Mulde mit zerlassener Butter in der Mitte hatte.

Gugge saß mir mit einer Tasse Tee gegenüber und beobachtete mich konzentriert, während ich aß. Der Milchreis schmeckte wirklich lecker, und auch wenn ich das Interesse meines Gastes für meine Löffelführung etwas lästig fand, fühlte es sich gut an, endlich etwas menschlichen Kontakt und etwas Gutes in den Magen zu bekommen. Wenn ich ehrlich war, hatte sie ja ein bisschen recht mit meinen Defiziten in der Küche. Außer den Abendmahlzeiten in der Crêperie hatte ich in letzter Zeit nur von Wein, Snacks und belegten Broten gelebt.

»Wie ist es doch schön, dass ihr beide in dieses Haus eingezogen seid. Ich habe diesen Wichtigtuer nie gemocht, der hier vorher gewohnt hat«, sagte Gugge mit einem vertraulichen Unterton in der gesenkten Stimme.

Ich konnte mir ein kurzes Lachen nicht verkneifen.

»Du meinst Gert-Inge? Da muss ich dir zu deiner Enttäuschung leider mitteilen, dass er immer noch der Besitzer dieses Hauses ist. Ich wohne hier nur den Sommer über. Gert-Inge ist mit meiner Mutter verheiratet.«

Gugge sah aus, als wollte sie im Boden versinken. Sie wurde ganz bleich unter ihrer Sonnenbräune und bekam ihre Farbe erst zurück, als ich ihr mehrmals versichert hatte, dass ich ihr das nicht im Geringsten übel nahm, sondern im Gegenteil ihre Meinung absolut teilte, dass Gert-Inge ein schrecklicher Wichtigtuer war.

»Aber man soll nicht schlecht über die Leute reden. Das hat meine Mutter mir als Kind gelernt, und jetzt sitze ich trotzdem hier und rede lauter Unsinn«, verfluchte sie sich selbst.

Was wilde Gerüchte anging, zeigte sich, dass in der Umgebung eine ganze Menge davon über Yogi und mich in Umlauf waren. Gugge hatte mehrere Leute erzählen hören, dass wir beide das Haus gekauft hatten und eine Pension darin betreiben wollten. Außerdem hatte eine Friseurin aus Gärsnäs behauptet, wir wollten mitten in den Apfelplantagen eine heimliche Driving Range anlegen, obwohl wir von der Gemeinde keine Genehmigung dafür hatten. Im Hinblick auf Yogis Eskapaden auf dem Golfplatz von Lilla Vik fand ich das Gerücht besonders lustig.

In Vertretung für ganz Rörum und Umgebung bat Gugge tausendmal um Entschuldigung für all das falsche Gerede, während sie sich wieder Regenmantel und Stiefel anzog. Auf dem Weg hinaus hieß sie uns noch einmal herzlich willkommen, obwohl unser Aufenthalt in der Villa nur vorübergehend war.

»Vergiss nicht, Yogi an Mittsommer mitzubringen!«, rief sie als letzten Gruß, bevor sie auf ihren Stock gestützt hinter den Apfelbäumen verschwand.

KAPITEL 41

An den drei darauffolgenden Tagen bekam ich der Reihe nach Besuch von einem Fleischbauern aus der Gegend, der sich von Yogi Hilfe beim Einfangen dreier ausgebrochener Rinder erhoffte, einer Yogalehrerin aus Kivik, die Yogi einen Vorschlag zur Zusammenarbeit unterbreiten wollte, sowie einem Minibus voller Rentner aus Vitaby, deren Guide fragte, ob hier der Ort war, an dem man bei Sitar-Musik indische Snacks bekam.

Die Gerüchte über Yogis wirkliche und erfundene Heldentaten hatten sich wie ein unbezwingbarer Waldbrand in der Umgebung verbreitet. Sollte ich es bis jetzt noch nicht zur Gänze verstanden haben, so wurde mir in diesem Moment vollkommen klar, dass die Gerüchte ein absolutes Eigenleben hatten. Als ich ihn anrief und von all den Besuchen und merkwürdigen Erkundigungen erzählte, klang seine Stimme noch eifriger als sonst.

»Bester Mr Gora, hier scheint über den Kleiderverkauf hinaus eine weitere Geschäftsidee zu sprießen und darauf zu warten, in vollster Blüte auszuschlagen! Ich werde auf die eiligste Weise die Möglichkeiten untersuchen und mit größter Schnelligkeit ins schönste Pomonadal zurückkehren!«

»Wie ist die Stimmung zwischen Lakshmi und deiner Mutter?«, fragte ich.

»Absolut etwas besser. Absolut! Amma hat versprochen, die Lautstärke des Fernsehers nicht mehr jedes Mal hochzudrehen, wenn Lakshmi telefoniert, und Lakshmi hat ihrerseits versprochen, nicht mehr die Klimaanlage einzuschalten, außer die Innentemperatur übersteigt dreißig Grad. Ihre Uneinigkeit ist von einer ursprünglich drohenden Maschinenhavarie inzwischen auf eine bloße Einfahrroutine geschrumpft, ungefähr wie wenn man ein neues Auto gekauft hat und den Motor anfangs nicht zu stark rasen lassen darf. Das wird schon werden!«

Letzteres sagte Yogi mit solchem Nachdruck, dass es klang, als versuchte er, sich selbst von der Richtigkeit der Behauptung zu überzeugen. Auf jeden Fall verschaffte es mir bessere Laune. Ich vermisste Yogi und freute mich auf sein Comeback in Österlen, auch wenn es damit verbunden war, dass ich ihn ein bisschen mit anderen teilen musste.

In Erwartung der Rückkehr meines Freundes verbrachte ich die Zeit abwechselnd mit Schreiben und faulen Stunden am Meer bei immer angenehmerem Sommerwetter. Die große Touristeninvasion hatte noch nicht begonnen. Wenn ich von Knäbäckshusen nur einen Kilometer nach Süden ging, war der Strand herrlich menschenleer und wartete mit seinem warmen weißen Sand auf mich.

Das Wasser der Ostsee war zwar immer noch kühl, aber mit jedem sonnigen Tag mit auflandigem Wind stieg die Wassertemperatur etwas an. Wenn ich so auf meinem Handtuch lag und beim Geräusch der freundlichen Wellen, die sich mit einem leicht prickelnden Geräusch im Sand brachen, meinen Körper von der Sonne streicheln ließ, schlummerte ich meistens ein.

Dann träumte ich recht oft von mir und Karin Vallberg Torstensson, immer denselben Traum mit demselben Schluss. Wir liefen lächelnd Hand in Hand über eine blühende Blumenwiese und weiter lachend zu einem Strand hinunter. Unser Blick war auf das tiefblaue Wasser gerichtet, aber wie wir uns auch anstrengten, wir konnten es nicht erreichen. Wir ließen unsere Hände los, und ich fing an, mit den Armen zu schwingen, im Versuch, meine Geschwindigkeit zu erhöhen. Aber je mehr ich mich bemühte, desto schwerer wurden meine Beine, und nach einer Weile wurden sie weich und begannen in den Sand einzusinken. Bald war ich zur Hälfte von Sand bedeckt, und die Panik drückte wie ein Spanngurt auf meine Brust. Ich suchte verzweifelt nach Karins Hand. Als ich sie endlich erreichte, wand sie sich aus meinem Griff und sah mich mit traurigen Augen an. »Es geht nicht, Göran. Es fehlt etwas«, sagte sie, wandte mir den Rücken zu und ging allein ins Meer hinaus. Ich versuchte nach ihr zu rufen, brachte aber keinen Ton heraus. Gleichzeitig wurde ich von einem Schwarm bösartiger Wespen attackiert. Ich kniff die Lippen fest zusammen, damit sie nicht in meinen Mund fliegen konnten. Plötzlich stach mir eine in die Oberlippe, und in diesem Moment wachte ich immer schwer atmend mit einem Ruck auf. Bei zwei dieser Gelegenheiten rief ich sofort Karin Vallberg Torstensson an, um ihr zu versichern, dass es doch Wärme in unserer Beziehung gab, zumindest von meiner Seite aus. Aber beide Male wurde ich von einer neutralen Anrufbeantworterstimme empfangen, und mit der hatte ich keine Lust zu reden. Außerdem war ich wütend auf KVT, weil sie nicht zurückrief, sie konnte ja auf ihrem Display sehen, dass sie verpasste Anrufe von mir hatte. Interessierte es sie denn kein bisschen, wie es mir ging?

Selbstmitleid und französische Weine sind eigentlich kein schlechter Brennstoff, wenn man einen Roman über einen pathetischen Mann mittleren Alters schreibt. Jedenfalls nicht während des einleitenden Schreibprozesses. Das Problem entstand immer am Tag danach, wenn die Formulierungen, die ich unter dem Einfluss des Weines mit dem letzten Tropfen Tinte wunderschön niedergeschrieben zu haben glaubte, sich in all ihrer peinlichen Schwülstigkeit offenbarten.

Aber es lag doch etwas schmerzhaft Schönes darin, ein verbitterter Mann mittleren Alters zu sein und sich im Fußabstand von so bekannten männlichen literarischen Schwergewichten der Gegenwart wie Ulf Lundell, Klas Östergren und Björn Ranelid zu befinden. Dabei konnte man sich zumindest *einbilden*, ein Teil dieser bunten, maskulinen Schaffenskraft zu sein. Wir teilten ja alle vier denselben österlenischen Sternenhimmel und fühlten uns in offener Landschaft am wohlsten, nahe am Meer. Und mithilfe von etwas brutalem Korrekturlesen am nächsten Tag wurden meine Anstrengungen am Laptop zumindest lesbar.

»Kann ich nicht etwas von dem hören, was du geschrieben hast?«, fragte meine Tochter Linda, als sie mich an einem meiner Wein- und Schreibabende anrief und ich die schlechte Idee hatte, ihr von meinem Romanprojekt zu erzählen.

»Du musst noch ein bisschen warten. Es muss alles noch etwas liegen, liebe Linda«, antwortete ich und fand sofort, dass ich eine ganz wunderbare Alliteration formuliert hatte. »Hast du gehört, was ich gesagt habe? Solche Wortkombinationen sprudeln nur so aus mir heraus.« Zu meiner eigenen Verteidigung muss ich anführen, dass ich schon, während ich es sagte, bemerkte, wie dumm es klang, und es daher sofort in Ironie verwandelte. Meiner Tochter muss ich ihrerseits zugutehalten, dass sie das Ganze im Sand verlaufen ließ, auch wenn das hauptsächlich daran lag, dass sie eine wichtigere Angelegenheit mit mir zu besprechen hatte.

»Ich dachte, wir könnten vielleicht am Samstag rausfahren und dich besuchen. Das Wetter soll schön bleiben, und es wäre toll, zu sehen, wie du es dort hast«, sagte sie.

»Wer wir?«, fragte ich erschrocken.

»Wir, deine Familie, dachte ich.«

»Du und John?«

»Ja, und Hanna natürlich. Und Mama und Max, dann können wir mit ihrem Auto fahren.«

Ich wurde sofort nüchtern. Ich hatte meine Exfrau Mia und ihren Mann, den schleimigen Unternehmensberater Max Ranstad, seit über einem halben Jahr nicht getroffen und verspürte wirklich keinerlei Lust, das ausgerechnet jetzt zu tun, als arbeitsloser Hausmeister in Österlen.

»Hast du schon mit Mama darüber gesprochen?«, fragte ich.

»Ja, sie fand, das wäre eine supergute Idee. Max und sie wollen sowieso nach Österlen, um im Daniel Berlin Krog zu Abend zu essen, und da dachte ich, wir könnten uns alle tagsüber bei dir treffen, und dann können John und Hanna und ich vielleicht bleiben und übernachten? Du hast ja gesagt, das Haus wäre groß. Wir können Bettwäsche mitbringen.«

Der Daniel Berlin Krog in Tranås war der hellste und leuchtendste Stern am südschwedischen Restauranthimmel. Um dort einen Tisch zu bekommen, musste man mehrere Monate im Voraus buchen, und die Voraussetzung war ohnehin ein dicker Geldbeutel. Ein mehrgängiges Abendessen mit begleitenden Weinen für zwei Personen kam auf mindestens fünftausend Kronen, hatte ich gehört. War es nicht typisch, dass Max Mia dorthin ausführen wollte? Ich verwettete meinen Hintern darauf, dass der Typ sich auch an der Reservierungsschlange vorbeilaviert hatte. Es würde mich nicht wundern, wenn er Daniel Berlin sogar persönlich kannte.

»Na, was sagst du, Papa, würde das gehen?«

Der hoffnungsvolle Ton in Lindas Stimme brachte mein Vaterherz zum Schmelzen. Manchmal muss man ganz einfach für eine gute Sache in einen sauren Apfel beißen. Ein Nachmittagskaffee mit Max und Mia für die Gelegenheit, ein paar Tage mit meinen Kindern verbringen zu dürfen.

»Natürlich, Linda, ihr seid alle am Samstag willkommen. Passt es so um drei?«

»Super! Mensch, wie toll, dass wir uns sehen! Ich sage es den anderen.«

Wir beendeten das Gespräch, und ich füllte mein Glas mit dem letzten Rest aus einer Flasche ausgezeichnetem Pinot Grigio von 1987. Ich trank einen Schluck, setzte mich an den Laptop und rieb die Fingerspitzen aneinander, als würde das die letzten Sätze hervorlocken. Schrieb »Er hatte einen schlechten Charakter« als Einleitung eines neuen Kapitels. Löschte es sofort wieder. Schrieb denselben Satz noch mal und löschte ihn von Neuem. Rieb die Fingerspitzen aneinander, trank aus dem Glas und schrieb denselben Satz ein drittes Mal. Dachte über die Fortsetzung nach und darüber, ob der Name Rolf – so hieß meine Hauptfigur, der Fleischfachverkäufer mittleren Alters – besonders geeignet für einen Fleischfachverkäufer mittleren Alters war, wenn ich ihn nicht Sven nennen wollte. Warum sollte er eigentlich überhaupt Fleischfachverkäufer sein? Ein Beruf, zu dem ich keine andere Verbindung hatte als die gesprenkelte Wurst, die ich manchmal auf einer Scheibe Roggenmischbrot aß. Und warum sollte er zwanzig Millionen im Lotto gewinnen? Er konnte ja genauso gut ein unerwartetes Erbe bekommen. Oder nur zehn Millionen im Lotto gewinnen. Oder fünf, es war vielleicht glaubwürdiger, fünf Millionen Kronen an leicht bekleidete weibliche Facebook-Freunde zu verschenken als zehn Millionen? Oder… warum saß ich hier und dachte Blödsinn? Warum schrieb ich überhaupt? Ich hob mein Glas und konstatierte, dass es leer war. Löschte den Satz, schrieb ihn wieder. Sichtete die Weinflasche und konstatierte, dass auch sie leer war. Richtig leer. Starrte auf den Satz. Versuchte jedes Wort einzusaugen. Löschte den Satz. Der Bildschirm war leer. Richtig leer. Und in meinem Schädel war es auch richtig leer.

Ich ging in Gert-Inges Weinkeller hinunter und holte noch eine Flasche desselben Weines. Ging in die Küche. Holte den Korkenzieher aus der Besteckschublade. Erkannte, dass auch diese Flasche bald leer sein würde, wenn ich sie jetzt öffnete. Zögerte. Nahm die Flasche und den Korkenzieher mit in die Bibliothek. Stellte die Flasche auf den Tisch neben meinen Laptop.

Stand auf, nahm die Flasche und ging damit in den Keller zurück.

Kehrte zum Computer zurück. Setzte mich hin und rieb die Fingerspitzen aneinander. Schrieb einen neuen ersten Satz für das neue Kapitel: »An seinem Charakter war eigentlich nichts auszusetzen.«

KAPITEL 42

Manche würden wohl behaupten, ich wäre Alkoholiker, aber so weit wollte ich mich nicht aus dem Fenster lehnen. Mir war bewusst, dass mein Interesse für alkoholische Getränke manchmal zu groß wurde, um als gesund durchzugehen, aber Fakt ist, dass ich oft auch den Grips hatte, beizeiten die Bremse zu ziehen. Mir war auch bewusst, dass es viele Alkoholiker gab, die sich genau so über ihr unkontrolliertes Trinken äußerten. Aber das war ja nicht meine Schuld.

Karin Vallberg Torstensson hatte mehr als einmal konstatiert, ich sei eine Person, die Alkohol als eine Art Eigenmedikation verwendete, und darin musste ich ihr wohl ein bisschen recht geben. Ich trank, um anstrengende Gefühle und entstandene Schwierigkeiten im Leben zu meistern, aber ich hatte auch immer wieder lange Phasen, in denen mein Alkoholkonsum äußerst gemäßigt oder sogar nicht vorhanden war. Wenn ich unbedingt mit einer Diagnose abgestempelt werden musste, sollte es also so etwas sein wie »zeitweiliger Überkonsum«.

Als Max Ranstad am Samstagnachmittag seinen schwarz glänzenden und vermutlich frisch geleasten Audi (er wechselte mindestens zweimal im Jahr das Auto) mit perfekter, zentimetergenauer Präzision durch die schmale Einfahrt lenkte, die von den beiden leicht vulgären Löwenstatuen flankiert war, setzte ich ein Lächeln auf, das so steif war, dass es im Kiefer schmerzte, und dachte, dass ich vielleicht doch vorbeugend ein paar Gläser Wein hätte trinken sollen.

Es war Punkt drei Uhr, fast auf die Sekunde, und etwas anderes war auch nicht zu erwarten gewesen. Max hatte nämlich das, was man Timing nennt. Er kam immer pünktlich und er wusste immer genau, wann er einen exakt formulierten Kommentar abgeben musste. Gleichzeitig hatte er die Fähigkeit, genauso mitfühlend auszusehen, wie es ein Unternehmensberater tun musste. Zum Beispiel wenn er den Angestellten seines Auftraggebers mitteilte, dass die Konjunktur das Unternehmen zwang, Stellen abzubauen, aber dass er persönlich alles in seiner Macht Stehende tun würde, damit die Freigestellten darin *progressive Entwicklungsmöglichkeiten* sehen konnten. Ich werde auch nie vergessen, wie ich ihn vor gut zehn Jahren zum ersten Mal getroffen habe, und er es auf irgendeine merkwürdige Art und Weise schaffte, seine Eroberung meiner damaligen Frau Mia zu einer Tatsache zu machen, an der er selbst vollkommen unschuldig war.

»Ich habe versucht, gut mit der Sache umzugehen, aber ich kann ja nichts gegen Mias Gefühle für mich tun«, hatte er damals gesagt, seine Hand auf meine Schulter gelegt, sie gedrückt und mich mit einem scheinheiligen teilnahmsvollen Blick angesehen. Dann hatte er die widerlichen Worte »*No hard feelings?*« ergänzt.

Es dauerte viele Jahre, bis ich über Mias Betrug hinweg war, aber es ging, und allmählich konnte ich meine Gefühle für sie loslassen. Über Max dagegen war ich nicht hinweggekommen. Ich hasste ihn und alles, wofür er stand, aus tiefster Seele. Er war die Personifizierung der Teflonpfanne mit ihrer aalglatten Oberfläche, an der nichts haften bleibt.

Max stellte den Motor ab und blieb ruhig hinter dem Steuer sitzen, während die übrigen Passagiere das Auto verließen. Linda war als Erstes da und drückte mich fest, bevor sie von John abgelöst wurde, der in seiner Umarmung etwas kontrollierter war. Seine Verlobte Hanna verteilte Wangenküsse, während Mia und ich uns nur die Hand gaben und versuchten, freundlich zu lächeln, was uns aber nicht zur Gänze glückte.

Dann, als alle anderen mich begrüßt hatten, ging Max mit entschlossenen Schritten auf mich zu. Seine Segelschuhe knirschten selbstsicher auf dem Kies. Das weiße Zahnpastalächeln passte perfekt zu seiner sonnengebräunten Haut, und gegen die ausgestreckte Hand konnte man sich nicht wehren. Ich war gezwungen, sie zu ergreifen, und blieb in seinem festen, trockenen Griff stecken, der vollkommen mit seinem ganzen restlichen tadellosen Image harmonierte. Max trug weiße Shorts, die perfekt um die Taille saßen. Unter dem marineblauen Polohemd gab es keinerlei Anzeichen eines Bierbauchs. Sein braunes Haar war füllig, ohne irgendwelche kahlen Einschläge, und hatte kleidsame graue Strähnen an den Schläfen. Dass wir beide gleich alt waren, war nicht erkennbar. Er sah mindestens zehn Jahre jünger und mindestens zwanzig Kilo leichter aus als ich. Wenn man trotzdem irgendwelche Einwände gegen seine Erscheinung vorbringen wollte, konnte man höchstens sagen, dass es ihm an Persönlichkeit fehlte. Max' Gesicht war sozusagen auf eine schwer definierbare Weise leer, ohne Fehler, aber auch ohne richtigen Charakter. Ungefähr so wie sein frisch polierter Audi.

»Hallo, Göran. Wir haben uns wirklich lange nicht gesehen«, sagte er und schüttelte meine Hand, während er die linke Handfläche auf meinen Oberarm legte, um dem Gruß einen Charakter von Innerlichkeit zu verleihen.

»Es scheint dir ja wunderbar zu gehen«, fuhr er fort. »Die Landluft tut dir wohl gut. Und was für ein wunderbares Wetter du uns hier bietest!«

Max nahm einen tiefen Atemzug, wandte das Gesicht zur Sonne und schloss genießerisch die Augen. Ich verspürte eine sofortige Lust, eine Faust mitten in seiner schönen Visage zu platzieren, aber wie bei allen Gelegenheiten ähnlicher Natur blieb es beim Gedanken.

»Hallo«, sagte ich. »Freut mich.«

Es mag sonderbar erscheinen, dass ich mich an diesem herrlichen Sommertag mit dem seltenen Besuch meiner Kinder so viel bei Max aufhielt, aber das hatte vermutlich etwas mit umgekehrter Selbstspiegelung zu tun.

»Wie geht es dir denn?«, fuhr ich fort. »Irgendwelche neuen gelungenen Personalkürzungen im Gange?«

Hier lag trotz allem ein deutlicher Anflug von Ironie in meiner Stimme, aber Max war viel zu geschliffen, um an einen so offensichtlichen Haken zu gehen. Sein Lächeln verwandelte sich in eine nachdenkliche Miene, die von der gerunzelten Stirn unterstrichen wurde.

»Es ist nie lustig, wenn Menschen ihre Arbeit verlieren«, sagte er. »Aber man muss das Beste aus der Situation machen und versuchen, Lösungen für jedes einzelne Individuum zu finden. Das erfordert Hellhörigkeit, aber wenn es gelingt, fühle ich mich unerhört privilegiert. Das Glück, in die Augen eines Menschen zu sehen, und dabei zu wissen, dass man selbst zu einer positiven Wendung im Leben der Person beigetragen hat, ist unbezahlbar.«

Dass wir als Einleitung unseres kleinen Familientreffens unsere Zeit damit verbrachten, Max seine exakt formulierten Floskeln über seinen Job als Unternehmensberater liefern zu lassen, war überhaupt nicht merkwürdig. Der Mann hatte die untrügliche Fähigkeit, allen die Show zu stehlen, und trotzdem als bescheiden und nachdenklich dazustehen. Es spielte fast keine Rolle, was er sagte, es war die Art, wie er es sagte, die einen so starken Eindruck auf die Leute machte. Er klang wie die Erzählerstimme in einer spannenden TV-Dokumentation über den Zweiten Weltkrieg. Sehr glaubwürdig.

»Man kann der Arbeitslosigkeit entgegenwirken, aber das hängt natürlich sehr von dem Menschen selbst ab«, fuhr Max fort. »Ob er oder sie wirklich den Willen hat, die Herausforderung anzunehmen. Das erfordert Mut und Kampfgeist. Und eine ganze Menge Temperament.«

Ein allzu vielsagendes Schweigen breitete sich aus. Sämtliche Anwesenden waren sich meiner Arbeitslosigkeit bewusst, und die Mehrheit würde wohl der Behauptung beipflichten, dass mir sowohl Mut als auch Kampfgeist fehlten. Und eine ganze Menge Temperament. Schließlich war es Linda, die mich rettete.

»Papa schreibt an einem Buch«, sagte sie.

»Wie schön«, sagte Max und sah mich neugierig und scheinbar freundlich interessiert an. »Wovon handelt es?«

»Das ist geheim«, fuhr Linda fort. »Ich habe ihn schon mehrmals damit genervt, aber er weigert sich, etwas zu erzählen.«

Sie wechselte schnell das Thema und fragte, in welchem Zimmer sie schlafen sollte.

»Das ist ja das reinste Schloss, Papa!«, rief sie fröhlich und lief ins Haus, ihre Tasche über die Schulter geworfen.

Als die Jugendlichen sich in zwei Zimmern im Ostflügel des Hauses eingerichtet hatten, servierte ich im Garten unter den Kastanien Kaffee und Himbeermuffins. Das leckere Gebäck hatte ich mithilfe des Lastenmopeds in Dalängarnas ökologischer Bäckerei nördlich von Rörum gekauft, aber nachdem es selbst gemacht aussah und auch so schmeckte, bejahte ich Max' Frage, ob ich sie selbst gebacken hätte. Linda warf mir einen kurzen skeptischen Blick zu. Ich war mir sicher, dass sie meine Lüge durchschaut hatte, aber genauso sicher, dass sie sie nicht aufdecken würde.

»Die sind ja ganz fantastisch lecker«, sagte Max. »Du hast dir nicht zufällig mal überlegt, Konditor zu werden?«

Letzteres war ein weiterer subtiler kleiner Pfeil auf meine Arbeitslosigkeit, getarnt als Kompliment. Max nahm noch einen Bissen und setzte ein genüssliches Lächeln auf, bevor er fortfuhr: »Könnte man das Rezept bekommen?«

»Das ist geheim!«

Wieder Linda. Oh, wie ich meine wunderbare, schlagfertige Tochter liebte!

»Wegen des Rezepts habe ich ihn auch schon mehrmals genervt, aber er weigert sich, es zu verraten. Ich glaube, das macht er, weil er ein Lockmittel für mich haben will. Bei so leckeren Muffins fällt es schwer, abzusagen, wenn er zum Kaffee einlädt«, sagte sie.

Ich weiß nicht warum, aber ich suchte nicht Lindas, sondern Johns Blick. Es lag etwas Zögerndes darin, etwas Unsicheres und Abwartendes, das er nicht hinter seinem vorsichtigen Lächeln verstecken konnte. Ich kann mich nicht erinnern, wann ich dem Blick meines Sohnes zuletzt mit solch einer Intensität begegnet war. Vielleicht sogar, als er erst sieben, acht Jahre alt war und ich ihm von meinem Vater erzählte, seinem Großvater, den er nie kennenlernen konnte. Er liebte die Geschichten über ihn. Wie Großvater den größten Hecht im See geangelt hatte und wie er auf den höchsten Baum geklettert war und am längsten von allen getaucht hatte und als junger Militärrekrut sogar Regimentsmeister im Granatenwerfen geworden war.

Damals waren es zwei treuherzige Kinderaugen, die meinem Blick begegneten und sich von meinen verherrlichenden Geschichten über meinen Superman von Vater verführen ließen. Jetzt blickte ich in die zweifelnden Augen eines jungen Mannes und meinte eine Spur von Sehnsucht darin zu erahnen. Ich bemerkte, wie seine Hand vorsichtig Hannas suchte und sie drückte, während er mich immer noch ansah.

»Ja, die sind wirklich gut, Papa«, sagte er. »Deine Muffins.«

»Dann musst du nächstes Mal auch kommen, wenn wir bei mir Kaffee trinken«, sagte ich.

Er nickte so schwach, dass es kaum wahrnehmbar war. Aber er nickte wirklich, da war ich ganz sicher.

KAPITEL 43

Nach dem Kaffee gingen wir alle zusammen durch das Pomonadal zum Meer hinunter, um zu baden. Die meisten Apfelbäume hatten ihre Blüten schon verloren, deren Blätter jetzt wie große Konfetti zwischen den Baumreihen verstreut lagen. Es war kaum eine Wolke am Himmel, aber der Wind hatte zugenommen und führte die Ausdünstungen des Misthaufens vom Großbauern einen Kilometer weiter mit sich.

»Es duftet nicht gerade nach Rosen«, sagte Max und schnitt eine künstliche Grimasse.

»Man gewöhnt sich daran. Außerdem ist es der Mist, der das Essen auf den Tisch bringt. Und wenn die Bauern ihre Felder nicht pflegen würden, hätten wir in Schweden überhaupt keine offene Landschaft mehr«, sagte ich und ahnte, dass ich wie ein Lobbyist des Bauernverbands klang.

Erst als wir das Waldstück erreichten, das vor dem Küstenstreifen lag, wurde der aufdringliche Geruch nach Dung und Urin von einem feuchten Erdgeruch abgelöst, gemischt mit Kiefernnadeln und Meer. Die Bäume dämpften das Geräusch der Wellen zu einem schwachen Brausen, und die Vögel zwitscherten energisch, während sie dicht über den kleinen Fluss hinwegflogen, der ruhig an unserem Weg entlangfloss. An der Mündung breitete er sich zu einem Delta von Rinnsalen aus, die sich auf dem Weg in die Ostsee wie Aale über die rundlichen Steine schlängelten. Hier, in einigem Abstand zum populären Knäbäckshusen, war der Strand herrlich einladend und fast menschenleer, bis auf

einen älteren Mann, der in einem Klappstuhl hinter einem blau-
gestreiften Windschutz saß, Kaffee trank und in der Lokalzeitung blätterte. Er starrte uns etwas giftig an, als zerstörten wir
durch unsere bloße Anwesenheit sein Leseerlebnis.

»Ist es nicht wahnsinnig kalt?«, fragte John, als er sich das
T-Shirt ausgezogen hatte und der Wind ihn erschauern ließ.

»Ich glaube nicht, dass du erfrieren wirst, Johnnylein«, sagte
Max, der sich bereits umgezogen hatte und auf die immer höher
werdende Brandung hinausblickte, die sich im seichten Wasser
gebildet hatte. Er trug eine enge Badehose der Marke Speedo,
die den Teil seines Körpers hervorhob, um den ich ihn wohl am
allermeisten beneidete. Dass die Größe nicht von Bedeutung
ist, ist qualifizierter Blödsinn. Jede ehrliche Frau wird das bestä-
tigen.

Ich spürte selbst, wie ich eine Gänsehaut bekam. Nicht vom
Wind, sondern von Max' selbstsicherer Attitüde und seiner unbe-
schwerten Art, meinen Sohn mit einem familiären Diminutiv anzusprechen, als wäre er Johns Vater. *Johnnylein*, das sagt man doch
nicht zu einem erwachsenen jungen Mann, nur weil man zufällig
mit seiner Mutter zusammen ist?

John schien es ihm allerdings nicht übel zu nehmen, sondern
lachte fröhlich, als Max »Erster!« rief und mit Hochgeschwindigkeit ins Meer hinausrannte, sodass seine durchtrainierten Muskeln im scharfen Sonnenlicht spielten. Bald hatten auch alle
Jugendlichen ihre Badesachen an und folgten ihm unter Jubel
und Gelächter in die Wogen.

Linda schloss ihre Hände um Max' Nacken und stemmte sich
mit den Füßen gegen seine zusammengefalteten Hände, worauf
er meine Tochter ein paarmal auf und ab schwang, um sie dann
mit voller Kraft von sich wegzuschießen. Während der kurzen
Luftfahrt schrie sie vor Freude, bevor sie ins Wasser plumpste, um

gleich darauf wieder aufzutauchen, wie eine Robbe, blubbernd vor Lachen. Sie taten das nicht zum ersten Mal, das ging aus ihren synchronisierten Bewegungen hervor.

Ich fühlte, wie die schärfsten Messer der Eifersucht erneut in mich stachen. Max war der perfekte Ersatz, der mich beinahe verschwinden ließ. Während ich mehr und mehr dem Mumin-vater ähnelte, sah er aus wie George Clooney. Schön, maskulin, durchtrainiert und gut ausgestattet (und deshalb vielleicht/wahrscheinlich/sicher auch ein besserer Liebhaber für Mia?). Er war der ultimative Stiefvater, mit einem Talent, mit meinen erwachsenen Kindern zu spielen und zu scherzen, dass sie sich vor Lachen bogen. Max hatte außerdem so große finanzielle Muskeln, dass weder die Kinder noch Mia sich Sorgen um ihre Zukunft machen mussten, solange sie sich an ihn hielten.

»Willst du nicht auch baden?«, fragte Mia, ohne den Blick von den anderen abzuwenden. »Darin warst du doch immer gut.«

»Ich fühle mich heute nicht so gut«, sagte ich und betrachtete ihr Profil. »Und du?«

»Nein, ich setze wohl auch aus.«

Mia war noch immer eine sehr hübsche Frau, mit einer markanten, aber distinguierten Nase und einer dichten Haarpracht, die ihr über die Schultern hing, ohne dass sie deshalb im Geringsten mädchenhaft aussah. Ihre Figur war nach wie vor kurvig, aber apart.

»Wie geht es dir, Göran?«, fragte sie plötzlich und wandte den Kopf, sodass sich unsere Blicke trafen.

»Ganz gut, außer einer leichten Erkältung«, sagte ich und lächelte gezwungen. »Der Sommer hat ja richtiges Superwetter mitgebracht, und da ist es wundervoll, hier draußen in Österlen zu sein.«

Ich blinzelte ein paarmal, eher aus Unsicherheit als vom Wind.

Ein mitfühlendes, etwas besorgtes Lächeln kräuselte sich um Mias Lippen.

»Toll, dass du diesen Nebenjob bekommen hast, dich um das Haus zu kümmern. Irgendetwas anderes am Laufen?«

»Wie Linda sagte, ich schreibe momentan.«

»Einen Roman?«

Es gelang ihr nicht, den skeptischen Unterton in der Stimme zu verbergen.

»Ja, es soll ein Roman werden, aber er ist immer noch eher in der Planungsphase.«

Mia nickte ein paarmal, bevor sie ihr Haar mithilfe eines Gummibands in einem Pferdeschwanz sammelte. Es folgte ein unangenehmes Schweigen. Es fühlte sich an wie eine Ewigkeit, bis sie es schließlich brach.

»Läuft es gut mit … entschuldige, aber mein Kopf ist plötzlich ganz leer. Wie heißt sie noch mal, deine Neue?«

»Karin. Jaja, alles gut mit ihr.«

»Wie schön.«

»Ja.«

»Ist sie manchmal mit dir im Haus?«

»Hmmm.«

Ich zeigte aufs Meer hinaus und lachte gezwungen, als Linda auf Johns Rücken sprang und es schaffte, ihn umzuwerfen.

»Ja, die beiden sind uns jedenfalls gut gelungen«, sagte Mia mit einem Seufzer.

Ihre Attitüde störte mich. Erst konnte sie sich nicht an Karins Namen erinnern, und dann drückte sie sich auf eine Weise aus, die man so interpretieren konnte, als sei in unserer langen Ehe mit Ausnahme der Kinder alles misslungen.

»Und sonst«, fuhr Mia fort, »machst du momentan irgendwelchen Sport?«

In ihrer Eigenschaft als Krankengymnastin war es vielleicht nicht so seltsam, dass sie fragte. Aber ich kannte Mia zu gut, um die Spitze nicht zu bemerken. Ich warf wieder einen Blick aufs Meer hinaus, auf Max und seinen braungebrannten und durchtrainierten Fünfzigpluskörper. Wie er sich mit Körperspannung in die Wellen warf und versuchte, mit ihnen an Land zu surfen. *Versuchte* war tatsächlich das richtige Wort. Denn er konnte es nicht richtig. Er war jedes Mal entweder etwas zu spät oder etwas zu früh dran und konnte deshalb die Welle nicht genau dann fangen, wenn sie brach, was eine Voraussetzung dafür ist, es wirklich zu schaffen.

Dieses eine Mal legte Max schlechtes Timing an den Tag, und diese Gelegenheit wollte ich nicht verstreichen lassen. Ich war nämlich selbst ein As darin, die Wellen genau zur richtigen Zeit zu erwischen. Das hatte ich schon als Zwölfjähriger gelernt, mit dem Ergebnis blaugefrorener Lippen und klappernder Zähne nach vier Stunden intensiven Trainings an einem windigen Sommertag in der Kämpinge-Bucht bei Höllviken. Und es lag mir noch immer im Blut, da war ich ganz sicher. Ich hatte meinen Kindern diese Fertigkeit wohl noch nie gezeigt. Aber jetzt würde ich das nachholen, und das auch noch vor den Augen der Teflonpfanne Max Ranstad.

»Ich bin vielleicht kein Trainingssüchtiger, aber ich gehe ziemlich viel spazieren. Und ich bade und schwimme noch immer recht oft«, sagte ich zu Mia und begann mich umzuziehen.

Ich zog den Bauch ein, legte mein Hemd ab und hielt weiter den Atem an, bis die Jeansshorts und die Unterhose unter dem Handtuch mit dem lächelnden Delfin zu Boden gefallen und durch meine bauschigen Badeshorts in Größe XXL ersetzt worden waren (die eigentlich viel zu groß war, aber den Vorteil hatte, dass ich beinahe darin ertrank, was wiederum meinen Körper einigermaßen gemäßigt aussehen ließ).

»Willst du doch kurz reinspringen?«, fragte Mia.

»Kann nicht widerstehen«, sagte ich und begann in Richtung Meer zu joggen, vorsichtig und ohne zu heftige Körperbewegungen, um jedwedem Fettgewabbel entgegenzuwirken.

Linda hatte mich gesehen und winkte energisch.

»Papa!«, rief sie fröhlich und hüpfte auf und ab wie ein glückliches Kind.

Als ich bei den anderen angekommen war, wurde ich sofort von meiner Tochter überfallen, die wirklich in Spiellaune war. John und Hanna waren dazu übergegangen, dicht umschlungen auf den Wellen zu schaukeln, während Max immer noch in seinen Versuchen, schön zu surfen, scheiterte. Das Komische war, dass er selbst glaubte, er würde es gut machen. Mit einem selbstsicheren Lächeln auf den Lippen rannte er nach jeder jämmerlichen kleinen Zehnmeterfahrt wieder nach draußen, um die Prozedur zu wiederholen.

»Das ist gar nicht so einfach, oder?«, fragte ich ihn, als wir alle in ein paar Metern Abstand beieinander standen.

»Nein, aber es macht total viel Spaß«, sagte Max und machte sich bereit für einen neuen Versuch, eine Welle zu erwischen.

»Warte kurz«, sagte ich und hielt eine Hand hoch. »Kann ich es nicht zuerst mal probieren, dann kannst du sehen, welche Fehler ich mache, und mir dann helfen, sie zu korrigieren?«

Max sah ein bisschen erstaunt aus, lächelte und nickte dann aber.

»Klar, wenn du meinst, dass ich der richtige Mann dafür bin.«

Ich nickte hinterhältig zurück, bevor ich meinen Blick auf der Suche nach der perfekten Welle übers Meer schweifen ließ. Eine recht große war im Anmarsch, und Max gab mir eifrig den Tipp, sie zu nehmen. Aber ich hatte bereits etwas viel Größeres im Blick – eine richtige Monsterwelle, die im Entstehen war! Ich sah sie bereits ein gutes Stück von der Küste entfernt, wie sie sich langsam, aber sicher erhob wie ein Meeresungeheuer auf seiner wogenden Fahrt an Land. Wenn meine Berechnungen stimmten, und da war ich mir ziemlich sicher, würde sie ein paar Meter vor der Stelle brechen, an der wir uns aufhielten. Ich stellte mich daher schnell in eine andere Position, faltete die Hände zusammen, streckte die Arme aus und beugte leicht die Knie.

»Vorsichtig!«, schrie Max, worauf ich noch eine weitere Sekunde wartete, bevor ich mich mit einem Timing, das ich in jeder Faser meines Körpers spürte, nach vorne warf und die Welle genau in dem Moment traf, als sie brach. Meine Hände zu einem Spieß geformt und den Kopf zwischen die Schultern gepresst schoss ich in einer gewaltigen Geschwindigkeit voran. Es war, als hätte ich die Gesetze der Schwerkraft aufgehoben! Nach etwa zwanzig Sekunden wurde ich von einem triumphierenden Gefühl erfüllt, das sich bis in die Zehen erstreckte, und da beschloss ich, mit Surfen aufzuhören. Ich hatte Max ja bereits um Längen geschlagen, und der Sauerstoff ging langsam zur Neige.

Doch bevor ich meine Fahrt selbst abbrechen konnte, wurde sie jäh von der steinigen Bodenschicht nahe am Strand ausgebremst. Mit einem Mangel an Timing, das ich leider in jeder Faser meines Körpers spürte. Ein brennender Schmerz fuhr mir über Bauch und Gesicht, bevor alles schwarz wurde.

KAPITEL 44

Ich weiß nicht genau, wie lange ich weg war, aber es kann nicht viel mehr als eine halbe Minute gewesen sein. Als ich aufwachte, lag ich auf dem Bauch im seichten Uferwasser wie ein gestrandeter Wal und schnappte nach Luft. Meine Lippen waren aufgesprungen und mit Sand bedeckt, und der metallische Geschmack von Blut füllte meinen Mund.

Vorsichtig blickte ich auf und sah wie durch einen Schleier Mia angerannt kommen.

»Wie geht es dir, Göran?!«, rief sie nervös und warf sich neben mir auf die Knie.

Ich erhob mich mühsam auf alle viere. Mein Körper schmerzte, als wäre er durch eine Mangel gedreht worden, und mein Kopf dröhnte mit infernalischer Intensität. Mia legte eine Hand auf meinen Rücken und tätschelte ihn vorsichtig.

»Ist alles okay?«, fragte sie.

Ich wandte den Kopf und begegnete ihrem Blick. Mit entsetztem Gesichtsausdruck zuckte sie reflexartig zurück.

»Aber Göran«, sagte sie erschrocken. »Wie siehst du denn aus?«

»Weiß nicht«, nuschelte ich, spuckte einen Schwung mit Blut und Sand vermischten Speichel aus, richtete vorsichtig den Oberkörper auf, sodass mein Rücken knackte, und stellte mich langsam auf die Knie. Mia tauchte einen Zipfel ihres Handtuchs ins Meer und strich es behutsam über ausgewählte Teile meines zerschundenen Gesichts. Es brannte vom Salz, und ich gab ein schmerzvolles Stöhnen von mir.

Jetzt hatten sich auch die Jugendlichen um mich versammelt. John legte die Hand auf meine Schulter und sah mir fest in die Augen.

»Wie heißt du?«, fragte er.

»Was meinst du?«

»Sag einfach, wie du heißt, Papa.«

»Göran natürlich. Das weißt du doch!«

»Wie viele?«

Er hielt die Hand hoch, und auch wenn sie in den Konturen etwas unscharf war, hatte ich kein Problem, die Anzahl der Finger auf drei zu bestimmen.

»Ist dir schlecht?«, fuhr John fort, während er mir den Puls fühlte.

»Ich fühle mich etwas angeschlagen. Und ich habe rasende Kopfschmerzen.«

»Du hast wahrscheinlich eine leichte Gehirnerschütterung. Aber dein Blick ist stabil, und der Puls fühlt sich gut an. Versuch mal aufzustehen, ganz vorsichtig.«

Ich tat, was er sagte, ohne groß zu schwanken. Schön, dachte ich, bis ich bemerkte, dass meine schwarze Badehose nicht dort saß, wo sie sollte. Sie saß überhaupt nirgendwo. Ich war nackt.

»Gib mir mein Handtuch!«, rief ich mit verzweifelter Stimme Mia zu, die meiner Bitte sofort nachkam.

Ich bedeckte mich schnell und warf dem Delfin auf dem Handtuch, der aussah, als lächelte er mich höhnisch an, einen verärgerten Blick zu.

»Ich habe sie gefunden!«

Jetzt fing Max an zu rufen. Er kam aus dem Meer wie eine Art Poseidon, anstatt eines Dreizacks einen Zweig in der Hand, an dem meine schwarze Badehose in Größe XXL hing, als wäre sie zu ekelhaft, um sie mit den Händen zu nehmen.

Die ganze Szene muss urkomisch ausgesehen haben, und ich stellte fest, dass Max es sich nicht verkneifen konnte, den Mund zu einem Lächeln zu verziehen. Aber alle anderen waren immer noch zu besorgt über meinen Zustand, um das Komische an der Situation zu bemerken.

»Wie sehe ich eigentlich aus?«, fragte ich, worauf Hanna schnell eine Puderdose mit einem Spiegel im Deckel holte, die sie mir reichte.

Das Gesicht, das mir in dem kleinen runden Spiegel entgegenblickte, ließ mich zurückzucken. Die Nase war rot und geschwollen, mit einer blutenden Schramme über dem Nasenrücken, die Haut an der rechten Wange war teilweise aufgerissen und entblößte eine Wunde, und aus dem Mundwinkel war Blut gelaufen, das am Kinn zu einem roten Bart geronnen war. Ich fuhr mit der Zunge über die Zähne und konstatierte mit Erleichterung, dass alle intakt zu sein schienen.

»Es sieht schlimmer aus, als es ist«, sagte John. »Es sind fast alles äußerliche Wunden. Aber du musst dich ein paar Tage ruhig halten und darfst dich nicht anstrengen. Mit einer Gehirnerschütterung ist nicht zu spaßen.«

Ich nickte und hustete, was einen Schmerz in meiner Seite auslöste. Vermutlich hatten auch die Rippen etwas abbekommen. Mir tat fast alles weh, aber gleichzeitig spürte ich ein kribbelndes Gefühl von Stolz und Zugehörigkeit. Mein eigener Sohn, John Alexander Borg, war bald ein fertiger Arzt. Die Zukunft wartete mit neuen großen Herausforderungen im Dienst der Medizin. Aber schon heute hatte er seine Fähigkeit bewiesen, richtige Diagnosen zu stellen. Und das Beste von allem war: Er schien aufrichtig interessiert an meinem Gesundheitszustand zu sein. Ich war sein Vater, und er war mein Sohn. Genauso wie ich Lindas Vater war und sie meine Tochter. Es war lange her, dass diese

Selbstverständlichkeiten so selbstverständlich erschienen waren wie in diesem Moment.

Dort hätte man das Ganze für heute belassen können, bei einem herzergreifenden Ende nach einem dramatischen Ereignis. Wäre Max Ranstad nicht gewesen.

»Was für ein verdammter Crash!«, rief er aus und streckte mir den Stock mit der schwarzen Badehose in Größe XXL hin.

Ich riss sie schnell an mich.

»Ja, ein Glück, dass man einen Jungen mit der richtigen Ausbildung hat«, sagte ich und nickte John anerkennend zu.

»Man muss lernen, seine Grenzen einzuschätzen«, fuhr Max fort. »Es ist gut, sich an Herausforderungen heranzuwagen, aber man sollte nicht übermütig werden. Sonst folgt die Strafe auf dem Fuße.«

»Was meinst du?«, fragte ich und spürte, wie mir das Blut in den Adern zusammenlief.

»Du bist kein Teenager mehr, Göran. Dein Körper schafft nicht mehr alles so wie damals. Du solltest einsehen, dass du dich mit deiner mangelhaften Physis nicht hemmungslos in eine riesige Welle werfen kannst. Ich habe dir doch gesagt, du sollst die kleinere nehmen! Jetzt wurdest du einfach mitgespült, wie ein Handschuh. Aber danke für die Unterhaltung, daran hat es jedenfalls nicht gemangelt.«

Kurz glaubte ich, ich hätte nicht richtig gehört. Stand dieser selbstgefällige Idiot wirklich da, erniedrigte mich und machte mich vor meinen eigenen Kindern und meiner Exfrau lächerlich? Ich ballte die Faust, und es war nicht ausgeschlossen, dass sie tatsächlich mitten in Max Ranstads Visage gelandet wäre.

Wäre John Alexander Borg nicht gewesen.

»Hör auf, Max, das ist wirklich nicht witzig. Papa hätte sich ernsthaft verletzen können«, sagte er.

»Aber genau das meine ich ja!«, antwortete Max, etwas zu laut und etwas zu bestimmt, um zu seinem ansonsten so gut durchchoreografierten Image zu passen.

»Aber bei dir klingt es, als hätte er total die Kontrolle verloren. Das stimmt nicht.«

Max lächelte und schüttelte den Kopf.

»Na gut, Johnnylein, dann sagen wir eben, dass Göran alles unter Kontrolle hatte.«

»Jetzt klingst du ironisch«, sagte John.

Er stand hier am Strand und verteidigte mich gegenüber der Teflonpfanne Max! Es war wie in einem wunderbaren Traum, aber es war absolut wahr. Und John war noch nicht einmal fertig.

»Es war reines Pech, dass Papas Fahrt in einem Crash geendet hat. Die Sache ist eher die, dass er eigentlich viel zu gut war! Du glaubst doch wohl nicht, dass man über fünfzig Meter in so großer Geschwindigkeit auf einer Welle surfen kann, wenn man nur wie ein Handschuh mitgespült wird?«

»Nein, okay, belassen wir es dabei«, sagte Max.

»Ich glaube, du bist ein bisschen neidisch auf ihn«, fuhr John fort. »Du bist ja nicht einmal ein Viertel so weit gekommen.«

»Weil ich den Grips hatte, beizeiten abzubrechen, ja!«, fauchte Max irritiert.

»Okay, belassen wir es dabei«, sagte John.

KAPITEL 45

Max war sehr darauf bedacht, sich während des Nachmittags keine Blöße mehr zu geben. Aber es war glücklicherweise schon zu spät, egal wie sehr er sich auch anstrengte, als der kluge, versierte und erfolgreiche Mann in den besten Jahren dazustehen. Nicht genug damit, dass er sein innerstes leicht verletzliches und kindisches Wesen gezeigt hatte, er war außerdem im inoffiziellen, aber ach so wichtigen Zweikampf geschlagen worden, wer von uns der Meister der Wellen war. Es hatte mich eine leichte Gehirnerschütterung, einen zerschundenen Körper und ein zum Teil zerschlagenes Gesicht gekostet, aber das war es wert, weil ich es gleichzeitig zum ersten Mal geschafft hatte, die Teflonpfanne zu besiegen.

»Tut es sehr weh?«, fragte Linda während unseres schweigsamen Spaziergangs auf dem sich schlängelnden Schotterweg durch das Pomonadal zurück zu Gert-Inges Haus.

Der Wind fuhr in eine Reihe hoher Pappeln, die wie ein schützender Riesenzaun an der Grenze zu einer der Apfelplantagen standen. Das Geräusch des raschelnden Laubs vermischte sich mit dem Muhen der Kühe von der Weide gegenüber zu einer seltsam schönen Sommermelodie.

»Ach was, nicht so schlimm. Es braucht schon mehr, um mich kleinzukriegen. Ich hatte schon vergessen, wie gut ich im Wellensurfen bin, also lief es gleich mit Hochgeschwindigkeit«, sagte ich mit ausreichend lauter Stimme, dass es auch Max hören würde.

»Ja, du warst da draußen wirklich souverän«, sagte Linda und strich mit der Hand über meinen Arm. »Aber versprich, es nächstes Mal ein bisschen ruhiger anzugehen.«

Ich nickte und lächelte, was in meiner Wange spannte und mein Lächeln zu einer Grimasse werden ließ. Es tat wirklich weh. Jetzt, wo das Adrenalin nachließ, brannte der Schmerz wie Essig in einem blutenden Magengeschwür. Ich musste mich bis zum Äußersten anstrengen, um unbeeindruckt zu erscheinen.

John ging ein Stück vor mir und hielt seine Hanna an der Hand. Als ich seine aufrechte Haltung und seine entschlossenen Schritte sah, wurde ich wieder von dieser stolzen Wärme erfüllt. Er verfolgte seinen eigenen Weg und hatte ein Selbstwertgefühl und ein Zielbewusstsein, das er definitiv nicht von mir geerbt hatte. Aber es gab trotzdem eine Zusammengehörigkeit zwischen uns. Vater und Sohn. Manchmal in vertauschten Rollen, aber dennoch: Vater und Sohn.

Vater und Sohn und Tochter, dachte ich.

Ich legte einen Arm um Lindas Schultern und drückte sie an meine schmerzende Brust. Eine kleine Träne kullerte an meiner Wange hinunter, und ich hickste.

»Was ist, Papa?«, fragte sie und sah mich beunruhigt an.

»Ich freue mich nur«, sagte ich. »Über dich und über John und, ja, über das Leben momentan.«

»Werde jetzt nur nicht so sentimental, dass dir noch übel wird, Papalein. Es ist schlimm genug mit der Gehirnerschütterung«, antwortete sie.

Als wir wieder im Haus waren, fand John einen Verbandskasten in einem der Badezimmer. Er wusch meine Wunden mit Seife und Wasser aus und betupfte sie mit Desinfektionsmittel, bevor er sie verband. Ich sah aus, als wäre ich mitten in eine Tom-&-Jerry-Schlägerei geraten, mit einem Verband um die Stirn und

Pflastern und Kompressen an mehreren Stellen von Gesicht und Körper. John gab mir zwei Schmerztabletten und ein Glas Wasser, um sie hinunterzuspülen.

»Lass es die nächste Woche ruhig angehen und geh nicht zu viel in die Sonne, damit die Wunden nicht eitern«, sagte er, bevor er zu Hanna aufs Sofa in der Bibliothek zurückkehrte, wo sich alle versammelt hatten. Ich folgte ihm und wurde von Applaus und Lächeln begrüßt, als ich ins Zimmer trat.

Max lächelte sein gewohntes Zahnpastalächeln. Äußerlich sah es so aus, als sei nichts passiert, was die Machtbalance zwischen uns gestört hätte. Aber ich wusste, dass es so war, und er wusste es auch, das zeigte er mit einem kurzen Blick. Es lag etwas Erstauntes, beinahe Erschrockenes in diesem raschen Blick, und in Kombination mit den Schmerztabletten linderte das meine Schmerzen.

Mia sah mich mit Mitleid, aber auch einer Spur Respekt an. Zumindest bildete ich mir das ein. Ich setzte mich in den Sessel neben sie und wurde von dem Impuls überwältigt, meine Hand auszustrecken und ihre zu nehmen. In letzter Minute kam ich zur Besinnung und verhinderte die Bewegung.

»Möchte vielleicht jemand etwas zu trinken? Ein bisschen Wein?«, schlug ich vor und stand viel zu schnell auf, sodass sich in meinem schmerzenden Kopf alles drehte.

»Nein danke, ich bin zufrieden«, sagte Mia.

»Jemand von den anderen? Es ist schließlich Samstag.«

»Etwas zu früh am Tag«, sagte Linda.

Niemand ging auf meinen Vorschlag ein.

»Aber ich glaube, ich genehmige mir ein Glas, das kann ich nach all der Aufregung brauchen«, sagte ich und begann in Richtung der Treppe zu gehen, die zu Gert-Inges gut gefülltem Weinkeller führte.

»Lass es lieber, Papa. Es ist nicht gut, so kurz nach einer Gehirnerschütterung Wein zu trinken. Ich kann dir ein neues Glas Wasser holen, wenn du willst. Du brauchst Flüssigkeit, tust aber gut daran, mindestens eine Woche lang auf Alkohol zu verzichten.«

Johns vernünftiger Einwurf stellte meine Abstinenz auf eine harte Probe, wenn man das so sagen kann. Aber es war nicht der Zeitpunkt, dem medizinischen Rat des werdenden Arztes zu trotzen. Also hielt ich inne, nickte dümmlich und blieb mit schwankendem Oberkörper mitten im Raum stehen.

Die Stille erfüllte das Zimmer, bis auf das trostlose Summen einer Schmeißfliege, die immer wieder gegen das Fenster flog. Das Ganze hätte sich sehr gut zu einer weiteren peinlichen Situation in der Reihe derer entwickeln können, in denen ich in letzter Zeit gelandet war. Doch plötzlich klingelte es an der Tür, was mir einen Anlass gab, die Bibliothek zu verlassen.

Bevor ich zur Tür gekommen war, wurde sie schon mit einem Ruck geöffnet, und da stand er wieder vor mir: Yogendra Singh Thakur, der Mann, der wusste, wie man einen Auftritt macht. Wie so oft zuvor trug er sein dickes braunes Tweedjackett, trotz der relativ warmen Temperaturen.

Als er mein blau geschlagenes Gesicht sah, ließ er die beiden großen Reisekoffer los, die er trug, und eilte mit verzweifeltem Gesichtsausdruck auf mich zu.

»Mr Gora, was ist passiert?! Bist du aufs Dach geklettert und heruntergefallen?! Hattest einen Verkehrsunfall? Bist von einem großen Tier mit riesigen Hörnern attackiert worden, von denen es in Schweden so viele gibt, wie man hört?! Aber so antworte doch, Mr Gora! Oder hast du auch dein allerbestes Sprachvermögen verloren?!«

»Stopp!«, rief ich, worauf er jäh verstummte. »So wie du drauflos plapperst, habe ich ja keine Chance, es zu erzählen. Aber wie schön, dass du schon zurück bist! Was für eine tolle Überraschung!«

»Jetzt, Mr Gora, was ist passiert?!«, wiederholte er auffordernd.

»Ich habe im Meer gebadet«, sagte ich.

»Und bist von einem Hai gebissen worden?«

»Nein, nur mit einer Küste zusammengestoßen. Aber es ist nichts Ernstes, ich fühle mich schon besser.«

Bevor Yogi weitere Fragen stellen konnte, tauchten Linda und John hinter mir auf.

»Das hier sind meine Kinder, Linda und John. Und das ist Yogi, mein indischer Freund, von dem ich euch erzählt habe.«

Yogis besorgter Gesichtsausdruck verwandelte sich auf einen Schlag in einen fröhlichen. Er stürzte auf sie zu und begrüßte beide mit heftigem Händeschütteln unter zufriedenem Glucksen.

»Ich bin so glücklich, endlich Mr Goras wunderbarste Kinder treffen zu dürfen! Ihr sollt wissen, dass euer Vater mir schon oft von der angenehmen Ausstrahlung erzählt hat, die ihr beide verströmt, aber ich muss doch sagen, dass es ihm trotz all seiner lobenden Worte nicht gelungen ist, seine besten Schilderungen zweier so entzückender junger Menschen würdig zu gestalten, wie sie jetzt vor meiner geringen Person stehen.«

Yogis Tendenz, es mit dem Superlativ zu übertreiben, ging nicht ganz mit Johns etwas kühlerer Persönlichkeit zusammen. Aber er lächelte auf jeden Fall zurück, wenn auch etwas steif. Linda dagegen gluckste fröhlich mit Yogi um die Wette.

»Und wir freuen uns total, dich zu treffen«, sagte sie. »Ich habe gehört, dass du was ganz Besonderes bist. Kommst du direkt aus Indien?«

»Keineswegs, bestes Fräulein Linda, ich habe sogar einen ganzen Tag in Malmoe City verbracht, um die Maßnahmen zu ergreifen, die, wie ich meine, von größter Wichtigkeit sind, damit Ihr Vater in seiner Absicht, mein allerbester skandinavischer Agent für meine besten indischen Textilien der Herren- sowie der Damenkonfektion zu werden, erfolgreich sein kann.«

Ich betrachtete meinen Freund mit offenem Mund.

»Wovon sprichst du, Yogi? Was sind das für Maßnahmen, die du in Malmö ergriffen hast?«

»Es sollte eigentlich eine Überraschung für etwas später am Abend werden, aber jetzt, wo ich schon zu viel gesagt habe und nachdem du in deinem zerknitterten Zustand ein klein wenig Aufmunterung gebrauchen kannst, darf die Überraschung genauso gut sofort preisgegeben werden. Warte hier, ich bin gleich zurück!«

Yogi rannte durch die Haustür hinaus und verschwand um die Ecke in Richtung Garage. Ein paar Minuten später erklang Musik, und bald zeigte sich mein Freund wieder, in Gesellschaft einer Frau, die eine etwas wehmütige Melodie auf einer großen Ziehharmonika spielte. Ich erkannte das Leitmotiv aus dem Film *Der Pate*, und plötzlich ging mir auf, wer sie war: die Roma-Frau, die in der Södergatan spielte und die Yogis Bollywoodtanz vor seinem erfolgreichen Straßenverkauf von indischen Kleidern begleitet hatte.

Als die Frau zu spielen aufgehört hatte, nahm Yogi ihre Hand und führte sie die breite Treppe zum Haus hinauf.

»Darf ich euch Jana aus Rumänien vorstellen! Die beste Akkordeonspielerin für das Marketing der allerfeinsten indischen Textilien der Herren- sowie der Damenkonfektion!«

KAPITEL 46

Mit einem unsicheren Lächeln trat Jana ins Haus. Sie trug einen langen roten Samtrock, eine dünne blaue Steppjacke und grüne Turnschuhe. Eine hübsche weiße Apfelblüte lugte aus ihrem hochgesteckten schwarzen Haar, und die gigantische Ziehharmonika hing an einem Riemen über ihrer Schulter. Ihr Alter war schwer einzuschätzen. Vielleicht war sie um die vierzig. Sie hatte ein etwas zerfurchtes Gesicht mit einigen Sorgenfalten auf der Stirn, aber einen munteren, jugendlichen Blick, mit dem sie Yogis Augen suchte, um weitere Instruktionen zu erhalten. Aber er lächelte nur zurück und ging mit uns anderen im Schlepptau weiter in die Küche. Dort tauchten auch Mia, Max und Hanna auf.

»Höchst angenehm!«, brach Yogi aus und legte eine Hand auf seine Brust. »Mein Name ist Yogendra Singh Thakur, aber ihr dürft mich schrecklich gerne Yogi nennen, denn das tun alle meine Freunde.«

Er nahm Mias Hand und küsste sie ritterlich, was sie verlegen lächeln ließ.

»Schön, Sie kennenzulernen«, sagte sie. »Ich bin Görans frühere Frau Mia.«

Angesichts dieser Information warf Yogi mir einen ratlosen Blick zu. Ich nickte kurz.

»Angenehm, Mrs Mia, sehr angenehm!«

Dann wandte er sich mit intaktem Lächeln an Max.

»Dann müssen Sie, mein Herr, Mrs Mias Bruder aus einer

schwedischen Stadt sein, die, wie ich mich zu erinnern glaube, so ähnlich wie Ullevadda heißt?«

»Sie heißt Uddevalla«, sagte ich. »Aber du verwechselst die Leute, Yogi. Mia hat keinen Bruder. Karin hat einen.«

»Ah, ja natürlich, Miss Corinne! Verzeihen Sie.«

»Das ist Max, er ist Mias Mann«, sagte ich.

»Und Sie wohnen also in Ullevadda?«

Max schüttelte den Kopf. Er sah aus, als ob er sich fragte, aus welchem Raumschiff Yogi und Jana gerade gestiegen waren. Zu meiner großen Freude stand ihm die Verwirrung gar nicht gut zu Gesicht.

»Ääh… wir wohnen in Malmö«, sagte er. »Ääh… also Mia und ich.«

Yogi zog sein Taschentuch aus der Hosentasche und wischte sich etwas Schweiß von der Stirn.

»Schöne Stadt, wunderbare Stadt! Und Jana hier ist eine wunderbare Musikerin, die ich auf dem Weg ins Pomonadal gerade in Malmoe City abgeholt habe, damit wir nun mit ernstester Ernsthaftigkeit unseren besten Betrieb in Gang bringen können. Ursprünglich kommt sie allerdings wie gesagt aus Rumänien, aus einem Dorf nahe der Hauptstadt Bukarest.«

Yogi brauchte weitere fünf Minuten, um uns allen seine modifizierte Geschäftsidee zu erklären. Der Gedanke war, dass ich anfangen sollte, die indische Kleidung im Sommer hier draußen in Österlen an geldige Touristen zu verkaufen, und den Betrieb dann im Herbst in Malmö fortzuführen.

Mia nickte höflich, Max summte und versuchte interessiert auszusehen, während Johns Blick in Hannas Richtung darauf hinwies, dass er von der ökonomischen Tragfähigkeit des Projekts nicht überzeugt war. Die Einzige, die irgendeine Form von Enthusiasmus ausdrückte, war Linda.

»Klingt wie eine super Sache, Yogi! Gut, dass Papa in die Wirklichkeit hinausgezwungen wird. Außerdem sind lockere Leinenkleider und hippe orientalische Muster immer mehr im Kommen«, sagte meine Hipstertochter, als wäre sie mit ihren ausgewaschenen Putzkitteln und klobigen Lederboots ein Modeorakel.

Obwohl ich bei wiederholten Gelegenheiten gegen Yogis Willen protestiert hatte, mich zum Kleiderverkäufer von indischer Konfektion in Schweden zu machen, blieb er der festen Meinung, dass trotz gewisser Fragezeichen um mein Talent auf diesem Gebiet genau das die bislang beste Idee war, mir wieder eine Arbeit zu verschaffen. Unter den herrschenden Umständen verspürte ich keine Lust, in direkten Widerspruch zu ihm zu gehen. Besser, die Diskussion so schnell wie möglich beenden.

»Wir werden sehen«, murmelte ich.

»Es ist ein Glück, dass wir über ein besonders großes Haus verfügen, jetzt, wo wir hier so viele geworden sind! Welches Zimmer meinst du, wäre für Mrs Jana geeignet?«

Ich nahm ihn ein wenig zur Seite und fragte, ob er wirklich der Meinung war, dass sie hier wohnen sollte.

»Selbstverständlich, Mr Gora«, flüsterte er irritiert. »Wie sollte sie sonst unseren besonders interessanten Kleiderverkauf und dessen eventuelle Nebentätigkeiten mit ihrer wunderbaren Ziehharmonikamusik begleiten können?«

Angesichts dieser yogianisch kompromisslosen Feststellung sah ich keinen anderen Ausweg, als zu kapitulieren. Jana bekam ein Zimmer im Erdgeschoss, hinter der Bibliothek, und während sie sich damit vertraut machte, verabschiedete ich mich von Mia und Max. Es war höchste Zeit für sie geworden, zum Daniel Berlin Krog in Tranås aufzubrechen.

»Du weißt, was sie ist, oder?«, flüsterte Max mir zu, als er die Tür zu seinem Audi öffnete.

»Ja, sie ist Akkordeonspielerin«, sagte ich.

»Und Zigeunerin«, zischte er durch den Mundwinkel.

Im Hinblick darauf, dass Max sich immer so bemühte, als der ungekrönte König der Mitmenschlichkeit und Toleranz zu erscheinen, war das ein überraschender Kommentar, und auf eine überraschend unelegante Art vorgebracht. Aber nach der Niederlage in den Wellen strahlte seine ganze Person einen monumentalen Mangel an dem Timing aus, der sonst sein Markenzeichen gewesen war.

»Was meinst du damit?«, fragte ich, im absolut exakten Bewusstsein, was er damit meinte.

Ich hatte selbst über die Tatsache reflektiert, dass ich nun eine Roma-Akkordeonspielerin in einem Haus beherbergen würde, das nicht einmal mein eigenes war. Wie vorurteilsfrei ich mir auch einbildete zu sein, so hatte ich doch meine Zweifel. Man hatte ja so viel darüber gehört, wie *diese Leute* waren. Unzuverlässig und mit einer Fingerfertigkeit gesegnet, die sie nicht nur verwendeten, um ihre Instrumente zu spielen. Aber das gedachte ich nicht, mit Max zu diskutieren.

»Ich meine nur, dass man … äh … sich immer aller Risiken bewusst sein sollte«, sagte er und räusperte sich angestrengt.

»Pass jetzt mal ein bisschen auf«, schob Mia ein, und ich wurde nicht richtig schlau daraus, ob sie damit meinte, ich solle aufhören, Max herauszufordern, auf unsere Wertsachen achtgeben oder mich vor der Sonne schützen, damit meine Wunden nicht eiterten. Oder ob es vielleicht um meinen Alkoholkonsum ging.

»Es war richtig toll, dass wir uns hier treffen konnten, auch wenn es mit dem Unglück am Strand ein bisschen trubelig geworden ist«, fuhr sie fort und setzte sich auf den Beifahrersitz.

Ich blieb stehen und betrachtete den Abgang des blank polierten schwarzen Audi durch die etwas zu schmale Einfahrt, die von den beiden leicht vulgären Löwenstatuen flankiert wurde. Ein frischer Fleck Möwenscheiße zierte den Lack des Kofferraumdeckels, und diesmal hatte der Unternehmensberater Max Ranstad nicht mehr als einen Zentimeter nach rechts Luft. Er war extrem nah an einer Schramme.

»Guten Appetit!«, rief ich ihnen nach und bemerkte, dass ich selbst sehr hungrig war.

Und sehr durstig.

Eine halbe Stunde später begab sich der Rest von uns zur Crêperie in Rörum, um zu Abend zu essen. Trotz meiner Kopfschmerzen bestand ich darauf, das Moped zu fahren, nachdem ich mich doch ein wenig für Gert-Inges Habseligkeiten verantwortlich fühlte, die jetzt dabei waren, sich in Gemeinschaftseigentum zu verwandeln. Yogi und Jana mit ihrer klobigen Ziehharmonika drängten sich auf der Ladefläche, John fuhr mit Hanna auf dem Gepäckträger auf einem der beiden Fahrräder und Linda nahm das andere. Wie zu erwarten gewesen war, erregten wir bei unserer Ankunft einiges Aufsehen. Yogi hatte ja schon deutliche Spuren im Dorf hinterlassen, und wenn man ihm noch eine Roma-Akkordeonspielerin und einen irren Schweden mit Tom-&-Jerry-Verband zur Seite stellte und den Trupp anschließend mit drei Jugendlichen komplettierte, von denen eine einen alten geblümten Putzkittel trug, bekam man zweifellos eine pikante Mischung.

Vor allem im Vergleich dazu, wie der Rest der Sommergäste in dem voll besetzten Restaurant klang und aussah. Es murmelte und summte vor allem auf Hochschwedisch, und der Anteil an Männern mit Bart und Strohhüten hatte sich seit unserem letzten Besuch dramatisch erhöht, was Yogi dazu veranlasste, mich erstaunt zu fragen, ob Schweden auch eine Vergangenheit als britische Kolonie hatte.

»Nein, aber jetzt kommen die Urlaubsgäste langsam wirklich in Scharen. Österlen ist der Lieblingssommerort für Kulturmenschen und Kunstinteressierte vor allem aus Stockholm, und deren männliche Vertreter lieben genau wie die Briten in Indien Strohhüte und tragen nicht selten einen Bart.«

Mein indischer Freund nickte nachdenklich und sah sich im Lokal um. Nachdem es drinnen keine freien Tische gab, ließen wir uns stattdessen auf der kleinen Terrasse vor dem Restaurant nieder, mit einer idyllischen Aussicht auf einen Baum, der einsam auf einem Hügel thronte, umgeben von weidenden Lämmern.

Auf Yogis Empfehlung hin bestellte sich jeder von uns ein »Yogi Spezial«, das zur ungeteilten Freude des Inspirators auf der Speisekarte als »scharfe vegetarische Curryneuheit, einem ganz besonderen Inder gewidmet« präsentiert wurde. Ich versuchte, ein paar Flaschen Hauswein mit dem angeberischen Namen The Arrogant Frog mit in die Bestellung zu mogeln, aber John war beinhart und machte vier Flaschen Apfelsaft vom lokalen Safthersteller daraus. Keiner der anderen protestierte, obwohl Samstag war.

So saß ich also unter dem sagenumwobenen Himmel von Österlen, beduselt von der Gehirnerschütterung, aber stocknüchtern und umgeben von Menschen, die ich liebte. Na ja, zu Jana hatte ich natürlich noch keine nähere Beziehung aufbauen können, und wäre es möglich gewesen, hätte ich die Akkordeonspielerin schrecklich gern gegen Karin Vallberg Torstensson eingetauscht. Ich vermisste sie wirklich.

Es war, als konnten Yogis gut entwickelte Fühler meine etwas negative Einstellung zu dem Neuankömmling aus Rumänien registrieren. Er legte seine Hand auf Janas Schulter und brach in eine unverblümte Lobrede auf ihre musikalische Begabung aus.

»Außerdem«, fügte er hinzu, »haben Jana und ich unsere allerbesten Wurzeln im selben Nährboden«, verkündete er feierlich mit harmonierendem Vibrato in den Stimmbändern.

»Was meinst du damit?«, fragte ich.

»Und was meinst du mit ›Was meinst du damit?‹, Mr Gora? Denn du meinst doch nicht in vollstem Ernst, dass du die indische Geschichte des Volkes der Roma nicht kennst?«

Ich saß still da und schüttelte vorsichtig den Kopf, wobei ich Jana einen entschuldigenden Blick zuwarf.

»Schlecht«, sagte Yogi, »dann möchte ich dich und all euch andere, die sich um diesen außerordentlich angenehmen Tisch versammelt haben, auf das Bestimmteste darüber informieren, dass sowohl ich als auch Mrs Jana aus dem Farbtopf Indiens und der fantastischen Heimat der Maharadschas stammen. Aus dem göttlich schönen Teilstaat Rajasthan! Ich als stolzes Mitglied der Rajputen, des allerstolzesten Zweiges der stolzen Kriegerkaste Kshatriya in direkt absteigender Linie. Und die teure Mrs Jana mit den magischen Akkordeonfingern als Mitglied des stolzen Volkes der Roma. Denn in Rajasthan erblickten die Roma das Licht der Welt. Dann sind sie in alle Ecken dieser Erde gereist. Vielerorts bespuckt und verfolgt, arm, unterdrückt und vertrieben. Doch stark in der Seele und in ihrer Liebe zueinander. Viele von ihnen tüchtige Handwerker und göttliche Musikanten. Erzähl, Mrs Jana, warum du den ganzen Weg aus Rumänien ins Königreich Schweden gereist bist, um mit deinem extrem herausragenden Spiel Geld zu verdienen!«

Jana lächelte verlegen und versuchte, sich hinter ihrer großen Ziehharmonika zu verstecken.

»Ich lieber spielen«, sagte sie schließlich leise in wackeligem Englisch mit starkem Akzent. »Für meine Tochter. Sie krank zu Hause in Rumänien. Sie brauchen Medizin. Ich spielen für sie.«

Und so begann Jana zu spielen und stimmte bald auch ein

Volkslied auf Romani an, von dem ich kein Wort verstand. Aber es war wunderschön und ergreifend und sprach direkt zu meinem Herzen. Ich sah Linda an und ich sah John an, und dann wieder Jana, und dachte an ihre Tochter und an meine eigenen Kinder.

Das Leben ist nicht fair.

KAPITEL 47

Der Besuch meiner Kinder hatte nicht nur einen heilenden Effekt auf meine Psyche, sondern auch auf meine Schürfwunden. Ein paar Tage nachdem Linda, John und Hanna das Pomonadal verlassen hatten, war ich ausreichend kuriert, um mit meiner neuen Erwerbstätigkeit zu beginnen.

Außer Lakshmis Erlaubnis, bis auf Weiteres bleiben zu dürfen, um seine »wahrlich wichtigen skandinavischen Geschäfte« zu Ende zu bringen, hatte Yogi einen ganzen Koffer voller indischer Kleidungsstücke und Textilien dabei, die ich also verkaufen sollte. Es wäre falsch zu sagen, die Geschäfte liefen glänzend, aber seit mein indischer Freund mich dazu gezwungen hatte, ein Schild mit einem Pfeil und der Aufschrift

DIE SCHÖNSTEN INDISCHEN KLEIDER DER WELT!
MUSIK!! BILLIG!!! WILLKOMMEN!!!!

zu malen und draußen an der großen Straße aufzustellen, hatten wir doch einen gewissen Besucherstrom gehabt. Die Sache war nur die, dass die allermeisten, die kamen, eher daran interessiert waren, mit Yogi zu reden und Janas Akkordeonspiel zuzuhören, als mir Kleidung abzukaufen. Ein paar Hemden und den einen oder anderen Schal hatte ich an den Mann bringen können, aber so richtig kamen die Geschäfte nicht in Gang.

Dies führte wiederum dazu, dass Yogi unser Geschäftskonzept um das Servieren von indischem Tee erweiterte und eine indische Spendenbox für Gaben seitens der Besucher einführte. Letztere stellte sich als veritabler Hit heraus und brachte richtig gutes Geld ein, das wir gerecht unter uns verteilten. Damit hatten wir so viel, dass wir über die Runden kamen, und sogar noch ein bisschen mehr.

Außer den Sommergästen tauchten auch immer wieder Leute aus der Gegend auf, vor allem aus der Sphäre der Alternativen und spirituell Suchenden. Ich hatte keine Ahnung, dass sich hier draußen in den Häuschen auf dem Land so viele Tiefsinnige verbargen. Die weinende Wanderin Lisette und ihr asthmatischer Onkel Bo, der hustende Heiler aus Simrishamn, gehörten zu den Stammgästen. Sie statteten so gut wie jeden zweiten Tag ihren Besuch ab und hatten immer mindestens einen neuen Grübler oder religiösen Wirrkopf dabei, der eine Audienz bei Yogi bekam. Manchmal kam auch Lisettes armer Freund Markus mit. Dann saß er unter dem schützenden Laubwerk der Kastanienbäume und errötete, bis sein Gesicht die Farbe von Janas Rock erreicht hatte.

Das Dasein war auszuhalten, wenn nicht gar optimal. Ich musste mich nicht totarbeiten, weder im Garten noch beim Kleiderverkauf. Ich verbrachte viel Zeit mit Yogi, ich hatte regelmäßigen telefonischen Kontakt mit meinen Kindern, ich schlemmte jeden Abend in der Crêperie, ich musste das Haus nicht putzen, weil Greta aus Östra Vemmerlöv mit dem nahezu unverständlichen Dialekt jede Woche kam, und ich schrieb ein bisschen an meinem Buch, manchmal sogar ohne vorher Gert-Inges Weinkeller besucht zu haben. Aber ich vermisste einen Horizont in meinem Leben. Einen inneren Kompass, der mir den richtigen Weg nach vorne zeigte. Jemanden, der mir die Richtung wies.

Ich vermisste Karin Vallberg Torstensson.

Es gab Zeiten am Tag, zu denen ich mich dieser Art von destruktiven Gedanken hingab, die nicht nur seelischen Schmerz hervorriefen, sondern auch bittersüße Vibes. Ich tat mir zu den Klängen von Chicagos »If you leave me now« selbst leid, das ich in meinem zwanghaften Hirn auf Repeat gestellt hatte. Und dann ließ ich die Wut aufschäumen, sodass ein energetischer Gefühlsschwall in den Adern entstand. Man konnte beinahe sagen, dass mir mein Selbstmitleid einen Kick gab.

Wie kannst du nur, Karin?

Was gibt dir das Recht, mit meinen Gefühlen zu spielen?

Meinen Gefühlen?

Mein sogenannter Stolz ließ mich zwar in den meisten Fällen auf Kontaktversuche verzichten, doch am Mittsommerabend schickte ich trotzdem eine SMS an Karin ab und bekam auch sofort eine Antwort. Ich hatte gehofft, sie würde mir Bescheid geben, wann wir uns das nächste Mal sehen konnten, aber sie wünschte mir nur einen schönen Mittsommerabend und fügte eine lächelnde Sonne hinzu. Unpersönlich und zu nichts verpflichtend.

Aber es war trotz allem ein Lebenszeichen, und außerdem schien an diesem Mittsommerabend draußen in Österlen wirklich die Sonne. Nicht von einem tiefblauen Himmel, aber zwischen Fetzen von weißen und grauen Wolken, genau wie es an einem richtigen schwedischen Mittsommerabend sein soll.

Gugge aus Rörum hatte uns eine Erinnerung an die Einladung zu ihrem Fest geschickt, und um Viertel vor drei kickte ich das Moped in Gang. Yogi und Jana saßen wie üblich auf der Ladefläche, und Jana hatte wie üblich ihr Akkordeon dabei. Es war, als stellte das umfangreiche Instrument einen verlängerten Teil ihres Körpers dar, ohne den sie nicht sein konnte. Etwas, womit sie sich ausdrücken und hinter dem sie sich einfach verstecken konnte.

Jana sah mich mit ihrem freundlichen Lächeln an, und ich

spürte die Schamesröte in meinen Wangen aufsteigen. Was hatte mir das Recht gegeben, ihr zu misstrauen? Sie war ein Mensch, der eine positive Aura um sich verbreitete, um denselben Wortschatz zu verwenden wie einer unserer regelmäßig wiederkehrenden Besucher, ein multidimensional aurasehender Astraltherapeut mit Namen Danuta aus der Gegend um Östra Tommarp.

Als wir bei Gugges Fachwerkhof in Rörum ankamen, war er bereits voller Gäste. Ein hoher Mittsommerbaum war mitten auf dem Innenhof errichtet worden, und in einer Ecke des Gartens standen drei männliche Musikanten in etwas, das man mit viel gutem Willen als schwedische Tracht bezeichnen konnte, und spielten mit Geige, Akkordeon und Gitarre etwas, das man mit viel gutem Willen als schwedische Volksmusik bezeichnen konnte.

Die Gastgeberin ging mit einem Blumenkranz im weißen Haar in einer blau-gelb gebatikten Tunika herum und servierte rote Willkommensdrinks von einem Tablett. Als sie uns erblickte, breitete sich ein strahlendes Lächeln auf ihrem Gesicht aus.

»Oh, ihr seid wirklich gekommen! Herzlich willkommen im Paradies auf Erden!«, rief sie begeistert, worauf Yogi sich hinunterbeugte und ihre Füße berührte, die zur Feier des Tages in ein paar skånischen Holzschuhen mit Blumenmuster steckten.

Yogi stellte sich selbst und Jana nach allen Regeln der Kunst vor und lobte Gugges farbenfrohe Kleidung.

»Ich könnte dein Gewand auch batiken, wenn du willst«, sagte sie zu Yogi, der sich höflich für das Angebot bedankte.

Er trug seinen weißen Kurta Pyjama, der nach der letzten Wäsche etwas eingegangen war und daher ein wenig um den Bauch spannte. Oder war es der Bauch, der ein wenig gewachsen war?

Jana hatte ihren üblichen roten Rock und die dünne blaue Steppjacke an, während ich mich in khakifarbene Bermudas und ein weißes Hemd geworfen hatte, was mir Yogis Meinung nach ein etwas koloniales, aber doch kleidsam distinguiertes Aussehen verlieh. Es fehlte nur noch der Strohhut.

Gugge umarmte uns alle drei und bot uns die kleinen Gläser mit Saft an.

»Woraus, glaubt ihr, ist er gemacht?«, fragte sie so eifrig wie ein Kind, das auf ein Lob wartet, nachdem es etwas richtig gut gemacht hat.

Yogi nippte nachdenklich an dem unglaublich süßen Getränk, das für meinen Geschmack etwas zu parfümiert war. Er wölbte die Nasenflügel wie Ferdinand der Stier und saugte den Duft ein, bevor er einen größeren Schluck nahm, dem ein genussvolles Schmatzen folgte.

»Beste Mrs Gugge, wenn meine Geschmacksknospen meinen geschmackvollsten Geschmackssinn nicht trügen, dann müsste das ein Saft aus Rosenblättern sein«, sagte er mit triumphierender Selbstsicherheit in der Stimme.

Damit hatte Yogi schon gewonnen. Gugge war ganz außer sich von seiner Fähigkeit, den Geschmack zu erkennen, und sagte, es sei das erste Mal, dass jemand beim ersten Versuch richtig geraten hatte.

»Eigentlich war es gar nicht besonders schwer, liebe Mrs Gugge«, sagte Yogi und plusterte sich auf wie ein Hahn. »Einerseits erinnern Sie mich in Ihrer liebenswerten Ausstrahlung an eine Rose, andererseits ist dies ein Fluidum, zu dem wir Inder ein sehr intimes und weit in die Vergangenheit zurückreichendes Verhältnis haben. Schon seit der Zeit der Maharadschas und der Großmoguln haben Rosen bei uns einen herausragenden Platz in der Herstellung nicht nur von duftenden Parfüms für Damen, sondern auch von süßen und auf die wunderbarste Weise erfrischenden Getränken.«

Yogis neugieriger Blick war bereits weitergewandert und an dem großen Mittsommerbaum hängen geblieben, der mit Birkenzweigen umwickelt und mit zwei Blumenkränzen versehen war, die vom Querbalken des Kreuzes herunterhingen.

»Eine wahrlich sehr beeindruckende und hübsche Konstruktion, Mr Gora. Darf man fragen, welchen Zweck sie in eurer Feier des hellsten Tages im Jahr hat?«

»Wir werden drum herumtanzen.«

»Hmmm, in einer Art religiösem Ritus zu Ehren des Sonnengottes Vishnu?«

»Na ja, man kann es wohl nicht so direkt in den Hinduismus übertragen.«

»Sag jetzt nur nicht, dass die Kreuzform der Stange schon wieder so eine quälende Erinnerung an euren einsamen angenagelten Gottessohn Jesus ist? Wie viel muss der arme Kerl denn noch aushalten?«

Es lag etwas Anklagendes in Yogis Stimme.

»Ich bin unschuldig«, sagte ich und hielt die Handflächen hoch. »Und ehrlich gesagt weiß ich nicht so recht, was der Mittsommerbaum symbolisiert. Manche behaupten, er sei eine Art Phallussymbol.«

Yogi hob interessiert die Augenbrauen und schob die Unterlippe vor, was ihn einer Bulldogge ähneln ließ.

»Du meinst also, es ist eine Art Shiva Lingam? Zu Ehren Shivas, des Gottes der Vernichtung, der Wiedererschaffung und der wunderbaren Fruchtbarkeit?«

Bevor ich antworten konnte, hatte sich Yogi bereits dem Kreis von Kindern und Erwachsenen angeschlossen, die sich um den Mittsommerbaum sammelten. Er drängte sich zwischen zwei junge Frauen und lächelte sie verbindlich an, als der Akkordeonspieler im Takt des nächsten Tanzes zu stampfen begann. Während des ruhigen Vorspiels fing der Kreis aus Menschen an, sich wie eine große, langsame Schmetterlingslarve um den Mittsommerbaum zu bewegen, bevor das Lied »Des Pfarrers kleine Krähe« alle in Fahrt brachte. Die Kinder schrien und lachten, als sie mal hierhin und mal dorthin gezogen wurden, und mitten in all der Sanges- und Tanzfreude stolperte Yogi vergnügt glucksend mit, so gut er konnte. Bis das nächste Lied anfing.

Kleine Frösche.

»Halt! Wartet!«, schrie er laut.

Die Musikanten hörten auf zu spielen und gedämpftes Gemurmel verbreitete sich, bevor es totenstill wurde. Alle Augen waren jetzt auf Yogi gerichtet, der sehr erwartungsvoll dreinblickte.

»Ist sie auch gekommen? Ist sie hier?!«, fragte er aufgeregt.

»Wer denn?«, wunderte sich eine der jungen Frauen neben ihm.

»Ihre Exzellenz und brillante Ministerin für Import und Export des Königreichs Schweden! Mrs Maud Ulfson!«

KAPITEL 48

Für die Gäste in Gugges Garten war Yogis exaltierter Ausbruch natürlich vollkommen unverständlich. Ich war der einzige Anwesende, der begriff, was er meinte, weil nur ich dabei gewesen war, als Yogendra Singh Thakur zusammen mit der damaligen Wirtschaftsministerin Maud Olofsson während ihres Besuchs in der schwedischen Botschaft in Neu-Delhi beim jährlichen Nobelfest den Tanz zum Mittsommerlied »Kleine Frösche« getanzt hatte.

Gugge blinzelte etwas nervös, ein Labrador begann zu bellen und ein kleines Mädchen fing zu weinen an, ob nun aufgrund des Hundegebells oder aufgrund des plötzlichen Abbruchs der Tänze. Dass eine zweifelhafte Aussprache des Namens von Maud Olofsson in Kombination mit einer mehr als rechtens hochtrabenden Betitelung, vorgetragen mit proklamierender Stimme auf *Hinglish*, einen so betäubenden Effekt auf ein traditionelles schwedisches Mittsommerfest hatte, lag vermutlich daran, dass das Fest sich noch ganz am Anfang befand und dass der Hering und damit auch der Schnaps noch nicht serviert worden waren. Glücklicherweise fingen sich jedoch die Musikanten bald wieder und setzten noch einmal zu »Kleine Frösche« an, während ich zu Yogi hinüberging und ihm zuflüsterte, er solle weitertanzen, als sei nichts passiert.

»Aber…«

»Kein Aber, Yogi! Mach einfach, was ich sage!«, zischte ich.

Nach ein wenig unsicherem Gezappel fand er sich in den

Rhythmus ein und führte die Froschhüpfer mit derselben Genauigkeit aus wie damals mit Maud Olofsson. Als das Lied vorbei war, hatte ich die Möglichkeit, ihm zu erklären, dass »Kleine Frösche« eigentlich *kein* Markenzeichen von Maud Olofsson war, sondern ein sehr verbreitetes schwedisches Tanzspiel an Mittsommerfesten.

»Sie ist also nicht hier?«, fragte er enttäuscht.

»Nein, aber wir werden mit Sicherheit trotzdem Spaß haben.«

Yogi nickte und gab sich wieder dem Tanz hin, der inzwischen auch von Janas Ziehharmonika begleitet wurde. Ihre große Liebe zur Musik triumphierte über die Schüchternheit, und mit ihrem absoluten Gehör brauchte es nicht viele Strophen, bis sie die Melodien mitspielte, als kenne sie sie in- und auswendig. Die anderen Musikanten schienen ihren Beitritt zum Orchester zu begrüßen, nachdem die Tonsicherheit damit beträchtlich gehoben wurde.

Nach dem Tanz wurden Unmengen von Essen aus Gugges Küche zu den langen Tischen hinausgetragen, die u-förmig über den halben Innenhof aufgestellt worden waren. Fast sämtliche Frauen auf dem Fest plus der ein oder andere genderbewusste Mann nahmen an der Arbeit teil. Hering in allen Variationen wurde aufgetischt, zusammen mit Kartoffeln, Sauerrahm und Schnittlauch sowie einer reichen Auswahl an kleinen warmen Gerichten, Brot, Quiches, Salate und gut gekühlte Bierflaschen. Das Wasser lief mir sturzbachartig im Mund zusammen, während Yogi beim Anblick des reichhaltigen Angebots ungewöhnlicherweise etwas verlegen wirkte.

»Psst, Mr Gora!«, flüsterte er. »Ist das alles *non veg*?«

Dort drückte also der Schuh. Dass ich daran nicht gedacht hatte.

Ich nahm eine schnelle Inventur des Buffets vor und konnte

daraufhin meinen Freund damit beruhigen, dass es außer einer knusprigen Quiche mit Västerbotten-Käse auch noch ein cremiges Brokkoligratin, eine Schüssel mit gerösteten neuen Kartoffeln in Knoblauchmarinade, einen nahrhaften Bohnensalat mit Feta sowie eine große Platte voller Eierhälften mit Mayonnaise gab, die in seine vegetarische Kost passten.

Bevor wir uns setzten, stellte Gugge persönlich die wirklichen Schätze auf den Tisch, bestehend aus vier eisgekühlten Flaschen Schnaps: einen Skåne-Aquavit, einen Aalborg Jubileum sowie zwei von der Gastgeberin selbst aromatisierte Schnapssorten; einen Wermut, bei dem der Zweig noch in der Flasche steckte, und einen braun-schwarzen Walnussschnaps nach dänischem Rezept.

»Lasst euch nun dieses paradiesische Buffet schmecken!«, rief Gugge, worauf alle Platz nahmen.

Yogi und ich landeten der Wirtin gegenüber und leisteten ihrer Aufforderung sofort Folge. Wir aßen und tranken hemmungslos, und das taten die meisten anderen auch. Der Geräuschpegel stieg mit derselben Geschwindigkeit, mit der der Inhalt der Schnapsflaschen sich verringerte, und Yogi hatte ausreichend Gelegenheit, sich mit der schwedischen Variante des musikalischen Genres »Trinklieder« bekannt zu machen. Besonders begeistert war er von »Wir sind kleine Hummeln« und gab sich wirklich alle Mühe, das summende Geräusch der besungenen Insekten zu imitieren: »Bzzzz, bzzz! Bzz, bzzzz!«

»Gut, mein Freund«, lobte ich ihn und goss uns jeweils einen neuen Schnaps ein, diesmal den Wermut.

Zur allgemeinen Erheiterung der Gäste, die um ihn herum saßen, zog sich Yogis freundliches Gesicht zu einer Art Rosine zusammen, als der bittere Schnaps seine Zunge traf. Das Gelächter und Gegröle hallte zwischen den Wänden der den Hof umgebenden Gebäude wider. Es war ein Mordsradau, um es vorsichtig auszudrücken. Die Leute gestikulierten und riefen und rissen schlechte Witze und unterhielten sich lautstark auf Englisch mit Yogi und quatschten und tratschten und benahmen sich ganz allgemein so, wie sich die Leute normalerweise auf Mittsommerfesten benehmen.

»Es ist komisch mit euch Schweden«, flüsterte Yogi mir zu und spießte eine geröstete Kartoffel auf seine Gabel.

»Inwiefern?«

»Na ja, genauso schwer, wie es euch offenbar fällt, während der ruhigen Einnahme eines Abendessens in beispielsweise einer Crêperie Blickkontakt mit Fremden aufzunehmen, genauso extrem laut und kontaktfreudig erscheint ihr, wenn ihr euren eingelegten Hering gegessen und ihn mit dieser sehr speziellen Art von Alkohol heruntergespült habt.«

Er nippte erneut an seinem bitteren Schnaps und lächelte angestrengt.

»Ich glaube nicht, dass wir Schweden uns in diesem Punkt so sehr von euch Indern unterscheiden«, sagte ich mit einer schnapsgetränkten und gleichzeitig etwas prätentiösen Stimme. »Denk mal daran, wie ihr an Holi drauflosfeiert, mit eurem verrückten Farbenkrieg und eurem genauso verrückten Bhangkonsum. In beiden Fällen geht es darum, mithilfe von Stimulanzien eine Weile der Wirklichkeit zu entfliehen und die Konventionen außer Acht zu lassen.«

Ich hatte das haarsträubende Holifest nicht vergessen, das ich mit Yogi bei meiner ersten Reise nach Indien besucht hatte.

Yogi leerte die letzten bitteren Tropfen in seinem Schnapsglas und schnitt eine Grimasse.

»So habe ich diese wahre Wahrheit noch nie betrachtet, aber ich glaube wahrlich, da hast du ein bisschen recht, Mr Gora!

Könnte es vielleicht sogar so sein, dass wir Menschen ein angeborenes Bedürfnis haben, manchmal die höchst wirkliche Wirklichkeit zu verlassen?«

»Nicht nur wir Menschen«, antwortete ich angeschickert. »Ich habe mal von einer Elefantenherde gehört, die während einer langen Wanderung an einen Ort voller überreifer Ananas kam, die in der Sonne vergoren waren. Die Elefanten fingen an, mit den Früchten Party zu machen, und wurden voll wie die Haubitzen. Sie fielen einer nach dem anderen um und waren völlig ausgeknockt von einem richtigen Rausch, der am Tag darauf in einen noch schlimmeren Kater ausartete. Nach einer Weile wurden sie wieder nüchtern, sodass sie ihre Wanderung fortsetzen konnten, aber die Erinnerung an die angenehme Trunkenheit war so stark, dass der Trieb nach Wiederholung sie jedes Jahr zur selben Zeit dieselbe Wanderung zum selben Ort vornehmen ließ, um wieder dicht zu werden. Da hast du deine richtige Wahrheit über das Bedürfnis, der Wirklichkeit zu entfliehen!«

Ich wedelte auf diese übertriebene Art mit dem Zeigefinger, wie es nur Menschen tun, die die Kontrolle über ihre Körperbewegungen verloren haben und ihr eigenes Formulierungsvermögen überschätzen.

Yogi nickte zustimmend und widmete sich wieder seiner Käsequiche. Erst als wir noch Erdbeeren mit Vanilleeis gegessen und alles mit Kaffee und süßem Punsch abgerundet hatten, sahen wir uns beide genötigt, eine Pause zu machen, um die »allgemeine Herrentoilette« aufzusuchen, als die der Garten an der Rückseite eines Nebengebäudes diente.

Es war schon nach elf Uhr abends, aber es war immer noch hell und wir hatten von all dem Alkohol genügend Wärme im Blut, um nicht zu frieren, als wir dort in Hemdsärmeln nebeneinanderstanden und uns erleichterten. Das Gemurmel des Festes vermischte sich mit unserem Plätschern und dem viel zu frühen Morgengezwitscher der Vögel. Zwei Amseln stimmten ein ausgefeiltes Duett an, bevor die Nachtigall die Luft mit ihrem bezaubernden Lied erfüllte. Aus irgendeinem Garten hörte man das wehmütige Muhen von Kühen, als würden sie versuchen, den melancholischen Aspekt des Mittsommerfests zu unterstreichen. Es duftete nach Lupinen und feuchtem Gras.

»Entschuldige, Mr Gora, aber das Lied der Kühe klingt beinahe traurig«, sagte Yogi und zog mit einer raschen Bewegung seinen Reißverschluss hoch.

»Das ist die Flüchtigkeit. Der Sommer in Schweden ist so kurz, dass wirklich etwas sehr Trauriges über ihm liegt. Wie bei der schönen Libelle, die voller Leben fliegt, aber nach einem einzigen Tag stirbt«, sagte ich und genoss innerlich meine betrunkene Fähigkeit, naturromantische Gleichnisse aufzustellen.

Sehr viel weiter kam ich in dieser Kunstform jedoch die restliche Nacht nicht. Gugge hatte zwar die Schnapsflaschen beiseitegestellt, aber unter den Gästen, die aus einer interessanten Mischung aus Ortsansässigen, Sommergästen und Freunden und Familie von Gugge bestanden, gab es viele, die weitere Ressourcen bei sich hatten, beispielsweise in Form von taschenwarmem Selbstgebrannten und lauwarmem deutschem Exportbier aus der Dose. Und die darüber hinaus sehr spendabel waren.

Um ungefähr zwei Uhr nachts fühlte ich mich ein bisschen wie einer dieser ananastrunkenen Elefanten, während Yogi noch immer tanzfreudig und darüber hinaus fähig war, einigermaßen verständlich mit der Gastgeberin zu konversieren. Beide schienen sich im gemeinsamen Tanz gefunden zu haben, ungefähr so wie es Yogi und Maud Olofsson damals in Neu-Delhi getan hatten. Mit dem Unterschied, dass sie nicht zu »Die kleinen Frösche« tanzten, sondern zu den wackeligen Tönen der Musikkapelle, die sich in eine drittklassige Tanzband verwandelt hatte. Trotz Janas Versuchen, den Schlager »Die letzten süßen Jahre« mit einer beschönigenden Akkordeonschleife zu retten, klang es ungefähr wie das Wehklagen einer Katze, die gerade stranguliert wird.

Ungeachtet des Lärms muss ich wohl auf meinem Klappstuhl eingeschlummert sein oder einen Filmriss gehabt haben. Denn ich erinnere mich wirklich an nichts, bis ich von Gugges herzzerreißendem Schrei geweckt wurde, der die Nacht durchdrang: »Pooooontuuuuuus! Wo ist sie, meine geliebte Pontus?«

Und dann gelang mir das Kunststück, sofort wieder einzuschlafen.

KAPITEL 49

Erst am darauffolgenden Nachmittag, nach elf Stunden Schlaf, drei Tassen starkem Kaffee und einem detaillierten Bericht von Yogi war ich imstande, die Bedeutung von Gugges verzweifelten Rufen zu rekonstruieren und allmählich auch zu verstehen.

Folgendes war passiert: Nach ein paar weiteren Tänzen in den frühen Morgenstunden hatte Gugge, immer noch recht nüchtern, aber vorteilhaft gestärkt von ihrem braun-schwarzen Walnussschnaps nach dänischem Rezept, Yogi gefragt, ob er sich nicht ihre Schildkröten ansehen wolle. Nachdem Yogi weder gegen Schildkröten noch gegen originelle Fragen Vorbehalte hegte, hatte er in seiner üblichen Höflichkeit bejaht.

Die Schildkröten waren zwei an der Zahl, ein kleineres, fünfundzwanzig Jahre altes Männchen namens Petit und ein großes und ganze siebzig Jahre altes Weibchen mit dem geschlechtsparadoxen Namen Pontus. Gugge hatte erklärt, das liege daran, dass es ganze dreißig Jahre gedauert hatte, bis sie verstand, dass Pontus gar kein Männchen war, wie sie bisher geglaubt hatte, sondern ein Weibchen, und da war es ja zu spät gewesen, den Namen zu ändern.

Wie auch immer, die Schildkröten hatten ihren Wohnsitz in einem kleinen eingezäunten Bereich des Gartens, wo sie Zugang zu Gras, Schatten, Futter und Wasser hatten, und sogar jeweils ein Häuschen, in das sie sich bei Wind und Kälte verkriechen konnten. Dorthin begaben sich Gugge und Yogi und fanden auch rasch Petit, den Gugge mit geübten Händen hochhob und lie-

343

bevoll über den schrumpeligen kleinen Kopf und die vier Beine streichelte, die aus dem Panzer ragten. Gugge hatte Yogi erklärt, dass Petit wie die allermeisten anderen lebenden Wesen auf unserer Erde Berührungen sehr gern hatte. Das gelte in noch höherem Maße für Pontus, hatte sie gesagt und sich heruntergebeugt, um hinter den wuchernden Kletterpflanzen an einer Hauswand, wo sich die Schildkröten gern versteckten, nach ihrem Schützling zu suchen.

Aber Pontus war nicht da. Auch nicht in ihrem Häuschen. Und sie konnte schwerlich ausgerissen sein, weil das Gatter verriegelt war. Wenn es nicht ein Kind irgendwann zuvor geöffnet und wieder zu schließen vergessen hatte, und das Gatter erst später von jemand anderem zugemacht worden war. Aber dann wäre Pontus irgendwo in der Nähe, hatte Gugge überlegt. Sie war eine langsame Madame und konnte sich mit ihrer Größe nicht an so vielen Orten verstecken.

Gugge rief alle Gäste zusammen, die nüchtern genug waren, um sich an der Suche nach dem vermissten Schildkrötenweibchen zu beteiligen. Nicht nur jeder Quadratzentimeter des Käfigs wurde minutiös durchsucht, sondern auch Gugges ganzer Innenhof samt Auffahrt. Aber sie war nirgendwo zu finden, und da hatte Gugge schließlich voller Verzweiflung ihren angstvollen Schrei in die Nacht hinausgebrüllt.

»Die arme Mrs Gugge tut mir wirklich leid«, sagte Yogi zu mir, als ich im Schatten unter den Kastanienbäumen saß und versuchte, meinen Kater mit Aspirin-Brausetabletten und reichlich Wasser zu heilen.

»Wie sind wir von dem Fest nach Hause gekommen?«, fragte ich unruhig mit einer Whiskystimme, die mich in ihrer kratzenden Rauheit selbst erschreckte.

Yogi, der in einem bedeutend besseren Zustand war als ich,

berichtete, dass Jana das Moped mit uns beiden auf der Ladefläche gefahren hatte (es gab offenbar nichts, was diese Frau nicht schaffte). Und dann hatte Yogi mir ins Bett geholfen.

Das restliche Wochenende verbrachte ich damit, mein Dasein nach all den Schwankungen durch Gehirnerschütterung und Mittsommerrausch wieder ins Gleichgewicht zu bringen. Ich schwor mir hoch und heilig, nie wieder Schnaps zu trinken, ein Versprechen, das ich am nächsten Tag dahingehend abänderte, dass es nur für Wermut galt.

Am Montag nach dem Mittsommerwochenende machten Yogi und ich mit dem Moped eine Einkaufsfahrt zum Supermarkt in Kivik. An der Außenwand des Ladens, neben einer überladenen Anschlagtafel, empfing uns die Schlagzeile der Tageszeitung von Ystad mit der groß aufgemachten Überschrift:

GUGGES 70-JÄHRIGE FREUNDIN
IN RÖRUM
SPURLOS VERSCHWUNDEN

Wir gingen in den Laden und kauften Lebensmittel und ein Exemplar der Zeitung und setzten uns dann jeder mit einem Magnum Classic in die Sonne auf die Bank neben dem Eingang, um sie zu lesen. Immer noch mit etwas zittrigen Händen blätterte ich zu dem Artikel vor, der über eine ganze Doppelseite ging. Der Text wurde durch das Foto einer traurigen Gugge mit Petit auf dem Schoß und der Bildunterschrift »Sowohl Gugge als auch Petit vermissen Pontus, die 70-jährige Promi-Schildkröte aus Rörum, die sich während des Mittsommerabends unter mysteriösen Umständen in Luft auflöste« ergänzt.

Im Artikel selbst lüftete Gugge ihre Theorien über Pontus'

Verschwinden. Vielleicht war tagsüber irgendein Kind vorbeige-kommen und wollte mit der Schildkröte spielen, hatte sie aus die-sem Grund mitgenommen und traute sich jetzt nicht, sie zurück-zugeben.

»Aber ich verspreche, dass ich nicht böse bin. Ich will nur meine Freundin zurück«, erklärte Gugge im Artikel.

Sie schloss auch nicht aus, dass einer der Gäste auf dem Fest ihr einen Streich spielen wollte und die Schildkröte irgendwo ver-steckt hatte. Was auch immer passiert war, sie flehte den eventu-ellen Schildkrötendieb an, das Tier zurückzugeben.

»Wenn nur kein Raubvogel Pontus erwischt hat«, sagte sie der Zeitung.

Das war eine Befürchtung, die ich im Hinblick auf den Um-fang der Schildkröte, der Yogis Interpretation nach ungefähr dem einer Familienpizza entsprach, für relativ unwahrscheinlich hielt.

Trotz des ernsthaften Anstrichs hatte die Journalistin am Schluss des Artikels der Versuchung nicht widerstehen können, die Geschichte ein bisschen zu veralbern, und vorgeschlagen, mit Schildern nach der Kröte zu suchen, sowie eine Spalte mit Fotos einiger Prominenter eingefügt, die mit Pontus gleichaltrig waren, darunter Jan Guillou, Diana Ross und George Lucas.

Ich übersetzte alles für Yogi, der trotz seiner äußerst mitfühlen-den Persönlichkeit die Fahndung nach der Schildkröte »eine win-zig kleine Winzigkeit übertrieben« fand.

»Zu Hause in Indien haben wir Millionen von Schildkröten und Milliarden von Schildkröteneiern, und auch wenn ich den allergrößten Respekt vor Gugges Trauer sowie vor diesem Tier habe, das übrigens einer der zehn Avatare ist, in deren Gestalt der Sonnengott Vishnu auf die Welt hinabsteigt, um das Böse zu besiegen, kann ich die extraordinäre Mobilisierung der schwe-dischen Presse zur Suche nach diesem gepanzerten Individuum doch nicht ganz verstehen, das ja von selbst einen starken Schutz hat und dem einen oder anderen Monat in Freiheit sicherlich durchaus gewachsen ist. In unserer Tageszeitung findet man auch manchmal Fahndungsaufrufe, aber gesucht werden Angehörige von Toten, deren Gesichter in der Zeitung abgebildet sind. Arme Menschen ohne Identitätsnachweis, die Tag und Nacht in und um Delhi tot aufgefunden werden.«

Es war schwer, von diesen tragischen Tatsachen einen sanften Übergang zu Pontus' bedeutend weniger tragischem Verschwinden zu finden, aber ich startete auf jeden Fall einen Versuch.

»*Ystads Allehanda* ist eine Lokalzeitung, die über Dinge schreibt, die hier in der Gegend passieren. Und jetzt, im Sommerloch, spannt man den Bogen besonders weit. Außerdem ist Pontus offenbar eine lokale Berühmtheit.«

»Was ist ein Sommerloch?«, fragte Yogi.

»Das ist, wenn es im Sommer keine wirklich wichtigen Nachrichten gibt, wenn halb Schweden in Urlaub ist. Die Zeitungen müssen trotzdem irgendetwas finden, worüber sie schreiben können, und dann greifen sie oft diese etwas weicheren Themen auf.«

Yogi leckte Schokolade und Eis von seinen klebrigen Fingern und sah mich fragend an.

»Wie kann eine Nachricht über eine Schildkröte mit steinhartem Panzer als weiche Nachricht bezeichnet werden?«

»Das ist nur ein Ausdruck, Yogi. Mit einer weichen Nachricht ist gemeint, dass ein Thema behandelt wird, das nicht so schwer ist.«

»Aber Pontus ist doch wahrlich sehr schwer«, wandte Yogi ein.

Ich setzte meine pädagogischste Miene auf und versuchte dann gut und gerne drei Minuten lang, den Unterschied zwischen harten und weichen Nachrichten möglichst einfach zu erklären. Als ich fertig war, kicherte mein indischer Freund.

»Was ist so lustig?«, fragte ich.

»Nein, nichts Besonderes«, wand er sich.

Er versuchte, nicht mehr zu kichern, was ihm jedoch nicht besonders gut gelang.

»Komm schon, Yogi! Worüber lachst du?«

»Verzeih, Mr Gora, aber ich lache über dich! Wenn du Sachen erklärst, die ich schon weiß. Es ist in jeglicher Hinsicht außerordentlich lustig, zu sehen, wie du dein bestes Gesicht drehst und wendest, und dabei ein bisschen aussiehst und klingst wie meine eifrige Schullehrerin Mrs Kumar von der Medium School. Wenn du den Vergleich entschuldigst, denn Mrs Kumar war eine sehr betagte Lehrerin, bestimmt mindestens so alt wie die Schildkröte Pontus.«

»Willst du damit sagen, dass du das mit den weichen und harten Nachrichten schon wusstest?«

»Genau das meine ich!«, rief Yogi und lachte wieder.

»Also machst du dich über mich lustig?«, fragte ich gekränkt.

Er schüttelte den Kopf und sah mich gutmütig an.

»Überhaupt nicht, Mr Gora. Ich passe mich nur den örtlichen Gepflogenheiten an.«

»Jetzt bin ich mir nicht sicher, ob du dich nicht schon wieder über mich lustig machen willst.«

»Überhaupt nicht!«, wiederholte Yogi mit Emphase. »Aber mir ist aufgefallen, dass ihr Schweden die Tendenz habt, ganz langsam und Buchstabe für Buchstabe zu sprechen, wenn ihr jemandem auf Englisch Dinge erklärt, der eure schwer verständliche Sprache nicht spricht. Es scheint mir auch, als ob ein beträchtlicher Teil von euch dann gerne in die Lehrerrolle schlüpft. Das macht euch außerordentlich zufrieden, und nachdem ich zufriedene Menschen mag, passe ich mich den örtlichen Gepflogenheiten an und bemühe mich darum, in bestimmten Situationen, wenn sich die Gelegenheit bietet, etwas weniger wissend zu erscheinen als ich eigentlich bin, damit ihr die Gelegenheit bekommt, mich ein bisschen zu unterrichten. Das macht euch froh, und das macht mich froh, und damit haben wir in einem Atemzug unsere gemeinsame Freude verdoppelt!«

»Win-win?«

»Exakt, Mr Gora! Exakt!«

KAPITEL 50

Die Befriedigung unterschiedlicher Bedürfnisse unterschiedlicher Individuen war eine Sache, in die Yogi bei seinen immer populärer werdenden Zusammenkünften in Gert-Inges großem Garten sein ganzes Herzblut legte.

Während die Sommerwochen vergingen, bekam der Kleiderverkauf, der als Sprungbrett ins Arbeitsleben gedacht war, für mich immer niedrigere Priorität, um schließlich ganz und gar im Schatten der spirituellen und zwischenmenschlichen Aktivitäten zu verschwinden.

Außer den Sommergästen aus den Großstädten, die offenbar vor allem kamen, um indischen Tee zu trinken und sich von etwas exotischem Multikulturalismus erfüllen zu lassen, stellten die Besucher eine sehr bunte Mischung aus Individuen dar. Unter ihnen gab es zum Beispiel eine Reihe yogainteressierter Damen mittleren Alters samt ihrer äußerst eleganten Yogalehrerin aus Kivik (die einmal die Woche zusammen mit Yogi eine Stunde Yogaübungen machte), einen alten lang- und grauhaarigen Goa-Hippie aus Onslunda namens Harald (der Hindi für den Hausgebrauch sprechen konnte, den Elefantengott Ganesha anbetete und selbstgedrehte Zigaretten rauchte, die verdächtig nach Marihuana rochen), eine kleine Gruppe federgeschmückter Möchtegern-Hopi-Indianer aus einer Kommune außerhalb von Brösarp (die ihren »ursprünglichen Zustand vollkommener Balance« suchten, indem sie zu Janas roma-indischer Akkordeonmusik meditierten), sowie diverse andere mehr oder weniger entwurzelte Existenzen.

Dass ich es dennoch mit all der Abstrusität aushielt, lag daran, dass ich sah, was für eine positive Wirkung Yogi auf diese Personen hatte. Wie ein autodidaktischer Psychologe und Seelsorger nahm er sich ihrer Probleme an und schaffte es in mehreren Fällen auch, durch eine Kombination aus philosophischer Spiritualität, erfindungsreichen Metaphern und normalem gesunden Menschenverstand Lösungen dafür zu finden.

Die weinende Wanderin Lisette sah allmählich ein, welche schädliche Auswirkungen ihre Dominanz über ihren Freund Markus auf ihre Beziehung hatte, und schnitt dem Armen schließlich wirklich die Leine durch, indem sie ihn nicht mehr zwang, mit ins Pomonadal zu kommen.

Ihr Onkel Bo, hustender Heiler und spirituelles Medium aus Simrishamn, legte immer weniger Gewicht auf seine Fixierung, mit seinen toten Anverwandten in Kontakt zu kommen. Er lebte stattdessen wieder mehr im Hier und Jetzt, wobei er sein altes Faible für Mundharmonika wiederentdeckte und Janas Ziehharmonika begleitete (was als weiteren Bonuspunkt einen heilenden Effekt auf sein Asthma hatte).

Und ein vorbeikommender einsamer Langstreckenradfahrer aus Östersund mit schmerzendem Hinterteil und dringendem Bedürfnis nach etwas Gesellschaft schöpfte nach einigen Tagen Ruhe und menschlichem Kontakt im Pomonadal frischen Mut, sodass er mit neuer Kraft seine Fahrt nach Lissabon fortsetzen konnte. Nur um einige Beispiele zu nennen.

Ich fragte mich, was Karin Vallberg Torstensson von Yogis unorthodoxen Methoden halten würde, und war nicht ganz sicher, ob sie ihren Geschmack trafen. Aber egal was, ich vermisste sie.

Yogis Sehnsucht nach Lakshmi war bestimmt genauso groß, aber sie hatte, meiner Meinung nach aus reinem Überlebensinstinkt, Delhi und ihre cholerische Schwiegermutter verlassen und war nach Südindien gereist, um ihren Vater und ihre Schwester zu besuchen. Das bedeutete, dass das Haus in Sundar Nagar momentan ausschließlich von Mrs Thakur regiert wurde, und diese Tatsache war meines Erachtens ein entscheidender Faktor dafür, dass Yogi folgenden Kommentar abgab: »Es ist wohl besser, dass ich hier bei dir in Schweden bleibe, bis Lakshmi aus dem Süden nach Delhi zurückkommt. Amma hat ja immerhin Shanker und Lavanya, die für sie sorgen. Oder?«

Wenn ich ganz ehrlich sein soll, glaube ich auch, dass mein indischer Freund es in vollen Zügen genoss, sich im Zentrum des Interesses so vieler Menschen zu befinden. Außerdem hatte er sowohl sich selbst als auch Gugge versprochen, das Pomonadal nicht zu verlassen, bevor es ihm gelungen war, Gugge wieder ins rechte Fahrwasser zu bringen.

Die arme Frau war wirklich außer sich vor Sehnsucht nach Pontus, und auch wenn die Hoffnung, das alte Schildkrötenweibchen lebendig zu finden, Woche für Woche sank, versuchte Yogi ihr mit seinen fantasievollen Theorien Mut zu machen.

»Beste Mrs Gugge, glauben Sie nicht, dass Pontus möglicherweise nur einen langen Sommerspaziergang macht, ungefähr so wie dieser Langstreckenradfahrer auf seiner unfassbar langen Fahrradtour unterwegs ist? Ich glaube ganz sicher, dass es ihr trotz ihres extrem langsamen Spaziertempos inzwischen gelungen sein sollte, eine reichliche Anzahl an Kilometern zurückzulegen. Sie kann sehr gut den ganzen Weg hinunter zum Meer gegangen sein, um die Luft dort zu genießen, und somit müsste sie auch noch etwas mehr Zeit brauchen, um zu ihrem Ausgangspunkt zurückzukehren. Liebe Mrs Gugge, denken Sie nicht, dass Pontus, wenn sie einsieht, dass man allein nicht besser dran ist, nach Hause zurückkehren wird?«

Yogi stellte Gugge diese Frage an einem ungewöhnlich heißen

Sommertag, als sie auf einem ihrer vielen Besuche war, um Trost zu finden.

»Du bist so süß«, schniefte sie und tätschelte seine runde Wange.

Als weitere Sympathiebekundung hatte Yogi Gugge seinen weißen Kurta Pyjama in einem blau-lila Muster batiken lassen, was ihm einen absolut psychedelischen Look gab.

Zu behaupten, dass die Kommune, die sich unter der Leitung des rundlichen Inders beinahe täglich in Gert-Inges Garten aufhielt, von einem etwas andersartigen Schlag war, wäre ein Understatement. Und nachdem das, was mehr als nur etwas andersartig ist, die Tendenz hat, früher oder später mediales Interesse auf sich zu ziehen, war es eigentlich keine Überraschung, dass an diesem klebrig heißen Sommertag, an dem sich nicht einmal die Schwebfliegen in die Luft erheben wollten, sondern nur als kleine Störfaktoren still auf der Haut saßen und ihre baldige Hinrichtung abwarteten, eine Journalistin auftauchte.

»Ingrid!«

Gugges Ruf ließ die Reporterin zuerst zusammenzucken und dann wiedererkennend lächeln, als sie entdeckte, wer sie da angebrüllt hatte, sobald sie ihren blauen Ford Mondeo etwas älterer Bauart auf dem Schotterweg außerhalb des Zauns geparkt hatte und ausgestiegen war. Sie hatte eine Kamera über der Schulter hängen und einen Notizblock in der Hand.

»Ingrid! Sie ist immer noch weg! Du musst eine neue Anzeige über Pontus schreiben!«, fuhr Gugge fort.

Das Lächeln der Journalistin erstarrte. Von meinem strategisch günstigen Platz im Schatten der Kastanienbäume aus verstand ich sofort, warum. Als alter Zeitungsfritze erkannte ich nicht nur einen Kollegen auf zehn Kilometer Entfernung, ich erkannte auch dieses Gefühl von echtem Widerwillen, das sich einfindet, wenn jemand, den man einmal interviewt hat, noch mehr als den positiv geprägten Artikel fordert, den man bereits abgeliefert hat. Den Artikel darüber hinaus als »Anzeige« zu bezeichnen, machte die Sache nicht gerade besser, und auch nicht, dass Gugge die Reporterin nicht einmal Hallo sagen ließ, bevor sie ihre Forderung herausschleuderte.

Ich stand gemächlich auf und ging in die drückende Hitze hinaus, um die Besucherin willkommen zu heißen. Das war eine Aufgabe, die ich aus freien Stücken angenommen hatte: neue Gäste in den Garten zu schleusen und zu den vorhandenen einzugliedern, nachdem Yogi die meiste Zeit beschäftigt war. So auch diesmal, wo er nach seinem therapeutischen Gespräch mit Gugge ins Haus gegangen war, um wieder einmal Lakshmi anzurufen.

Die feuchte Luft stand vollkommen still, und von der Wiese her war angestrengtes Stöhnen zu hören. Das waren die Kivikfrauen bei der unsinnigen Tätigkeit, sich vor ihrer bevorstehenden Yogastunde mit Yogi in der Hitze aufzuwärmen.

»Hallo, ich bin Ingrid Persson von *Ystads Allehanda*«, sagte die Journalistin und begrüßte mich mit einer schwammigen Hand, bevor sie den Notizblock dazu verwendete, eine Schwebfliege zu erschlagen, die sich auf ihren hellhäutigen Arm gesetzt hatte.

Sie war eine groß gewachsene Frau mittleren Alters mit einer beeindruckenden Oberweite, die sich im Rhythmus ihres angestrengten Atems hob und senkte. Das Kleid, das sie trug, war grün und weit und erinnerte an ein Armeezelt. Ihr Haar klebte wie Seegras an der feuchten Stirn, und ihr Atem verriet, dass sie sich bereits den ersten Drink des Tages genehmigt hatte. Gin Tonic. Ein Trinker erkennt einen anderen Trinker sofort.

Ich stellte mich vor und wartete neugierig auf Ingrids Fortsetzung, aber Gugge kam ihr zuvor.

»Wie gut, dass du vorbeigekommen bist, Ingrid! Meinst du nicht, dass eine neuere, etwas größere Anzeige zweckmäßig wäre? Oder sind schon viele heiße Tipps hereingekommen, wo Pontus sein könnte?«

Ingrid keuchte in der Hitze und lächelte angestrengt.

»Wir müssen wohl noch ein bisschen abwarten, Gugge. Auch wenn ich selbst nichts lieber täte, als noch einen Artikel zu schreiben, werde ich Probleme haben, ihn der Redaktionsleitung zu verkaufen. Du weißt doch, wir müssen die Inhalte der Zeitung so stark wie möglich variieren.«

»Aber denk doch an Pontus! Sie ist ganz allein irgendwo da draußen!«, betonte Gugge gekränkt und verzweifelt.

»Ich werde sehen, was ich tun kann. Aber heute werde ich über den Inder schreiben, der hier wohnt. Er scheint sehr populär zu sein«, sagte Ingrid und musterte die vielen unterschiedlichen Besucher im Garten.

»Yogi! Ja, er ist ein wunderbarer Mensch«, bestätigte Gugge. »Du ahnst nicht, was für ein Trost er mir in diesen schweren Zeiten ist.«

»Aber das können wir ja im Artikel erwähnen, dann kommt Pontus doch noch irgendwie mit hinein!«

Gugge nickte zufrieden. Ingrid war eine listige Lokalreporterin, konstatierte ich. Aber auch eine völlig überhitzte, mit zwei großen Schweißflecken unter den Armen und einem Schnaufen, das anfing, direkt ungesund zu klingen.

»Ich denke, Ingrid kann sich jetzt eine Weile in den Schatten setzen, während ich Yogi suchen gehe«, schlug ich vor. »Vielleicht wollen Sie etwas Kühles zu trinken? Ein Bier?«

Ingrids Blick nahm eine Schärfe an, die ich zuvor noch nicht bei ihr gesehen hatte. Sie nickte energisch, und drei Minuten später saßen sie und ich jeder mit einem großen Glas kühlem Bier im Schatten unter den Kastanienbäumen. Ingrid nahm ein paar ordentliche Schlucke und schenkte mir ein dankbares Lächeln.

»Man wird ja so durstig bei dieser Hitze«, sagte sie. »Das muss der heißeste Tag des bisherigen Sommers sein. Und so drückend, es würde mich nicht wundern, wenn wir heute Nachtmittag ein Gewitter bekämen.«

»Und man verliert so viel Flüssigkeit, wenn es so heiß ist«, ergänzte ich und hatte bald eine neue Runde zum Kühlschrank gemacht und ein weiteres Bier für meinen Gast geholt. Dass ich selbst nicht mehr mittrank, schmälerte Ingrid Perssons Durst nicht, eher im Gegenteil.

Als Yogi in den Garten hinauskam, sah er sehr zufrieden aus. Er ging zu mir herüber und hob den Daumen.

»Lakshmi geht es ganz wunderbar bei ihrem Vater! Das freut mich so unfassbar, denn dann brauche ich kein winziges bisschen düsteres schlechtes Gewissen zu verspüren, das meine wankelmütige Seele manchmal auf das Gröbste plagt.«

Dann bemerkte mein Freund die Anwesenheit Ingrid Perssons und lächelte sie an.

»Nehmen Sie auch an der Yogastunde teil, Madame?«, fragte er freundlich, aber etwas unsicher.

Ingrid stand mühsam auf und machte einen kleinen Stolperer, den sie aber geschickt parierte. Man sah, dass sie Routine in dieser Art von Bewegung hatte. Die Lokalreporterin hielt ihre Kamera mit einer Hand nach vorn und begrüßte Yogi mit der anderen.

»Nein, ich mache wegen meiner Knieprobleme keine Gymnastik mehr. Aber ich hoffe, ich darf dabei zusehen und ein paar Bilder machen. Ich heiße Ingrid Persson und bin Journalistin bei der hiesigen Lokalzeitung. Das Gerücht über eure Zusammenkünfte hat sich in halb Österlen verbreitet, und ich würde sehr gerne eine Reportage mit Bildern und Text machen, wenn das in Ordnung ist.«

Yogi nickte und lächelte, bevor sein Blick etwas fragend wurde.

»Verzeihen Sie, Mrs Ingrid, aber gibt es in Schweden sehr oft Sommerlöcher?«

KAPITEL 51

Ingrid Persson war nicht nur eine routinierte Reporterin. Sie erwies sich trotz ihres reichlichen Bierkonsums auch als eine sehr gute. Nachdem sie den ganzen Vormittag mit uns im Garten verbracht hatte, wo sie Yogi und mehrere Besucher interviewte und sowohl die Yogastunde mit den Kivikdamen als auch die gemeinsame Meditation fotografierte (beides musikalisch begleitet von Janas Ziehharmonika und der Mundharmonika des hustenden Heilers Bo), war sie zurück in die Redaktion nach Simrishamn gefahren, ohne in eine Polizeikontrolle zu geraten, und hatte einen absolut glänzenden Text verfasst.

An diesem erfreuten wir uns am nächsten Tag unter dem Vordach einer der beiden großen Veranden des Hauses, geschützt vor dem befreienden Regen, der nach mehreren Tagen klebriger Hitze endlich über dem Pomonadal niederging.

Das Wetter hatte einen äußerst dämpfenden Effekt auf die Besucherfrequenz, aber Gugge war wie üblich zur Stelle. Außerdem war Putztag, und Greta aus Östra Vemmerlöv war gekommen, um das Haus wieder zum Strahlen zu bringen. Die dünne, schüchterne Frau sagte nicht viel, und das, was sie sagte, war aufgrund ihres ausgeprägten Österlendialekts fast unmöglich zu verstehen, aber wir hatten trotzdem eine freundschaftliche Beziehung zu ihr aufgebaut. Und seit wir angefangen hatten, ihr ein bisschen Trinkgeld aus der indischen Spendenbox zu geben, hatte sich unser Verhältnis nicht gerade verschlechtert.

Greta blieb nach getaner Arbeit manchmal noch etwas, um

eine Tasse Tee zu trinken. So auch an diesem Tag, an dem wir uns zusammen an den großen Tisch auf der Veranda setzten und uns gemeinsam über die neueste Ausgabe der Lokalzeitung beugten.

Diesmal hatte die Reporterin Ingrid Persson nicht nur mit einer Doppelseite zugeschlagen, sie hatte darüber hinaus auch die ganze Titelseite zur Verfügung gestellt bekommen und diese mit einem Bild gefüllt, auf dem Yogi in Yogastellung vor seinen Adepten stand.

»DER GURU VOM POMONADAL« lautete die Überschrift, und im Artikel selbst war es Ingrid wirklich gelungen, die positive Stimmung zu vermitteln, die mein indischer Freund unter unseren Besuchern verbreitete.

Ein schönes Foto von Jana mit ihrer Ziehharmonika war auch dabei, genauso wie eine kleine Bitte von Gugge an die lesende Allgemeinheit im Verbreitungsgebiet der Zeitung, nach dem entlaufenen Schildkrötenweibchen Ausschau zu halten, das auf den Namen Pontus hörte.

Nachdem ich den Artikel ins Englische übersetzt hatte, lächelte Yogi zufrieden, zündete sich eine Bidi an und nahm ein paar schnelle Züge.

»Ich muss doch im Namen der Wahrheit sagen, dass ich ein ungewöhnlich ergebener Anhänger des schwedischen Sommerlochs bin, das solche schönen und erhebenden Artikel hervorbringt. Ich frage mich, was Miss Beatrix von der Crêperie sagen wird, wenn sie die Zeitung sieht. Wir essen doch wohl heute Abend dort?«

Das war eine Frage, die wie eine Feststellung klang. Ich hatte keine Einwände, und Gugge und Jana auch nicht. Das kleine Restaurant mit Pfannkuchen auf französische und inzwischen auch indische Art verteidigte damit seinen obersten Platz in der

Liste unserer Nahrungsaufnahmequellen. Jetzt, wo die drückende Hitze verschwunden war, hatte auch der Appetit wieder zugelegt, nicht nur bei Yogi, sondern auch bei uns anderen.

Es hätte also ein ganz wunderbarer Nachmittag voller Zufriedenheit und freudiger Erwartung werden können, wenn nicht gegen vier Uhr, eine halbe Stunde nachdem der Regen aufgehört hatte, ein neuer Besucher aufgetaucht wäre. Er kam in einem alten Volvo 245 mit eingedellter Front und so vielen Schrammen und Rostflecken, dass es schwer war, die ursprüngliche Farbe des Autos erkennen.

Im Unterschied zu der Lokalreporterin Ingrid, die auf dem Schotterweg vor dem Haus geparkt hatte, donnerte der Fahrer dieses Wagens mit so schlechter Präzision durch das enge Tor herein, dass einer der Steinlöwen einen Kratzer in den nicht vorhandenen Lack zog und dabei auch noch seine eigene Tatze verlor.

Mit einer Vollbremsung, die zwei lange Wunden in den ordentlich gerechten Kies des Innenhofs riss, blieb das Auto stehen, rauchend und schnaubend wie ein wütender Stier. Die Tür wurde mit einem zornigen Quietschen aufgerissen, und heraus kam ein großer Mann mit krummem Rücken und einem geierähnlichen Nacken. Er trug einen schmutzigen Arbeitsoverall, schlammbedeckte Gummistiefel und eine alte gelbe Schirmmütze mit der Aufschrift »Gullviks Unkrautvernichtung«. Sein Gesicht war schwarz von Motoröl, was das Weiße in seinen Augen stark leuchten ließ und seinen braunen Augen eine bedrohliche Schärfe verlieh. Es fühlte sich an, als starrte man direkt in den doppelten Lauf einer Schrotflinte. Ein langer, buschiger Schnauzbart, der so aussah, als wäre er seit Jahr und Tag nicht getrimmt worden, vollendete den Look.

»Wos zum Deifl douts ihr do eigentlich?«, fragte er in breitestem Dialekt und mit einer unterdrückten Wut, die seinen Schnauzbart vibrieren ließ.

Er hielt ein Exemplar der Lokalzeitung in die Höhe und zeigte mit einem krummen Zeigefinger auf das Titelblatt.

»*Sorry, sir, what is your problem?*«, fragte Yogi höflich.

Er und ich waren zu dem Mann hinübergegangen, während die anderen noch auf der Terrasse saßen.

»Gibt's do koin, der Schwedisch redt?«

»Doch, mich«, sagte ich mit brüchiger Stimme. Ich trat einen Schritt näher an den Eindringling heran, sodass ich seinen Atem spüren konnte. Er roch sauer nach altem Kautabak und gebratenem Fleisch.

»Sie sollten vielleicht ein bisschen aufpassen«, fuhr ich fort und fühlte, wie mir das Herz bis zum Hals schlug.

»Aufpassn? Ihr seids wohl eher die, wo aufpassn müssn, wos am Gert-Inge sei Haus in a verdammts Zigeunerlager verwandlt hobts. Woiß der, dass ihr do seids?«

»Ja«, antwortete ich zahm.

Der Mann holte eine Dose Kautabak aus seiner Tasche und formte eine gigantische Kugel, die er sich unter die Oberlippe drückte, was dem Gesicht auf einmal ein schimpansenartiges Aussehen verlieh. Yogi sah verwundert zu, als der Mann sich räusperte und einen bräunlichen Speichelbatzen ausspuckte, der nur ein paar Zentimeter neben den Füßen meines Freundes landete.

»Do zweifl i dran, dass da Gert-Inge was davo woiß, dass Zigeuner in seim Haus wohnen.«

Die Schärfe in seinem Blick und seiner Stimme wurde eine Spur milder, aber seine Worte waren unverändert rassistisch.

»Wie wenn des niad gnoug wär, dass ma in Simrishamn immer über die stolpert. Neulich hob i sogar an Zigeunerräuber vorm Ica in Brösarp gsehn. Aber mir wolln do in unserer Gegend koine

Schnorrer und Zigeunerräuber ham, und aa koine Kamelreiter, die wo nach Curry stinkn!«

Der Mann sah Yogi vielsagend an, der seinem hasserfüllten Blick mit einem breiten Lächeln begegnete. Ich warf einen raschen Blick auf die Veranda und sah, dass Gugge und Jana auf dem Weg zu uns waren.

»Es geht Sie nichts an, welche Menschen uns hier besuchen. Wenn Ihnen die Gesellschaft nicht passt, dann gehen Sie doch einfach«, sagte ich, immer noch mit zitternder Stimme.

Der Mann starrte mich an, öffnete die Autotür und setzte sich hinter das Steuer. Aber nicht, um wegzufahren, sondern um einen Zettel aus dem Handschuhfach zu holen, den er mir anschließend vor die Nase hielt. Es war ein Protokoll einer Versammlung der Anwohnergemeinschaft, das von der Notwendigkeit handelte, die Schotterstraßen in Schuss zu halten und den Lastverkehr auf denselben zu begrenzen.

»Und was wollen Sie damit sagen?«, fragte ich.

Der Mann blinzelte und rümpfte die Nase, als er Jana und Gugge bemerkte.

»Evert? Dich hat man ja schon lange nicht mehr unter Leuten gesehen. Was verschafft uns die Ehre?«, fragte die weißhaarige Batikkünstlerin mit einem deutlichen Schuss Ironie in der Stimme.

Der Mann fingerte etwas nervös an seiner Schirmmütze herum, bevor er versuchte, seinen krummen Rücken aufzurichten. Schließlich gelang es ihm, ein höhnisches Lächeln hervorzupressen.

»Du bist bei de Raüber zu Bsuch, Gugge? Is des niad a bissl komisch? Zerscht stehlns dir dei Schildkrötn, und dann sitzt du do gmütlich mit dene zamm.«

»Du redest vielleicht einen Mist, Evert! Niemand hier hat

Pontus gestohlen! Und gerade du solltest dir verkneifen, Salz in meine Wunden zu streuen. Du weißt ja selbst, wie schwer es ist, jemanden zu verlieren, den man liebt.«

Everts braune Augen blitzten auf.

»Zieh sie niad in de Sach eini!«, zischte er und versuchte vergeblich, die schmerzliche Grimasse zu glätten, die durch seine angespannten Gesichtsmuskeln entstanden war.

Everts Augen füllten sich mit Tränen. Er wischte sie schnell mit seinem haarigen Handrücken ab, holte tief Luft und versuchte, noch einen Speichelbatzen auszuspucken, der jedoch nicht weiter als bis zu seiner eigenen Brust kam. Der braune Kautabakspeichel rann an seinem Overall herunter, ohne dass er Notiz davon nahm.

»Wenn ma so dumm is, dass ma mit Räuber und anderm Gsindl rumdoud, is ma selber schuld. Aber do auf da Strass soll niad so viel Hin- und Herfahrerei sei. Lests es doch selber!«

Evert wedelte mit dem Protokoll.

»I hob Papiere do! Die Strass hält koin schwern Verkehr aus, und da sehts, dass mir mehra Stückl davo ghörn. Ich will niad, dass a Haufn Stockholmer und Schnorrer und anders Gsindel die Strass kaputtfahrt. Machts, dass do wegkummts!«

»Was passiert sonst?«, fragte ich trotzig.

»Des willst du niad wissn«, murmelte Evert und räusperte sich. Yogi machte einen raschen Schritt zurück und entging dem Speichelbatzen.

»Übrigns, is de Greta do?«, fragte Evert mit einer Stimme, die eine Spur freundlicher klang.

Ich schielte zur Veranda hinüber und stellte fest, dass die Putzfrau aus Östra Vemmerlöv nicht mehr dort saß. Falls sie diesen Evert kannte, schien sie keine gesteigerte Lust zu haben, ihn zu treffen.

»Also arbeit die nimmer do? Weiß da Gert-Inge des?«

Ohne eine Antwort abzuwarten, setzte sich Evert hinter das Steuer seines alten Volvos. Der Schrotthaufen startete mit einem rasselnden Geräusch und verschwand in einer dunklen Wolke von stinkenden Abgasen.

KAPITEL 52

E r ist eine richtig traurige Figur, dieser Evert«, seufzte Gugge, als der Rauch sich verzogen hatte.

»Warum hat er nach Greta gefragt? Kennen sie sich?«, fragte ich.

»Das kann man wohl sagen. Sie sind Geschwister.«

»Geschwister?!«

»Ja, aber sie treffen sich inzwischen fast nie mehr. Evert hat allgemein keine Lust mehr auf die Gesellschaft anderer Leute. Er hat genug mit seiner eigenen verbitterten Person zu tun«, sagte Gugge.

Sie wandte sich um und winkte Greta zu, die mit einem etwas beschämten Gesichtsausdruck wieder auf die Veranda herausgekommen war.

Inzwischen hatte Yogi den Punkt erreicht, an dem er seine Neugierde nicht länger im Zaum halten konnte. Um den allgemeinen Informationsbedarf zu stillen, der entstanden war, wurde ein sprachliches Dreierteam gebildet, und nach gewissen Zweifeln ging Greta darauf ein, sich dem anzuschließen. Seine Arbeitsweise war nicht ganz unkompliziert: Greta antwortete in ihrem beinahe unverständlichen Idiom (das siebenmal so schlimm war wie das Everts) auf Fragen über ihren Bruder. Gugge, die diese Sprache verstand, aber im Englischen etwas schwächer war, übersetzte Gretas Dialekt in ihr eigenes Schwedisch mit leichtem dänischem Einschlag, worauf ich das Ganze schließlich ins Englische übersetzte, sodass Yogi es verstehen konnte.

Es dauerte seine Zeit, aber nachdem wir eine Viertelstunde

lang Fragen und Antworten zwischen uns hin und her gereicht hatten, kristallisierte sich folgendes Bild des ungehobelten und unsympathischen Mannes heraus: Evert Andersson, der mit seinen vierundsechzig Jahren fünf Jahre älter war als Greta, wohnte noch immer auf dem alten Elternhof bei Östra Vemmerlöv. Als junger Mann hatte er ein Mädchen aus dem Ort geheiratet, das ihn jedoch nach nur drei Ehejahren für einen nordschwedischen Musiker aus einer Tanzband verließ. Sie hatte ihn bei einem Konzert auf dem Tanzboden in Kulla außerhalb von Rörum kennengelernt, einem sehr beliebten Ort, den Evert nie aufsuchte, weil er weder tanzen konnte noch wollte.

Seitdem war er Jahr für Jahr tiefer im trostlosen Sumpf aus Bitterkeit und Selbstmitleid versunken. Er isolierte sich mehr und mehr, trank zu viel, ließ den Hof verwahrlosen und kümmerte sich so schlecht um seine Milchkühe, dass ihm schließlich untersagt wurde, überhaupt Tiere zu halten. Dies hatte in Evert einen glühenden Hass auf jegliche Art von Behörden ausgelöst und ihn in einen unheilbaren Rechthaber verwandelt. Sobald sich die Möglichkeit bot, trat er in Rechtsstreit. Bei den jährlichen Treffen der Straßenanwohner, den einzigen sozialen Zusammenkünften, an denen er teilnahm, stellte er sich immer quer. Sein drohender Hinweis auf ein Verbot des Lastverkehrs auf den Schotterstraßen im Pomonadal war wie so vieles andere in seinem Arsenal jedoch ein Schreckschuss, meinte Gugge.

»Er hat mehrere Felder und alte Apfelplantagen hier in der Umgebung. Deshalb gehören ihm so viele Anteile an den Schotterstraßen, was ihm mehr Stimmrecht in der Anwohnergemeinschaft verleiht. Aber er kümmert sich nicht so um seine Ländereien, wie er sollte. Der wilde Hafer wuchert nur so in den Roggenfeldern, und wenn er spritzt, weiß niemand, was für verbotene Unkrautvernichtungsmittel er verwendet. Alle Bauern in der Gegend hassen ihn, und er selbst liegt mit allen im Streit. Zu sagen, dass zu diesem Haus Lastverkehr läuft, ist vollkommener Unsinn! Es sind ja nur normale PKWs. Mindestens genauso viele Sommergäste fahren auf den Schotterstraßen zum Strand, und darüber hat es nie Klagen gegeben.«

Greta, die im Gegensatz zu ihrem Bruder glücklich verheiratet, aber inzwischen verwitwet war und den Nachnamen Ask trug, hatte wie gesagt sehr sporadischen Kontakt mit Evert. Er hielt sich meist auf seinem Hof auf. Obwohl er so nahe am Gyllebo-See sowie am Meer wohnte, konnte sich Greta nicht erinnern, wann er das letzte Mal beim Baden war.

»Er redt sei zwidas Gschmaada iwa Zigeina und andane Aaslenda, owa a richticha Rassist is a niad«, behauptete Greta.

Daraus wurde, als Gugge es übersetzt hatte: »Er faselt dieses unangenehme Zeug über Zigeuner und andere Ausländer, aber ein richtiger Rassist ist er nicht.«

Irgendwo tief in ihrem Inneren schien die Putzfrau aus Östra Vemmerlöv trotz allem eine Art Geschwisterliebe für ihren widerlichen Bruder zu empfinden. Verlegen warf sie die Frage in den Raum, ob sich Yogi nicht vorstellen könnte, einen Besuch bei ihrem Bruder abzustatten und zu versuchen, ein bisschen Hoffnung und Mitmenschlichkeit in seine dunkle Seele zu bringen. Sie hatte ja mit eigenen Augen gesehen, wie es dem freundlichen Inder gelungen war, so vielen anderen Menschen gute Laune zu machen. Evert war zwar so etwas wie ein hoffnungsloser Fall, aber einen Versuch wäre es vielleicht trotzdem wert? Sie könnte mitkommen und seine Auffahrt rechen. Vielleicht könnten sie eine Flasche Schnaps mitbringen, um ihn etwas zu besänftigen. Evert sagte nie Nein zu einem Kurzen.

Yogi hörte mitfühlend zu und kratzte sich nachdenklich am Doppelkinn.

»Ich würde Ihnen und Ihrem bedeutend weniger geschmackvollen Bruder von meinem ganzen klopfenden Herzen gerne helfen, beste Mrs Greta, aber so wie ich die Sache verstanden habe, gibt es dabei mindestens zwei äußerst problematische Probleme. Zuallererst steht mir mein Antlitz im Wege. Ich selbst bin gewiss sehr zufrieden damit, aber ich kann ja nicht leugnen, dass seine Farbe und Züge indisch sind, was bedeutet, dass ich hier im Königreich Schweden von fremder Rasse bin. Das sind ganz gewisslich ziemlich viele andere Menschen ebenfalls, habe ich bemerkt, aber das hilft ja nun nicht sehr viel, da Ihr Bruder alle Menschen aus anderen Kulturen zu hassen scheint, ja vielleicht überhaupt alle Menschen? Darüber hinaus gibt es eine weitere Schwelle, die sehr hoch ist, falls ich allen Vermutungen zum Trotz in sein Haus eingelassen werden sollte. Nämlich die sprachliche Barriere. Ich spreche nicht mehr als eine Handvoll Wörter Schwedisch, und Ihr Bruder beherrscht weder Englisch noch Hindi. In solch einem schwierigen Fall über einen Dolmetscher zu kommunizieren, ist wohl leider nicht machbar. Es tut mir fürchterlich leid, beste Mrs Greta, aber die Aufgabe scheint mir leider übermächtig.«

Yogi nahm eine Bidi und sah Greta mitfühlend an, während ich ins Schwedische übersetzte. Die Putzfrau aus Östra Vemmerlöv nickte besorgt. Ihr dünner Körper sank in sich zusammen, und die Arme hingen seitlich herab. Es war, als hätte jemand die Luft aus ihr herausgepresst.

KAPITEL 53

Yogis großes Bedürfnis, andere zu trösten, brachte ihn ins Grübeln, was er tun könnte, um Greta Ask aufzumuntern. Als unser neues Hausorgan *Ystads Allehanda* eines Tages im Juli eine Reportage über den bevorstehenden Jahrmarkt in Kivik veröffentlichte, signiert von unserer neuen Lieblingsjournalistin Ingrid Persson, traf er sofort eine Entscheidung.

»Dorthin möchte ich mit Mrs Greta fahren, das wird einen günstigen Effekt auf ihre Stimmung haben!«, rief Yogi begeistert und zeigte auf das Foto eines tintenfischähnlichen Fahrgeschäfts mit langen, blinkenden Armen, die mit Sitzen versehen waren.

»Ich bin mit einem etwas weniger modernen, aber gleichwohl ähnlichen Karussell gefahren, als mein Vater, die Götter haben ihn selig, mich in meiner Kindheit einmal mit zu einem wandernden Vergnügungsmarkt außerhalb von Delhi mitnahm. Woran ich mich am meisten erinnere, ist, dass ich für den Rest des Tages nicht aufhören konnte zu lachen. Ich liebe es, wenn es sich dreht, dreht, dreht! Und wenn es stimmt, was Mrs Ingrid schreibt, dass zu diesem Jahrmarkt sehr viele Leute erwartet werden, kann das ja auch meine eigene starke Sehnsucht nach etwas Gedränge lindern«, erklärte er. »Wir können hier gut für ein oder zwei Tage schließen, das haben wir uns wahrlich verdient.«

Nachdem wir anderen keine bessere Idee hatten, gingen wir auf Yogis Vorschlag ein. Aus sprachlichen Gründen fiel Gugge die Aufgabe zu, Greta anzurufen und mit zum Jahrmarkt zu locken, der am darauffolgenden Tag beginnen sollte.

Greta hatte sich zunächst abweisend gegeben, sie war ja im Lauf der Jahre auf so unglaublich vielen Jahrmärkten gewesen, und in ihren Augen sahen sie fast alle gleich aus. Aber nach ein bisschen Überredungskunst von Gugges Seite nahm sie unsere Einladung an und kam am sonnigen Nachmittag des nächsten Tages mit ihrem Fahrrad zum Treffpunkt vor der Kirche in Rörum.

Diesmal saß Gugge zusammen mit Jana auf der Ladefläche des Mopeds, das ich wie gewöhnlich lenkte, während Yogi das zweifelhafte Vergnügen hatte, mit dem Fahrrad zu fahren.

Zweifelhaft deshalb, weil er es neben Greta tun musste, die vor keiner der lang gezogenen Bergaufstrecken auf dem Weg nach Kivik zurückschreckte. Sie war dünn, aber zäh wie ein Birkenzweig, und an das Radfahren in dem hügeligen Gelände von Österlen gewöhnt. Das zeigte sich bereits beim ersten Anstieg auf dem Byavägen hinter Rörum, wo sie Yogi weit hinter sich ließ. Mein Freund klang wie ein kaputter Dudelsack, als er endlich oben angekommen war. Obwohl er sich das Tweedjackett ausgezogen und auf den Gepäckträger geklemmt hatte, schwitzte er erbärmlich. Zum Glück beherrschte er die Kunst, beim Bergabfahren Energie zu sammeln und die Fahrt zu genießen, aber es war doch ein sehr schwer atmender Yogendra Singh Thakur, der als Letzter von uns am Ziel in Kivik ankam.

Wir stellten das Moped und die Fahrräder auf einer der vielen Weiden ab, die die Besitzer während des Marktes in lukrative Parkplätze verwandelt hatten. Schon dort konnte man die spezielle Stimmung von Hemmungslosigkeit erahnen, die diese Art von gesellschaftlichen Ereignissen auf dem südschwedischen Land prägte. Eine Gruppe ordentlich betrunkener Jugendlicher aus der Gegend saß mit Dosenbier vor einem alten Wohnwagen, den sie rot gestrichen und mit der großen gelben Aufschrift

»Wohnwagenmafia Skåne« versehen hatten. Aus zwei gigantischen Lautsprechern dröhnte »Eloise« von Arvingarna. Einer der Jungs stand aus seinem Klappstuhl auf und machte ein paar wackelige Tanzschritte, bevor er ungeniert neben den Wohnwagen urinierte, während ein Mädchen mit knallrosa Perücke in die entgegengesetzte Richtung kroch, wie sich zeigte, um in den Plastikeimer zu erbrechen, der strategisch neben der Metallwanne mit Bierdosen und Eiswürfeln platziert war. Es war eine Sauerei, die jedes rechtschaffene und nüchterne Schwein in die Flucht geschlagen hätte, aber es war nichtsdestoweniger ein Teil dessen, was Kiviks Jahrmarkt ausmachte.

Einen anderen, bedeutend angenehmeren Teil verkörperten die etwas betagten Rockabillys. Männer und Frauen, die allesamt längst die fünfzig passiert, aber aller Wahrscheinlichkeit nach bereits in ihrer Jugend ein unmodernes Image gepflegt hatten, und die immer noch gekleidet waren, als kämen sie aus einer anderen Epoche. Wie der Herr in spitzen Stiefeln, Jeans und schwarzer Lederjacke – mit einem Fuchsschwanz, der wie eine Jagdtrophäe von der einen Schulter herunterhing –, der an einem offenen rot lackierten Amischlitten mit verchromter Stoßstange lehnte und an einer Sonnenbrille mit gelben Gläsern herumfingerte. Obwohl er nicht mehr viele Haare auf dem Kopf trug, hatte er eine ansehnliche Menge Pomade verwendet, um seine Strähnen zu etwas zu formen, das man mit extrem gutem Willen und komplettem Mangel an ästhetischen Anforderungen als Elvistolle bezeichnen konnte. Am Rückspiegel des Wagens hingen ein paar gigantische Plüschwürfel.

»Eine wahrhaft sehr interessante Ausstattung. Ist das eventuell eine Art Tracht?«, fragte Yogi und zeigte diskret auf den Mann und seine weibliche Gesellschaft, die ein schulterfreies kurzes Kleid mit Leopardenmuster und hohe rote Wildlederstiefel mit

Fransen trug. Das blondierte Haar hatte sie mit kleinen Zöpfen aufgepeppt, die mit Federn versehen waren. Eine Art Crossover-Look zwischen Rockabilly-Braut, Bo Derek und den Stripperinnen, die während der Siebziger- und Achtzigerjahre auf dem Jahrmarkt von Kivik üblich gewesen waren.

»Na ja, als eine Art Tracht kann man es vielleicht sehen. Sie wird von einem speziellen Stamm getragen, den wir hier in Schweden als reife motorisierte Jugend bezeichnen. Die Besonderheiten des Stammes sind der Geruch nach Wunderbaum und der Winterschlaf, den sie halten. Erst zu den Jahrmärkten in Skåne kriechen die Stammesmitglieder wieder aus ihren Löchern und bereichern ihre nähere Umgebung.«

»Nun bist aber wahrlich du derjenige, der mich veräppelt«, sagte Yogi fröhlich und blickte auf die große Festwiese mit ihrem Durcheinander von Ständen und Besuchern. Ein gigantisches Lächeln breitete sich auf seinem rundlichen Gesicht aus.

»Endlich richtig ordentlich viele Leute! Das fühlt sich ja beinahe so an, als wäre man an einem Sonntagnachmittag auf dem Basar von Sarojini Nagar in Delhi!«

Mit eifrigen Schritten übernahm er die Führung und leitete uns durch das Gewimmel zu einem der Eingänge. Es war, als hätte er nie in seinem Leben etwas anderes getan, als den Jahrmarkt von Kivik zu besuchen.

Jana, die ihre Ziehharmonika dabeihatte, sah eine vorzügliche Gelegenheit, einen Extragroschen am Eingang zu verdienen, wo die Leute entweder erwartungsfroh vor dem Marktbesuch oder zufrieden müde nach demselben waren, und entschloss sich deshalb, dort zu bleiben und zu spielen. Wir vereinbarten, uns drei Stunden später am selben Ort wiederzutreffen.

An einem der ersten Stände auf dem Festplatz blieb Yogi jäh stehen und bekam einen überaus hungrigen Blick.

»Jetzt musst du meinen Wissensdurst stillen und mir erklären, was das da für kokosbestreute Bekömmlichkeiten sind«, sagte er und zeigte auf eine Pyramide aus Schaumküssen, die der Typ im Stand aufgebaut hatte, um die Kunden in Versuchung zu führen.

»Sie nennen sich Schaumküsse und bestehen aus geschlagenem Eiweiß mit Zucker, das dann mit Schokolade überzogen und mit Kokosflocken bestreut wird. Sehr lecker.«

»*Veg?*«, fragte Yogi.

Ich nickte.

»Dann möchte ich eine Box!«, rief er begeistert und zog seinen Geldbeutel aus der Innentasche seines Tweedjacketts.

»Warte kurz, Yogi«, sagte ich und zeigte auf ein Schild mit der Aufschrift »Kaufen Sie Ihre Schaumküsse auf dem Heimweg, dann müssen Sie sie während Ihres Besuchs nicht herumschleppen«.

Als mein Freund den Sinn des Textes verstand, sah er zuerst sehr verlegen aus, doch dann zeigte sich ein listiges Lächeln auf seinen Lippen.

»Ein wahrhaftig sehr kluger Geschäftsbetreiber! Zuerst weckt er die Lust, und dann empfiehlt er eine genauso einfache wie geniale Lösung des Trageproblems. Jetzt werde ich auch noch herumlaufen und die ganze Zeit an diese wunderbaren Bekömmlichkeiten denken!«

Yogi hakte sich bei Greta unter und zog sie mit sich weiter in den Jahrmarkt hinein. Ich ging ein kleines Stück hinter ihnen und versuchte die Atmosphäre aufzusaugen. Die Menschenmasse bewegte sich wie ein Strom zähflüssigen Sirups an den Standreihen entlang, wo die Marktschreier einander mit aufgekratzten Verkaufsargumenten zu übertönen versuchten. T-Shirts mit hässlichen Aufdrucken, getrocknete Schweineohren für den Hund, Backpapier aus Teflon, meterlange Lakritzschnüre, Brieftaschen aus schlechtem Leder sowie Brotmesser und Obstschäler, die von manischen Männern mit Göteborgdialekt vorgeführt wurden, gehörten offenbar zu den Bestsellern. Ein schwerer Geruch nach Frittierfett und gebratenem Hering lag wie eine diesige Glocke über all der Herrlichkeit.

Yogi und Greta schienen jedoch viel Spaß miteinander zu haben. Mein Freund hatte bereits eine Tüte gebrannte Mandeln für sie gekauft, und jetzt waren sie auf dem Weg zu dem großen Karussell mit den Tintenfischarmen, auf das Yogi sich eingeschossen hatte. Er bestand darauf, dass auch ich mitkommen sollte.

Leider tat ich es.

Der Anfang der Fahrt erwies sich als richtig angenehm. Die langen Tintenfischarme erhoben sich langsam zum Himmel, sodass man eine großartige Aussicht über den Jahrmarkt und die Klippen bis zum derzeit tiefblauen und nur leicht gekräuselten Meer hinunter hatte. Die leichte Brise erfrischte den Körper, und ich spürte ein schwaches, aber angenehmes Ziehen vor Spannung. Das war jedoch, bevor der elendige Tintenfischarm sich zu drehen und zu winden begann wie eine Würgeschlange um ihr Opfer.

Dass ich nicht das Schicksal der jungen Frau mit der knallrosa Perücke vor dem Wohnwagen auf dem Parkplatz teilte, war nur meinem leeren Magen zu verdanken. Nach der Tour wankte ich wie ein Betrunkener aus dem Karussell, zu Yogis und Gretas großer Belustigung. Vor allem Yogi ging es prima, und es fiel ihm wirklich schwer, mit dem Lachen aufzuhören.

»Rundherum, rundherum und nochmals rundherum! Herrlich, wie unglaublich lustig das sein kann, Mr Gora!«, jubelte er.

Ein paar Minuten später hatte ich meine normale Gesichtsfarbe zurückgewonnen, verzichtete aber doch dankend auf einen

Bissen von dem vegetarischen Lángos mit Sauerrahm, Mozzarella und getrockneten Tomaten, den Yogi mir vor die Nase hielt.

»Selber schuld, Mr Gora, denn dies hier ist wahrlich eine weitere Art von delikaten Pfannkuchen«, sagte Yogi und drängte stattdessen Greta ein Stück auf.

Die Lautsprecher knarzten, worauf ein kurzer Melodiefetzen folgte, bevor eine anpreisende Männerstimme ihre Mitteilung ausspuckte: »In schon einer Viertelstunde beginnt William Arnes legendärer Motorzirkus! Erleben Sie die Todesritter, wie sie an den senkrechten Wänden des Todesvelodroms entlangfliegen. Verpassen Sie nicht das spannendste Abenteuer des Jahrhunderts, das das Blut im Takt der Motoren zum Rasen bringt! Also beeilen Sie sich, meine Damen und Herren. Nehmen Sie einfach die Beine in die Hand, die Alte unter den Arm, den Alten am Kragen und die Kinder im Nacken, kämpfen Sie sich durch die Menschenmenge und sichern Sie sich Ihre Tickets für die Fünfuhrvorstellung. Schon in zwölf Minuten beginnt das Abenteuer, das Sie um alle Zimtschnecken in Schweden nicht verpassen wollen! Beeilen Sie sich, kommen Sie und sehen Sie!«

Gretas Augen blitzten auf. Sie liebte William Arnes legendären Motorzirkus, und nachdem es diesmal zwar wieder rundherum, rundherum und nochmals rundherum gehen sollte, aber ohne dass man selbst an dem Gewirbel beteiligt war, ließ auch ich mich darauf ein, die Show anzusehen.

Wir lösten Eintrittskarten und stellten uns auf die kleine Tribüne, die ringförmig um den oberen Rand eines großen Holzkessels lief, wo ein Drahtseil das Einzige war, was uns Zuschauer von der senkrechten Bühne trennte. Es knisterte wieder in den Lautsprechern, und der Ansager, der ein genauso tüchtiges Mundwerk hatte wie Yogi, nahm erneut Anlauf: »Herzlich willkommen, meine Damen und Herren und Jungen und Mädchen und

Haustiere und alle anderen, die so klug waren, sich hier einzufinden! Sie haben gerade Tickets für eine unvergessliche Vorstellung gekauft, bei der Ihre Herzen in höchsten Höhen schlagen werden und Ihnen die Augen aus dem Kopf fallen, wenn die tollkühnen Todesritter zeigen, was sie können! Mit Benzin im Blut und dem Tod auf den Hinterrädern werden sie über die Holzwände rasen, bei Geschwindigkeiten von bis zu hundert Stundenkilometern! Achten Sie darauf, dass Sie Ihre Hände außerhalb des Drahtseils lassen, ansonsten riskieren Sie, die Show ohne den einen oder anderen Finger wieder zu verlassen!«

Zwei Todesritter in ihren schwarzen Lederhosen mit passenden Westen starteten ihre alten, aber kräftigen Motorräder auf der Bodenplatte. Ein ohrenbetäubendes Knattern drang aus den zweizylindrigen Motoren, und die Luft wurde von einer Mischung aus Benzinduft und dem Geruch von verbranntem Holz erfüllt. Einer der Todesritter vollführte auf dem klappernden Bretterboden einen *burn out* und hinterließ einen schwarzen, welligen Streifen. Zusammen mit den alten Reifenspuren, die schon dort waren, bildeten die schwarzen Gummistriche ein Zeichen, das auf unheimliche Weise dem *Om* ähnelte, der heiligsten aller Silben des Hinduismus, die das Universum symbolisiert und alle Gebete einleitet:

Ich machte Yogi auf das Zeichen aufmerksam, worauf seine Augen sich zu Untertassengröße weiteten. Im nächsten Moment donnerten die Motorräder über die Holzplanken des Velodroms, sodass der ganze Kessel schwankte und vibrierte.

Die Geschwindigkeit steigerte sich, und die Zentrifugalkraft presste die Fahrzeuge fest gegen die federnde Unterlage. Gugge warf sich zurück, im Glauben, einer der Fahrer würde über die Kante schießen, während Greta Asks Blick von nostalgischen Erinnerungen ganz feucht wurde. Yogi stand mit offenem Mund da und staunte über die Tricks der akrobatischen Motorradfahrer, die im Sitzen, im Liegen und sogar im Stehen fuhren, ab und zu mit einer leicht bekleideten Frau als Galionsfigur ganz vorne auf dem Motorrad.

Als die Show, die sogar noch eine halsbrecherische Autofahrt im Inneren des Todesvelodroms umfasste, vorbei war, atmete Yogi erleichtert auf. Dann stürzte er die Treppe an der Außenwand des Velodroms hinunter auf die kleine, wackelige Bühne zu, auf der die Todesritter sich gesammelt hatten, um mit dem Publikum zu sprechen und vor der nächsten Vorstellung aufzutanken.

Mein Freund drängte sich zu dem ältesten von ihnen durch, einem sehnigen, sonnengebräunten Mann mit blondiertem Haar, der aussah, als wäre er ein gutes Stück über fünfzig, beugte sich hinunter und berührte seine Füße. Der Fahrer verstand zwar sicherlich nicht, was der kleine rundliche indische Mann mit seiner Geste ausdrücken wollte, lächelte aber und schrieb ein Autogramm auf ein Foto von sich, das er Yogi überreichte.

»Was für fantastische herumwirbelnde Männer!«, strahlte mein Freund. »Und welchen Mut sie bewiesen haben! Ich glaube, ich habe noch nie etwas Ähnliches gesehen! Diese totale Todesverachtung in Kombination mit der allerfeinsten Balance und Geschicklichkeit ist der äußerste Beweis der Männlichkeit, die …«

Er hielt mitten im Satz inne und sah zuerst Greta und dann mich an.

»Jetzt habe ich es!«, rief er begeistert.

»Was denn?«, fragte ich unruhig.

»Beim Thema Mut und Männlichkeit, Mr Gora, kam ich gerade in ebendieser Minute auf die ultimative Herausforderung für dich! Einen Einsatz, der zu dir passt wie die Butter aufs Chapati oder wie die Kokosflocken auf diese Bekömmlichkeiten, von der wir eine ganze Packung kaufen wollen! Und der deinen allermutigsten Mut herausfordern und deine allerausbalancierteste Balance verlangen wird!«

»Was für eine ultimative Herausforderung?«, fragte ich noch unruhiger.

»Du sollst dich mithilfe deiner schönsten schwedischen Sprache und in Harmonie mit den göttlichen Zeichen der Aufgabe annehmen, die beste Mrs Greta in noch bessere Stimmung zu bringen, als es die gebrannten Mandeln und die Motorräder vermocht haben, indem du ihrem halsstarrigen Bruder zu der göttlichen Einsicht um die Herrlichkeit des Lebens und des gleichen Wertes aller Menschen verhilfst!«

KAPITEL 54

Obwohl ich schon so oft mit Yogi zusammen gewesen war, überraschte er mich immer wieder mit seinen genauso fantastischen wie weit hergeholten Assoziationen. Diesmal war es also ein legendärer Motorzirkus auf einem skånischen Jahrmarkt, der ihn dazu brachte, die halsbrecherische Verbindung zu mir als geeignetem Therapeuten für einen rassistischen und launischen Alten auf dem Land herzustellen, und darüber hinaus aus alldem eine göttliche Eingebung zu machen.

»Ich verstehe überhaupt nicht, was du meinst«, protestierte ich, als Yogi und ich abends allein draußen im Garten saßen und jeder an einem Calvados aus Gert-Inges zu diesem Zeitpunkt nicht mehr ganz so gut gefülltem Barschrank nippte, zu dem mein Freund einen Schaumkuss mit Kokos genoss.

Die Dämmerung hatte sich über das Pomonadal gesenkt, und die Grashüpfer spielten ihr zirpendes Lied. Jana war bereits schlafen gegangen, merklich zufrieden mit dem Extraeinkommen ihres Musizierens in Kivik. Bald hatte sie genug verdient, um sich ärztliche Hilfe und Medikamente für ihre Tochter leisten zu können. Darüber hinaus war der Sommer freundlich zu dem Mädchen gewesen, so lauteten die Nachrichten, die sie telefonisch aus Rumänien bekam. Ihr Husten war durch das warme Wetter und die frische Luft besser geworden.

»Was verstehst du nicht, Mr Gora? Solange du so eigensinnig deine Augen vor den Zeichen verschließt, wirst du nie etwas verstehen!«, antwortete Yogi irritiert, bevor er den letzten Bissen seines Schaumkusses verschlang und sich gleich darauf eine Bidi ansteckte.

»Aber ich bin kein geeigneter Seelsorger! Außerdem habe ich Angst vor Gretas Bruder, man weiß nie, was ihm alles einfällt.«

Yogi legte den Kopf schief und kleidete seine Miene in ein versöhnlicheres Gewand.

»Angst zu haben ist nichts, weswegen man sich schämen muss, Mr Gora. Das macht deinen Einsatz nur noch mehr wert, weil er dann auch einem noch größeren Mut Ausdruck verleiht! Und das ist genau das, was wir Menschen tun müssen, um als Menschen zu wachsen! Größeren Mut zeigen, trotz unserer Angst!«

Ich hätte am liebsten eingewandt, dass er wie ein schlechter Jobcoach klang, hielt mich jedoch zurück. Sarkasmus tendiert dazu, auf die Dauer zur Nörgelei zu werden.

»Dann sagen wir mal, ich überwinde meine Angst. Was soll ich dann machen? Ich habe nichts mit diesem Evert gemeinsam, worüber wir reden könnten.«

»Es ist vielleicht noch ein bisschen zu früh, das festzustellen«, wandte Yogi ein, »du musst ja zuerst mit ihm sprechen, um das zu wissen. Außerdem, Mr Gora, wird es höchste Zeit, dass du auf den Rat hörst, den du in Varanasi von der hochverehrten Madame Mistry bekommen hast und der sich nun vor deinen besten Augen offenbart. Du musst auf die Götter hören!«

Es war diese heilige Bremsspur der Motorräder im Velodrom, die dahintersteckte. Und nachdem ich derjenige war, der sie zuerst entdeckt hatte, war sie auch für mich bestimmt, stellte Yogi fest.

»So ist das, Mr Gora! Und so muss es ganz einfach sein! Das wird göttlich gut gehen!«

Ich war alles andere als überzeugt, dass Yogi recht hatte, aber weil Greta so hoffnungsvoll dreingeblickt hatte, als sie den Vorschlag meines Freundes gehört hatte, und weil ich mit meinem Roman über den arbeitslosen Fleischfachverkäufer (ich grübelte noch immer darüber nach, wie er heißen sollte) nicht wirklich weiterkam und weil ich außerdem irgendwie spürte, dass ich mich nicht immer weiter feige um alle schwierigen Situationen drücken konnte, fand ich mich zwei Tage später auf dem Moped auf einer Straße wieder, die durch das sommerlich schläfrige Östra Vemmerlöv führte. Um mich zu bestärken, hatte Yogi immer wieder betont, wie geeignet ich durch all das Training, das ich durch die Beobachtung seiner eigenen Übungen in zwischenmenschlicher Fürsorge bekommen hatte, als »Katalysator für die seelische Befreiung« sein würde.

Vor mir auf der Ladefläche saß Greta mit einer Plastiktüte aus dem staatlichen Alkoholgeschäft in Simrishamn, die eine ganze Flasche Koskenkorva enthielt. Everts Lieblingswodka.

Wir waren nicht einmal zehn Kilometer von den pittoresken Gegenden Österlens entfernt, aber es fühlte sich an, als wären wir in einer völlig anderen Welt. Die sorgsam renovierten skånischen Fachwerkhöfe und Fischerhäuser der Goldküste waren vernachlässigten Häusern mit vorgezogenen Gardinen und abgeblättertem Putz gewichen. Ein aufgegebener Supermarkt, ein Schrottplatz, ein leerer Sportplatz und ein Fuhrunternehmen mit heruntergekommenen Lastwagen mit baltischem Kennzeichen verliehen der kleinen Ortschaft erst recht eine Aura von Trostlosigkeit. Der Wind wehte den Gestank von irgendeiner Schweinefabrik außerhalb des Ortes zu uns. Obwohl die Sonne von einem tiefblauen Himmel schien, fühlte sich alles grau an. Oder vielleicht eher braun.

Ungefähr einen Kilometer außerhalb von Östra Vemmerlöv streckte Greta ihren rechten Arm aus und gab zu verstehen, dass wir hier abbiegen sollten. Wir fuhren ein Stück auf einer löcherigen asphaltierten Straße und bogen dann nach ein paar Hundert Metern erneut nach rechts auf einen noch löcherigeren Schotterweg ab. Nach einem weiteren Kilometer waren wir bei einem alten, ziemlich heruntergekommenen Bauernhof angelangt.

»Dou is des«, sagte Greta, und das hieß, dass wir unser Ziel erreicht hatten.

Ich bremste, drehte das Gas ab und wurde sofort von dem Gefühl übermannt, mich an einem Ort zu befinden, den nicht nur Gott, sondern auch alle anderen vergessen hatten. Die Fassade des Wohnhauses war von rissigen Eternitplatten bedeckt, und neben dem morschen Schuppen türmte sich ein unförmiger Misthaufen auf. Es roch stark nach Dung und Ammoniak. Aus einem baufälligen Stallgebäude mit durchhängendem Dach hörte man muhende Kühe. Wenn Evert Tierverbot hatte, schien er sich jedenfalls nicht daran zu halten.

»Ist er da?«, fragte ich Greta mit der leisen Hoffnung, sie würde den Kopf schütteln.

»Jo, dea is scho daham«, antwortete sie und zeigte auf den Schrotthaufen von Volvo ihres Bruders, der neben zwei anderen ausgedienten Autos sowie einem alten Wohnwagen ohne Räder stand, der auf Stapeln von Ziegelsteinen aufgebockt war.

Als wir in den Innenhof kamen, fing ein Hund, der aussah wie eine Kreuzung aus einem Schäferhund und etwas noch Größerem und Gefährlicherem, wütend zu bellen an und bekam aggressive Anfälle. Nur seine Leine hinderte ihn daran, seine entblößten Zähne in uns zu schlagen. Ich erstarrte vor Schreck und hielt den Atem an. Fast bereute ich, dass ich nicht den Mopedhelm anbehalten hatte.

»Schsch«, machte Greta ohne eine Spur von Angst und hob die Hand, als hielte sie einen Stein darin.

Die Bestie unterbrach sofort ihre Attacke, winselte jämmerlich und zog den Schwanz ein. Mit einem Blick, der tiefe Dankbarkeit ausdrückte, sah ich Greta an. Sie nickte kurz zurück, ging mit resoluten Schritten weiter zum Wohnhaus und die moosbedeckten Stufen hinauf. Ich folgte ängstlich hinterdrein. Nach drei energischen Klopfern hörte man im Haus jemanden husten. Es war ein zorniger und trockener Husten, bei dem man vom bloßen Zuhören Halsschmerzen bekam. Mit einem Ruck wurde die Tür aufgerissen und Everts feindseliges Gesicht offenbarte sich.

Es dauerte eine Weile, bis seine scharfen Augen registriert hatten, wer wir waren. Als das geschehen war, wurde sein Blick noch bohrender und hasserfüllter, milderte sich jedoch beim Anblick seiner Schwester bedeutend ab.

»A so, du bist as, Greta. Aber wos zum Deifl doud er do?«

Evert zeigte mit seinem tabakgelben Finger auf mich und spuckte einen Speichelbatzen aus, der zehn Zentimeter über meinen Kopf hinwegflog.

»Höa jetzt auf!«, zischte Greta und zog die Schnapsflasche aus der Tasche.

Das war eine Bewegung, die einen eindeutig dämpfenden Effekt auf die Wut des Alten hatte. Er wandte sich um und ging ins Haus, ohne die Tür hinter sich zuzuschlagen, als Zeichen dafür, dass wir hier wenn schon nicht willkommen, so doch zumindest geduldet waren.

Wir folgten Evert in die Küche, ohne uns die Schuhe auszuziehen. Das erwies sich als kluger Entschluss. Die Schuhsohlen klebten an dem blassgrünen Linoleumboden, der sich an den Rändern zu lösen begonnen hatte. Aus der Spüle, wo ein Stapel Teller mit Essensresten und eine alte Milchpackung einen kleinen Schwarm Fruchtfliegen angelockt hatten, roch es modrig und säuerlich. An den Wänden lagen kleine Ansammlungen von Mäusekot. Den Küchentisch zierte eine karierte Wachsdecke mit Ringen von Kaffeetassen und Gläsern. Von einem Haken an der Decke hing eine Reispapierlampe mit einer dicken, fettigen Staubschicht. Und unten an der Lampe baumelte ein Fliegenfänger mit einigen noch lebenden Fliegen, die vergeblich zappelten, um sich von dem klebrigen spiralförmigen Streifen zu lösen.

Ein Spalt in den heruntergezogenen Jalousien ließ genug Licht durch, um alle Mängel des Zimmers und der Einrichtung zu offenbaren. Die Küchentapete mit einem Muster von gleichförmigen Blättern in allen Farben des Regenbogens hätte sich an der Wand irgendeines schicken Retroladens in Stockholm sicherlich ausgezeichnet gemacht, aber hier, in ihrem abgeblätterten Zustand, wirkte sie nur traurig. Das Geräusch einer langsam tickenden Wanduhr aus dem Wohnzimmer vermittelte das Gefühl, als stünde die Zeit in diesem Haus schon lange still. Ich fühlte, wie mir ein Schauer vom unteren Rücken bis nach oben über den Hinterkopf lief, sodass sich mir buchstäblich die Nackenhaare aufstellten.

Evert setzte sich auf einen knarzenden Holzstuhl an den Küchentisch und bedeutete Greta mit der Hand, für ihn ein Glas aus einem der orangefarbenen Schränke über dem Herd zu holen.

Die fast vollkommen wortlose Kommunikation der Geschwister war in all ihrer Dürftigkeit faszinierend, allerdings auf eine düstere Art. Es war, als ob beide eigentlich das innere Wesen des anderen kannten, aber nicht in der Lage waren, die äußere Schale aus Gesten, Blicken und unterlassenen Sätzen zu durchbrechen. Sie sahen sich fast nie, hatte Gugge gesagt, und trotzdem waren sie einander sehr vertraut, wenn auch auf eine vorsichtige Art und Weise. Als gäbe es etwas Unaufgearbeitetes zwischen den beiden, das sie beeinträchtigte.

Greta stellte die Schnapsflasche und zwei einigermaßen saubere Trinkgläser auf den Tisch. Sie bedeutete mir, mich auf die schmuddelige Klappbank gegenüber von Evert zu setzen, und goss uns zwei ordentliche Schnäpse ein.

Die Augen des Alten wurden glänzend, und die Hand zitterte etwas, als er das Glas hob. Doch kurz bevor das Glas seine Lippen berührt hatte, hielt er in der Bewegung inne und starrte mich feindselig an.

»Oin Schnaps, dann bist aus meim Haus draußn!«

Er leerte das Glas ohne die Andeutung einer Grimasse und lehnte sich im Stuhl zurück, die Hände hinter dem Nacken verschränkt.

»Du bist also so a verdammter Zigeunerfreund, du verfluchter Großstadtschnorrer!«

KAPITEL 55

Als Einleitung eines Gesprächs, dessen Ziel es war, wenn nicht vertraulich, dann zumindest erträglich zu werden, war das keine Glanzleistung. Großstadtschnorrer? Sagte er das wegen meines Malmöer Dialekts?

Aber nachdem Evert interessanterweise auf Gretas zischenden Einwand – »Tssssss!« – damit reagierte, auf eine Art an seiner Schirmmütze herumzufingern, die beinahe nervös wirkte, und nachdem ich mich entschlossen hatte, während dieses ersten Treffens auf Gretas eigenes Anraten hin dem Alten vor allem zuzuhören und nicht in Verteidigung zu gehen, ließ ich sein rassistisches Geschwafel unkommentiert.

»Wennst du glaubst, i ziag man Antrag in dera Straßenfrog zruck, mit dem Zigeunerlager und dem Kamelreiter und alle die andern Verrucktn, die wo dou im Gert-Inge seim Haus san, dann houst de gschnittn! Es gibt Präjudizien drüber, dass da Verschleiß vom Straßenbelag fakultiert wern soll!«

So langsam verstand ich, warum Evert als unheilbarer Rechthaber betrachtet wurde. Seine Art, mit bürokratischen Wörtern und Ausdrücken um sich zu werfen, ohne eine Ahnung von Aussprache oder Bedeutung zu haben, und sein schulmeisternder, wedelnder Zeigefinger sagten alles. Er streckte sich nach einem abgegriffenen Ordner aus, der eine Patina von schwarzem Motoröl hatte und zwischen dem genauso abgegriffenen Brotkorb und dem möglicherweise noch abgegriffeneren Transistorradio auf dem Küchentisch stand.

»Do hast alles! Von exekutive Klagn bis zu den Aussagn von da Anwohnergemeinschaft, plus Votierungen!«

Evert hatte zu einer Seite vorgeblättert, die schmutziger als die anderen war, aber genauso unverständlich. Ich tat so, als würde ich interessiert lesen, und nickte. Evert lächelte hinterhältig und goss mehr Schnaps in sein Glas.

»Du hat eine ganze Menge Unterlagen gesammelt, wie ich sehe«, sagte ich neutral und nippte ein wenig an meinem Wodka, während ich in den Ordner schaute.

Ein Schnaps, dann sollte ich aus dem Haus, hatte Evert gesagt. Es galt also, mit den Ressourcen hauszuhalten. Ich wandte mich zur Spüle um, um Gretas Blick aufzufangen, aber sie war nicht mehr da. Das Geräusch eines leise zischenden Staubsaugers drang aus dem Wohnzimmer. Die Schwester putzte, während wir Männer reden sollten. Ihre Botschaft hätte nicht deutlicher sein können.

»Und was zum Deifl doust du do draußn mit dem Gsindl?«

»Was meinst du?«

»Du bist doch a Schwed? Kapierst du des niad, wenn mia alle verdammtn Zigeuner und jeden verfluchten Kamelreiter und Araber ins Land lassn, dann gibt's bald koin Platz mehr für uns! Du solltst de inn Arsch eine schama!«

Evert trank noch einen Schluck und kratzte sich sein zerzaustes Haar.

»Des is a saumäßige Führung, wirklich! Du houst de Verwaltung vom Grundstück niad auf de richtige Art übernumma!«, schimpfte er, ohne dass ich richtig verstand, was er meinte.

Drei Schnäpse später hatte Evert sich in seiner rassistischsten Rhetorik ausgetobt und fing langsam an, in weinerliches Selbstmitleid zu verfallen. Er erging sich lang und breit darin, wie schwer er es als Selbstständiger in der Landwirtschaft hatte und wie die Behörden ihn systematisch schikaniert und seiner Tiere beraubt hatten.

»Die wern se niad zufriedn gebm, bis's me ganz vernicht' und mia mei letzts Viech weggnomma ham. Wie zum Geier kinna de so sakramentisch grausam sei zu am Mann, der wo nur sei Recht ham will? Kannst du mir des sang?«

Hier schien es eine Öffnung zu einer Art Zweiwegekommunikation zu geben. Ich nippte erneut ein wenig am Wodka und versuchte, Evert mit etwas anzublicken, das zumindest an Mitleid erinnerte.

»Ja, ich habe die Kühe im Stall muhen hören. Sind das deine?«

Everts Augen waren nun vom Schnaps und vor Rührung blank geworden. Er schniefte, fuhr sich mit der Hand unter die Nase und wischte sie am Hosenbein des Overalls ab.

»Kannst du über a Sach s Maul halten?«, fragte er mit plötzlicher Vertraulichkeit in der Stimme.

Ich nickte.

»De Hälftn von de Küh san von am andern Hof. I hab an Kollegen, den wo's a belästign. Drum helfn mir uns, wenn mir was von Inspektionen hörn. Die Viecher zwischen uns hin und her schiebm, des is die oinzige Chance, wie mir unser rechtmäßiges Eigentum verteidign kenna. Aber i kann bald nimmer. Die wolln mir s'Gnack brechn, die Drecksäu.«

Evert fing jetzt richtig an zu weinen. Die Tränen liefen seine schmutzigen Wangen hinunter. Es war ein eigenartiges Erlebnis, einem bitterlich weinenden Mann gegenüberzusitzen, ohne eine Spur von Sympathie zu empfinden. Was tat ich eigentlich hier?

Doch dann strömte ein angenehmer Duft von Schmierseife aus dem Wohnzimmer herein und versuchte mit dem fauligen Geruch in der Küche zu konkurrieren. Es funktionierte nicht ganz, aber es war ein netter Versuch. Ich hörte, wie Greta dort drinnen den Boden schrubbte und dabei eine Melodie summte. Es schien zumindest sie aufzumuntern, dass ich mit ihrem plumpen Bruder redete, und das war ja zum Teil der Sinn des Gesprächs. Ich riss ein Stück von einer Küchenrolle ab, die auf dem Küchentisch stand, und reichte es Evert.

»Danke«, schniefte er und trocknete sich Augen und Gesicht, sodass das Papier ganz schwarz wurde.

Greta hielt sich die restliche Zeit über in Putzabstand, und während der Inhalt der Wodkaflasche sich stetig verringerte, wurde Evert immer mitteilsamer und tatsächlich auch etwas weniger unfreundlich. Zumindest schien Alkohol ihn nicht übellaunig zu machen, und das war wenigstens ein kleiner Trost.

»Schau halt, dass du do drübm beim Gert-Inge a bissl Ordnung schaffst. Die machn bloß an Dreck, die Zigeuner«, ermahnte er, aber bedeutend weniger aggressiv als zuvor.

Ich verspürte große Lust, meinen Gesprächspartner darauf aufmerksam zu machen, dass er selbst in einem stinkenden Schweinestall lebte, während das Haus im Pomonadal trotz seiner vielen Bewohner und Besucher sauber und hübsch war. Das lag natürlich hauptsächlich daran, dass Greta so eine flinke und tüchtige Putzkraft war, aber auch daran, dass wir Bewohner im Vergleich zu ihm allesamt als hygienische Prachtexemplare betrachtet werden konnten. Aber ich hielt mich zurück. Und als Greta mit allem außer der Küche fertig war, hatte sich Everts stinkender Schweinestall von Haus in einen etwas weniger stinkenden Schweinestall von Haus verwandelt. Wenn man jetzt noch den Alten selbst durch eine Autowaschanlage fahren könnte, würde es dort drinnen richtig erträglich werden.

»Kannst de Flaschn dalassn. Da is die Tür.«

Mit diesen Worten verabschiedete sich Evert von mir, eine Sekunde nachdem ich den letzten Schluck aus meinem Glas getrunken hatte. In dieser Hinsicht hielt der Alte Wort. Greta sagte etwas Unverständliches und, wie es schien, ein bisschen Brüskes zu ihrem Bruder, hatte aber ein besonders zufriedenes Lächeln im Gesicht, als wir aus der Haustür traten. Die Bestie begann sofort wieder zu bellen, hörte aber auf, als Greta von Neuem ihren Arm hob. Diesmal ging sie mit einem Heldenmut, der den Todesrittern von William Arnes Motorzirkus alle Ehre gemacht hätte, zu dem Köter hin und kraulte ihn hinter dem Ohr. Der Hund stellte die Ohren auf, begann mit dem Schwanz zu wedeln und kläffte wie ein liebeshungriger Welpe. Es war ein ebenso sonderbarer wie traurig rührender Anblick.

KAPITEL 56

Ermuntert von sowohl Greta Ask, der Putzfrau aus Östra Vemmerlöv, als auch Yogendra Singh Thakur besuchte ich Evert Andersson nun ein paarmal die Woche. Greta sagte, sie habe ihren Bruder seit Jahr und Tag nicht mehr so nachgiebig gesehen wie jetzt, wo der rekordverdächtig heiße Sommer von Österlen auf den August zuging.

Er hatte ganz aufgehört, mit Strafzahlungsforderungen und rechtlichen Schritten der Anwohnergemeinschaft zu drohen. Einigermaßen annehmbar sauber war es in seinem Haus nach der vielen Putzerei seiner Schwester nun auch geworden, und auch wenn es eine ganze Menge Schnaps gekostet hatte, sah Greta das als gut investiertes Geld. Sie dankte mir immer wieder dafür, dass ich mir Zeit für ihn nahm, und drückte ihre tiefste Bewunderung über meine Fähigkeit aus, die Bestie zu zähmen (also ihren Bruder, nicht den Hund). Nachdem ich schon immer eine Schwäche für Komplimente gehabt hatte, ließ ich mich darauf ein, meine Sitzungen mit Evert in einem abschließenden Finale ganz allein abzurunden. Auch Yogi hielt das für eine glänzende Idee.

»Das wird wie der letzte entscheidende Pinselstrich in deinem perfekten Meisterwerk!«, rief er zum allgemeinen Jubel der ganzen bunten Kommune an einem dieser heißen Vormittage in Gert-Inges Garten aus.

Ich selbst hatte den Fortschritten des Alten gegenüber eine etwas zwiespältigere Einstellung. Es stimmte, dass er nicht mehr so viel schimpfte und keifte, aber eine entscheidende Wandlung konnte man meiner Meinung nach nicht erkennen. Ich hatte seine ermüdenden rassistischen Aussagen infrage gestellt, und auch wenn ihn das dazu gebracht hatte, auf diesem Gebiet ein bisschen herunterzufahren, gab es keine deutlichen Anzeichen dafür, dass er seine Ansicht geändert hatte. Der alte Teufel kriegt seine letzte Chance, dachte ich bei mir, als ich auf dem Weg zu dem elendigen Hof in Östra Vemmerlöv allein auf dem Moped saß.

Ich dachte auch ein bisschen an Karin Vallberg Torstensson, wie lange es her war, seit wir uns gesehen hatten, und wie unsicher ich mich fühlte, ob wir uns wirklich wieder treffen sollten. Vielleicht war es am besten, das Ganze einfach im Sande verlaufen zu lassen. Wir hatten ein paarmal telefoniert, und danach hatte ich mich jedes Mal leer und traurig gefühlt. Sie plapperte drauflos über ihr wunderbares Enkelkind und was für einen fantastischen Sommer sie in Östersund hatte. Kein Wort darüber, dass sie mich vermisste, keine Silbe, dass ich ihr etwas bedeutete.

Als ich bei Everts Hof ankam, fing die Bestie sofort an zu bellen, wedelte aber bald mit dem Schwanz, als sie sah, dass ich es wieder einmal war. Der aufgetaute Hirschbraten aus Gert-Inges Gefrierfach neigte sich dem Ende zu. Jedes Mal wenn wir den Hof besucht hatten, hatte ich ein kleines Stück von dem Fleisch für den Köter dabeigehabt. Das hatte wirklich Erfolg gezeigt, und Greta hatte mich für meine Initiative gelobt. Ich war selbst überrascht von meinem Mut, ein Hundemensch war ich nun wahrlich nicht, aber irgendetwas an der Bestie weckte meinen Beschützerinstinkt. Ich kraulte den Hund hinter den Ohren, als er das Geschenk verschlungen hatte.

»Jetzt gibt es nichts mehr«, sagte ich. »Nach heute bin ich hier fertig.«

Die Bestie drehte den Kopf und sah ein wenig irritiert aus,

wedelte aber dann wieder mit dem Schwanz und rieb sich wie eine verschmuste Katze an meinem Bein. Unglaublich, was etwas Essen und Zuwendung doch mit einem bösartigen Hund machen konnten. So einfach war es mit bösartigen alten Männern nicht.

Everts Blick wurde wie immer feucht beim Anblick der Wodkaflasche, die er schon in der Türöffnung gierig in Beschlag nahm. Irgendwie kam es mir so vor, als ob er es auch wertschätzte, dass ich derjenige war, der den Schnaps ablieferte.

»Komm eina und trink oin mit«, sagte er gönnerhaft, holte selbst die Gläser aus dem Schrank und stellte sie neben den Schnaps auf die Wachsdecke.

»So a Mordshitzn«, klagte er und wischte sich den verschwitzten Nacken mit einem Taschentuch ab, das erstaunlich unbefleckt war. Es sah sogar so aus, als hätte sich der Alte das Gesicht gewaschen, oder zumindest den Großteil des Öls mit einem groben Frotteehandtuch weggerieben.

»Ja, es ist richtig warm«, stimmte ich zu und hob das Glas. »An so einem Tag sollte man eigentlich am Meer sein. Willst du nicht mitkommen?«

Das war ein Wunsch, den Greta geäußert hatte, dass ich versuchen sollte, ihren Bruder dazu zu bringen, sich zur Küste zu begeben, ein Bad zu nehmen und auf das Meer hinauszuschauen. Sie meinte, das könnte vielleicht seine enge Perspektive eine Spur erweitern.

Aber Evert schüttelte energisch den Kopf und leerte sein Glas.

»Nie im Lebm misch i mi unter die Stockholmer Idiotn und die andern Großstadtschnorrer am Strand! Es is zum Kotzn, dass die jedn Sommer in Österlen einfalln«, klagte er und starrte mich wütend an.

Ich ließ ihn weiter über seine eigenen Sorgen und die Unverlässlichkeit und Verrate aller anderen lamentieren. Die ganze

Welt schien sich gegen Evert Andersson verschworen zu haben, wenn man das so sagen konnte. Falsch und unehrenhaft waren die Menschen, auch wenn er die eine oder andere Stunde in meiner Gesellschaft ertragen konnte.

»Des is ollemol besser, wie se mit Weiberleut einz'lassn! Naa, pfui Deifl, was die in da Weltgschicht für hinterfotzige Spiel triebm ham, von da Eva ihrer Versuchung mitm Apfel im Paradies bis zu, ja zur Hölle... i will verdammt noch mal niad mal ihrn Nama inn Mund nehma!«

Wir waren wieder bei dem Kapitel seiner treulosen Frau angekommen, die, wie Greta berichtet hatte, Birgitta hieß und vor etwa dreißig Jahren mit diesem värmländischen Tanzbandtypen vom Tanzboden in Kulla durchgebrannt war, um nie mehr zurückzukehren.

»De hot ois ghabt! Hof und Geld und mei Fürsorg. Und dann is's oifach abghaut, wie irgend a Roßdieb, mittn in da Nacht!«

Evert zählte alles auf, was er für sie getan hatte. All die Male, die er mit seiner Frau nach Simrishamn gefahren war und sie alles hatte kaufen lassen, was sie sich an Stoffen und Kleidern wünschte, und dass sie sich in Thulins Konditorei immer genau den Kuchen aussuchen durfte, den sie zum Kaffee wollte, egal wie teuer er war. Über kurze Strecken schien er seine Wut über ihren Verrat zu vergessen und bekam einen sehnsuchtsvollen Blick. Ich bezweifelte nicht, dass Evert Andersson Birgitta im tiefsten Inneren geliebt hatte und vermutlich immer noch liebte. Er konnte seine Gefühle nur nicht anders ausdrücken als durch bissige Ausfälle.

Nach ein paar weiteren Schnäpsen wurde er wieder weinerlich und ärgerte sich darüber, dass seine Hexe von Ehefrau sich nicht mit dem zufriedengeben wollte, was sie gehabt hatte, sondern immer noch mehr wollte. Zum Beispiel wenn sie versuchte, ihn mit auf Märkte und Tanzböden und irgendwelche anderen unnötigen und lärmenden Veranstaltungen zu locken.

»Des war, wie wenn i nix taugen dat, wie wenn s'Leben aufm Hof nie genoug für sie gwesen wär! Aber mir ham doch die Viecher ghabt, wer sollt se denn um die Viecher kümmern, wenn mir nur aufn Tanzbodn und in Wirtshäuser gehn dadn?«

Als Evert ungeniert einen fahren lies, explodierte irgendetwas in mir. Ich konnte nicht mehr dasitzen und versuchen, diesen Scheißkerl umzubiegen.

»Aber du kümmerst dich doch sowieso nicht um irgendwelche Tiere«, sagte ich genervt. »Schau dir an, wie es dem Hund geht, und schau dir an, wie schlecht du deine Kühe pflegst! Es ist verdammt noch mal kein Wunder, dass die Gemeinde dir Tierverbot gegeben hat!«

Evert fiel vor Erstaunen die Kinnlade herunter. Er war es nicht gewohnt, mich so zu sehen, und ich hatte gerade erst angefangen.

»Weißt du, dass du ein egoistischer und gemeiner Teufel bist, der nur an sich selbst denkt?«, brach es aus mir heraus, und ich schlug mit der Faust auf die Tischdecke, dass die Gläser klirrten. »Hättest du nicht mit Birgitta zum Tanzboden gehen können, wenn es nun einmal das Schönste für sie war?!«

»Du nennst niad den Namen von dera Hexn!«, schrie Evert zurück und drohte mit der Faust.

»Ich nenne ihn genau so oft, wie ich will. Birgitta, Birgitta, Birgitta! Den Göttern sei Dank, dass sie dir abgehauen ist, du Sauertopf. Hast du ihr jemals irgendeine richtige Wertschätzung gezeigt? Hast du irgendwann einmal darauf gehört, was ihr wirklich wichtig war? Hast du ein einziges Mal zu Birgitta gesagt, dass sie die schönste und fantastischste Frau ist, die du dir vorstellen kannst?! Du bist eine jämmerliche Figur, Evert!«

Die Worte strömten mit rasender Kraft und Hitze aus mir heraus wie Lava aus einem Vulkan.

»Du verfluchter… du verfluchter Zigeunerfreund! Der so a Schlampn mit verdammter Ziehharmonika da herlockt! Bettler und Räuber und Gsindl, des san de!«, versuchte Evert.

»Du pathetischer, rassistischer Idiot!«, schoss ich zurück. »Das heißt Roma, und sie heißt Jana und ist tausendmal mehr wert als du! Weil sie ein Mensch ist, im Gegensatz zu dir. Du bist nur ein großer Haufen Scheiße. Ein großer, stinkender Haufen Scheiße!«

Ich war durchnässt von Schweiß nach meinem Ausbruch in der drückenden Hitze und zitterte wie bei einem Nachbeben. So wütend war ich schon sehr lange nicht mehr gewesen.

Evert stand zur Hälfte aus seinem Stuhl auf und sah aus, als wollte er mir eine scheuern.

»Ja, dann schlag doch zu, du Pfeife«, brachte ich heraus.

»Raus aus meim Haus!«, schrie er. »Und kumm nie wieda zruck!«

Ich stand auf und nahm die Wodkaflasche.

»Die lässt du do!«, wimmerte Evert mit Schweißperlen im Gesicht und rotgefleckt vor Zorn.

»Ach so, meinst du? Na dann machen wir's eben so, wohl bekomm's!«

Ich hob die Flasche hoch und schmiss sie mit voller Wucht auf den Boden. Sie zerbarst mit einem ohrenbetäubenden Klirren und die Glasscherben breiteten sich wie zersprungene Hoffnungen auf dem blassgrünen Linoleumboden aus. Der Geruch von Wodka stach in die Nase wie Desinfektionsmittel in einem Krankenhausflur.

Ich öffnete die Haustür und verließ das Haus mit einem zwiespältigen Gefühl der Befreiung.

KAPITEL 57

Als mein Zorn abgeklungen und mein schweißnasses Hemd im Fahrtwind des Mopeds getrocknet war, kam mir ein unbehaglicher Gedanke. Ich versuchte ihn zuerst als unsinnig abzutun, aber er hörte nicht auf zu pochen und entwickelte sich allmählich zu so etwas wie einer Einsicht.

Bei meinem unkontrollierten Ausbruch auf dem Hof bei Östra Vemmerlöv ging es nicht nur um die Wut auf Evert. Es ging auch um den Ärger auf mich selbst und meine eigene erbärmliche und egoistische Verbitterung. Ich spielte zwar sicher nicht in einer Liga mit diesem Bauerntrottel, aber wenn man sein rassistisches Geschwafel und ein paar Schichten seines ölverschmierten Drecks abschälte, gab es einige erschreckende Ähnlichkeiten zwischen uns.

Genau wie er war auch ich gut darin, meine eigenen Unzulänglichkeiten auf andere zu schieben. Und wo er früher Birgitta die Freude verweigert hatte, zusammen mit ihrem Mann über den Tanzboden zu schwofen, hatte ich Karin Vallberg Torstensson die Freude verweigert, mit mir nach Indien zu fahren. Sowohl Evert als auch ich tranken zu viel Alkohol, und wir waren beide so überempfindlich und selbstbezogen, dass wir unsere Frauen vernachlässigten. Hatte ich zu Karin gesagt, dass ich verliebt in sie war? Hatte ich ein einziges Mal richtig ernsthaft ihr Wohlbefinden über mein eigenes gestellt? Hatte ich ihr die Wertschätzung gezeigt, die sie verdiente?

Die Antworten auf meine Fragen ließen mich bis über beide Ohren erröten. Es fiel mir zwar schwer, mich selbst als einen noch älteren Mann zu sehen, als ich bereits war, der beschäftigungslos und isoliert auf einem heruntergekommenen alten Bauernhof herumsaß und desinteressiert an allen anderen war, außer wenn er sich bei ihnen beschweren konnte. Allerdings konnte ich mich sehr gut als vergrämten arbeitslosen ehemaligen Werbetypen sehen, der sich richtig volllaufen ließ, vor dem Fernseher saß und sarkastisch auf irgendeinen Teilnehmer einer Dokusoap herabsah, es aber selbst nicht einmal schaffte, zum Bullen hinüberzuschleichen, sondern sich mit schlechtem Tetra-Pak-Wein zufriedengab. Nur weil ich die Chance nicht ergriffen hatte, mich voll und ganz auf die Frau einzulassen, die ich liebte.

Denn so war es, ganz sicher. Ich wusste es, ohne jeden Zweifel.

Ich liebte Karin Vallberg Torstensson wirklich.

Ich liebte ihr rundes, offenes Gesicht, ihren warmen, weichen Körper, diesen nachdenklichen Blick, die Art, wie sie sich mit den Fingern durchs Haar fuhr, wenn sie geduscht hatte, das subtile Lächeln, das manchmal aufblitzte und dann groß und strahlend wurde. Ich liebte ihre seltenen, aber temperamentvollen Ausbrüche, ihren starken Kaffee, bei dem sich die Zunge kräuselte, ihre Aufmerksamkeit für andere und ihre Intelligenz. Ich liebte es, dass ich mich manchmal auch über ihre schnellen Schlussfolgerungen, ihre Neigung, alles zu psychologisieren, und ihre Vorliebe für langsame französische Filme aufregte.

Ich liebte sie ganz einfach mit Haut und Haar, und das Ironische war, dass es ausgerechnet Evert Andersson war, der mich dazu gebracht hatte, das einzusehen. Ich liebte sie und war endlich bereit, das zu beweisen.

Wenn es nur nicht zu spät war, dachte ich, als ich zwischen den beiden Löwenstatuen hindurchfuhr und das Moped auf dem Kies neben dem Rasen zum Stehen brachte.

Der Garten war wie gewöhnlich voller Besucher. Yogi und die Kivikdamen waren mitten beim Yoga mit musikalischer Begleitung von Jana und dem hustenden Heiler Bo. Der Goa-Hippie Harald aus Onslunda legte mit der wandernden Weinerin Lisette im Schatten der Kastanien Tarotkarten, und Gugge und Greta saßen auf der Veranda und erfrischten sich mit Limonade. Als die beiden mich sahen, standen sie auf und kamen mir entgegen, neugierig, wie mein letztes Treffen mit Evert verlaufen war.

Eine plötzliche Woge von schlechtem Gewissen schwappte über mich herein. War das nicht typisch für mich selbstbezogenen Typen, Greta bei alldem völlig zu vergessen. Für sie war der winzigste kleine Fortschritt ihres Bruders in menschlichem Umgang ein kleiner Teilsieg, und jetzt hatte ich sein Entwicklungspotenzial durch meinen Wutausbruch ins Wanken gebracht. Trotzdem brachte ich es nicht fertig, zu bereuen, was ich getan hatte. Er verdiente wirklich ein paar harte wahre Worte über seine eigene ungeteilte Schuld an seinem Verfall.

»Na, kommt er mit runter ans Meer?«, fragte Gugge schon, bevor ich vom Moped abgestiegen war.

Ich nahm den Helm ab und schnaufte künstlich in der Hitze.

»Nein, es wird wohl dieses Jahr auch nichts mit einem Strandbesuch für Evert«, sagte ich und lächelte etwas beschämt zu Greta hinüber. »Wir hatten heute einen richtigen Streit, und ich … ich weiß nicht, was ich sagen soll.«

Mehr musste ich auch nicht sagen. Man konnte in Gretas Gesicht lesen, dass sie verstand.

»Es tut mir leid, aber ich konnte meinen Ärger nicht länger zurückhalten, es ist einfach aus mir herausgebrochen.«

Greta nickte schwach und legte eine Hand auf meine Schulter. Ihr Blick war feucht, aber stabil. Das Lächeln traurig, aber verzeihend.

»Du hast dou, wos'd kinna houst, und des is gnou«, sagte sie und schluckte hörbar einen Kloß im Hals hinunter.

Fünf Minuten später stand ich bei geschlossener Tür in meinem Schlafzimmer. Ich hielt mein Handy in der schweißnassen Hand und holte ein letztes Mal tief Luft, bevor ich Karins Nummer wählte. Schon nach dem zweiten Klingeln antwortete sie.

»Hier ist Karin.«

»Hallo«, sagte ich.

»Hallo«, sagte sie.

»Wie geht es dir?«, fragte ich.

»Gut, und dir?«

»Gut. Du…«

»Ja?«

»Was…«

»Was?«

»Kannst…«

»Kannst du was?«

»Hast…«

»Was liegt dir auf der Zunge?«, fragte Karin und kicherte. »Kannst du es nicht ausspucken?«

Das Herz schlug mir bis zum Hals, und mein Gaumen fühlte sich an, als wäre er mit Sandpapier bedeckt. Mein Mund war so trocken, dass ich rein faktisch kaum sprechen konnte.

»Gib mir vier Sekunden«, brachte ich heraus.

»Klar. In der Kürze liegt die Würze.«

Ich rannte in die Küche und füllte ein Glas mit Wasser, das ich in drei Schlucken leerte. Dann hob ich das Telefon ans Ohr und ließ die Worte fließen. Es war, als würde man eine Wasserflasche öffnen und die Kohlensäure herauslassen. Alles blubberte aus mir heraus, ohne dass ich ein einziges Mal ins Stocken kam.

»Ich liebe dich, Karin Vallberg Torstensson! Ich liebe dich von meinem ganzen leicht gekränkten Herzen und ich bin so wütend auf mich selbst, dass ich dir das nicht schon früher gesagt habe. Ich will mit dir zusammen sein, so oft und so intensiv wie möglich. Ich will meine Erlebnisse mit dir teilen, ich will mit dir lachen und weinen, und ich will, dass du mit mir glücklich wirst. Ich weiß, das klingt jetzt schrecklich sentimental und tränenreich und kommt sehr plötzlich, aber darauf pfeife ich, weil es das ist, was ich fühle! Und verzeih mir meine Empfindlichkeit, meine Eifersucht und meine Verrücktheiten. Ich verstehe, dass du deine Zweifel hattest. Aber alles, was ich will, ist, dass du mir noch eine Chance gibst. Ich will dich sehen, Karin, und ich will dich jetzt sehen. Entweder kommst du nach Skåne, oder ich fahre nach Östersund. Oder wir treffen uns in Paris und gehen ins Theater und ins Kino und schauen uns französische Stücke und Filme an, von denen ich kein Wort verstehe, die ich aber trotzdem lieben werde, weil du neben mir sitzt und ich deine Hand halten kann und den Duft deines Parfüms riechen und dein Profil im Dunkel des Theaters als Silhouette sehen und …«

»Das reicht, Göran«, unterbrach sie mich.

Es wurde still in der Leitung. Das Einzige, was ich hörte, waren mein eigener Herzschlag und mein Atem. Bis Karin schließlich sagte: »Wie ist die Adresse?«

»Adresse?«

»Ja, von dem Haus in Österlen. Ich kann übermorgen da sein.«

KAPITEL 58

Am Tag nach meinem Telefongespräch mit Karin Vallberg Torstensson schwebte ich immer noch wie auf Wolken. Oder ich levitierte, wie Bo, der hustende Heiler aus Simrishamn, die Sache ausdrückte. Yogi freute sich auch über meinen erfolgreichen Kontaktversuch mit Karin, litt aber gleichzeitig mit Greta Ask. Die Putzfrau aus Östra Vemmerlöv mit dem fast unverständlichen Österlendialekt hatte das Pomonadal gestern traurig verlassen, nachdem sie erfahren hatte, dass das letzte Treffen zwischen mir und ihrem Bruder in einem heftigen Disput mit hasserfüllten Ausfällen und zerbrochenem Glas geendet hatte.

»Mrs Greta ist eine extraordinär sympathische Frau mit einer besonders exzellenten Fähigkeit zum Saubermachen, was, wie ich meine, mit ihrer reinen Seele zusammenhängt. Sie ist wirklich ein guter Mensch! Ich habe viele Gebete gesprochen, dass es ihr gelingen soll, Freude und Seelenfrieden in ihrer Geschwisterschaft zu finden, aber manchmal vermögen nicht einmal die Götter die allerkomplexesten Probleme zu lösen, obwohl diese Götter Millionen an der Zahl sind, und noch viele Millionen mehr, wenn man ihre Reinkarnationen mit einschließt. Evert scheint leider genau so ein hoffnungsloser Fall zu sein, den nicht einmal die größte Geduld und die liebenswürdigste Einstellung kurieren können. Du musst dir keine Vorwürfe machen, Mr Gora, denn du hast es wirklich versucht! Es ging nicht, und das ist traurig, aber das Leben ist bisweilen traurig. Das ist ein trauriges Faktum, das wir traurigerweise akzeptieren müssen«, sagte mein Freund und schob traurig seine füllige Unterlippe vor.

Wir saßen im Schatten der Kastanienbäume und erholten uns, Yogi, Jana, Gugge und ich, während die Kivikdamen vollauf damit beschäftigt waren, die Buchsbaumhecken zu trimmen, in den Rabatten Unkraut zu jäten, Wäsche aufzuhängen und den Kaffee vorzubereiten. Das war eines der Privilegien, die ein Guru und sein innerster Kreis in einem großen Haus mit ebensolchem Garten genossen, der auch von den hingebungsvollen Begleitern des Gurus genutzt wurde. Seit einer guten Woche hatten die durchtrainierten Damen mittleren Alters aus Kivik alle Aufgaben übernommen, die außerhalb von Greta Asks Arbeitsgebiet lagen. Sie hatten vorgeschlagen, als Gegenleistung für Yogis inspirierende Yogaübungen bei der Gartenarbeit zu helfen, obwohl sie bereits die indische Spendenbox um mehrere großzügige Beiträge bereichert hatten.

Mein Freund hatte protestiert, aber sehr schwach. Auch ein Guru muss sich schließlich manchmal etwas ausruhen.

»Was sagt ihr, meine Freunde, sollen wir uns zur allerbesten Crêperie begeben und uns etwas Gutes gönnen?«, fragte Yogi.

»Ist es nicht noch ein bisschen zu früh?«, wandte Gugge vorsichtig ein, wohl wissend, dass Essen, oder eher der Mangel an Essen, eines der wenigen Dinge war, die Yogi aus dem Gleichgewicht bringen konnten.

Wie ein rettender Engel tauchte eine der Kivikdamen mit einem Tablett mit Tee, Kaffee und Keksen von Annorlunda auf. Yogi führte in einer dankbaren Geste die Hand zur Brust und stibitzte sich einen Haferkeks, dem bald noch mehrere folgten. Seine gerunzelte Stirn glättete sich wie ein gut ausgerollter Teig.

Auch an diesem Tag schien die Sonne, aber nicht mit derselben Hitze. Die Temperatur war im Schatten absolut perfekt. Das sanfte Gemurmel der fleißigen Kivikdamen schuf zusammen mit dem Gezwitscher der Vögel im Garten eine behagliche Stimmung von Harmonie.

»Wie friedlich und schön«, sagte ich und sank mit geschlossenen Augen tiefer in meinen Stuhl.

In diesem Moment hörte ich, wie sich ein Auto auf dem Schotterweg näherte. Das Motorengeräusch kam mir beunruhigend bekannt vor. Ich schlug in dem Augenblick die Augen auf, als ein rostiger Volvo 245 mit eingedellter Front und so vielen Schrammen und Rostflecken, dass es schwer war, die ursprüngliche Farbe des Autos zu erkennen, zwischen den beiden leicht vulgären Löwenstatuen hereindonnerte.

Evert sprang aus seinem Schrotthaufen und schlug die Tür mit einem Knall zu. Aber etwas an seiner Erscheinung war verwirrend. Die scharfen braunen Augen blickten nicht stechend wie früher, sondern flackerten nervös, und anstatt auf uns zuzugehen, blieb er neben dem Auto stehen, als wüsste er nicht, was er tun sollte.

Da öffnete sich auch die Beifahrertür und heraus kam Greta Ask. Auch ihre Körpersprache war verändert. Anstatt wie sonst den Rücken unter dem Druck der harten Arbeit und der geschwisterbedingten Sorgen zu krümmen, stand sie aufrecht wie eine Kiefer und durchbohrte den Bruder mit ihrem Blick. In ihren entschlossenen Schritten lag eine Zielbewusstheit, die ich nie zuvor gesehen hatte, als sie auf Evert zuging und ihm auf die Schulter klopfte.

»Der Hund.«

Ihr Bruder rümpfte die Nase und murmelte etwas Unverständliches in halb ersticktem Protest, bevor er den Kofferraum des Volvos öffnete und die Bestie an einer Leine herauszog. Er bellte wütend und bleckte die Zähne, sodass Jana zusammenzuckte.

Doch dann erblickte er mich und wedelte mit dem Schwanz. Ich nahm ein paar Kekse, ging vorsichtig nach vorn und gab sie dem Hund.

»Wie heißt er eigentlich?«, fragte ich Evert und kraulte die Bestie hinter den Ohren.

Evert zuckte mit den Schultern und starrte mich grimmig an.

»I hab immer Scheißhund zu eahm gsagt«, sagte er.

»Oba des hoißt a jetzta nimma!«, rief Greta.

»Ja, ja«, sagte ihr Bruder. »Dann hoißn mir eam halt oifach bloß Hund.«

Es war eine merkliche Veränderung, die Evert Andersson in nur einem Tag durchgemacht hatte. Es schien, als hätte die schüchterne Putzfrau aus Östra Vemmerlöv schließlich die Geduld mit ihrem Bruder verloren und ihm wegen seines Unvermögens, mit anderen Leuten umzugehen und sich wie ein normaler Mensch zu benehmen, ordentlich die Meinung gegeigt. Möglicherweise hatte er in ihrem Zorn seine eigene Erbärmlichkeit gesehen. Ich glaube, dass Evert im tiefsten Inneren auch Angst bekam. Angst, sogar noch seine Schwester zu verlieren. Denn obwohl sie sich nicht so oft sahen, war sie die einzige Familie, die er noch hatte. Evert würde es wohl selbst niemals zugeben, aber ich war mir ziemlich sicher, dass er Greta liebte.

»Und jetzt sogst du des andere aa, zum Yogi!«, ermahnte sie ihren Bruder.

Evert nahm die gelbe Schirmmütze ab und streckte Yogi seine schwielige Hand hin, die dieser sofort nahm und kräftig schüttelte.

»Jaja, des reicht«, brummte Evert. »I wollt bloß song…«

»Sog's!«, fuhr ihn Greta an.

»Ja, also, Entschuldigung.«

»Für wos?«, fuhr Greta fort, die wirklich voll in Fahrt war.

»Ja, dass i de an… an Kamelreiter gnannt hab, der wo nach Curry stinkt.«

Als ich Everts Entschuldigung für Yogi übersetzt hatte, kratzte mein Freund sich nachdenklich in seinem geölten Haar, wobei in seiner Frisur ein kleiner Hahnenkamm entstand.

»Entschuldigen Sie, Mr Evert, aber was ist so schändlich daran, jemanden einen Kamelreiter zu nennen? Ich kann das gar nicht verstehen, denn das ist ein Beruf, der Talent und Mut erfordert und der in ganz Indien im Allgemeinen und im Rajasthan der Maharadschas im Besonderen den allergrößten Respekt genießt. Und wenn dieser Kamelreiter stark nach Curry riechen sollte, deutet das ja nur darauf hin, dass es ein Mann mit gutem Geschmack ist. Denn nichts kann wohl stärkender und besser sein als ein würziges Gemüsecurry nach einem ganzen ermüdenden Tag auf dem Kamelrücken in der Wüste.«

Yogis Augen wurden feucht von seinen eigenen Worten. Er verschlang noch ein paar Haferkekse und lächelte den verständnislosen Evert an.

»Und dann sogst du aa no des andere, zur Jana!«, schallte es von Greta Ask.

Evert wand sich verlegen, bevor er seine Entschuldigung herausbrachte.

»Entschuldigung, dass i di Zigeunerräuberin gnannt hab.«

Jana lächelte schwach, worauf Yogi vorschlug, dass sie als eine Art Versöhnungsgeste eine Melodie spielen sollte. Sie nickte, hob ihre Ziehharmonika vom Boden auf und fing an. Doch bevor sie den zweiten Akkord spielen konnte, warf Evert sich über die zarte Frau und rang sie auf dem Rasen nieder. Kautabakbrauner Speichel lief ihm aus dem Mundwinkel, und der Hass glühte in seinen Augen, als er seine geballte Faust erhob und seinen Zorn mit Gebrüll herausschrie.

KAPITEL 59

Yogi reagierte blitzschnell und warf sich wie aus der Pistole geschossen über Evert Andersson, bevor dessen Schlag Jana treffen konnte. Die Bestie bellte wütend und rannte um den Haufen ringender Menschen herum. Als sie um sich biss, schlug sie aus einem glücklichen Zufall heraus die Zähne in den Schenkel ihres Herrchens. Evert schrie auf vor Schmerz und hielt sich das Bein, was Yogi die Möglichkeit verschaffte, sich rittlings auf ihn zu setzen, während ich gleichzeitig mithilfe von zwei Haferkeksen die Bestie in den Griff bekam und sie an die Leine nahm.

Yogi nahm Everts buschigen Schnurrbart zwischen die Finger und zog an.

»Au! Entschuldigung, Entschuldigung«, wimmerte Evert und hielt eine Hand hoch, um sich gegen neue Angriffe des rasend wütenden Yogendra Singh Thakur zu schützen.

»Wart kuaz!«, rief plötzlich Greta Ask und legte eine Hand auf Yogis Schulter.

Mein Freund atmete schwer und sah sie erstaunt an, worauf die Putzfrau aus Östra Vemmerlöv nickte und ihre Bitte wiederholte.

»Ea verdrogt koi Ziehharmonika«, fügte sie hinzu.

Yogi stand mühsam auf, während Evert Andersson sich auf die Knie stellte, die Handflächen aneinandergepresst, als bete er um sein Leben.

»Entschuldigung, des war die Musik. I hab me niad haltn kenna«, piepste er hervor.

Nach einer kurzen Zeit kompletter Verwirrung, gefolgt von

einer Reihe anklagender Fragen an Evert, bekamen wir die Erklärung für seine plötzliche Attacke auf die arme Jana. Er hatte instinktiv reagiert, als Jana zu spielen begann. Alles lag darin begründet, dass der värmländische Tanzbandmusiker, mit dem seine Frau Birgitta vor über dreißig Jahren durchgebrannt war, Keyboarder war. Als solcher spielte er zwischendurch auch Ziehharmonika, und das war eine Tatsache, die ausreichte, um Evert Amok laufen zu lassen, wenn er den Klang dieses verhassten Instruments hörte.

Das war natürlich eine extreme Überreaktion, darin waren wir uns alle einig, sogar Evert selbst. Aber da er reflexartig gehandelt und eigentlich nicht die Absicht gehabt hatte, Jana zu schaden, und da sie ihm seine Attacke verzieh, beschlossen wir einstimmig, einen Strich unter den Vorfall zu ziehen.

»Jetzt, wo wir die allerunverständlichsten Fragezeichen geradegerückt haben, bleibt uns nichts mehr anderes übrig, als zu konstatieren, dass ein weiteres Wunder geschehen ist!«, rief Yogi aus. »Der widerwärtige Evert Andersson hat sich als bedeutend weniger widerwärtig erwiesen, als wir geglaubt hatten, und die wunderbar sympathische Greta Ask kann nun der Zukunft mit der Hoffnung entgegensehen, dass die Geschwisterliebe sich weiterentwickeln wird. Das muss in irgendeiner Form gefeiert werden, und das tut man eigentlich am allerbesten mit einer kleinen Mahlzeit. Aber nachdem wir unseren schlimmsten Hunger mit den guten Keksen aus diesem Café gestillt haben, ist es vielleicht angemessener, zuallererst dem Wunsch der besten Mrs Greta Folge zu leisten und uns zum Meer hinunterzubegeben, damit Evert sich ein in jeder Hinsicht reinigendes Bad genehmigen und auf das Meer hinausblicken kann, das so viele Wahrheiten und Mysterien birgt.«

Yogis feierliche Ankündigung fiel bei Evert nicht auf fruchtbaren Boden. Er bat zwar um Entschuldigung für seinen Ausbruch, und er wollte auch versuchen, die Wünsche seiner Schwester zu erfüllen, so weit es ging, aber irgendeine Grenze musste die Nachgiebigkeit nun doch haben. Davon, in der Ostsee zu baden, sei nicht die Rede, machte er klar, wofür Yogi auch das größte Verständnis hatte. Er hatte selbst im ganzen Sommer nur zweimal gebadet, da er ausgehend von seinem inneren indischen Thermometer die Temperatur allzu niedrig fand (dabei hatte das Wasser immerhin dreiundzwanzig Grad).

Dagegen konnte sich Evert doch vorstellen, mit zum Meer hinunterzukommen und darauf hinauszublicken, wenn das nun so wichtig war. Und auf diesen Kompromiss konnten wir uns einigen. Greta Ask holte den Verbandskasten aus dem Badezimmer und versorgte die Wunden ihres Bruders, die glücklicherweise nur sehr oberflächlich waren. Die Kivikdamen nahmen sich der Aufgabe an, ihre Arbeit im Garten zu Ende zu bringen, indem sie den Rasen mähten, während wir anderen zum Strand gingen.

So kam es, dass Yogi, bekleidet mit seinem psychedelisch gebatikten Kurta Pyjama, wie ein Hirte seine Herde durch das nach Apfel duftende Pomonadal in Richtung Meer führte. Es war eine große Gruppe, die ihm folgte: Gugge, Jana, ich, Greta, Evert mit der Bestie an der Leine, die wandernde Weinerin Lisette mit ihrem Freund Markus samt ihrem Onkel, dem hustenden Heiler aus Simrishamn, der Astraltherapeut Danuta aus Östra Tommarp, der Goa-Hippie Harald aus Onslunda, die federbehängten Möchtegern-Hopi-Indianer aus der Kommune bei Brösarp sowie eine Handvoll weiterer Personen, von denen ich nicht genau wusste, wer sie waren.

Als wir nur noch ein paar Hundert Meter vom Strand bei Knäbäckshusen entfernt waren, blieb Yogi stehen und hielt in der für ihn so typischen Geste einen Finger in die Luft, was bedeutete, dass er eine glänzende Idee hatte. Er wandte sich an die weinende Wanderin Lisette.

»Liebes Kind, erinnerst du dich an damals, als ich dir gesagt habe, dass man nicht immer den Berg besteigen muss, sondern dass man manchmal besser darum herumgeht?«

»Natürlich! Dank diesem Rat habe ich ja Markus wiedergefunden«, strahlte Lisette und drückte die überstrapazierte Hand ihres Freundes ein weiteres Mal.

»Genauso ist es auch«, antwortete Yogi. »Aber nicht immer! Manchmal muss man auch auf den Gipfel, um die Aussicht zu betrachten und zu sehen, was für eine große und wunderbare Welt sich vor unseren Augen öffnet. Und ich glaube, genau das ist es, was Mr Evert jetzt mehr als alles andere braucht!«

Nach einigem Beratschlagen waren alle damit einverstanden, den Stenshuvud zu besteigen. Wir bogen also nach links auf einen kleinen Pfad ab, der zum Nationalpark führte. Das dauerte seine Zeit, weil wir eine große Herde waren und unser Hirte ein gemäßigtes Tempo eingeschlagen hatte. Außerdem war die Bestie wenn nicht bestialischer, so doch zumindest leicht aggressiver Laune. Sie knurrte, bellte, zog an der Leine und bleckte die Zähne, was in der Herde eine gewisse Unruhe schuf. Nur dank Everts Zurechtweisungen und meiner Haferkekse konnten wir den Köter einigermaßen in Schach halten. Alten Hunden Benehmen beizubringen braucht wohl doch etwas Zeit, konstatierte ich.

Siebenundneunzig Meter klingt vielleicht nicht nach einer Furcht einflößenden Höhe, aber wenn man es nicht gewohnt ist, einen Berg zu besteigen, zehrt es doch an den Kräften und den Waden. Yogi keuchte angestrengt, als wir endlich den Gipfel erreichten und über den Strand und das Meer hinausblicken konnten. Die Aussicht war wirklich hinreißend, mit der sich kräuselnden Ostsee und der Küste, die sich umrahmt vom belaubten Grün der Bäume meilenweit nach Norden und Süden erstreckte.

Ich erinnerte mich an den fantastischen Blick von der Teeplantage East Green Estate in Darjeeling, mit Aussicht über die hügeligen Teefelder und die schneebedeckten Gipfel des Himalaya. Aber dieser Blick hatte etwas, das die Aussicht in Darjeeling nicht hatte: Er hatte einen Horizont. Eine waagerechte Linie weit draußen im Meer. Etwas, das man mit dem diffusen, aber kribbelnden Gefühl ansehen konnte, dass nichts jemals ein Ende hatte. Denn jenseits des Horizonts warteten ja neue Meere und Länder. Und neue Träume.

Yogi schloss die Augen, nahm einen tiefen Atemzug durch die Nase und führte seine Handflächen zusammen. Langsam blies er die Luft wieder heraus und öffnete die Augen. Ein seliges Lächeln breitete sich auf seinem Gesicht aus.

»Verstehst du jetzt, was ich meine, Lisette? Siehst du, dass wir kleinen Menschen manchmal von der unüberblickbaren Größe der Natur erfüllt werden müssen, um zu begreifen, welche Gnade es ist, dass wir gerade auf diesem Planeten gelandet sind?«

Lisette löste ihren Griff um Markus' Hand und nickte andächtig. Als ich Evert übersetzte, was Yogi zu Lisette gesagt hatte, schüttelte er misstrauisch den Kopf.

»Schön is des vielleicht. Aber Wunder? Des is doch wohl koi Wunder! Des is nur a Meer und a Strand und a Sonn«, brummte er.

Ich gab seine Worte für Yogi wieder.

»Ganz genau, Mr Evert!«, rief er aus. »Es ist nur ein Meer und ein Strand und eine Sonne, und das ist nichts weniger als ein gigantisches Wunder!«

Als die Bestie sich meinen letzten Haferkeks erbettelt hatte, fing sie an, zwischen den niedrigen, windgepeitschten Büschen herumzuschnüffeln, die auf dem kleinen Bergplateau wuchsen. Plötzlich nahm sie irgendeine Witterung auf und zog so fest an der Leine, dass Evert beinahe umfiel.

»Sitz, Scheißhund!«, schrie er und bekam sofort einen bösen Blick von seiner Schwester.

»Okay. Sitz, Hund!«

Aber die Bestie alias Scheißhund alias Hund war viel zu aufgeregt, um auf das Kommando seines Herrchens zu hören. Sie hatte etwas gefunden, um das sie nun frenetisch bellend herumsprang. Ich ging hin, um zu sehen, was den Hund so erregte. Zuerst traute ich meinen Augen nicht, aber als ich ein paarmal geblinzelt und noch einmal hingesehen hatte, war ich überzeugt davon, dass das, was ich sah, keine Illusion war. Im Gras unter dem Gebüsch lag eine Schildkröte, deren Panzer im Umfang mit einer ordentlichen Familienpizza mithalten konnte.

KAPITEL 60

Pontus war wieder da! Und Gugge war so glücklich, wie eine schildkrötenbesitzende Batikkünstlerin in Österlen nur sein kann. Während des Spaziergangs vom Stenshuvud zurück ins Pomonadal hatte sie geweint, gelacht, Pontus den faltigen Hals massiert, Yogi lobgepriesen und ihn noch ein Stück über den Status eines Gurus erhoben.

»Yogi ist ja fast wie ein Gott! Das hier ist ein Wunder!«, hatte sie so laut in den Laubwald hinausgerufen, dass Yogi sich gezwungen fühlte, sie eine Spur zu dämpfen.

Er konnte akzeptieren, dass es vermutlich eine göttliche Eingebung war, die ihn dazu gebracht hatte, die Wanderung auf den Stenshuvud vorzuschlagen, und auch er betrachtete das Antreffen der siebzig Jahre alten Schildkröte als Wunder. Aber irgendein Gott war er deshalb bestimmt nicht.

»Man darf nicht selbstherrlich sein, liebe Mrs Gugge. Ich bin ein gewöhnlicher Mensch, aber ich bin auch ein gläubiger Mensch, und manchmal kann der Glaube Berge versetzen oder aber uns dazu bringen, Berge zu besteigen, auf denen sich entlaufene Schildkröten aufhalten«, sagte er.

Wohlbehalten zurück in Gert-Inges Haus redeten die Leute immer noch alle durcheinander über das Wunder auf dem Stenshuvud. Evert Andersson war der Einzige, der seine Zweifel hatte. War die Schildkröte wirklich den ganzen Weg selbst dort hinaufgewandert? Es war ja auch denkbar, dass sie jemand mit hinaufgetragen und dort platziert hatte, meinte er.

Als Gugge jedoch anmerkte, dass Everts eigener Hund Teil des Wunders gewesen war – ohne ihn wäre die Schildkröte ja nicht gefunden worden –, begann der Alte, die Wundertheorie etwas positiver zu sehen. Und vielleicht war er auch ein bisschen stolz auf die Bestie. Er tätschelte sie jedenfalls am Hals, und das war die erste Zärtlichkeit, die ich ihn seinem Hund gegenüber äußern sah.

An diesem Abend versammelten wir uns bei Beatrice in der Crêperie, um das Wunder zu feiern. Alle waren dort, inklusive Pontus und ihrem Schildkrötenfreund Petit, die in einer Schüssel auf dem Boden Gugges selbst gemachten Feigenbrei bekamen, während wir anderen Yogis Spezial-Crêpe mit Curry genossen.

Na ja, alle waren eigentlich nicht da. Evert war mit der Bestie geflüchtet. Er wollte zurück zu Haus und Hof, und auch wenn es sicher Jahr und Tag dauern würde, dem Alten Manieren beizubringen, meinte Greta, das, was schon mit ihm passiert war, sei auch ein richtiges Wunder.

»Und des dank dia«, flüsterte sie mir im Restaurant zu, wo wir nebeneinandersaßen.

Ja, vielleicht war es tatsächlich dank mir, zumindest zu einem gewissen Teil, dass Evert sich zusammengerissen hatte. Was doch ein bisschen Gespräch und Schnaps bei einem verqueren Alten bewirken können, dachte ich, und dann nahm ich mir vor, dass ich selbst es mit dem Alkohol heute nicht übertreiben sollte, weil morgen ein sehr großer Tag war. Der Tag K wie Karin, Küssen und Kuscheln, wenn man nun davon ausging, dass man noch ein bisschen länger auf der Wunderwelle surfen konnte. Sie hatte ihre Ankunft für vier Uhr nachmittags angekündigt, wo ich sie an der Bushaltestelle treffen sollte.

Als Yogi also sein Glas zum Anstoßen erhob, goss ich mir nur einen Deziliter roten Hauswein mit dem angeberischen Namen

The Arrogant Frog ein und blickte meinen Freund an. Er sah glücklich aus, wie er so dasaß, umgeben von all seinen Unterstützern. Aber es lag auch etwas ein klein wenig Trauriges in seinem Blick, und bald sollte ich verstehen, weshalb. Denn nachdem wir uns zugeprostet und auf das Wiederfinden von Pontus angestoßen hatten, räusperte sich Yogendra Singh Thakur und verkündete: »Meine lieben Freunde, ihr ahnt nicht, wie außerordentlich glücklich ich bin, dass ich euch alle in diesem magischen Sommer im allerschönsten Österlen im Königreich Schweden getroffen habe. Dank Mr Gora kam ich in dieses interessante Land, das in weiten Teilen erstaunt und allerhand exotische Einschläge bietet, wie zum Beispiel das häufige Vorkommen von Männern meiner Figur, die mit Helm und neongelben Trikots in zu kleiner Größe Rennrad fahren, oder eure mystische Musik während der Einnahme rauschhafter Getränke, bei der ihr Geräusche von Insekten hervorbringt, wie bei diesem Lied von den Hummeln und ihrem bzz, bzz. Aber trotz dieses Exotismus ist das Königreich Schweden auch ein Land, das ich sehr lieb gewonnen habe und in dem ich mich zu Hause fühle. Das liegt am allermeisten an euch, meine Freunde. Ich habe von Mr Gora gehört, dass ihr vielleicht nicht durch und durch repräsentativ für die Schweden seid. Aber andererseits, wer ist eigentlich repräsentativ für eine ganze Nation? Ich nicht. Ich liebe Indien, aber ich repräsentiere nur mich selbst, und das tut ihr auch. Und wenn wir all unsere einzigartige Repräsentativität vereinigen und verstehen, dass wir voneinander lernen können, entsteht die allerrepräsentativste Magie.«

Yogi hatte feuchte Augen bekommen und zog sein Taschentuch heraus, um eine Träne wegzuwischen. Es war totenstill im Lokal. Sogar Pontus und Petit hatten aufgehört, ihren Feigenbrei zu schmatzen.

»Alles hat einen Anfang, und alles hat auch ein Ende. Nach einem ganzen Sommer zusammen mit euch habe ich große Wehmut im Herzen, wenn ich nun Abschied von euch nehme.«

Sofort verbreitete sich ein unruhiges Gemurmel zwischen den Tischen. Die Leute sahen Yogi mit flehenden Blicken an, und ich merkte, wie meine Kehle sich zusammenschnürte und eng wurde. Wie sollte ich ohne meinen besten Freund Yogendra Singh Thakur auskommen?

»Ruhig, meine Freunde, ganz ruhig«, mahnte Yogi.

Das Gemurmel verebbte, und als es wieder still war, fuhr er fort.

»Ich hoffe, wir alle können diesen Sommer mit uns nehmen und in uns tragen. Rein physisch werden wir uns trennen, aber im Geist sind wir immer zusammen. Und Abschied zu nehmen bedeutet meiner besten Meinung nach nicht, dass man sich nie wieder treffen wird. Ich hoffe und glaube, dass wir uns wiedersehen. Aber jetzt muss ich nach Hause zu meiner allergeliebtesten Frau und meiner allerbesten Amma. Denn dort gehöre ich trotz allem hin. Doch bevor wir uns trennen, wünsche ich mir, dass wir uns morgen Vormittag auf die sympathischste Art im Haus im Pomonadal versammeln und das allerwunderbarste vegetarische Frühstück einnehmen, das jemals in diesen Breitengraden serviert wurde. Nachdem ich selbst ein Mann bin, der sehr gern isst, aber sehr ungern Essen zubereitet, hoffe ich demütigst, dass ihr alle die unfassbare Güte besitzt, etwas leckeres Vegetarisches für unseren gemeinsamen Tisch beizutragen. Morgen um zehn Uhr seid ihr willkommen! Dann haben wir drei Stunden Zeit, bis mein bester Bus abfährt. Prost, meine Freunde, prost!«

Als der schlimmste Schock nach Yogis Rede sich gelegt hatte, gingen wir wieder zum Essen und Trinken über, wenn auch in gedämpfterer Form. Einer nach dem anderen tröpfelten die Leute von dannen, und nach dem Kaffee ohne *avec* ging ich zu meinem Freund hinüber und setzte mich neben ihn.

»Musst du wirklich gerade morgen fahren? Kannst du nicht wenigstens noch einen Tag länger bleiben?«, fragte ich.

»Lieber Mr Gora, ich bin schon viel zu lange hier. Mein ganzes Ich stirbt fast vor Sehnsucht nach Lakshmi, und mein halbes Ich freut sich auch darauf, Amma wiederzusehen. Es nutzt nichts, unseren Abschied weiter hinauszuschieben.«

»Aber du verpasst ja Karin! Sie kommt erst am Nachmittag, und da bist du schon weg«, protestierte ich.

Yogi legte seine warme Hand auf meine.

»Mr Gora, es kommen ganz sicher noch mehr Chancen für mich, die beste Miss Corinne zu treffen. Und wenn du mich fragst, ist es wohl auch am besten, wenn ihr beide euch morgen nur einander widmen könnt, ohne irgendeine Einmischung von auch noch so wohlmeinenden Freunden. Oder?«

Ich sah Yogi in die Augen und nickte.

»Ja, vielleicht hast du recht.«

KAPITEL 61

Am nächsten Morgen kamen bereits um neun Uhr die ersten Gäste mit ihren Beiträgen zum vegetarischen Frühstück ins Pomonadal. Eine Stunde später standen alle Leckereien auf einem langen Tisch im Garten, den Jana und ich mithilfe von Böcken und Planken aus dem Schuppen konstruiert und mit einer weißen Papierdecke versehen hatten. Yogi rieb sich die Hände, und seine Augen glitzerten, als er sich in seinem Tweedjackett und mit perfekt gezogenem Seitenscheitel im ölglänzenden Haar auf der einen Schmalseite mit idealer Aussicht über all das Essen niederließ. Ich zählte mindestens zwanzig Gerichte, von denen die Quorn-Quiche mit Zaziki und ein Salat aus marinierten Artischockenherzen die absoluten Favoriten meines indischen Freundes wurden.

Er genoss sowohl das Essen als auch die Gesellschaft, die mit den Kivikdamen aus über vierzig Leuten bestand, wirklich in vollen Zügen. Das Einzige, womit er sich etwas schwertat, war der Spettekaka, den Gugge mitgebracht hatte.

»Ein wahrlich sehr trockenes gelbes Brot mit äußerst wenig Ballaststoffen darin«, flüsterte er mir zu, nachdem er zwischen einem gegrillten Maiskolben mit Butter und einem Kichererbsenbällchen mit Aioli aus reiner Höflichkeit ein wenig von der skånischen Spezialität heruntergewürgt hatte.

Die Sonne war hinter den Wolken verschwunden, was jetzt, wo Yogi bald abreisen würde, beinahe selbstverständlich erschien. Jana hatte mitgeteilt, dass sie mit demselben Bus fahren wollte.

Sie würde in Malmö ein paar Landsmänner treffen und dann den langen Weg zurück zu ihrem Dorf bei Bukarest antreten. Das Geld, das sie im Pomonadal verdient hatte, würde gut und gerne für Medizin und ärztliche Versorgung der Tochter reichen. Jana glaubte sogar, dass die Familie nun genug Geld zusammenhatte, um sich eine Renovierung ihrer Bruchbude von Haus leisten zu können.

»Ich dich werde sehr vermissen«, sagte sie in ihrem wackeligen Englisch zu mir und lächelte ihr verlegenes Lächeln.

Aufgrund der Sprachverwirrung hatten wir im Laufe des Sommers nicht sehr viel miteinander gesprochen, aber es fühlte sich dennoch so an, als wären wir einander nahegekommen. Ich hatte gelernt, ihre Stimmungen zu interpretieren, je nachdem, wie sie auf dem Akkordeon spielte, und sie konnte meine Ticks und Eigenheiten lesen, zum Beispiel wenn ich unsicher wurde und schniefte oder wenn ich versuchte, mein leichtes Zittern nach einem Rausch zu verbergen, indem ich die Unterarme anspannte.

»Und ich werde dich und deine Musik vermissen«, sagte ich und umarmte sie, was recht umfangreich wurde, weil die Umarmung auch die Ziehharmonika mit einschloss. »Vielleicht sehen wir uns wieder?«

»Vielleicht, vielleicht«, sagte sie und legte den Kopf ein bisschen schief, bevor sie den Balgriemen aufknöpfte und zu spielen begann.

Es war eine fröhliche Melodie mit deutlichen Bollywoodeinflüssen, die die Laune unter den Gästen hob und das Abschiedsfest in einen gemeinsamen Abschiedtanz verwandelte. Gugge und Yogi machten da weiter, wo sie am Mittsommerabend aufgehört hatten, und brachten einen beeindruckend synchronen Tanzschritt zustande, für den sich nicht einmal eine Bollywoodtanzexpertin wie Maud Olofsson geschämt hätte.

Bald waren alle auf den Beinen und bewegten sich zu Janas immer virtuoser werdendem Akkordeonspiel. Außer Pontus und Petit natürlich, die der großen Aufmerksamkeit des letzten Tages mit Massage und Spezialkost und allgemeinem Gekuschel müde geworden zu sein schienen und sich in ihre Panzer zurückgezogen hatten. Sie lagen unter dem Tisch im Schatten der Kastanienbäume. Denn mit vor Ort im Pomonadal waren sie, und das lag nicht nur daran, dass Gugge sie nah bei sich haben wollte, sondern auch an ihrem innigen Wunsch, wenn nicht der ganzen Welt, dann doch zumindest halb Österlen von dem Wunder auf dem Stenshuvud zu erzählen.

Zu diesem Zweck hatte sie Ingrid Persson, die durstige Lokalreporterin von *Ystads Allehanda*, angerufen, die gegen halb zwölf mit ihrer Kamera um den Hals auftauchte. Das grüne armeezeltartige Kleid, das sie letztes Mal getragen hatte, war durch eine genauso geräumige Kreation mit blauen und roten Blumen auf weißem Grund ersetzt worden. Ich bot ihr etwas Essen und ein paar Bier an, bevor sie mit Interviews und Fotografieren zu Werke schritt. Es entstanden eine ganze Reihe Bilder von Yogi, Gugge und Pontus, die vor dem Posieren geweckt wurde. Jana war auch in einer Ecke mit dabei, aber ich selbst hielt mich im Hintergrund. So fühlte es sich am besten an.

Nach ein paar Tänzen bat Yogi um Aufmerksamkeit. Er hatte sich auf einen Stuhl gestellt, um seine geringe Größe zu kompensieren, sodass alle ihn sehen konnten. Die Musik und das Gemurmel verstummten. Alle Blicke waren auf den kleinen Mann indischer Abstammung gerichtet, der nicht nur für alle seine Bewunderer, sondern auch für die Abonnenten der Lokalzeitung der Guru vom Pomonadal geworden war.

»Meine geliebten Freunde!«, begann er und breitete die Arme in einer Geste aus, als wolle er die ganze Gesellschaft umarmen.

»Ich will auf die demütigste Art und Weise versuchen, nicht ganz schrecklich weitschweifig zu werden, muss aber trotzdem diese Gelegenheit nutzen, euch, meine liebsten und allerbesten Freunde, ein paar Worte auf eurer weiteren Wanderung in diesem Wunder, das man Leben nennt, mitzugeben. Wenn ihr findet, dass ich zu sehr an einen heiligen Sadhu in einem Hindutempel oder einen hochtrabenden Priester in einer Kirche erinnere, bitte ich um Entschuldigung und schiebe es auf meine Neigung, manchmal etwas wichtiger zu klingen, als ich eigentlich bin. Nun ja, als ich an diesen wunderbaren Ort gekommen bin, hatten die Apfelbäume im Pomonadal gerade zu blühen angefangen. Jetzt tragen sie Früchte, und ein Teil davon ist sogar schon reif. Vielleicht ist es auch so, meine wunderbarsten Freunde, dass wir alle in diesem Sommer als Menschen ein bisschen gereift sind. Wir haben einander geholfen, wir haben Trost gesucht, und wir haben Unterstützung gegeben. Aber vor allem haben wir etwas gewagt. Wir haben uns auf die allerinspirierendste der inspirierenden Arten nicht nur von göttlichem Essen, sondern auch von unseren Träumen und Hoffnungen verführen lassen. Und von unseren unterschiedlichen Arten, unterschiedliche Probleme anzugehen. Wir sind um den Berg herumgegangen, aber auch hinauf. Wir haben unsere Augen ein kleines Stück geöffnet, sodass wir besser darin geworden sind, einander zu sehen. Und wenn ich jetzt wieder an die Religion anknüpfen will, was ich ja häufig tue, möchte ich euch gerne etwas über Adam und Eva und die Schlange dort oben im christlichen Paradies sagen. Bei allem Respekt für euren armen einsamen Gott und für seinen Sohn Jesus und alle seine Jünger und Propheten finde ich, dass die Schlange einen unverdient schlechten Ruf bei euch Goras hat. Eigentlich will ich sogar behaupten, dass es die Schlange ist, die für den innovativen Geist dort oben im Paradies steht, wo man ansonsten wohl vor allem nackt auf einer Wiese herumläuft. Daran ist nichts auszusetzen, überhaupt nicht, aber wird das auf die Dauer nicht ein bisschen einseitig? Die Schlange dagegen, die verführerische Schlange, lockt Adam und Eva, etwas Neues zu wagen und von dem Apfel gerade dieses Baumes zu essen. Dass die Folgen dann so schicksalsträchtig waren, ist ein Problem, das in diesem Fall wohl eher der urteilenden Macht zugeschrieben werden muss, bei allem Respekt für euren etwas leicht reizbaren Gott. Herrgott, jeder macht doch manchmal einen Fehler!«

Yogi legte eine Atempause ein und schnäuzte sich in sein Taschentuch, bevor er fortfuhr.

»Ich bin kein Gott und wohl kaum überhaupt ein Guru. Wenn ich mit etwas verglichen werden kann, dann ist es eher diese verführende Schlange. Deshalb will ich euch nun locken und verführen, von den Äpfeln zu essen, die gerade hier jenseits des Zauns wachsen«, sagte Yogi und zeigte auf einen Baum mit fast reifen Aromaäpfeln.

»Das ist eigentlich verboten, weil sie einem Züchter gehören, aber nachdem dieser Züchter Hunderttausende von Äpfeln besitzt, finde ich das Verbrechen verzeihlich. Außerdem kann Mr Gora ihn nächstes Mal, wenn er vorbeikommt, sicher als Kompensation auf eine Tasse Kaffee einladen.«

Er stieg vom Stuhl und führte uns alle zu dem Baum, wo er mit großer Sorgfalt für jeden von uns einen Apfel pflückte. Und auch wenn die Prozedur etwas Sakrales hatte, fast wie wenn der Priester die Oblaten und den Wein austeilt, fühlte ich mehr als alles andere ein reines und ungöttliches Glück darüber, mit einem Menschen wie Yogi befreundet zu sein.

Als wir alle unter Kichern und Lachen von unseren etwas sauren verbotenen Äpfeln gegessen hatten, ging Yogi ins Haus und packte seine letzten Habseligkeiten zusammen. Alles fand in den großen Koffern Platz, die der hustende Heiler Bo aus Simrishamn und der Goa-Hippie Harald aus Onslunda sich zu tragen anboten. Ich kümmerte mich um Janas kleine Tasche, und dann gingen wir zu den Klängen ihrer Ziehharmonika mit versammelter Mannschaft zur Bushaltestelle an der Landstraße hinunter, verewigt von der Kamera der durstigen Lokalreporterin Ingrid Persson.

Es war, als nähmen wir alle an einem Demonstrationszug für Liebe und Freundschaft teil, als wir uns da wie ein großer, vereinigter Körper voranbewegten und die Melodie des Akkordeons mitsummten. Vielleicht hätte eine Sektenwarnung mit Sentimentalitätensperre gegen uns verhängt werden sollen, aber das war mir in diesem Moment völlig egal. Für mich war es einfach nur schön und fühlte sich sehr echt an.

Als wir zur Bushaltestelle kamen, schlossen sich noch ein paar Leute aus Rörum an, um sich von Yogi zu verabschieden. Ungewöhnlicherweise sagte er nicht viel, sondern ging nur herum und umarmte die Menschen. Bis er zu mir kam.

»Hier drinnen, Mr Gora«, sagte er und klopfte sich mit der einen Handfläche auf die linke Seite des Brustkorbs. »Du bist immer hier drinnen und wirst es immer sein.«

Ich umarmte ihn fest und fragte ihn mit einem Zittern in der Stimme, wann wir uns wiedersehen würden.

»Das wissen wir nicht, Mr Gora, und das macht zum Teil auch den Reiz des Lebens aus. Aber dass wir uns sehen, ist so sicher, wie etwas nur sein kann. Vielleicht hier oder in Indien oder an einem anderen besonders wundervollen Ort.«

Der Bus kam an der Haltestelle zum Stehen, und die Vordertür öffnete sich mit einem zweifelnd quietschenden Geräusch, als würde nicht nur der Chauffeur, sondern auch der Bus selbst überlegen, wie um Himmels willen all die Menschen darin Platz finden sollten. Doch dann lösten sich Yogi und Jana aus der Menschenmenge, und im Gesicht des Chauffeurs breitete sich Erleichterung aus. Als die beiden neuen Passagiere eingestiegen waren, schlossen sich die Türen seltsamerweise sehr schnell, und schon Sekunden später rollte der Bus von dannen.

Hätte ich nicht in meinem Inneren auch eine kribbelnde Erwartung vor dem Treffen mit Karin am selben Nachmittag gespürt, wäre es durchaus möglich gewesen, dass ich zu heulen angefangen hätte. Jetzt war ich stattdessen gezwungen, andere zu trösten, und wurde dafür mit einer Menge Dank und Lob belohnt. Ohne mich hätte das Ganze nicht so gut funktioniert, wie es im Pomonadal der Fall gewesen war, das war eines von vielen positiven Urteilen. Wenn Yogi der Künstler gewesen war, war ich der, der die Farben auf seine Palette gedrückt hatte, lautete ein anderes.

Gugge, die Petit und Pontus in zwei großen Papiertüten trug, fragte, ob wir uns nicht weiter im Garten treffen und uns indische Musik aus dem Ghettoblaster anhören konnten, während die wandernde Weinerin Lisette der Meinung war, ich sollte tägliche Gruppentouren auf den Stenshuvud führen. Wir würden vielleicht über ein paar neue Wunder stolpern?

Freundlich lehnte ich ihre Vorschläge ab. Aber es wärmte mein Herz, dass sie so viel von mir hielten. Ich hatte mich immer als eine Person betrachtet, die danebensteht und zusieht, aber jetzt wurde ich als eines der wichtigsten Zahnräder in der Maschinerie dargestellt.

Einer nach dem anderen kamen meine Sommerfreunde nach vorn und verabschiedeten sich, bevor alle nach Hause gingen. Zum Schluss waren nur noch zwei Personen übrig, Greta Ask und eine Frau, die einen Sonnenhut mit breiter Krempe und eine dunkle Sonnenbrille trug. Sie musste sich in Rörum angeschlossen haben, denn ich hatte sie nicht beim Frühstück im Garten gesehen.

Die Putzfrau aus Östra Vemmerlöv mit dem fast unverständlichen Österlendialekt bekam eine innige Umarmung, dann wandte ich mich mit einem Lächeln auf den Lippen nach der anderen Frau um.

Im Nachhinein frage ich mich, wie es möglich war, dass ich sie nicht schon auf den ersten Blick hatte identifizieren können, trotz der Sonnenbrille. Aber das muss daran gelegen haben, dass ich so auf die Abschiedsprozedur konzentriert war.

»Hallo, Göran«, sagte sie und lächelte.

Wenn einem tatsächlich die Kinnlade herunterfallen konnte, war es genau das, was mir jetzt passierte. Es dauerte mindestens zehn Sekunden, bis es mir gelang, eine Antwort herauszubringen.

»Hallo, Karin.«

KAPITEL 62

Karin Vallberg Torstensson nahm ihre Verkleidung ab. Und ich ertrank in ihren Augen.

Sie war in diesem Moment unwiderstehlich, attraktiver als ich sie je zuvor gesehen hatte. Sonnengebräunt und mit etwas sommerlich gebleichtem Haar, in einem zarten schulterfreien Kleid und mit einem Lächeln in dem weich gerundeten Gesicht, das die Uhren zum Stillstehen, die Hähne zum Krähen und vielleicht sogar den ein oder anderen Buckelwal zum Singen brachte. Meine Wangen waren heiß wie ein Kamin, und ich fühlte mich zutiefst verlegen, konnte aber trotzdem den Blick nicht von ihr losreißen.

»Du siehst so aus, als ob es dir gut geht«, sagte Karin und lachte auf, auch sie etwas verlegen, was ihr natürlich gut stand.

»Das sagt die Richtige, du bist ja schöner als eine Blumenwiese«, konterte ich und beugte mich vor, um ihr einen Kuss auf die Wange zu geben.

Sie drehte ihren Kopf, sodass unsere Lippen sich trafen. Meine Halsschlagader hämmerte. Ich spürte die Wärme ihres Atems und freute mich auf unseren ersten Kuss seit mehreren Monaten. Aber gerade, als ich meine Zunge zwischen ihre Lippen schieben wollte, zog sie den Kopf zurück, als wolle sie mich reizen. Das war ungemein aufregend. Allerdings fühlte ich mich auch ein bisschen dumm und wusste nicht, was ich mit meinen Händen machen sollte, die sich schon auf ihrer Schulter befanden. Schließlich ließ ich die Arme fallen wie zwei welke Äste.

»Willkommen im Pomonadal«, sagte ich. »Aber du wolltest doch erst um vier Uhr nachmittags da sein.«

»Geänderte Reisepläne, deshalb wurde es etwas früher. Ich kam mit dem Bus aus der anderen Richtung und war wirklich baff, als ich dich mitten in der Menschenansammlung auf der anderen Straßenseite gesehen habe. Worum ging es da?«

»Wir haben Yogi auf Wiedersehen gesagt. Leider hast du ihn haarscharf verpasst. Aber du wirst ihn sicher ein anderes Mal kennenlernen.«

Das war ein kleiner Haken, den ich auswarf, aber Karin zeigte keine unmittelbare Regung anzubeißen.

»Zuerst hast du mich nicht erkannt, was?«, fragte sie stattdessen und lächelte neckisch.

»Einfache, aber effektive Kostümierung«, gab ich zu. »War sie geplant?«

»Überhaupt nicht. Aber man kann wohl sagen, dass es eine plötzliche Eingebung war. Den Sonnenhut und die Brille hatte ich ja sowieso dabei, und das kam mir gerade recht.«

Ich nickte und wandte mich um, um Karins Tasche zu nehmen. Da bemerkte ich Greta Ask, die ein Stück vor der Haltestelle stehen geblieben war und in unsere Richtung sah. Sie hob den Arm vorsichtig zum Gruß und kam dann auf uns zu, schüttelte Karin die Hand und lächelte.

»Ist etwas Besonderes, Greta?«, fragte ich.

»I kaa da gern bam Butzn hölfn«, sagte sie.

Nach all der Übung hatte ich gelernt, ihre Sprache einigermaßen zu verstehen. Sie bot an, mit zu Gert-Inges Haus zu kommen, um zu putzen und nach der Frühstücksfeier aufzuräumen. Als ich mit Einwänden kam, insistierte sie. Es sei ganz einfach ihre Art, mir für meine Einsätze bei Evert zu danken, erklärte sie. Fröhlich erzählte Greta, dass er nach dem gestrigen Treffen mit den anderen schon wieder etwas weicher geworden war. Sie hatte erst heute früh mit ihrem Bruder telefoniert und ihn dabei überreden können, irgendwann in der nächsten Woche mit ihr nach Simrishamn zu fahren und einen Kaffee in Thulins Konditorei zu trinken. Demselben Café, in dem er früher mit Birgitta Kaffee getrunken und teures Gebäck gegessen hatte. Es lag etwas sehr Schönes und Bittersüßes darin.

Greta senkte die Stimme, nahm meinen Arm und zwinkerte mit einem Auge.

»Wenn i butz, dann housd du mehra Zeit mid dem Madl.«

Während also die gutherzige Putzfrau aus Östra Vemmerlöv mit dem inzwischen fast verständlichen Österlendialekt im Haus putzte, fuhren Karin und ich mit dem Rad zu Mandelmanns Garten in Rörum, um Kaffee zu trinken.

Wir waren nicht die Einzigen. Wenn man das so sagen kann. Halb Stockholm und mindestens ein Viertel von Malmö schienen an diesem Spätsommertag im August das populäre Ausflugsziel zu besuchen. Es war, als wollten alle das letzte bisschen aus dem Segen der Jahreszeit über Österlen herausholen. Trotzdem gelang es uns, ein relativ entlegenes Eck in einem der Gewächshäuser zu finden, in Gesellschaft von zwei Cappuccino und ebenso vielen Stücken eines himmlisch guten Schokoladenkuchens.

Ich verbrachte den meisten Teil unserer Konversation damit, Karin zu fragen, wie es ihr im Sommer ergangen war. Sie erzählte mit Begeisterung von ihrem Enkelkind, der kleinen Ellen. Wie sie und das Mädchen Ausflüge nach Åre und zu den umliegenden Badeplätzen gemacht hatten, und wie sie, wenn ihr Sohn und ihre Schwiegertochter aus der Arbeit gekommen waren und sie das Kind ins Bett gebracht hatten, im Garten gegrillt und Wein getrunken und die hellen Sommerabende genossen hatten.

»Aber wenn ich ganz ehrlich sein soll, ist es ziemlich angenehm, jetzt vom Babysitten entbunden zu sein«, sagte sie. »Und du, hast du deine Kinder diesen Sommer getroffen?«

Ich erzählte von dem katastrophalen familiären Happening, als ich wie ein nackter gestrandeter Wal auf Grund gesurft war, aber auch davon, wie schön es gewesen war, Linda und John zu Besuch zu haben. Karin lachte und nahm noch einen Bissen von dem Schokoladenkuchen. Sogar davon bekam ich schwache Knie.

»Du hast dich diesen Sommer verändert, Göran«, sagte sie.

»Inwiefern?«

»Ich weiß nicht richtig, aber du wirkst weniger misstrauisch und etwas mehr du selbst.«

»Etwas runder, meinst du?«

Sie lachte wieder.

»Wäre ich auf ein H&M-Model aus gewesen, hätte ich dich wohl von Anfang an nicht gedatet«, sagte sie, und auch wenn es als Kompliment gemeint war, schmerzte es ein wenig im Hüftspeck.

»Und was sonst?«, sagte ich. »Arbeitsloser Mittfünfziger mit vagen Zukunftsplänen und einem Lebenslauf, der seit Langem sein Verfallsdatum überschritten hat.«

Ich lächelte und versuchte, so jungenhaft nonchalant auszusehen, wie Erik es zu tun pflegte, wenn er seinen Charme bei Frauen spielen ließ. Es funktionierte nicht besonders gut.

»Jetzt bist du wieder an dem Punkt«, seufzte sie. »Machst dich auf diese ungefährliche Art klein, als ob du immer noch auf einen Durchbruch warten würdest. Aber weißt du was, ich finde, du bist ganz gut so, wie du bist. Solange du dich nicht verstellst. Lass locker, Göran, und vergiss um Gottes willen nicht, diesen Schokoladenkuchen aufzuessen. Ich glaube, das ist der beste, den ich je probiert habe.«

Obwohl ihre Worte Balsam für meine Seele waren, verspürte ich eine sarkastische Lust, zu protestieren. Aber bevor ich mir einen geeigneten ironischen Kommentar ausdenken konnte, fuhr Karin fort.

»Ich habe nicht richtig verstanden, was du und dieser Yogi da im Sommer gemacht habt, aber was es auch war, ihr scheint für sehr viele Menschen sehr viel bedeutet zu haben. Es war rührend, all die Leute zu sehen, die sich an der Haltestelle bei dir bedankt haben.«

»Danke, Karin«, sagte ich. »Danke.«

KAPITEL 63

Während einer meiner ersten Sitzungen als Patient bei Karin Vallberg Torstensson hatte ich eine sexuelle Fantasie von uns beiden. Ich stellte mir vor, wir würden auf einem weichen Fell vor einem Kaminfeuer liegen, in einer Nacht voller feuriger Liebe.

Jetzt lebte ich meinen Traum.

Nach einem einfachen Gemüsegericht in der Küche landeten wir wirklich auf einem Fell vor dem Kamin in der Bibliothek. Wenn ich nicht so genannt und noch dazu ein so unglaublich schlechter Schilderer von Erotik wäre, würde ich jetzt mehr von der schönsten und romantischsten Nacht erzählen, die ich je erlebt habe. Und nicht nur ich habe dabei lockergelassen. Manchmal zeigt sich, dass die abgenutzten Klischees stimmen, wenn man nur die Möglichkeit hat, sie zu leben.

Am nächsten Morgen aßen wir ein spätes Frühstück im Schatten der großen Kastanien. Karin glühte vor Sinnlichkeit in ihrem weißen Bademantel, der so locker geschlossen war, dass man ihre Brüste sehen konnte, als sie sich über den Tisch beugte, um sich mehr Kaffee einzuschenken. Einen Moment lang wünschte ich mir, den Augenblick einfrieren zu können. Aber dann kam ein anderer Gedanke. Ich war noch nicht zufrieden. Ich wollte mit Karin weitergehen. Ich wollte sehen, was hinter dem Horizont lag. Und ich wollte es mit ihr zusammen tun.

»Ich liebe dich«, sagte ich.

Karin sah mich mit einem veränderten Ausdruck in den Augen

an. Sie streckte sich wieder über den Tisch und nahm meine Hand. Richtete sich ein bisschen auf und ließ ihren Blick in meinem ruhen.

»Weißt du was, Göran Borg, ich glaube, ich bin auch etwas mehr als nur ein bisschen verliebt in dich.«

Weiter brauchte sie in ihrer Liebeserklärung gar nicht zu gehen, um mich mit euphorischem Glück zu erfüllen. Das hier war ein richtig guter Morgen. Ja, es war sogar der allerbeste des ganzen Sommers.

Wir ließen den restlichen Vormittag einfach vorbeiflattern wie trockene Rosenblätter in der milden Sommerbrise. Die Luft war voll von herrlichem Apfelaroma, vermischt mit dem leicht süßlichen Duft frisch gemähter Kornfelder. Zusammen mit dem Geräusch der energisch arbeitenden Mähdrescher und den Wolken von Stroh und Staub, die wie Rauchsäulen aus den Äckern aufstiegen, schuf das ein Gefühl von Vergänglichkeit, aber auch von Veränderung.

Karin erzählte mehr von ihrem Aufenthalt in Östersund, und ich von all den exzentrischen Charakteren und von Yogis Wirken hier in Gert-Inges Haus im Pomonadal. Als der Nachmittag begann und wir genug gefrühstückt und geredet hatten, schlug ich vor, eine Fahrradtour zum Meer zu machen, um zu baden. Das Wetter war immer noch sehr angenehm, und jetzt, wo die meisten Sommergäste Österlen verlassen hatten, würden wir den Strand fast für uns allein haben.

Karin gefiel die Idee, und eine Viertelstunde später waren wir angezogen und startklar. Gerade als wir in die Pedale treten wollten, fuhr ein Auto zwischen den beiden leicht vulgären Löwenstatuen herein. Zum wievielten verdammten Mal?

Diesmal war es allerdings ein silbermetallicfarbenes Mercedes-

Cabriolet, das dem rechtmäßigen Besitzer des Hauses gehörte. Gert-Inge und meine Mutter waren da! Und ich hatte gedacht, sie würden erst in einer Woche kommen, und Karin und ich hätten das große Haus bis dahin ganz für uns allein. Eine unangenehme Überraschung.

Mama stieg als Erste aus dem Wagen und ging sofort zu uns herüber, in einem ihrer vielen eleganten Sommerkleider und wie immer mit einem perfekten Lächeln, das ihre ebenso perfekten weißen Zähne entblößte. Trotz ihrer Sonnenfalten sah sie jugendlich aus. Und ausgeruht. Karin hatte meine Mutter schon einmal kennengelernt.

»Ingrid! Wie schön, dich wiederzusehen«, sagte Karin und beantwortete Mamas Luftwangenküsse mit ebensolchen. Diese Frau wusste, wie man sich benahm.

»Was für eine wundervolle Überraschung, dass du hier bist, Karin«, gab Mama zurück und sah wirklich froh aus.

Dann wandte sie sich zu mir und lächelte. Ich bekam so etwas wie eine Umarmung.

»Seid ihr zwei schon länger hier?«, fragte sie. Ich nickte rasch und sagte, wir hätten heute unseren letzten Tag und würden noch an diesem Abend zurück nach Malmö fahren. Karin warf mir einen verwunderten Blick zu, den ich mit einem kurzen Zwinkern beantwortete. Ich hatte meine Gründe. Wenn ich meine Mutter recht kannte, würde sie uns vorschlagen, noch eine Zeit zusammen mit Gert-Inge und ihr zu bleiben, und das war das Letzte, was ich jetzt wollte. Ich wollte die nächsten Tage allein mit Karin verbringen, ohne mir Gert-Inges arrogante Kommentare anhören zu müssen.

Mama meinte, das sei schade, sagte aber, dass sie uns verstand. Der Sommer war ja fast an seinem Ende, und Karin musste natürlich wieder arbeiten.

»Ja, und du vielleicht auch, du Kanaille!«

Das war Gert-Inge, der aufgetaucht war, nachdem er einen Hausrundgang gemacht hatte. Auch er sonnengebräunt, mit sich schälender Nase und einer Schirmmütze auf dem Kopf, die seine strähnigen Haare verbarg. Nachdem er mich lachend fest in den Rücken geboxt und Karin einigermaßen anständig begrüßt hatte, setzte er eine säuerliche Miene auf.

»Was zum Teufel hast du mit der einen Löwenstatue gemacht? Eine der Tatzen ist ja weg!«

»Ach so? Das habe ich überhaupt nicht bemerkt«, log ich. »Bist du wirklich sicher, dass der Schaden nicht schon vorher da war?«

Ich hatte keine Lust, ihm von dem fantastischen Sommer mit dem Guru vom Pomonadal und all seinen Anhängern zu erzählen, und von Everts Wahnsinnsfahrt durch die Einfahrt. Das würde Gert-Inges Laune nur noch verschlechtern. Das Dorfgetratsche würde ihn früh genug erreichen. Wenn er nicht sogar noch heute die Lokalzeitung las und Ingrid Perssons Reportage über die Schildkröte Pontus und das große Gartenfest entdeckte.

»Ich bin mir sogar verdammt sicher, dass die Löwenstatue ganz war, als du den Hausschlüssel bekommen hast!«, brüllte Gert-Inge und setzte zu einer neuerlichen Attacke an.

Doch Mama warf ihm einen scharfen Blick zu, und das reichte, um ihn zumindest vorübergehend zu bremsen. Ich war immer wieder beeindruckt von ihrem Einfluss auf den prahlerischen Wichtigtuer.

»Jaja, ansonsten sieht es hier ja ganz gut aus, aber das ist wohl eher Gretas Verdienst als deiner«, brummte Gert-Inge. »Du musst allerdings viel Besuch gehabt haben. Der Rasen ist ganz schön mitgenommen!«

»Nein, hier waren nicht besonders viele Gäste. Yogi hat ja für kurze Zeit hier gewohnt, nachdem ihr gefahren seid, und die Kinder waren ein paar Tage zu Besuch, aber sonst war es sehr ruhig. Der trockene Sommer muss schuld sein, also daran, dass das Gras nicht richtig wachsen will.«

Irgendwo da machte Gert-Inge eine Pause in seinem Kreuzverhör mit mir, um sich stattdessen seiner anderen Lieblingsbeschäftigung zu widmen. Eine halbe Stunde lang mussten wir uns seine hemmungslose Angeberei anhören, über all die fantastischen Golfrunden, die er gespielt hatte, und was für eine großartige Zeit er und meine Mutter auf ihrem Liebesurlaub gehabt hatten, mit Besuchen in mehreren europäischen Großstädten, wenn sie nicht in seinen Wohnungen in Malaga beziehungsweise Cannes gewohnt hatten.

»Es ist fantastisch, Göran, sich all dies Schöne im Herbst des Lebens gönnen zu dürfen. Aber das wäre nie möglich, wenn ich nicht mein ganzes Leben lang hart gearbeitet hätte. Wir ernten, was wir säen!«

Als Karin und ich endlich zum Strand gekommen waren und unsere weiche Decke an einem abgelegenen Ort ausgebreitet hatten, brach sie in schallendes Gelächter aus.

»Man muss doch sagen, dass er in all seiner Selbstverliebtheit ziemlich unterhaltsam ist, dieser Gert-Inge«, stellte sie fest, als sie fertig gelacht hatte, und wischte sich die Tränen aus den Augen. »Aber ich verstehe, warum du schon heute Abend zurückfahren willst. Ich würde es auch keinen Tag länger mit ihm aushalten.«

»Und dann, wenn wir in Malmö sind, gehen wir dann zu dir oder zu mir?«, fragte ich.

»Oder jeder zu sich?«

Zuerst zuckte ich zusammen, merkte aber schnell, dass sie mich nur wieder necken wollte. Ihre Augen und ihr Lächeln sprachen eine völlig andere Sprache als ihr Mund. Ich setzte mich auf der

Decke ganz dicht neben Karin, nahm ihre Hand und blickte auf das Meer hinaus. Eine Seeschwalbe segelte am Himmel, und die Wellen rollten sanft zum Strand. Etwas weiter nördlich türmte sich der mächtige Stenshuvud auf. Mit etwas Fantasie sah der grün eingebettete Berg beinahe aus wie eine große Schildkröte.

Mich durchzuckte die Erkenntnis, dass dieser Ort und dieser Moment wie geschaffen waren für weitere Wunder. Der Gedanke kam wie eine sanfte Welle, die erst vorsichtig an die Hirnrinde stieß, um schließlich alle Dämme zu brechen und den ganzen Schädel zu überschwemmen. Ich versuchte, mich selbst zur Vernunft zu bringen, aber es ging nicht. Vorsichtig erhob ich mich auf die Knie und drückte ihre Hand noch fester.

»Karin Vallberg Torstensson, willst du mich heiraten?«

DREI MONATE SPÄTER

Für eine Hochzeit in Indien war alles sehr sparsam. Kein weißes Pferd, kein Orchester und kein Feuerwerk. Aber zumindest war Mrs Thakur da und versprühte ihre Funken.

»Yogi, halt jetzt deine dicken Finger im Zaum! Die Snacks sollen noch für mehr Leute reichen als für dich!«

Mein Freund lächelte verlegen und versuchte mit dem Mund voller Pakoras eine Entschuldigung zu murmeln. Ein wirkliches Risiko, dass die Appetithäppchen ausgehen würden, bestand jedoch nicht. Ein paar Bedienungen glitten diskret durch den erleuchteten Garten zwischen den weißen Partyzelten umher und servierten den Gästen von Platten, die ständig mit neuen Geschmackssensationen nachgefüllt wurden. Ich hatte mich schon darauf gefreut, endlich wieder in indischem vegetarischem Essen schwelgen zu können, aber jetzt, wo es sich in so vielen verlockenden Variationen offenbarte, bekam ich kaum etwas hinunter.

Es waren die Nerven, die mit mir durchgingen.

Ich ließ meinen Blick über den Garten schweifen und entdeckte meine Kinder. Sie standen am Bartresen, tranken Mocktails und unterhielten sich mit Lakshmi. Meine Brust füllte sich mit Wärme, als Lindas glitzerndes Lachen erklang. Sie war betörend hübsch in ihrem grünen Sari, der perfekt zu ihren Augen passte. Was für ein Unterschied zu diesen alten geblümten Putzkitteln, die sie zu Hause in Schweden immer trug. John war auch schick, in einem stilvollen dunkelblauen Sherwani mit Perlmuttknöpfen und einem langen silbergrauen Schal um den Hals. Allerdings sah er ohne Hanna an seiner Seite ein wenig verloren aus. Sie musste am Semesterende ein großes Examen schreiben und hatte deshalb nicht mit nach Indien kommen können. Schade, aber die Hauptsache war trotzdem, dass John und Linda hier waren. Der Kredit, den ich aufnehmen musste, um ihre Reise bezahlen zu können, war definitiv seine hohen Zinsen wert. Manchmal musste man ein Wagnis eingehen.

Es war Mrs Thakur gewesen, die das Verbot von Alkohol auf der Hochzeit erwirkt hatte. Irgendeine Form von Respekt musste ein westliches Brautpaar schließlich zeigen, das sich dafür entschieden hatte, seine Bande in Indien zu knüpfen, wenn sie schon auf fast alle anderen Traditionen pfiffen, fand sie. Die Alte stand mühsam aus ihrem Sessel auf und schlug mir mit ihrem Stock gegen das Schienbein.

»Und es ist wirklich sicher, dass die Braut einen indischen Sari trägt?«, fragte sie und sah mich mit ihrem Furcht einflößenden Zyklopenauge hinter dem Vergrößerungsglas an.

»Ja, absolut«, versicherte ich und lächelte so milde ich konnte.

»Wann kommt sie? Es muss doch schon Zeit sein, oder sollen wir uns während der Warterei auf sie zu Tode frieren?«

»Ganz bald, Mrs Thakur. Ich bin sicher, dass sie ganz bald kommt.«

Die ständig verfrorene Alte hatte diesmal tatsächlich nicht ganz unrecht. Der Winter war nach Delhi gekommen, und auch wenn es nicht übertrieben kalt war, sank die Temperatur in den Abendstunden doch auf zwölf, dreizehn Grad, was wiederum bewirkte, dass die Abgase sich wie ein erstickender Deckel über die Millionenstadt legten.

Von der verkehrsreichen Straße vor dem Festplatz drang der unaufhörliche Klang hupender Rikschas und anfahrender Autos zu uns herüber. Meine Handflächen waren schweißnass. Wie Mrs

Thakur begann ich mich allmählich zu fragen, wo die Braut blieb. War sie auf dem Weg hierher in irgendeinem Stau stecken geblieben, oder, ein schrecklicher Gedanke, hatte sie in letzter Minute ihre Meinung geändert und einen Flug nach Hause genommen?

Aber dann drang eine suggestive Melodie aus den Lautsprechern, und bevor ich blinzeln konnte, schritt sie allein durch das blumengeschmückte Portal am Eingang des Festplatzes und ging weiter zu einer hell erleuchteten Bühne. Ich seufzte erleichtert und betrachtete sie eingehend. Sie war so hübsch und anders. Mit einem weißen Top unter ihrem goldschimmernden Sari und den roten Locken, die offen über die Schultern fielen. Ihr Lächeln glitzerte mit der Kette aus Edelsteinen um die Wette, die sie um den Hals trug, und die Sommersprossen hatte sie vernünftigerweise nicht überschminkt.

Natürlich war Trine mit ihren sechsundzwanzig Jahren sehr viel jünger als Erik, aber sie schienen gut zusammenzupassen. Ich verstand, warum er sich in sie verliebt hatte. Sie hatte eine natürliche Schönheit, die ich nicht erkannt hatte, als ich sie in Varanasi gesehen hatte. Damals war sie einfach nur irgendeine dieser kecken Reiseleiterinnen, die Erik anzulocken pflegte. Und ich war der verbitterte Moralapostel, der bei seinen Worten, dass es diesmal ernst sei, nur die Nase rümpfte.

Er hatte mir gezeigt, dass ich unrecht hatte, und das machte mich froh. Aber nach Delhi zu kommen, um die Hochzeit von Erik und Trine zu feiern, war absolut keine Selbstverständlichkeit gewesen, als die Bombe platzte. Erst als ich mir meine semiphilosophischen Gespräche mit Yogi im Sommer ins Gedächtnis gerufen hatte, hatte ich mich entschieden. Wir hatten ja nicht nur davon gesprochen, dass man manchmal um den Berg herumgehen und die Bergabfahrten mit dem Fahrrad genießen musste, sondern auch davon, Chancen zu ergreifen, wenn sie sich boten, seinen alten Freunden treu zu bleiben, aber sich auch für neue zu öffnen.

Erik war ein alter Freund, und auch wenn wir nicht immer derselben Meinung waren, mochte ich ihn sehr. Und Trine war eine kluge und interessante Frau, wie ich bemerkte, als ich mich für sie geöffnet hatte. Den Geldbeutel hatte ich nicht nur geöffnet, sondern geradezu geleert, als ich beschloss, Linda und John mitzunehmen. Jetzt würden wir eine gemeinsame Woche verbringen. Old Delhi besuchen, auf dem Khan Market Kaffee trinken, zwischen den gemütlichen Kunst- und Antiquitätenläden in Hauz Khas herumbummeln, in irgendeinem neuen trendigen Restaurant gut essen, vielleicht einen Tagesausflug nach Agra und zum Taj Mahal machen. Den Kindern einen Teil von meinem Indien zeigen. Und Karin natürlich.

»Aha, und der Bräutigam?«, zischte Mrs Thakur aus ihrem Sessel, in den sie wieder zurückgesunken war. »Kommt der Bräutigam nicht bald?«

Die Alte schnitt eine Grimasse und senkte die Stimme noch weiter.

»Oder sucht er vielleicht schon nach einer anderen Braut?«

Ich warf Karin einen raschen Blick zu. Sie drückte meine noch immer feuchte Hand und hielt die andere vor den Mund, um einen Lachanfall zu unterdrücken. Mrs Thakur hatte mit ihren cholerischen Ausbrüchen und ihren scharfen Kommentaren schon einen großen Eindruck auf sie gemacht.

Ich lächelte dankbar. Was für ein Glück, dass Karin hier an meiner Seite stand und sich um mich und meine schlechten Hochzeitsnerven kümmern konnte. Ich war im Zusammenhang mit Eheschließungen schon immer nervös gewesen. Am schlimmsten war es bei meiner eigenen Hochzeit mit Mia, als mir vorne am Altar so schlecht geworden war, dass ich es nur mit knapper Not geschafft hatte, die Zeremonie durchzustehen, ohne mich an Ort und Stelle zu übergeben. Beim bloßen Gedanken an dieses Ereignis wird mir übel.

Karin nahm ihre Kamera und richtete sie auf den Eingang. Durch die Lautsprecher wurde die Ankunft des Bräutigams verkündet, und eine Minute später trat Erik durch dasselbe Blumentor in den Garten. Groß und elegant wie ein Maharadscha mit goldbestickter Seidenkurta, glitzernden Schnabelschuhen und einem passenden Turban mit kleinem Federbusch.

Ich hievte Mrs Thakur wieder aus dem Sessel und führte sie näher an die erleuchtete Bühne heran, wo Trine jetzt auf ihren Mann wartete.

»Der sieht nicht aus wie ein Brahmane«, brummte sie und zeigte mit ihrem Stock auf einen Mann mittleren Alters, der einen einfachen dunklen Anzug trug und rechts von der Bühne stand.

»Das ist auch kein Brahmane, das ist ein bürgerlicher Standesbeamter«, erklärte ich. »Er arbeitet in der dänischen Botschaft.«

»Hätte ich mir denken können«, sagte die Alte und betrachtete ihn weiter kritisch durch ihr Vergrößerungsglas.

Es wurde schließlich eine richtig schöne Hochzeit, mit Konfettiregen über dem Brautpaar, Hochstimmung bei den eingeflogenen wie den einheimischen Gästen und Tanz zu Bollywoodmusik. Sogar ich war auf der Tanzfläche, mit Karin.

»Das hier hätte auch unsere Hochzeit sein können«, sagte ich, als wir uns hinterher jeder mit einem Mocktail an der Bar erfrischten.

»Aber jetzt ist sie es eben nicht, Göran. Und ich hoffe, du kannst damit leben.«

Ich lächelte und küsste sie auf die Wange.

»Ja, Karin Vallberg Torstensson, damit kann ich leben.«

Es war ja nicht so, dass sie zu meinem Antrag »nie im Leben« gesagt hatte. Sie fand nur, dass er da am Strand ein bisschen plötzlich kam und dass wir vielleicht eine Weile über die Sache nachdenken sollten.

Und das reichte mir völlig. Ich hatte allen Grund, mich richtig zu freuen. Nicht nur, weil Karin und ich uns fast jeden Abend sahen und Sex hatten wie nie zuvor, sondern auch, weil ich wieder einen Job hatte. Kein Herumgetue mehr mit dem schlechten Romanentwurf über einen Fleischfachverkäufer, für den ich noch nicht einmal einen Namen hatte. Nein, einen richtigen Job. Zwar eine Anstellung auf Probe, aber es gab gute Chancen für eine Verlängerung.

Und was für ein Job! Als Pressereferent in der Marketingabteilung des Malmö FF. Ich schrieb Pressemitteilungen, half bei Werbekampagnen und ein paar anderen kleinen, aber feinen Projekten. Und das Beste von allem war, dass ich nächste Saison nicht nur jedes einzelne Heimspiel im Swedbank Stadion umsonst sehen durfte, sondern hinterher auch noch in die Garderobe gehen und mit den Jungs reden konnte.

Trotz allem war es erstaunlich, dass ich gerade in diesem Jahr, in dem ich mich gar nicht so stark wie sonst an der Diskussion um den Malmö FF und die Tabellenplätze beteiligt hatte, von dem Verein angestellt worden war. Vielleicht hatte es mit dieser Distanz zu tun, dass ich bei meiner Bewerbung nicht übertrieben bemüht gewesen war. Ich hatte sie eher aus Spaß geschrieben, um den Gedanken zu Ende zu bringen, den Linda während unseres Kaffeetrinkens am Hafen im Frühsommer spontan gehabt hatte: dass ich mich dort um einen Job bewerben sollte, weil ich Fußball und den Malmö FF so liebe. Ihnen eine Arbeitsprobe schicken, mit Vorschlägen, wie man die Marke des Clubs stärken könnte.

Vielleicht hatte sie doch ein kleines Gen von mir geerbt. Aber so schlau war ich in diesem Alter noch nicht gewesen.

Yogi gehörte zu den fleißigsten Benutzern der Tanzfläche und tat sein Bestes, im Lauf des Abends alle weiblichen Gäste abzugrasen. Aber manchmal brauchte sogar er eine Pause, und während einer späten solchen kam er zu mir herüber und fragte flüsternd, ob ich nicht kurz mit ihm nach draußen zum Auto gehen wollte, um Kühlflüssigkeit nachzufüllen. Bevor das Essen serviert werden und das Fest zu Ende gehen würde.

Für alle, die noch nie auf einer indischen Hochzeit waren, muss seine Frage merkwürdig erscheinen. Für uns, die wir schon auf einer indischen Hochzeit gewesen sind, ist sie absolut verständlich.

Karin war beim Tanzen, also nickte ich Yogi eifrig zu. Wir schlichen uns durch einen Seiteneingang hinter einem Busch hinaus, außer Sichtweite von Mrs Thakurs Zyklopenauge, und gingen weiter zum Parkplatz, wo ein Platzwärter mit einem gigantischen Schlüsselbund irgendeine Form von Ordnung in das Chaos zu bringen versuchte. Hereinkommende Autofahrer hupten, herausfahrende Autofahrer hupten, und Autofahrer, die nicht genau zu wissen schienen, wohin sie wollten, hupten ebenfalls, während der junge Mann frenetisch seinen Schlüsselring drehte und mit beeindruckender Treffsicherheit jedes Mal den richtigen Schlüssel griff. Zum Beispiel, als er das Auto wegfuhr, das zu nah am Kofferraum von Yogis Tata stand. Das war ein sehr wichtiges Manöver, weil dort die Kühlflüssigkeit lag, in Form einer halben Flasche Blenders Pride samt zwei kleinen Gläsern und einer Flasche Wasser.

Yogi schenkte uns beiden ein und goss noch etwas Wasser nach. Der einheimische Whisky von Yogis Lieblingsmarke hatte eine ziemlich scharfe Note, weshalb man ihn besser verdünnte.

»Dass wir uns so bald wiedertreffen durften, Mr Gora! Ist das nicht fantastisch, sag?«

Er klopfte mir auf die Schulter und füllte unsere Gläser noch einmal auf.

»Ja, ich bin sehr froh, dich zu sehen. Im Moment ist das Leben gar nicht so schlecht!«, rief ich, um die Hupen zu übertönen, und nippte an meinem Whiskygrog. »Man wartet schon fast darauf, dass bald ein Unglück passiert!«

»Warum wartest du auf ein Unglück, Mr Gora?! Wenn es so unfassbar viele schöne Dinge gibt, auf die man stattdessen warten kann. Du kannst zum Beispiel auf das große Ereignis warten, das in ungefähr fünf, sechs Monaten hier in Delhi stattfinden wird und das dich dazu zwingen wird, wieder hierherzukommen! Und nimm gern Miss Corinne mit, sie ist ja eine außerordentlich hübsche und intelligente Frau.«

Ich nickte und lächelte. Yogi sah mich mit hintergründiger Miene an.

»In fünf, sechs Monaten, sagst du? Du meinst doch wohl nicht, dass ihr …?«

»Doch, genau das meine ich, Mr Gora! Wir bekommen ein Kind, und ich werde Papa und Lakshmi Mama und Amma wieder Großmutter, und ich hoffe so inniglich, dass du der allerbeste Pate des Kindes wirst!«

»Natürlich will ich das! Was für eine fantastische Neuigkeit!«

Ich hatte früher am Abend bemerkt, dass Lakshmis Bauch sich unter dem Sari ein kleines bisschen wölbte, aber geglaubt, das läge an ihrem neuen Status als Mittelklassefrau mit allem, was dies beinhaltete, also auch mehr Essen und weniger körperliche Anstrengung. Aber sie war also schwanger!

»Gratuliere, Yogi! Da haben wir wirklich Grund zum Anstoßen!«

Er lachte und goss mehr Whisky in die Gläser. Die Flasche war fast leer.

»Ja, Mr Gora! Auf das Kind und auf die Freundschaft und auf alle anderen glücklichen Dinge, auf die wir uns freuen können.«

Er leerte den Drink und steckte sich eine Bidi an. Nach ein paar raschen Zügen sah er mich mit fragender Miene an.

»Ich verstehe nicht, warum du das gesagt hast, dass du auf ein Unglück wartest. Was ist das für ein Unsinn?«

»Das ist wohl mehr ein Ausdruck. Aber ich finde, es fühlt sich alles so gut an, dass ich Angst habe, dass dieses Gefühl wieder verschwindet.«

Yogi schüttelte ungläubig den Kopf.

»Man kann es auch so formulieren«, fuhr ich fort. »Es fühlt sich irgendwie so an, als ob ich nach all den Irrfahrten in mir selbst gelandet bin. Wenn mein Leben ein Buch wäre, wäre es ein Feel-good-Roman mit einem glücklichen Ende auf einem lärmenden Parkplatz in Delhi.«

»Ja, genau! Und was ist daran verkehrt?«

»Ein Buch darf nicht glücklich enden. Das ist so banal.«

Yogi sog die letzte Kraft aus seiner Bidi und durchbohrte mich mit seinem Blick.

»Da hast du unrecht, Mr Gora. Natürlich soll ein Buch glücklich enden. Das ist nicht nur gut für die Verdauung, sondern auch für den Blutkreislauf und die Gesichtsmuskulatur!«

Ich sah meinem Freund in die Augen und nickte.

»Du hast recht, mein Freund. Du hast fast immer recht.«

Mikael Bergstrand

Der Fünfzigjährige, der den Hintern nicht hochbekam, bis ihm ein Tiger auf die Sprünge half

Roman

432 Seiten, btb 75450
Aus dem Schwedischen von Ursel Allenstein

Abwarten und Eiscreme essen. So oder so ähnlich könnte man Göran Borgs Lebensmotto zusammenfassen. Der Mittfünfziger aus Malmö ist nach seinem Jahr in Indien wieder im schwedischen Alltag angekommen – und mitten in einer Identitätskrise. Einziger Lichtblick: die bevorstehende Hochzeit von Yogi, seinem besten Freund aus Delhi. Doch die wird immer wieder verschoben – aufgrund »horoskopieller« Umstände. Trotzdem reist Göran spontan nach Indien und findet schnell heraus: Es stecken ganz andere Gründe hinter der Verzögerung. Yogis Schwiegervater in spe hat sich verkalkuliert, und in der Mitgiftkasse herrscht gähnende Leere. Um die Hochzeit zu retten, wird das letzte Geld in eine Teeplantage in Darjeeling investiert. Doch als sich Göran und Yogi ins nebelverhangene Hochland aufmachen, um die Farm zu begutachten, erleben die beiden eine unschöne Überraschung ...

Die Fortsetzung des Bestsellers »Der Fünfzigjährige, der nach Indien fuhr und über den Sinn des Lebens stolperte«!

btb